2018 中国短篇小说年选

洪治纲 编选

南方出版传媒
花城出版社
中国·广州

图书在版编目（CIP）数据

2018中国短篇小说年选 / 洪治纲编选. -- 广州：花城出版社，2019.1
（花城年选系列）
ISBN 978-7-5360-8819-1

Ⅰ．①2… Ⅱ．①洪… Ⅲ．①短篇小说－小说集－中国－当代 Ⅳ．①I247.7

中国版本图书馆CIP数据核字(2018)第287037号

出 版 人：詹秀敏
责任编辑：欧阳蘅　蔡　安　李珊珊
技术编辑：薛伟民　凌春梅
封面设计：庄海萌

丛书篆刻：朱　涛
封 面 图：（清）郎世宁　雍正十二月圆明园行乐图

书　　名	2018中国短篇小说年选 2018 ZHONGGUO DUANPIAN XIAOSHUO NIANXUAN
出版发行	花城出版社 （广州市环市东路水荫路11号）
经　　销	全国新华书店
印　　刷	广东新华印刷有限公司 （广东省佛山市南海区盐步河东中心路23号）
开　　本	787毫米×1092毫米　16开
印　　张	18.5　1插页
字　　数	330,000字
版　　次	2019年1月第1版　2019年1月第1次印刷
定　　价	55.00元

如发现印装质量问题，请直接与印刷厂联系调换。
购书热线：020-37604658　37602954
花城出版社网站：http://www.fcph.com.cn

| 目录 |

序 | 洪治纲　　　　　　　　　　……001

逍遥游 | 班宇　　　　　　　　　……001
吃苦桃子的人 | 晓苏　　　　　　……023
猫烟灰缸 | 夏商　　　　　　　　……038
相遇 | 薛舒　　　　　　　　　　……048
沉默的母亲 | 张惠雯　　　　　　……061
中年妇女恋爱史 | 张楚　　　　　……075
制造机器女人的男人 | 余一鸣　　……095
"杭州鲁迅"先生二三事 | 房伟　　……107
会有一条叫王新大的鱼 | 须一瓜　……133
午时三刻 | 朱辉　　　　　　　　……158
换肾记 | 任晓雯　　　　　　　　……172
午餐后航行 | 宋阿曼　　　　　　……184
冰淇淋皇帝 | 李宏伟　　　　　　……200
女儿 | 双雪涛　　　　　　　　　……211
偶发艺术 | 盛可以　　　　　　　……222
变脸 | 范小青　　　　　　　　　……242
平板玻璃 | 王手　　　　　　　　……253
红尘慈悲 | 次仁罗布　　　　　　……274

序

_ 洪治纲

中国的文坛很有意思,每隔两三年,就要集中精力讨论一下现实主义文学,好像现实主义是一把易锈的利剑,若不时常擦拭,便会失去其应有的锋芒,甚至会严重影响中国当代文学创作的内在品质。我原本不太在意这类讨论,但经常被一些朋友热情邀请参与这类话题的作文,慢慢地,我也积累了一些思考。遗憾的是,我的一些思考,经常不合友人之意,好像我在故意对现实主义搅浑水。我的想法其实很简单,我读到的作品,差不多百分之八十以上都是书写现实的,要么关注历史记忆中的现实,要么呈现当下生活里的现实,只不过,表现宏大现实生活的作品少一些,探视微观生活乃至人性面貌的作品多一些。根据现实主义的基本原则,我们好像还不能武断地认为,那些大量书写日常生活琐事、揭示人性微妙博弈的作品,就不属于现实主义文学。

既然如此,我们是否有必要花费如此多的精力,来反复讨论现实主义文学?按我的理解,某些重要的东西缺失了,或者存在着某种别有意味的错位或危机,才有必要集中讨论一下。现实主义文学好像还没有出现这类情形。所以,我有时候也怀疑,这种讨论是不是当代文学中的一个伪命题?不过,在这类讨论中,我也不时地看到一些颇有意思的思考。其中,最引人注目的,是有些学者已敏锐地意识到当代文学创作的内在症点,不是作品有没有关注现实,而是作家如何处理现实。

作家如何处理现实?表面上看,这确实是一个现实主义的问题,带有方法论的意味,但它的骨子里,却涉及作家如何理解现实、表达现实的审美思维和艺术智性,也涉及到作家洞察现实背后诸多本质的思考能力。我们都说

《白鹿原》是一部现实主义的经典之作，但它在细节处理上还是动用了一些魔幻的手法，而且这并不影响它的现实主义特质。文学毕竟是人类精神活动的产物，具有明确的主观性、幻想性，它在反映现实的时候，必然地带有创作主体的内心意绪、个体想象和审美思考。所以，朱光潜先生曾由衷地说道："凡是文艺都是根据现实世界而铸成另一超现实的意象世界，所以它一方面是现实人生的返照，一方面也是现实人生的超脱。"从某些意义上说，朱光潜先生所强调的"返照"与"超脱"，其实是一切文学应有的两种基本属性。现实主义文学的不同之处，无非就是"超脱"的方式更依赖于经验或常识罢了。

唯因如此，当我们讨论现实主义的时候，重要的不是讨论作家笔下的现实是否再现了我们的生活和经验，而是要关注它如何有效超越了现实，并对现实进行了更为独特的审美发现与思考，就像李健吾先生所说的那样："我们接近一切凡俗，凡俗却不是我们最后的目的。"这也就是说，我们在书写现实生活的时候，必须要有能力使"凡俗不俗，庸常不庸"。这一点，在小说创作中尤为重要，因为小说毕竟是一种虚构的艺术，它在直面现实的过程中，必须要借助想象，对人类生活或人性特质进行独到的审美呈现。

如果带着这样的观念来审视短篇小说的创作，我们会真切地感受到，中国当代作家的最大问题，不是远离了现实生活，不是自觉地规避了现实主义，而是恰恰相反，太多的作家过度拥抱了现实，甚至是被现实劫持了作家应有的"超脱"能力，失去了诗意的幻想。在2018年的短篇小说中，这类作品就非常普遍。它们或迷恋于庸常经验的复述，或倾心于凡俗欲望的书写，或在无常的历史记忆中打捞往事，或在廉价的苦难中兜售道德关怀……很多故事都很"现实"，有伤痛，有无奈，有感伤，有锐利，但是读完之后，却看不到作家穿透性的想象和思考，看不到超脱现实的内在气质与应有的艺术智性。

当然，也有一些不错的作品，它们虽不见得完美，但多少还是呈现了人们超脱世俗的欲念和情怀。在2018年的短篇中，班宇的《逍遥游》就是从底层的俗世生活入手，从容地展现了一群社会边缘者和零余者的内心之光。它们是如此的微弱，却又如此的温暖。小说以一位尿毒症患者的生存际遇为主线，在一个相对狭小的空间里，揭示了这微茫的尘世里繁杂的人性与人情。无论是父亲还是朋友，他们都在无望中执着地寻找慰藉，在伤痛中艰辛地寻求快乐，在凉薄中体会爱与温暖。小说在一种略带苍凉又不乏轻快的语调中，呈现了凡俗人物内心中罕见的柔软、体恤和友善，也使边缘人的苦涩生活变得熠熠生辉。

晓苏是一位善于营构故事的作家，但他并不满足于故事本身的精巧与奇诡，而是让人物置身于隐秘的伦理内部，盘旋于人性、情感与伦理之间，东奔西突，左扯右拽，由此凸现人物潜在的心灵气质，叩问凡俗中的人性光泽。《吃苦桃子的人》中的单身汉憨宝，善良，孱弱，老实，没有致富的能力，所以不受村里人待见。为了赚点辛苦钱，他主动帮助一个长途汽车上的女人守夜。在这个过程中，憨宝不仅严守自己的身份，还治好了女人的感冒。在憨宝的心里，欲望与金钱，必须与日常伦理中的自我"身份"相一致，所以，面对女人的暧昧，憨宝最终还是护住了应有的尊严。

张惠雯的短篇总有一种异乎寻常的穿透力。她既能精确地呈现凡俗生活中各种微妙的细节，又能不动声色地抵达生活背后的某些本质。《沉默的母亲》也是如此。三位母亲，分别选择了忍耐、反抗和死亡这三种方式，从不同层面呈现了"母亲"这个献祭式的角色。本能的母性意识，使母亲们永远无法挣脱家庭的羁绊，然而自由与独立的生命怀想，又让她们难以忍受家庭的重负。她们在撕裂中走向毁灭，却没有人洞悉那份内在的绝望。母亲是沉默的，沉默的内心里永远承受着熔岩般的煎熬。这就是现代伦理的诡异之处，也是世俗与不俗之间永远的对抗。

夏商的《猫烟灰缸》、薛舒的《相遇》、张楚的《中年妇女恋爱史》、余一鸣《制造机器女人的男人》等短篇小说，同样立足于我们的日常生活，在我看来，应该是标准的现实主义作品。但是，它们都在那些看似平庸的生活背后，凸现了人性中某些奇异的光泽。它们是现实生活的书写，却又果断地超越了现实，直击作家对人物人性的叩问，尤其是对某些非功利性的理想化生存的追求。

在《猫烟灰缸》中，忏悔只是故事的外表，为那份决绝的真爱而守护一生，或许才是夏商所要表达的真实愿景。酒吧、单身男女、偶遇，这些现代都市中常见的生活际遇，在很多人的作品中所呈现出来的，只是精神的虚空、欲望的宣泄或命运的吊诡，但在夏商的笔下，却成为一种深入人物骨髓的情感见证。米兰朵以全部的身心唤醒了老靳的情感，也唤醒了他的罪与忏悔。而身为精神病实习医生的第五永刚，在见证这个非凡之恋的同时，似乎也在不自觉地重蹈其中。小说以一种悲剧性的方式，将爱、生命与绝决，置放在一个奇妙的维度上，给人以旷世般的疼痛和震撼。

《相遇》则叙述了一段生死之间的心灵晤对。小说中的周若愚，收入不高，工作不体面，前途未见光明。作为沉默中的大多数，他处于社会的边缘，但并不意味着他就是一个彻头彻尾的世俗者，相反，他依然拥有自己的隐秘情怀和梦想。当然，在坚硬的现实面前，周若愚的这种奢望显然难以实现，他能够选择的，只有平庸而务实的婚姻。于是，他将安葬在墓园中的林若梅，奉为内心深处的红颜知己，并由此踏上了精神之恋与世俗婚姻的分裂之途。在世俗的红尘中，"我饿，但我找不到合适的食物"，这是很多人所遭遇的普遍困境，尤其是对于那些没有多少选择资本的边缘人来说，更是如此。因此，周若愚所需要的真正意义上的心灵之遇，只能在虚拟的想象之中。

《中年妇女恋爱史》以一系列社会重大的历史时间作为参照，呈现了一群普通女性从少女到中年的情感生活，无序无奈而又摇曳多姿，以斑斓的命运回应了时代的骤变。茉莉、甜甜、老甘、小五都是普普通通的女人，没有大志向、大情怀、大眼界，更没有大能力和大魄力，从学生开始，她们的人生志趣就是在俗世中寻求常人应有的欢乐，然而，一个又一个骤然而至的社会变化，最终将她们的命运折腾得起起伏伏，甚至是面目全非。的确，除了甜甜的早逝，她们在本质上没有太大的变化，但是，围绕情感所经受的爱恨情仇，却也是十分鲜活和丰沛。《制造机器女人的男人》着眼于乡村留守儿童的生活，通过一个男人的执着探究，向纷繁而混乱的尘世发出了母爱的邀请。这个邀请，看似诙谐而荒诞，却又是如此的尖锐、执着和绝决。王聪明之所以倾其所有，不顾一切地研制机器女人，就像堂吉诃德斗风车一样，期望为那些日益荒凉的乡村，带来母爱所特有的充实与欢乐。

房伟的《"杭州鲁迅"先生二三事》是一篇带着"执念"的寓言性小说。它以一段历史的真实事件为依托，演绎了一位装扮鲁迅先生的教员之情感际遇和命运历程。阴差阳错的身份转换，虽然唤起了周预才内心深处的虚荣和幻想，但随之而来的真相，却让他无地自容。命运的颠荡沉浮，并没有改变他对鲁迅的敬仰，却让他在时代的铁流中穷挣苦扎，饱受尴尬。有意思的是，这个装扮鲁迅的小职员，或许只是一个小小的喻体，而潜心将这个故事还原成小说的大学教师章谦，才是小说所隐喻的实体。章谦似乎想以周预才的命运进行自喻，却又没能遇上那个信息不畅的时代，所以自杀是他唯一的选择。

须一瓜的《会有一条叫王新大的鱼》从一个凡俗的伦理问题入手，让两个中年男人陷入一种管教与被管教的关系之中。在这个奇特的关系中，职业伦理背后的权力关系、童心编织的邻里之情、友善本性托出的体恤之情，使这两个中年男人的内心产生了极为复杂的纠葛。当然，这也是作者饶有意味的把玩之处。它隐含了法律与人性之间的分裂，也折射了社会秩序与人伦之情之间的错位。须一瓜的智慧在于，她对市井生活中的日常伦理把控得游刃有余，从而使叙事话外有话，甚至声东击西，耐人寻味。

俗世不俗，日常不常。这是小说艺术常常遵循的一种审美法则，从某种意义上说，也是现实主义写作的基本路径。至于如何在现实生活的土壤中，让作品绽放出各色奇异的花朵，那就要靠作家的思考能力和智慧。在2018年的短篇中，朱辉的《午时三刻》以秦梦媞执着于整容为叙事主线，将一个现代女性的生存形态演绎得别有意味。虚荣也罢，自卑也罢，在秦梦媞30多年的人生中，平常的脸蛋成了她的巨大心病。她不惜一切代价地一次次整容，试图改变命运，却被命运不断地嘲解——工作越换越差，丈夫越变越黑，女儿越长越丑，最后连自己的母亲也不是生母……从"次品返修"到"基因改良"，朱辉一路轻松地叙述着，却将一个女性试图借助容颜来抗争现实的顽强毅力，击打得体无完肤。

任晓雯的小说，常常透出张爱玲式的荒凉和无望。这种荒凉，由人情直入人性，从伦理延及世态。她的《换肾记》也是如此。小说以生与死作为故事的内在张力，在上海方言所营构的市井气息里，从容地撕开了一个家庭内部脆弱的血缘关系，也呈现了世俗生活里某些诡异的世态。围绕着丈夫的换肾问题，妻子与婆婆之间、丈夫与母亲之间、母亲与女儿之间，各种由亲情或血缘构筑在一起的伦理关系，被死亡的恐惧击打得面目全非。

宋阿曼的《午餐后航行》则从两性情感的内部，撕开了现代都市人的精神困顿。小说在叙事上十分流畅，情节调控也显然相当从容。作者从一个现代女性的情感入手，呈现了不同女性内心中的隐秘风景：空虚，隔膜，易变，虚荣。很多现代女性，在面对各种精神焦虑症时，总想通过肉体的充实获得慰藉，结果却常常陷入更大的虚空。

自我的丢失、分裂与错位，一直是范小青近些年来在短篇中倾力表达的主题。《变脸》直面当下的科技时代，围绕人脸识别系统中存在的相关问题，质询了现代制度建设与技术依赖之间的关系。这种关系，仰仗的是"机器比人更可靠"的非人化管理理念，最终却导致了"我无法证明我自己"的尴尬与错位。它是现实的，是我们每天都需要面对的技术霸权主义，但它又是荒诞的，超越了一般人的个体经验和认知习惯，可谓平常之中的不平常。

双雪涛的《女儿》是一篇非常精致的元小说。它通过一个作家对一位写手作品的期待和解读，呈现了两个相互交织的故事。它们都是有关等待的故事，而且这种等待，都游离于终级目标之外，是人们在追求目标过程中常常遭遇的插曲或者改写。无论是杀手的故事，还是我期待女翻译的故事，背后都隐含了人们对意外的渴望。我们习惯于生活在程式化的、目标清晰的尘世里，可是，我们的内心总是另有期望。而这，或许正是凡俗中所隐藏的某种人性本质？

李宏伟的《冰淇淋皇帝》是一篇游离日常生活现实的寓言性作品，但它所面对的，仍然是我们如何应对内心的恐惧与无望。长久的烈日与酷旱，导致世界即将毁灭。只有皇帝和孙先生知道一切无可挽回，他们唯一能做的，就是延缓人们在灭绝前的恐惧。于是，孙先生让读书人在昼伏夜行中第一次也是最后一次打量一下这个世界。所谓的诏书，所谓的词语偏移，只不过都是皇帝利用特权手段，让不同的群体转移心志，暂时地遗忘残酷的现实所带来的慌乱、恐惧和疯狂。向死而在，也许只是一个高迈的词语，因为它在本质上将无法彻底地缓解生命内在的恐惧。

盛可以的《偶发艺术》同样是一部寓言性的小说。偶发艺术原本是一种即兴发挥的艺术，以自发的、无具体情节和戏剧性事件为表现方式的艺术，甚至是行为艺术。这篇小说以舞台剧的方式，设置了多个开放性的叙事空间，让章志清的家庭生活和情感，以不同的片段呈现出来。因为是片段，叙事上没有必要强调前因后果；也因为是片段式的戏剧场景，所以观众们可以根据自己的经验自由参与剧情的讨论和表演。不过，所有这些叙事手段，最终不过是为了展示生活的无序与无奈，呈现人们在各种规则控制之下的"偶然"状态。现实变化越快，生活的"偶发"现象也就越频繁，它是生存的真实镜像，也是艺术的另一个空间。从现实角度来看，无论是李宏伟还是盛可以，都是以反现实或超现实的方式，展示了我们所面临的某些真实处境。

王手的《平板玻璃》无疑是一部充满了世俗烟火气的作品。"我"的四十年商海沉浮，既见证了中国社会的历史变迁，也呈现了自我命运的跌宕起伏。因为一块平板玻璃，"我"不仅毁掉了邻居阿芬的婚姻，还摧毁了自己在家乡的立足之地。带着一股蛮劲，"我"终于在玻璃界打下一片江山，花了四十年时间，为自己赢得了应有的尊严。然而，看似成功的"我"，依然孤身一人，无论是曾经的故乡，还是陈优犁等曾经的故友，都已渐行渐远。

次仁罗布的《红尘慈悲》是一篇非常精练的短篇，也是一篇让人回味不尽的佳构。它沉郁，辽阔，朴素，端庄，像高原上的微风，吹拂着尘世间所有的爱与死亡、苦难与麻木。小说通过觉如·云丹的视角，讲述了一个普通藏族家庭的生活。在这个家庭里，每个人都很善良、勤劳、宽宥、体恤，与贫穷默默地相伴，从不抱怨命运的不公。当父母为哥哥和云丹娶回同一个妻子阿姆之后，受过教育的云丹内心里终于发生了变化，于是他选择了逃离。小说最动人之处，在于阿姆内心的渴望与隐忍、善良与忧怨、慈悲与落寂，它们浑然聚于一体，跃动着圣母般的光泽。阿姆与云丹的母亲、妹妹，共同构成了藏族女性心灵深处的宽广与慈悲。阿姆不幸逝世之后，成为唐卡画师的云丹，在老师的帮助下决意要为她塑铸一个观音菩萨像。这与其说是云丹为了赎罪或超度阿姆的灵魂，还不如说是为了展示藏族女性的伟岸与不凡。

我一直认为，任何一种"主义"的写作都是一种限制。或者说，都是一种围绕着自身终极目标的自我控制。现实主义也不例外。当它把现实背后的"真实"放在首要位置时，它所赖以支撑的载体，只不过是人类普遍熟悉的经验和常识。但是，面对如今眼花缭乱、变化万端的现实，面对人类极速膨胀、花样迭出的生活，面对异质化、个人化层出不穷的"真实"，几乎所有的经验和常识都面临着危机，就像本雅明所说的，这是一个经验贫乏的时代。我不清楚，这是否意味着现实主义写作果真将陷入"双重的尴尬"？一方面是文学必须"超脱现实"的本质诉求，另一方面是现实又变得迷离不清。在这种奇特的语境里，我们不妨搁置相关的理论争议，回到具体的创作之中，回到一部部真实的作品之中，像海子所言，"关心粮食和蔬菜"，关心作家在世俗生活深处所进行的思考和追求。

2018年11月于杭州

逍遥游

_ 班宇

我系一条奶白色围脖,坐在塑料小凳上,底下用棉被盖着脚,凳子是以前学校开运动会时买的,几块钱,一直用到现在,也没变形。身后是居民楼,东药厂宿舍,一楼做了护栏,扣上铁罩,远看近似监狱,晒蔫的葱和白菜垛在上面,码放整齐,一看就是有老人在住。倒骑驴拴在一侧的栏杆上,我靠着墙晒太阳,风挺冷,吹得脸疼。许福明距我十步之远,在跟刚遇见的老同学聊天,满面愁容。他见了谁都是那套嗑,翻来覆去,我特别不愿意去听,但那些话还是往我耳朵里钻。

老同学说,你留个手机号,我跟我们班挺多同学都有联系,大家回头一起想想办法,帮助帮助你。许福明说,我哪有手机啊,都让她拖累死了。老同学说,真不易啊。许福明说,你说前两年,咱在市场里碰见,那时我啥样,现在我啥样,说我七十岁,也有人信。老同学说,那不至于,放宽心,还得面对,日子还得过。许福明说,唉,话说得没错,但问题是,啥时候是个头儿呢。

临走之前,老同学从兜里掏出一张五十的,非要塞给许福明，说，我条件也一般，老伴还没退休，给人打更，多少是点儿心意。我在旁边喊，爸，你别要。许福明假模假式，推脱几番，还是收下来了，从裤兜里掏出掉漆的铁夹，按次序整理，将这张大票夹到合适的位置，当着老同学的面儿。

我坐在倒骑驴上，心里发堵，质问道，你拿人家的钱干啥？许福明不说话。我接着说，好意思要么，人家是该你的还是欠你的。许福明还是不说话，一个劲儿地往前蹬，背阴的低洼处有尚未融化的冰，不太好骑，风刮起来，夹着零星的雪花，落在羽绒服上，停留几秒又化掉，留下一圈深色的印迹。车过肇工街，有点堵，骑着人力车，非得占个机动车道，许福明办事一直都这样，没一件得体的。后面狂按喇叭，我有点坐不住，便吃力地翻身下车。身体太虚了，没劲儿，我觉得自己像一只趴在树上的熊，笨拙缓慢，几乎是骨碌下去的，半跪在道边，休息几秒后，起身拍了拍土，自己往医院门口走。就这样，许福明也没个动静，服了，任尔东西南北风。

医院冷清，我在长廊上等许福明。一个礼拜得来两次，在二楼做透析，护士都熟了，见我面点头打招呼，说，过来了啊。我说，啊，来了。然后问我，最近感觉咋样。我说，见好。护士还挺高兴，说，那就行，慢慢来。其实我心里知道，这病上哪能好啊，就是个维持。阳光从尽头的窗户里照过来，斜射在我身上，我被晃得有点睁不开眼睛。蒙眬之中，看见许福明也进来了，衣服半掖着，裤脚脏了一块，不知在哪蹭的，连跑带颠，去窗口交钱取票办手续，来回来去，忙一脑袋汗。我想，还是医院暖气烧得足，家里要是也这样就好了。前几天看新闻，说温度不达标，能给退一部分采暖费，这钱得要，投诉电话我记在哪儿来着，我不停地回忆着，越想越困。

但一躺在病床上，又什么都忘了。像是进入另一个纯白世界，蒸汽缭绕，内心清澈，一切愿望都摸得着，想喝水，想吃东西，但吃上就吐，时间发生扭曲，像一条波浪线，起伏不定，有时候五分钟过得也像一个小时，挺煎熬。透析过后，有人活蹦乱跳，我是一点力气都没有，根本站不住，说话都累，得眯一会儿，才能稍微恢复，但也走不了几步，蹲着倒是还行，能缓一缓。挪几步，蹲一会儿，挪几步，再蹲一会儿，一般我就是这么走出医院的。许福明在身后，有几次想过来搀我，我都给推开了，不用他。他刚才是咋说的，我可都记着呢，快要让我拖累死了。

刚发现得病那阵儿，我跟我妈两人过。之前一年，许福明在外面又找一个，女的在玉兰泉搓澡，外地户口，带个小男孩。也不知道他俩咋认识的。反正许福明成天不回家，借着跑车的名义，在外面租个房过日子，怎么喊也不露面，五迷三道，好不容易过节回来一次，见面就吵架，连踢带踹，脾气见长。本来都挺大岁数了，睁一只眼闭一只眼，对付着过就得了，但他就不行，蹦高要离，魔怔了。

我妈也挺倔，还到澡堂子闹过一次，裤腰里别着菜刀去的，但没用上。回来之后，听我几番开导，心平气和去离婚，也是过够了。办完手续后，正好是中午，我们一家三口还下饭店吃了顿饺子，跟要庆祝点啥似的。许福明情绪特别好，叫了俩凉菜，筷子起开啤酒，倒满一杯，泡沫漾出来，他低头吸溜一口，然后抬手举杯，要敬我和我妈。我没搭理，低头擢拢蒜泥，我妈跟他干了一杯，然后说，瞅你那样儿吧。许福明笑嘻嘻，也不说话。我妈又说，小人得志。许福明还是笑，说道，多吃点儿，不够再要。

可能许福明自己也没料到，好日子没过几天，这场病就将我们再次连在一起。检查结果出来的时候，我刚上班不久，没啥积蓄，根本不够看病的。我妈挺要强，始终也没告诉许福明，后来把房子都卖了，我俩在铁道边上租房子住，就这样，也还没说，不指着他。但钱也还是不太够，四十平方米的老破小，能卖几个钱啊，这病跟无底洞似的。

许福明还是听别人说卖房子的事儿，才知道我得病，灰土暴尘地赶过来，衣服穿得里出外进，气色也差，提溜几样水果，像是来看望不熟悉的朋友。我妈见他来了，也不说话，在厨房拾掇菜，我也不知道跟他说啥好，就一起坐着看电视，辽台节目，新北方，一演就几个小时，口号喊得挺大，致力民生，新闻力量。看了半天，许福明问我，咱家现在这种情况，能上这个节目不，寻求社会帮助。我气得要死，给他撵走了。出门之前，我听见他跟我妈说，你放心吧，我肯定管，管到底。我心说，你咋管啊，你能管谁啊，你是玉皇大帝咋的，管好你自己得了。

咣一声，大门关上，许福明的脚步声渐远。我妈把围裙解下来，端上桌好几个菜，还炸了鸡蛋酱，冒着热气，伙食不错。我妈坐在我旁边，我看看她，她看看我，电视里的交警大哥磕磕巴巴地聊着违章，我俩抱在一起呜呜哭。之前也没这样，都挺坚强的，这天就有点受不了。哭了一会儿，该干啥干啥，差不多得了，不然菜都凉了。

我妈走得太突然了，直到现在，我都接受不了，还没正式入冬，清早下趟楼的工夫，摔在水站旁边的井盖上，昏迷过去。我们刚搬到这边，邻居都不熟悉，看这情况也没人敢动弹，后来有人打了急救电话，这才找到我。那时我还没起床，浑身疼得不行，听到这消息，瘫在地上，站不住了，后脊梁直冒虚汗，眼前一片黑暗。

我给许福明打电话，让他赶紧过来，说我妈可能是脑溢血，情况不好，快拉我去医院。他也着急，但正值早高峰，路不好走，花了将近一个小时才过来。接我下楼之后，发现等着我们的是一辆出租车。我问他，你咋不开车来？他也没说。上出租车后，又问一遍。许福明说，想给我拿点钱治病，车就先卖了。我说，用你管吗我，该你出头时，啥也指不上你。

我嘴上生气，其实也有点心疼，许福明指着那车过日子呢，前些年蹬三轮在南塔拉日杂，后来总算攒钱买了辆二手车，四米二的厢货，这还没养两年，就又卖了，肯定是赔。我家就这样，无论干啥，从来赶不上点儿。别人家赚钱了，看着眼红，也跟着往里投，结果轮到自己时，一塌糊涂，人脑袋赔成狗脑袋，没那命儿。

到医院之后，我俩直转向，哪都找不到，后来一顿打听，从里面出来个大夫，直接告诉说，人不行了，没抢救过来，让准备后事。我和许福明当时都傻了，做梦似的，一样不会，别人让干啥干啥，开死亡证明，买装老衣服，遗体送殡仪馆，忙得没空细合计。为数不多的亲戚朋友过来，扔了点钱，都同情我们。许福明还挺客气，对来宾千恩万谢，净扯没用的。晚上守灵时，我实在撑不住，几近虚脱，躺在沙发上睡着了。到后半夜，起来上厕所，看见许福明还没睡，抽着烟，对着我妈的遗像嘀嘀咕咕，好像还掉两个猫崽儿，离都离了，真能整景儿。

上午出殡，看我妈最后一眼，遗体告别时，我才反应过来到底发生了啥，哭得上不来气，心脏也跟着犯抽，口吐沫子，扯着灵床，死活也不撒手，惊天动地，好几个人都拽不走。后来工作人员都过来了，好一顿劝。下午许福明带我去医院做透析，我一句话也没说，躺在床上，感觉自己也像是死了一次，都看见魂儿了。后来想想，怎么也接受不了，下趟楼的工夫，人咋就能没了呢。想着想着，又开始怨恨起来，妈你心可真狠啊，明知道我有病，怎么就能舍得扔下我自己走啊。

许福明搬回来跟我一起住，肩上扛一个包，手里拎着一个，跟他走的时候没区别，同样也是这套装备，像是报了个几日游的旅行团，兜了一圈，又回来了，白折腾。厢货卖了，可还得活，他又买了辆二手倒骑驴，一米二的板，挺宽敞，花了三百七，礼拜二和礼拜五拉我去医院透析，平时在九路家具城拉脚，每车六十，辛苦钱，装多少都得拉，活儿俏的时候，一天能剩一百来块。

从医院回来后，许福明在厨房炒菜，尖椒土豆片，满屋油烟，租的房子没有油烟机，做饭时只能开气窗通风，不顶啥用，冬天特别遭罪，不开窗户呛，开窗户吧还太冷，还好春天马上到了。菜端上桌后，我还是没力气吞咽，只吃两口。许福明嘟囔了句啥，我没听清，便又躺着睡过去。醒来时，已是晚上八点多，望向窗外，黑暗之中，景物飘浮，那一瞬间我竟觉得十分空旷，恍惚之间，想起以前看过的两句诗：山静似太古，日长如小年。闭上眼睛，甚至能感受山风吹拂。屋内没有声音，我就这样坐了很长时间，然后起身喝水，翻开手机，看见赵东阳给我留言了，问我最近怎么样。我回信息说，下午刚做完透析，目前状况良好。赵东阳说，过几天有空来看我。我说，没事，你家里也挺忙的。赵东阳说，也不忙，就是懒，最近跑沈北院区，一直没看见你。我说，转院了，医大二院治不起，冬天以来，一直都在九院做的。

我患病之后，社交极少，跟以前的朋友基本都断了，就跟谭娜和赵东阳还有联系。谭娜不用说了，小学和初中都是一个班的，住得也近，上学放学一起回家，连体婴儿似的。赵东阳是初中同学，当时不太熟，整个三年也没说过几句话，后来我妈带我看病，有一次在病房外面，正好走个对头碰，其实我认出他来了，但没好意思打招呼，多年不见，而且是这种场合，没啥唠的。擦身而过后，他又追上来，碰碰我的胳膊，轻声问我，你是许玲玲不。我还没想好，我妈扭头替我回答，说，是啊，你谁啊。他说，咱俩以前同班同学，一六五中的，我坐你后面，赵东阳。我说，想起来了，你也没咋变样啊。赵东阳说，是不是，保养得还行。我妈看他穿的制服，问他，你在这里上班？赵东阳说，是，给医院开车呢，依维柯，送点医用耗材啥的，几个院区来回跑。我妈说，这工作挺好，是医院的正式员工不。赵东阳说，合同工，其实也不咋地，赚得少，就是稳定，平时不忙，上午一趟下午一趟。我急着告别，不爱提我生病的事儿，赵东阳还非得追着问，欠儿登似的。我妈跟他讲得很细，还指着他帮联络联络，其实他就是个司机，边缘人物，能力有限。看得出来，赵东阳听见这样的请求，也很为难。第二次见他时，医生没联络到，倒是给我买了不少吃的，还有大罐的营养品，白花钱。我死活不要，那也非得让我收下，其实那些东西都是骗人的，吃完啥效果都没有，我清楚得很。

我在医大二院做了半年多的透析，只要赵东阳当天不出车，就过来陪我坐一会儿，随便聊几句，有时候回忆同学，有时聊聊他们车队的事儿，人际关系啥的，让我帮着出主意。我能说啥，也不熟悉，就是赶着唠。他过得也挺紧，刚有小孩，媳妇还不上班，两人总干仗。我隐约记得他在上学时挺喜欢我的，但不敢肯定，印象模糊，联欢会时好像给我送过明星海报，那时候都兴这个。

谭娜来看我时，则完全认不出赵东阳，提醒了好几次，还是没想起来，也行，当新朋友处。有时候我们仨还一起出去吃个饭，都挺简单，押面鸡架啥的，赵东阳请客，不好让他破费。吃完回来，谭娜跟我说，我看他对你有点意思啊，没嗑儿硬挤，也要跟你唠。我说，别瞎白话，他都结婚了。谭娜说，我看那眼神儿不太对，暧昧。我换个话题，问她，你咋样，又处对象没。谭娜叹了口气，说，刚处上一个，二婚的，你说我是咋了，小时候也不缺对象啊，没把握好，现在岁数一大，怎么忽然这么不值钱了呢。我说，人好就行，几婚能咋地，都得认真对待。

人品这玩意，没处看去。没得病之前，我也有个对象，处得还挺好呢，在环保局上班，家里安排的，平时没啥爱好，就是喜欢足球，爱看也爱踢，以前是体校的，身体特好。我跟着他去看过几次辽足，坐东三看台，视野不错，骂满九十分钟，心情舒畅，排毒养颜。完后两人拉着手去北四路吃点烧烤，喝几瓶啤酒，半醉不醉时，在旁边的小旅馆开间房，一宿能折腾好几次，第二天照常上班，精力充沛。那段时间，我不爱回家，许福明也不回家，天天就剩我妈自己，谁也顾不上她。后来听说我一得病，对象跑得快极了，百米冲刺速度，直接蹽没影儿了。我妈重新回到我的生活中央，天天数落我，有时候说多了，也心疼，就改骂我以前对象。我也跟着骂，对着空气，啥难听说啥，哄我妈高兴。但其实我一点也不恨他，人之常情，可以理解。现在偶尔想起来，也都是些美好的记忆，我挺知足的，没白处一回。

许福明回来时，将近半夜，我迷迷糊糊正要睡着，听见开门声吓了一跳。我拧亮台灯，问他干啥去了。他回答说，没事儿，你快点睡吧。我说，病历你搁哪了，在你包里没，我瞅一眼。他说，瞅啥，深更半夜，睡觉。我说，看看指标。他说，我看了，都挺好。我不信，下床去翻他包，他一把拽走，不让我看，转身躺在沙发上，头枕着包。不看就不看吧，反正肯定也是不好，我心里有数，看见了反而闹心。我上个厕所，又回到床上。租的房子不大，我睡里屋，许福明睡在过道的沙发里，经过他时，能闻到一股饭菜味儿。我知道他干啥去了，这老家伙，没有消停时候。

我是上个礼拜发现的，他又处上一个，我家以前房子附近饭店的服务员，瞅着比他岁数都大，一脸褶子，尖嘴猴腮，长相特怪。我也真是服了，许福明到底有啥魅力，一没劳保，二没长相，赚得也少，还有个生病的女儿，就这家庭条件，咋还有人往上贴呢。这女的姓啥不知道，但之前我见过好多次。我高中退学之后，到药房去上班，干收银，她戴个口罩，老过来开药，全是治妇科病的，那时候我对她就没啥好印象。

许福明这几天晚上总不着家，爱往饭店跑，那女的就住那里，凳子一搭，被褥一铺，直接睡在上面。大前天吧，许福明还从家里偷了罐蜂蜜，藏着掖着，给那女的送去了。我没吱声，那蜂蜜是赵东阳以前给我买的，拿就拿呗，反正我也不喜欢那股味道。

我躺在床上，睡不着，就捧了本书看，诗词大全。我上学时候就爱学语文,尤其是古文,觉得写得美,读起来有感觉,"满船明月从此去,本是江湖寂寞人",说得多好啊,我经常也是这个心境。但可惜书没念下去,我那几年正赶上辽宁实行大综合高考,不分文理,总共九门课,全都得学,物理化学啥的,各种公式,真记不住,太难了,于是上完高二就退了,给家里减轻负担,反正也是普高,每年退学得有一半,不稀奇。但我这文化水平,比谭娜和赵东阳多少还是强点儿,他俩都是初中毕业就不念了。赵东阳说要去当兵,后来也没去成,考了个本开车去了。谭娜上了个中专,有阵子挺疯,夜不归宿,总去红番区蹦曲,扑热息痛似的药片子,一把一把地吃。家里人也都不管她,整天迷迷瞪瞪,身边男的总换。那阵子我俩接触得就少了,唠不到一起去。后来她也不玩了,被人害得不浅,打两次胎,伤了元气,不敢折腾了,正好她老姨在西都商场兑了个床子,她就去帮着卖裤衩袜子,一干就是好几年,我身上穿的全是她送的。成天坐在柜台后面,光动弹嘴儿就行,不累。她挺适合卖货的,也乐意干,就是运动太少,导致这两年体重长得有点快。我俩身高差不多,一米六五吧,但她现在比我得重四十斤,充气似的,走道都开始喘了。

后来不知道是几点睡着的,第二天醒来时,差不多八点。我拉开窗帘,阳光明媚,伸着脖子往外面一望,拴在栏杆上的倒骑驴不见了,许福明已经出门。饭菜在盖帘里,还是昨晚那些,洗漱过后,我自己热着吃,一口一口,嚼得很细致,跟昨天相比,我感觉基本是缓过来了。吃过饭后,在家待着实在没意思,我穿好衣服出门,想去找谭娜待一会儿。

坐上公交车,经过铁西广场时,好像看见我以前对象了,就一个背影,但我感觉应该是他。还是那么瘦,穿得立整,小鞋刷白,胳膊肘儿挎个女的,那女的背个金链小粉包,细跟长筒靴,也不怕摔。我没敢下车,有点怕见到他,状态不好,不自信,特意多坐一站,再走回商场。谭娜正在吃午饭呢,还没吃完,筷子放在一旁,我看了一眼,三荤一素,待遇挺高。她冲我点点头,然后继续向顾客展示十块钱五双与十块钱三双的质量区别。我从她与案板的缝隙之间钻进去,一屁股坐在里面的板凳上,开始摆弄手机。板凳上套着海绵垫,倚靠一堆货物,相当舒服。

谭娜将盒饭扒拉干净,一粒没剩,然后横过手背,擦了擦嘴,问我,过来咋不提前说一声。我说,懒得打电话,走到哪算哪。谭娜说,前几天看见你爸了,在那饭店里,挺晚的时候,我去打包俩炒菜。我说,他干啥呢。谭娜说,干坐着,喝水,招人烦不。我说,没皮没脸。谭娜说,是不是跟那个服务员。我说,我看着像。谭娜说,那女的也不容易,下岗多少年了都。我说,许福明就他妈爱扶贫,也不看看自己啥德行。谭娜说,不能这么看,岁数大了,都有情感需求,你得理解,你爸这人不坏。我说,别提他了,你咋样。谭娜说,住一起了。我说，进展挺快，啥时候下一步。谭娜说，住上我就后悔了，脾气不咋地，那方面也不太行。我说，差不多得了，要求还挺高。谭娜说，说两句就好动手。我说，那可不行，不能挨欺负啊，别犯糊涂，赶紧撤。谭娜叹了口气，说，我本来也是这么想的，但我现在身边真没人了啊，只能先将就着，再说他这人其实倒也不坏。我有点急了，跟她说，谁他妈都不坏，最后就你吃亏，再找啊，离了他还不活了咋的。谭娜说，说得轻巧，咱这条件，是要啥没啥，还能像小时候似的啊，想跟谁处就跟谁处。

我给赵东阳发信息，邀他晚上也一起吃饭，来陪谭娜喝点儿，她心情不好。没到四点呢，他就从医院过来了，穿一身牛仔服，歪戴帽子，远看着还行，离近了细瞅，满脸瑕疵，不忍直视。我有点违心，夸赞他说，气色不错啊，挺有型。赵东阳指了指脑袋，问我，咋样。我说，啥咋样。他说，刚铰的头。我说，就为了见我俩呗，特意去理个发。赵东阳说，那必须重视起来，完后又回家换套衣服。谭娜说，你媳妇没问你要干啥去啊。赵东阳说，问了，我直说的，跟你俩喝酒去，能把我咋的，我这一天到晚，累死累活，赚钱养家，出去喝点小酒，有毛病么。我说，还立起来了。赵东阳笑着说，谁还能总挨收拾啊，想吃点啥，我请，刚过完年，年终奖又发一半。谭娜说，今天谁都不用，我来，烤牛肉去，能多待一会儿，难得聚一起。

商场五点关门，我们刚要走，忽然又来了几个女的，岁数不小，打扮还挺妖，个个皮靴假透肉，要买丝袜，挑来挑去。赵东阳坐在后面，眼神挺不健康，想装作不在意，却又忍不住多瞄几眼。我觉得好笑，小声跟他说，想看就看呗，有啥不好意思的。赵东阳说，拉屁倒吧，太小瞧我了也。谭娜一边应付客人，一边收拾柜台，嘴和手都不闲着，卖货一把好手，弯腰装箱时，露出一截后背以及半个屁股，一圈白肉漾出来，颤颤巍巍。我上前去拍了一巴掌，手感结实，声音响亮。她不好意思地往后拽拽衣服，说，许玲玲，你能老实一会儿不。我乐得不行，来买货的都直瞅我，但我也不知道自己到底在乐啥。赵东阳有些不好意思，点根烟出去了，说在外面等我们。

待到我们出门时，天色已晚，沿着后街走几分钟，来到小六路的千里马烧烤，正是饭点，人还挺多，我们在最里面占了一张桌，贴着墙坐，赵东阳蹭了一身白灰，使劲扑落也不掉，挺狼狈。谭娜点一桌子菜，全是肉，腰子熟筋鸡脆骨，就一个拌花菜是素的。我光看着就有点饱，她好像特别饿，吃得很快，烤得半熟就往嘴里塞，还指使赵东阳从门口拎过来好几个篦子，自己烤自己换，万事不求人。我得这病，不能抽烟喝酒，不然就更严重，只能看着他俩互相吹。谭娜酒量特好，从小练出来的，那是美酒加咖啡，一杯又一杯。赵东阳不太行，两三瓶下肚，脸就红了，喘气都带着酒味，眼神发直，话也说不利索。我俩跟小学生似的，听着谭娜一顿大白话，从商场到夜场，从首都到沈阳，政策形势，情感关系，瓜果皮核，分析得头头是道。天南海北，谭娜最美，不服是不行，前提是这事儿里没有她，要是她自己的事儿，那是怎么都捋不清的，混沌一片，小糊涂仙儿。

喝到晚上十点多，就剩两桌了，火炭烧尽，屋内逐渐变凉。不知道怎么聊到旅游，谭娜说她想出门转转，好几年了，铁西区都没出过，我说我也想去，赵东阳说那咱今年就走一趟啊，来个春游。我说，费用得均摊。谭娜说，你俩相好的，还摊个屁啊。她一喝多就这样，满嘴胡咧咧，我也不挑。赵东阳说，到时候借个车，我开着去，看看大海，放松心情。我说，可惜我不能走太远，两天就得回来，还得去医院。谭娜说，近的也行，大连那边好几个岛，我老姨年前去的，风景都还行，不贵，吃住一条龙。我和赵东阳也觉得不错，是个好提议，可做备选。聊得正高兴，谭娜出门接了个电话，回来时满面红光，身边多了个男的，介绍说是她对象，在家不放心，特意来接她了。整景儿呗，饭店离她对象家就几步道儿的距离。她对象长得有点老，干巴瘦，头发快掉没了都，鹰钩鼻子，戴个眼镜，穿了件起球的绿毛衣，看着像她叔，反正跟我们不是一代人。谭娜有点喝多了，依偎在他身上，脸贴着她对象的胳膊，姿势极不协调，看得出来，她对象也挺难受，不方便夹菜。谭娜说，老公，他们要带我出去玩。她对象说，好事啊，你去呗。谭娜说，那你跟我去不，我可不想当电灯泡。她对象夹了一块烤煳的肉，塞进嘴里，然后说，上哪啊，一起去呗，全我安排。我一听这话就特别反感，拉了一下赵东阳，说，你差不多得了，明天还得上班呢，喝完这个就回家，不然又得跟媳妇干仗了。赵东阳挺聪明，点点头，提了一杯，跟谭娜对象说，初次见面，来日方长，杯中酒了兄弟。

谭娜和她对象住得近，互相搂着往家走。赵东阳送我回去，路上空车少，先陪我走了一段。灯光昏暗，几乎没有行人。昨天还飘雪花，今晚仿佛直接进入春天了，一步到位，这季节总令人产生幻觉。没有风，温度适宜，天空呈琥珀色，如同湖水一般寂静、发亮，我们俩步伐轻快，仿佛在水里游着，像是两条鱼。想到这里，我忽然问赵东阳，我们像鱼不。赵东阳说，啥意思，没吃饱咋的。我说，不是，就是天气挺好，周围没有障碍，身体也还行，有劲儿，走路轻松，自由自在。赵东阳说，像啥都行，只要你好就行。我说，要是能选的话，我想当鲨鱼，前几天看新闻，北大西洋里发现一条，格陵兰睡鲨，五百多岁，目前为止发现的活得时间最长的动物。赵东阳说，那是啥朝代生出来的。我说，可能是明朝。赵东阳说，成精了。我说，这几天我一直在想，你说它每天是啥心情。赵东阳说，什么啥心情。我说，五百多年，别人都活好几辈子了，它这一生还没过完，世间的那些事，反反复复，看了多少遍，曾经的同伴都已静静沉入海底，只剩下它自己，离岸几千米，似睡非睡，缓缓前进，守护着越来越多的时间，这么一想，又有点替它难过。赵东阳说，难过就别想了，给自己增加负担，你得先养好身体。

走回大路，月光洒下来，地面湿润，我们站在道边等出租车，侧方忽然有奇异的浓烟冒出，我们走过去，发现是一棵枯树自燃，树洞里有烛火一般的光，不断闪烁，若隐若现，浓烟茂密，凶猛上升，直冲半空，许久不散。我们眯着眼睛，在那里看了很久，直至那棵树全部烧完，化为一地灰烬，仿佛从未存在。

四月份结束供暖，屋内更加阴冷，我的身体一天不如一天，经常处于睡不醒的状态，起来活动一小会儿，就又要犯困。上次大夫跟我们说，方便的话，一个礼拜来三次也行，我心说，我倒是方便，时间有的是，但钱不方便啊。看这病只能报销一部分，剩下的还得自己承担，当然，主要是许福明承担。他听完这话后，当场也没有表达看法，默默蹬车带我回家，回来也没动静，假装没听着，黑不提白不提。啥人吧。

有时候我挺来气，有时候又挺同情许福明，这辈子过得，没少挨累，啥都折腾，但到头来啥也没成。到他这岁数，不说那些有大能耐的，就是以前厂子的普通工人，都找人办个提前退休，坐家里享清福了，他还在这奋斗呢，肩扛背驮，冬练三九夏练三伏，着实不易。走在路上的时候，我脑子里反复合计这些事儿，觉得也挺对不起他，拖累，但是一到家里，见他那副德行，今天搞破鞋明天偷蜂蜜的，又气不打一处来。

最近身体状况不好，跟谭娜他们也没怎么联系。有天半夜，她忽然给我打电话，哭得不行，告诉我说让那男的撵出来了，两人又动手了。我说，撵出来挺好，以后也别回去了，少给自己找罪受。谭娜问能来我家对付一宿不，我说那有啥不行的。快十一点吧，谭娜敲门进屋，眼睛红肿，脸色苍白，被泡过似的，没有血色，手里提着一盒草莓。我在厨房洗草莓，她就在屋里愣神。许福明披上衣服出门了，还挺觉景儿，估计是又偷摸去饭店住了，最近他总不在家里睡。

谭娜说，擀面杖。我说，草莓真好吃，好几年没吃了都，你说啥。谭娜说，他拿擀面杖打我。我说，你没还手啊。谭娜说，还了，我给他推桌子底下去了。我说，推得好。谭娜说，然后他跳起来，龇牙咧嘴，照我脑门儿就是一下子，给我干蒙了，站不稳了都，现在感觉脑袋里头还嗡嗡的。我说，太他妈不是人了，你千万可别跟他过了。谭娜说，这回肯定分，再处要出人命。我说,那不至于,你看他那熊样,打仗拿擀面杖,都不敢动刀,也是个窝囊废。谭娜说,不是说他,是我,我怕自己出事,现在有的时候,我看见他睡着了,想起来以前的一些事儿,想起来他是怎么对我的,就想直接上厨房取刀攮他,好几次了。我说,我操,千万控制住。谭娜顿了一下,盯着我说,九九。我说,姐你喊谁呢,别吓唬我啊,我许玲玲。谭娜说,草莓,丹东九九的,可他妈贵了,你给我留点儿啊。

有天赵东阳要来给我送点日用品,从医院顺的口罩洗手液啥的,装在一个黑塑料袋里,见到我时,先问我一句,准备啥时候出去玩,不是周末的话,他要提前请假。我本来都忘了旅游的事情,但他这一提醒,还真提起兴趣了,我把谭娜的事儿跟他说了,然后说我自己最近也不好。他说,那正好啊,一起出去散散心,咱们赶在中下旬,找个方便的日子,五一假期人就多了,人多玩不好。我说,行,回头问问谭娜,她工作都不干了,天天憋在家里,情绪很差,我也担心。赵东阳说,先担心你自己吧。

那天正好是周六中午,赵东阳说要请我出去吃饭。我翻翻冰箱,还剩了点切面,就说别下饭店了,留着钱出去玩多好,中午我给你做炒面,对付一口。赵东阳说,那行啊,我就愿意吃炒面。他出门买了香肠和咸菜,还换了瓶啤酒,挺不拿自己当外人。我打了两个鸡蛋,还有点菜叶子,搁陈醋酱油,炒了一大锅,面是炒完了,大勺端不动,盛不出来,胳膊没劲儿,最后还是喊赵东阳帮我倒出来的,装了两大盘。我又拨给他不少,屋里挺凉,但他还吃得满头冒汗,我看着高兴,没白做。

许福明拿钥匙开门时,不知为啥,我心里还紧张一下。赵东阳起身打招呼,说,叔。许福明看着他,没反应过来,说,来了哈。赵东阳说,啊,过来送点东西。许福明说,啊,我回来取点东西,马上就走。赵东阳说,啊,东西放这了,我也走,回家。我说,你着啥急啊,刚吃完饭。许福明说,是,多待一会儿呗,再待一会儿,回家不也是待着么。

许福明刚关上门,我就开始笑,控制不住,赵东阳特别不好意思,说,你乐啥啊。我憋住笑,说,没啥,我看你挺尴尬。赵东阳说,早知道就不换啤酒了,你不说你爸白天不回来么,这多不好啊,连吃带喝的。我说,那怕啥。赵东阳说,影响我个人形象。我说,我还没说影响我呢,你有个屁形象啊。赵东阳说,唉,也是。

收拾完碗筷,我俩坐着看电视,总共就能收到三五个台,没好节目,全是不看广告看疗效。我给谭娜打电话,跟她说想一起出去旅游,谭娜听后很高兴,说她都好几天没出门了,我说那你就赶紧准备起来,下个礼拜五,我去医院透析，休息一晚，咱们礼拜六早上出发，礼拜天晚上回来，正好赵东阳还不用请假。谭娜说，那行啊，定好地方没。我说，刚跟赵东阳说呢，觉得秦皇岛挺好，有山有海，离得也近，来回方便。谭娜说，没问题，正好我还没去过呢，我得想想出去玩穿啥。我说，你想吧，好好琢磨，提前一天来我家住，早上咱俩一起走。

我跟许福明要了五百块钱，说要出去旅游。他有点犹豫，但还是给我了，都是零钱，一张一张铺平叠好，我看着难受，有点打退堂鼓，这种家庭条件，还要出去玩，确实不太合适，但是之前都定好了，也是真想去，看看风景，这时再反悔可就太扫兴了。许福明将钱小心翼翼地递给我，然后问，多咱去啊。我说，过两天。然后他又问，五百够不啊。我点点头，没有说话。

谭娜拖了个半人多高的大箱子来找我，知道的是去旅游，不知道还以为要搬家。我说，总共就走两天，用得着这么多东西么。谭娜说，能想到的，我都带着了，准备了好几天，东西是越装越多。我翻了翻她的箱子，问她，你带泳装干啥，这才几月份，下不了水，没到时候。谭娜说，万一能呢，我备着，这套是去年新买的，一次都没穿过呢。

原本说是开车去，结果赵东阳那边没借到车，我们决定坐火车去，其实正合我心意，开车去费用太高，又是油钱又是过路费的，光让赵东阳自己掏，那过意不去。火车票不贵，五十多块钱，对谁都没负担，1024次，早上五点多出发，九点多到山海关，啥都不耽误。

谭娜兴致很高，定的闹表，三点就醒了，梳妆打扮，我还是困，透析完就是累，怎么都起不来床，最后谭娜硬生生把我拽走的。我俩四点出的门，站在路边打车，冻得直哆嗦。我穿帆布鞋和牛仔裤，上身是卡通帽衫，轻装上阵。谭娜穿了一套豆沙色的衣裤，挺严肃，看着像要去招待所开会，臃肿的身体被捆在其中，极不合适，选了一个多礼拜，咋就穿这套出来呢，不理解。

凌晨温度很低，像是又回到了冬天，空气里有烧沥青的味道。我迷迷糊糊，想起以前许多个冬天，那时候我和谭娜跟现在一样，拉着手，摸黑上学，一切都是静悄悄的，但走着走着，忽然就会亮起来，毫无防备，太阳高升，街上热闹，人们全都出来了，骑车或走，卷着尘土；有时候则是阴天，世界消沉，天边有雷声，且沉且低且长，风自北方而来，拂动万物，一天又要开始了。

我给赵东阳打电话，光响也没人接，都开始检票了，他还没到，也不知道到底是去还是不去，没起来床还是咋的，没个动静，心里有点急。谭娜笑话我说，咋的啊，惦记上小情人儿了。我说，你那嘴能闲一会儿不。谭娜说，爱来不来呗他，咱俩照样玩。我说，问题咱不都提前定好了么。谭娜说，可能又跟媳妇干起来了。我说，没准真是。谭娜说，他给你说过没，媳妇管他老严了，各种控制，还总拿孩子要挟他。我说，他自己娶的，赖谁啊。

我们正聊着，赵东阳从后面跑来，步伐很大，踩得地面咚咚作响，背了个黑色双肩包，头发蓬乱，眼睛没睁开似的，一看就没睡好，呼哧带喘，跑到我俩跟前，说，起来晚了，差点没赶上车。我说，心挺大啊，也不知道回个电话。赵东阳说，一路小跑来的，呜呜这顿蹿啊，哪有工夫看手机。

我们坐的是绿皮车，主要图便宜，车厢里一股腐败的味道，很难闻，硬座是卧铺改的，没有隔档，坐着不太舒服，不得靠也不得躺，视线也窄，没法施展。刚上车我就有点困，谭娜让我坐在最里面，我也没精力吃东西，披头散发趴在桌子上，没一会儿就睡着了。他俩在旁边说话，声音很吵，我做了好几个梦，都是一闪而过的片段，不成体系，这一觉睡了两个小时，报站说马上到锦州了，我才醒过来，揉眼一看，谭娜和赵东阳也不聊天了，闷头一顿狂造。谭娜昨天买了一只板鸭，这时候正拆了分着吃，还配着几听罐啤，挺会整，见我起来了，谭娜指了指桌上的残骸，跟我说，味儿还行，特意给你留个大腿。赵东阳说，有点咸其实，就大米饭正好。谭娜说他，你咋那么多事呢，白吃都堵不上你的嘴。

窗外都是石山，形态陡峭怪异，巨大且锋利，谈不上是什么景观，但也让人看得入迷。我想，要是这几个小时的车程，能无限延长就好了，哪怕是极短的距离，你仔细观察，反复体会，总能发现不一样的东西，无法穷尽。山脉过后，又是一片水潭，静止不动，看不出到底多深，我们仿佛驶在桥上，一阵大风吹过来，火车轻轻摆荡。

赵东阳忽然来了一句，掉下去就好了。我说，这是啥话。谭娜跟我说，刚才你睡着了，没听他讲，又跟媳妇吵架了，不愿意让他来，他非得来。我说，那就别来呗，至于么。赵东阳说，早上还给我下最后通牒，说我今天要是出门，回来就去办手续。谭娜说，吓唬你呢，都是路子。我说，你这么一说，我真有点后悔出来了。谭娜说我，这时候你装啥好人，跟谁一伙儿的你。赵东阳说，那后悔啥，咱该咋玩咋玩，我算看透了，我跟她是过一天少一天。谭娜说，话说得跟放屁似的，你跟谁还能过一天多一天是咋的，那不符合自然规律。赵东阳低着头，不吱声了。我捅了捅谭娜，她瞅我一眼，又找补一句，说，我也没别的意思，咱既然都出来了，就好好玩，别老跟怨种似的，有啥问题回去再解决，来，再开一罐。

火车略有晚点，我们从山海关站出来时，已经将近十点。空气好像比沈阳还凉，水分大，能闻到一点腥味，不重。眼前是深色城墙，倾斜而上，巨人一般矗立，砖缝之间有白沿，不知道有多少年历史，也可能是后来修复的，无所谓，气势还在。我跑过去，展开双臂，抬头眯眼，让他们帮我拍了张照。别白来一趟，虽然目前的状态不好看，但也要留个纪念。背后的城墙凉涔涔，我踩在湿软的泥地上，有雨的气息环绕周身。这边很少有高楼，放眼望去，心旷神怡，远处还有风筝在飞，摇摇晃晃，像是从海里面升起来的。

谭娜记了个地址，带着我们走，非要去吃一个什么包子，当地特产，她都吃一路了，咋还能吃下去呢，我也是纳闷。七拐八转，终于找到了那家饭店。门脸挺大，刚一进去，我就一阵犯恶心，满地油污，手纸筷子都粘在地上，走道发黏，我找了个位子坐下，赵东阳和谭娜去点包子。旁边的服务员大姨走过来，用嘴咬开一袋陈醋，挤入桌上的调料瓶里，我不知道该说啥好。不一会儿，谭娜和赵东阳端上来两大盘包子。我是一点胃口也没有，只喝了半碗粥，包子尝了一个，不爱吃，油太大，他们俩吃得不亦乐乎，但最终也没吃完。倒也行，午饭就此解决了，不耽误时间。

我们先去的天下第一关。刚进去时还挺凉，几乎没有游客，一切尚未苏醒，过了一会儿才逐渐暖和起来，有摊位在卖烤肠和苞米，没精打采，锅里连热气都不冒。我走在最前面，跑上台阶，谭娜在后面喊，你慢点儿啊。我说，你这咋还不如我这个病号呢。谭娜说，吃撑了，迈不动步，直冒虚汗。我说，那我在顶上等你。我爬上去之后，半天也没看见谭娜，赵东阳也磨蹭好一阵儿，才赶上来，跟我说，谭娜在底下坐着呢，歇一会儿，不到这顶上来了，我们一会儿下去找她。我说，啥体力啊，这也没有多高。赵东阳说，是啊，没多高。我说，但不上来也行，没啥损失，景儿也没多好。赵东阳说，是啊，没多好。

虽然景色一般，但我还是愿意多望几眼。近处有红黄标语，扯在树间，远处是土黄与青黑的结合，松柏成林，颇有秩序，回首望去，山脉连绵不断，其间有几趟平房，在云的深处若隐若现，规模不小，不知道是什么人住在里面。

我们下来之后，看见谭娜正在打电话，表情严肃，走得慢悠悠。我也不好偷听，便跟赵东阳走在前面，她在后面跟着。我小声问赵东阳，你猜，跟谁打电话呢。赵东阳说，那我上哪猜去。我说，肯定不是啥好人。赵东阳说，谁说的，净瞎扯。我说，看表情就能看出来，她有啥都写脸上，多少年了都，藏不住事儿。

果不其然，谭娜挂掉电话后，追上来跟我汇报，以前对象打的电话。我说，又要干啥啊他。谭娜说，没啥事，问我过得咋样。我说，你咋说的啊。谭娜说，我说挺好，在外面玩儿呢，不用你操心。我说，然后呢。谭娜说，他说他挺想我的，以前是他不对，会逐步改，让我再给他一次机会。我说，你是不是又要犯糊涂。谭娜说，有点心软，但也没定，我说我得想一想。我说，想啥，挨揍没够咋的。谭娜说，那万一他真改了呢。我说，狗改得了吃屎吗。谭娜想了想，说，也对，妈的，好悬又让他忽悠，我也发现了，现在有时候心太软，前些年真不这样，那时候多潇洒啊，平地一声雷，爱谁谁，平地一声屁，爱咋咋地。我说，这话对，咱可不能越活越回旋啊。

我们从第一关出来后，坐25路去老龙头，我数了数，一共九站，十来分钟就到了，路上车少，车开得也猛，路过个什么工人医院，还有一个中学，我还没坐够呢，就到站下车了。关里关外就是不一样，景致建筑都有差别，沈阳还比较萧条，没从冬天里彻底挣脱出来，但这里就已经很葱郁了。到了老龙头门口，赵东阳买了三张套票，附带个景点，孟姜女庙，说有空也一起去看了。我要给他钱，他怎么也不收。谭娜在一边说，人家不要，一片心意，你非得硬给啥。听她这么一说，也只好作罢，但谭娜不明白我的心理，我主要是不想欠谁的，尤其是这种情况，别人倒是都不计较，但自己总犯合计，尤其夜深人静时，算来算去，没法还，压力很大，心情也受影响。

老龙头景区不小，刚走一半，我就有点累，想休息片刻，谭娜正相反，大概是消化得差不多了，体能逐渐恢复，一边埋怨我没有长劲儿，一边也陪着我坐在凉亭里。旁边有两门假石炮，也有几个油漆味道很重的房间，用来展示当年驻守军队的日常物资和生活状态。不远之处，有人在烧香，香柱高大，烟雾向上盘旋，到一定高度后，又轻盈散去，录音机放着诵经的声音，嗞嗞啦啦地传来，始终不停。我听得入神，想起很多事情。当年我妈卖房之后，又租下现在这个铁道边的一楼，她最相中的一点是，原来这间屋是位老人在住，有个小佛堂。搬进去后，她也供了一尊菩萨，摆在架上，不知道从哪请来的，天天拜，烧香供果，念念有词，旁边放唱佛机，一刻都不带停的，特别虔诚，说是在给观世音菩萨建道场，能为我化解业障，但是我的还没化解开呢，她就先走一步，这上哪说理去。不过对她来讲，倒也算是一种解脱。后来我爸搬回来，好一顿收拾，这些东西都不知道被他撇哪去了。

天又有点转阴，我们跟着一个旅行团，蹭导游的讲解听。她说在老龙头，景色最好的地方是澄海楼，有古诗为证，"长城连海水连天，人上飞楼百尺巅"，有一截长城伸展到水里，世界奇观，万里长城的起点，长城蜿蜒，如蛟龙一般守卫此处，东临碣石以观沧海，说的正是这里。我听着很心动，但一打听，要上澄海楼，又得额外花钱，于是有点犹豫，我问谭娜和赵东阳，要不要上去看，他们都没啥兴趣，但也看出来我挺想去的，就又说可以在下边等着。我想来想去，决定花钱上去看一把，下次再出来旅游，指不定是啥时候，得尽量不留遗憾。

我继续向上爬，飘了点雨，谭娜和赵东阳停在城楼的暗间里，我走上几步，回头一望，赵东阳点了根烟，正在抽着，谭娜手里也夹着一根，冲我挥挥手，笑容灿烂。我情绪颇佳，一鼓作气，登上楼顶，出了一身汗。钱没白花，风景确实不一样，面前就是海，庞然幽暗，深不可测，风一阵阵地吹来，仿佛要掌控一切，低头是礁石，有卷起来的浪不断冲刷，极目远处，海天一色，云雾被吹成各种形状，像水草、骏马，也像树叶，或者帆船，幻景重重，甚至耳畔还有嘶鸣声。我忽然想起以前背过的一篇古文，里面有一句：野马也，尘埃也，生物之以息相吹也。当时不懂，现在身临其境，体验到了，就感觉写得真是好。雨丝落在身上，浸湿头发，风也硬，轻松将我的衣服打透，让人时常要倒吸一口气。我站了很长时间，冻得瑟瑟发抖，但仍不舍离去，有霞光从云中经过，此刻正照耀着我，金灿灿的，像黎明也像暮晚，让人直想落泪，直想被风带走，直想纵身一跃，游向深海，从此不再回头。

赵东阳给我打电话，问我怎么还不下来，怕我有啥事。我说，能有啥事，一切安好，就是景色太美，挪不动步。赵东阳说，没事就好，那你再待一会儿也行，我们原地等你。我说，不了，看够了，这就下去。

雨还在下，但不大。谭娜和赵东阳仍在暗间里，背靠着墙，姿势跟我走时没啥两样，只不过每人手里都多了一个塑料兜子。我问他们，拎的是啥。谭娜说，看我半天也没下来，在景区逛了一圈，买了点纪念品。我说，给我看看，都买啥。谭娜逐件掏出来，说，买了两件旅游纪念衫，有一件是给你的，还有印画的水杯，回家自用，戴脸谱的唱戏小人儿，摇头晃脑，你看好玩不。我翻了一遍，觉得没有特别喜欢的，问赵东阳说，你买啥了。谭娜替他回答说，买了个烟灰缸，死老沉，石头雕的，倒是挺好看，一条龙盘着天下第一关，转圈是长城，还买了一把伞，怕你挨浇。赵东阳挠了挠脑袋，将烟灰缸展示给我看，做工挺糙，但意思到位，另外他还给孩子买了一堆小玩具。我说，花不少了吧。赵东阳说，没多少，东西不贵。我说，还行，知道惦记孩子。赵东阳说，唉，要不咋整，回家不得管我要啊。我说，现在这种情况，要是你一回家，看见媳妇带孩子跑了，能受得了不？赵东阳想了想，说，还不至于，没到这一步呢。

我们又在里面转了半圈，山谷里看见有人在驯马，紧拽勒口，鞭子抽得极凶，人和马离得很近，几乎是四目相对，马的双蹄跷起，驯马者不断呵斥，双方像是在台上进行搏斗。我有点看不了，心里不好受，那儿鞭子，也像是抽在我身上。谭娜没见过这个，还挺好奇，不愿意走，赵东阳也不看，背过去又点根烟。我这才想起，之前在澄海楼上听到的，也许正是这匹马的叫声。

我们从老龙头出来时，已经接近下午四点，都有些累，毕竟起来得太早，精神头儿有点不够用。接下来是孟姜女庙，出门一打听，离这儿还有点距离，十几公里。但票都买了，不去也可惜，于是我们坐了个三轮车，一路晃悠到孟姜女庙。刚一进去，就有点后悔，这里十分冷清，一切都是新的，装修味道很重，而且里面也不大，除我们之外，很少有其他游客，十几分钟，我们基本就逛得差不多了。谭娜一个劲儿叨咕着，上当了，上当了，这回可上当了。我说，其实也不算，反正里面没啥消费项目，烧香啥的都是自愿的，就当溜达了。赵东阳也说，是，我看这里还挺好，也长见识，不到这儿来，我还一直以为孟姜女跟小白菜是同一个人呢。

庙的深处，辟出几间屋子，拉着横幅，上面写着"中华巧女手工艺展览"，我们进去一看，墙上挂的全是剪纸，各式各样，十二生肖，蝴蝶燕子，四季与儿童，都有，但剪得也没啥稀奇，算不上精美，底下都写着标价。在最后一间屋子里，我们看见了一位妇女，四五十岁，戴大耳环，围着一条纱巾，黑瘦，穿得很落伍，像是附近村里来的。她握着一把剪刀，极其专注地工作。谭娜凑过去问，你是叫巧女，对不？她没说话，只是微微点头。谭娜跟我说，看，上当了吧，处处是陷阱，看外面的标语，中华巧女，还以为是一群女的，都心灵手巧，结果就一个人，她的名字叫巧女，这扯不扯。我笑着没回答，跟着他们走出门，那位妇女放下剪刀，起身相送，这时，我们看见，她满身的红色纸屑，轻盈，细碎，纷纷扬扬地落了下来。我们继续往庙外走，她到门口就停下来，抬头望天，像是刚刚破茧而出，抖落躯壳，还不知要飞去什么地方。

按照赵东阳的计划，我们今晚住在北戴河，一来这边不是旺季，价格便宜，二来据说海景不错，明天早上看日出也比较方便。但我并不知道北戴河距离山海关还挺远，我们换了两三趟公交车，总共坐了近两个小时，才到达目的地。我在车上醒了又睡，睡了又醒，觉得浑身冷，一直哆嗦，怕是要发烧。等到我们在刘庄下车时，已是晚上七点，天都黑了，人也很少，三三两两，气温比白天低好几度。

赵东阳说，这边都是家庭旅馆，这个季节不用提前订，都有床位，我们往里面走一走，还有更经济实惠的。谭娜挽着我的胳膊说，都行，找一家就行，赶紧让她歇会儿吧，你瞅她，困得滴里当啷的。我强打起精神，说，没事啊，缓过来一点了。

赵东阳向路人打听两次，带我们走进一个胡同，两边都是二层小楼，家庭宾馆，还挺别致，一楼挂着牌子，上面写的是"休闲小屋"，我挺好奇，想看看都是怎么休闲的，往里面看一眼，结果发现是麻将社，都在那稀里哗啦打牌呢，屋里满员，烟雾缭绕，跟清冷的街道形成鲜明对比。

我们选了一家顺眼的住，那家底下的标语写着：环境优美，空气怡人，装修静雅。我说，这家好，听着素净。女老板扫一眼我们的身份证，也没登记，帮我们开了一个三人间，位于二楼中央，八十块钱一晚，设施虽然有点简陋，但着实是不贵。水泥地面，摆着三张单人床，彩电、桌椅、衣架都有，室内还带卫生间，能洗淋浴。我躺在中间的床上休息，谭娜守着窗户，又把她那大箱子掀开，开始捣弄东西，还去厕所换了套新衣服，真没白带。赵东阳洗了把脸，然后站在门外，扶着栏杆，跟楼下的女老板聊天，问她附近哪家饭店最好，人均多少钱，哪道菜值得一点。

八点半出的门，没走几步，就是女老板推荐的烧烤店。谭娜十分亢奋，进去菜单全点一遍，各种肉串、扇贝、烤气泡鱼、麻辣烫、锅烙，上来一大桌子，味道确实还可以，锅烙我吃了半盘，韭菜鸡蛋馅，有鲜灵劲儿。他们还叫了两提啤酒，各自开战。谭娜撸起袖子，唾星四溅，又是一顿猛白话，边讲边喝，直接对瓶吹。看得出来，她也是太郁闷了，压抑够呛，说着说着哭了，我听着也特别心疼，然后还管赵东阳要烟。谭娜抽烟的间歇，赵东阳开始倒苦水，也不知这都是咋的了，媳妇丈母娘这那的，鸡毛蒜皮的屁事儿，但最后搞得矛盾还挺大。其实我不咋爱听，他们的这些问题，总归会有一个解决办法，要么你进我退，要么我退你进，或者各让一步，我的问题就比较难了，基本无解。也可能正是这样，我从来都不爱去一次又一次地讲，没啥必要，自己难过就自己受着呗，往好了说，是不愿意给别人添堵，其实从内心来讲，是不愿意成为别人日后的谈资或者素材。我活着可不是为了丰富他们的阅历的。所以生病以来，我跟很多亲戚朋友都不怎么来往了，每次听到他们假装关切的询问，我都想说，请收回你的怜悯并且要点脸吧。我也知道这种心态不对，但又调整不过来，总觉得自己委屈，凭啥非得是我摊上，越想头越疼，到后来，我干脆也破了戒，跟他们干了两杯啤酒，挺爽口啊，久违了。

喝到半夜，谭娜不再兴奋，情绪平复过来，并开始发蔫，眼皮打架，只听赵东阳一个人在说，他今天还挺出息，酒量见长。趁着上厕所的工夫，我悄悄去结了账，这一天都是他们俩在花钱，挺过意不去的，服务员给打了个折，二百八十元，连吃带喝，贵是不贵，但给钱时又有点心疼。我和赵东阳一起扶着谭娜出的门，她嘴上说没事，其实脚步踩不稳了。酒劲儿上头，我也有点迷糊，赵东阳喝得正精神，眼睛冒光，走着走着，还唱起一首老歌，我们也跟着他一起唱。只怕我自己会爱上你，不敢让自己靠得太近，怕我没什么能够给你，爱你也需要很大的勇气。各种走调，唱完就傻乐，整条街都有回音，但也不要紧，反正这里没人认识我们。我记得初中时，这首歌和那个电视剧都特别火，一转眼这都多少年了，那些演员好像还是那么年轻，而我们现在却比他们要老得多，真他妈不可思议啊。

　　我躺在床上，伴着谭娜起伏的鼾声，一整天的回忆泛上来，我努力记起更多的细节，留待日后回味，可惜实在精力不济，没过多久也睡着了。最后醒着的几秒里，我仿佛听见浪涛的声音，由远及近，奔涌而至，太阳苍白，晒在上面，晃得人无法睁眼，然后我便彻底进入梦乡。还是场景片段，一截一截，没有逻辑，开始好像是梦见我和我妈，我那时还挺小，左手拉着她，右手拿着一根雪糕，天气很热，雪糕化得特别快，化掉的奶油不断地往下滴，我心里很着急，然后身边的人忽然变成了谭娜，我也长大了一些，她趴在耳畔跟我说了一句什么话，我没听清楚，让她再说一遍，她很着急，又讲一遍，我还是没听清，然后她就被几个戴面具的掳走了，情绪很激动，表情慌乱，气喘吁吁，像是被绑架了，我心里着急，也不知道该去找谁帮忙，到处都找不到人，急得要哭出来，心头一紧，忽然就醒了。我是侧着身子睡着的，睁开眼后，映着窗外的幽光，发现谭娜的那张床是空的，被子掉地上一半，而轻微的喘息声从我背后传来，显然，它不仅存在于梦里。

　　他们做得很小心，动作幅度不大。我猜，谭娜应该是捂着自己的嘴，或者是赵东阳用手堵住的，总之，能听出来，她是在尽力克制，不让自己发出声音来，但却更难听了，十分怪异，不堪入耳，估计脸都皱在一起了吧。刚听见时，我一动不敢动，心里委屈，还有点恨他们，出去不行吗，再开一间不行么，但听着听着，又有点不忍，我很担心他们发现我已经醒过来了，那以后互相该怎么面对啊。做完之后，我听见谭娜下床的声音，蹑手蹑脚，踩在水泥地上，去了趟厕所，撒了一泡很长的尿，好像又冲了一下，然后回到床上。我使劲闭上眼睛，但是泪水还是流了下来，一开始是几滴，后来变成啜泣，我咬住嘴唇，但还是出动静了。我心里说，对不起啊对不起，实在控制不住，也不知道为啥。谭娜和赵东阳反应过来后，都吓坏了，分别坐在床上，不知怎么办是好。后来赵东阳穿上鞋出门了，但也没远走，就在走廊里，靠着栏杆抽烟。谭娜坐过来，摸着我的头发，断断续续地说着，喝多了，对不起，当啥也没发生，行不，求你了，我现在连死的心都有，对不起，玲玲，你接着睡吧，好不。我一把打掉她的胳膊，坐起来接着哭，怎么劝也停不下来，我为什么要这么做呢，为什么要这么对谭娜啊，理解不了自己。我明明一点都不怪他们，相反，我很害怕，怕他们会就此离我而去。我害怕极了。

我不知道是怎么睡过去的，起来时也不知是几点，睁开眼睛，只觉脸皮发紧，大概是泪水浸的，头也痛，昨天真不该喝酒。屋内很亮，我翻了个身，发现只有我自己，起身下床，想找双拖鞋，但怎么也找不到。这时，谭娜推门而入，满脸笑容，腆着肚子，好像什么都没发生过一样，跟我打招呼说，起来了啊，早饭给你搁桌子上了，鸡蛋饼和豆腐脑，还热乎呢，你洗把脸先吃饭。我说，几点了。谭娜说，九点不到。我说，对不起，起来晚了，没看成日出，你们去了吗。谭娜说，没去，那玩意儿看不看能咋地，谁还没见过太阳啊。我说，赵东阳呢。谭娜说，去旁边的海鲜市场了，买点干贝烤鱼片啥的，这边儿的好吃，还便宜，我让他给你也带了点。我说，不要，到时你都拿走吧，我不吃。

我洗完脸，坐在桌边吃饭，豆腐脑很好吃，又嫩又滑，鸡蛋饼也香，里面还有火腿肠，但我实在没啥胃口，也没心情，只吃两口，便觉得都堵在嗓子眼里，我拧开一瓶白水，喝了几口，想往下顺一顺。谭娜把电视打开，来回调台，又掏出车票，跟我说，晚上六点半的车，估计十点半能到沈阳，时间都来得及，今天咱是啥计划来着。我想了一会儿，也没记起来，胃却开始不舒服，不断地往上返，我跑到厕所里，呕吐起来，吐得还挺邪乎，昨天晚上吃的也都交代了。谭娜吓坏了，冲进来扶着，一个劲儿地给我拍后背，问我，没事吧。我也没回答，吐完之后感觉轻松不少，但浑身没力气，也冷，便躺在床上，盖了两床被。

赵东阳提着好几包东西回来，进屋之后，跟我说，咋还不起床了呢。谭娜在旁边接话说，刚吐了，正难受呢。赵东阳听后有点着急，东西放在地上，非要带我去医院看看。我说，没大事儿，不去医院了，走不动路，就想早点儿回家。赵东阳看了谭娜一眼，谭娜也说，早点走吧，还等啥，不然也不放心。于是赵东阳又去车站，改签车票，临走之前，跟我说，鱿鱼丝特别好，排队买的，你要是嘴里没味儿，可以尝一尝。我点点头，把被子拉过头顶，谭娜搬了把椅子，坐在我身边，手背碰碰我的脑袋，又碰碰自己的，动了动嘴唇，却啥也没说出来。

赵东阳打车去的车站，没过多久就回来了，动作挺快，中午没票，只能改在下午，四点出发，还是动车，一百多块钱，我有点心疼，但仍起身掏钱，赵东阳还是死活不要，他这一天话都很少，情绪也不怎么高。我让他们俩别管我，附近玩一玩，等到时候再一起走，别因为我白来一趟。但他们谁也不去，就在屋子里守着。临出发之前，我跟谭娜说，你买的那件旅游纪念衣服呢，咱俩穿里面吧。谭娜听了很高兴，拍起手来，又把那个大箱子撬开，拿出来递给我，我俩换上衣服，又肥又大，不太合身，质量也不行，互相看着乐，像是往身上套了个面口袋。

我跟谭娜坐在一起，赵东阳的座位在另一节车厢，不方便换过来，跟我们说，有啥情况赶紧给他打电话，随时待命。我觉得状态有所恢复，刚上车就吃了一碗泡面，汤都喝干净了，谭娜看我吃完，也舒了口气。我靠在窗边坐着，胃里有底，精神就好一些，但这一路上也没怎么跟谭娜说话，不知道该说点啥，只好望向窗外，火车开得很快，景物急速飞过，让人来不及仔细辨认。路程过半，暮色降临，远处忽然有浓烟出现，火光在其中萦绕，连成一大片，烟尘浓密，滚滚袭来，不断变幻，仿佛有野马正冉冉升起，飞向天际。谭娜看了半天，挎紧我的胳膊，轻声地问，这咋还着火了。我说，可能是在烧荒，但季节又不太对，也搞不清楚。谭娜没有继续说话，转回身来，闭上眼睛，将头搭在我的肩膀上。

我们到沈阳北站时，六点钟刚过，晚高峰还没结束，一派繁忙景象，人们来来往往，细密如织，看着眼晕。谭娜提议一起再去吃点东西，赵东阳没有接话，我连忙摆手，说现在只想回家，好好休息一下，明天还要去医院，不想再折腾了，你们去吧，我就不陪着了。谭娜赶紧说，没有你，我俩吃个啥劲儿啊。好像还有后半句，但话说到这里，又咽回去了。我说我自己回去就行，但他们执意要送我到家。

公交车上的乘客很多，人挤着人，赵东阳与谭娜一左一右，为我隔开一片空间，坐了几站后，我催赵东阳下去换车，时间还早，没必要非得送我到家，绕很大一圈，不值。临走之前，他将一个塑料袋塞在我手里，说都是零嘴儿，特意给我买的，在家边看电视边吃。我不太爱要，想还给他，但他一转身就没影儿了，喊也没有回应。袋子很沉，我有点拎不动。

下车之后，谭娜陪我走回铁道边上，我说，你赶紧回去吧，我到家了都。谭娜说，都走到这儿了，送你进屋。我指着我家的窗户对她说，看见了吧，亮着灯呢，许福明在家，放心吧，几步道儿，没问题的。谭娜有点不舍，拉着我的手说，那你没事就过来找我。我说，肯定啊，不然我还能去哪儿。

我目送谭娜离去，穿过楼群，消失在转弯处，然后一步一步往家里走。离近时，我才敢确认，家里正亮着两盏灯，厨房一盏，隔着塑料布也能看见许福明的身影，大概是在炒菜，卧室拉着帘，但也有光从缝隙里钻出来。许福明过日子很仔细，只一人在家的话，是绝对不会点两盏灯的，更不会炒菜，从来都是对付一口就完了。我想了想，许福明还不知道我提前回来了，走之前他问过我，大概几点到家，当时我说的是，晚上十点多到北站，回家肯定要半夜了。

我没有进屋，还有一点时间，是要还给许福明的。我绕到窗户后面，看见倒骑驴锁在栏杆上，我将东西放上去，一路拎在手里，愈发沉重，勒得生疼，然后也搭边坐在车上，背后楼群的灯火逐一亮起，有风经过，还是冷，延绵不断的冬季，似乎仍未结束。我缩成一团，不断地向后移，靠在车的最里面，用破旧的棉被将自己盖住，望向对面的铁道，很期待能有一辆火车轰隆隆地驶过，但等了很久，却一直也没有，只有无尽的风声，像是谁在叹息。光隐没在轨道里，四周安静，夜海正慢慢向我走来。

（原载《收获》2018 年第 4 期）

作者简介：

班宇，1986 年生，沈阳人，小说作者。有作品见于《收获》《当代》《上海文学》《作家》《西湖》《山花》等刊。

吃苦桃子的人

_晓苏

1

一辆运苹果的卡车，开到油菜坡脚下突然坏了。车上除了司机，还有一个搭伴儿的女人。这年头，跑长途运输的司机，都喜欢找个女人搭伴儿。搭伴儿的女人被叫作车花，一般都比较年轻，有几分姿色，多少还有些风流。

司机从车上跳下来，很快打开了引擎盖，开始埋头检查。车花也跟着下了车，一下来就伸了个懒腰。她说不上太漂亮，脸上有几颗碎斑，像几粒黑芝麻。不过，她的身材挺好，属于胸大腰细那种。司机四十多岁的样子，看上去很老练，没用多久便找到了毛病。

糟糕，发动机坏了！司机说。

车花赶紧走拢去，焦急地问，能修好吗？

必须去宜昌买配件。司机说。他关了引擎盖，一边脱手套一边叹了口长气，显得很无奈。

车花顿时紧张起来，蹙着眉头问，又要我一个人在这儿守车吗？

司机没回答车花，只用不屑的目光瞅了她一眼，好像觉得她这个问题问得太幼稚，根本不值得他来回答。车花有些不高兴，翘着嘴巴嘟哝说，宜昌离这里几百公里，你一去一来少说也得两三天，让我一个女人在这荒山野岭里守车，又人生地不熟的，你不担心我害怕吗？司机听车花这么说，态度马上发生了变化。他扭过头来，先在车花肩上拍了一下，然后诚恳地说，你要是实在害怕，就在这附近找个老实点儿的人陪你。

这是一个深秋的下午，虽然才四点多钟，但太阳已开始西斜了。司机看看手表说，还有一趟到老垭镇的班车，我今晚赶到那里去住，明天一早就去宜昌，顺利的话，后天上午就可以把配件买来。车花说，好，你早去早回。

过了五分钟，司机说的那趟班车就来了。车上人不多，一招手就停了下来。司机麻利地上了车，上车后还回头给车花挥了挥手。车花也给司机挥了挥手，仿佛依依不舍。

司机走后，车花登上路边的一个石头，把四周环视了一遍。她希望看到一户人家，但没看到，只看到了几片树林和几块庄稼地，还有几个坟包。正感到失望，一个长着厚嘴唇的男人忽然出现在车花眼前。

厚嘴唇男人是从车后面走过来的，背着一个用竹篾编成的背篓。他身上的穿着很过时，蓝褂子，黑裤子，黄球鞋，都是20世纪70年代的打扮。他手上捏着几个桃子，正一边走一边吃着。桃子很小，只有李子那么大，上面还有一层茸毛。但他吃得很来劲，格崩格崩的，像吃人参果一样津津有味。

从车花面前经过时，厚嘴唇男人没有停，也没有减速，只淡淡地瞟了她一眼就过去了。车花感到这个人有些迟钝。在车花的记忆中，男人们从她身边经过时，一般都会停下来看她几眼，目光色眯眯的。

厚嘴唇男人走过去不到十步，车花猛然叫了他一声。哎，请你等一下。车花说。他立刻停住脚，回过头问，有事吗？车花问，这附近有没有人家？厚嘴唇男人想了一下，伸手朝他正要去的方向指了指说，前头不远有个弯，一拐弯就是个杂货铺。车花说，谢谢你！厚嘴唇男人没再搭腔，转身就走了。

太阳快要下山的时候，车花决定去一趟前面的杂货铺。她打算去买几桶泡面。车上有一瓶开水，这两天只能用开水泡面吃了。另外，她还希望能碰到一个可靠的人，请来帮她守车。

车花是个细心的女人，走之前还绕车转了一圈。车上的油布都盖得严严实实，四面的绳子也看不出松动的迹象。然后，她又去检查车门，使劲拉了拉。确信车门锁好后，她才往杂货铺那边走。

杂货铺正在公路转弯的地方。老板挺着个啤酒肚，看上去像一个孕妇。铺面不大，但顾客却不少。他们挤在铺子门口，有的坐着，有的站着，有的蹲在地上，正在兴致勃勃地聊天。车花没急着走拢去，离杂货铺还有老远就停住了。她发现，那个厚嘴唇男人也在铺子门口。不过，他身上的背篓已放到了地上，背篓里装着一包化肥。厚嘴唇男人没坐，也没说话，直直地站在背篓边上，正支着耳朵听着别人聊。他仍然在吃桃子，格崩格崩的。老板对那群人很热情，给每个人发烟。但厚嘴唇男人没接，好像只喜欢吃桃子。

那群人聊得如痴如醉，没一个人发现车花。车花认真听了一下，听出他们都是从外地打工回来的。聊着聊着，他们把话题转到了妓女身上。我在东莞，五百块钱搞一盘。一个穿皮夹克的说。五百太贵了，我在郑州，搞一盘只要三百。一个穿西服的说。三百也贵，在宜昌火车站旁边那条巷子里，我花五十块钱就搞了一盘，还不用戴套子。一个穿猎装的说。

这时，那个厚嘴唇男人突然停止了吃桃子。他先把他的厚嘴唇抹了一下，然后张开说，你们都别吹了，辛辛苦苦出外打工，搞个女人还要掏钱，有啥好吹的？我待在家里种田，三条野鳝鱼就能搞一盘！

厚嘴唇男人此话一出，刚才那三个全傻了眼，都不吭声了。车花也傻了眼，马上睁大眼睛，把厚嘴唇男人重新打量了一番。那三个从外面打工回来的人，都觉得输给了厚嘴唇男人，显得有些不服气。沉默了一会儿，他们同时把目光移到了杂货铺老板身上。

憨宝肯定是日白，三条野鳝鱼搞一盘，哪有这好的事？三个人齐声说。

老板摸着啤酒肚，笑了笑说，没日白，他搞的是老白菜。

老板话音没落，那三个人就哈哈大笑起来，还使劲地拍腿，跳脚，眼泪都笑出来了。他们边笑边说，难怪呢，原来是搞老白菜！

一直到杂货铺平静下来，车花才走过去。有泡面卖吗？她问老板。老板说，有。车花直接跟着老板进了铺子，买了四桶酸菜牛肉泡面。

从杂货铺出来，车花一边走一边问老板，我们的车坏了，你能帮我找个可靠的人守车吗？司机买配件去了，公路边有好多坟，我一个人夜里害怕。老板听了，随手朝门口一指说，他们都可靠。一听说守车，这群人都显得很兴奋。守一夜多少钱？他们马上问。车花想了想说，一百，最多一百五。穿皮夹克的说，一百五太少了，三百怎么样？车花说，三百，我宁可被鬼吓死。穿西服的说，你出两百五，我去帮你守。车花说，给你两百五，我就成二百五了。穿猎装的说，那就两百吧，只当是帮了忙的。车花说，谢谢，我最多只能出一百五。

价钱没谈拢，车花打算走。她刚要转身，那个叫憨宝的厚嘴唇男人说，我去帮你守吧。你要多少钱？车花问。憨宝说，一百就够了。车花说，我给你一百五。憨宝说，我只要一百。

车花胀大眼圈看了看憨宝，觉得他不像是开玩笑，就说，好，事情就这么定了。憨宝说，我先把化肥送回家，吃了晚饭就去你车那里。车花说，你也可以不回家，我请你吃泡面。憨宝说，我要回去，还得给我妈和我侄儿煮晚饭呢。说完，他背起背篓就一个人先走了。

车花随后也离开了杂货铺。临走时，她听见那群人都在嘲笑憨宝。有人说，他好像跟钱有仇。有人说，他可能怕钱多了咬手。有人说，憨宝真他妈是个傻×，难怪四十几了还打光棍呢！

2

天擦黑，憨宝来到了坏车的地方。他双臂不空，一边抱一个草席卷，一边夹一床旧棉絮。车花已吃过泡面，这会儿正坐在驾驶室里听歌。看见憨宝后，她马上从车上下来了。

你带草席和棉絮做什么？车花问。憨宝说，睡觉时做垫盖。憨宝告诉车花，他以前在这公路上守过车，都是自己带垫的和盖的。要是车厢里能睡，就只需要棉絮；车厢要是睡不了，就只好用草席垫在车底下睡了。车花说，其实我们车上备有被褥。憨宝说，你们是出了钱的，我怎么好意思用你们的？憨宝说完，先仰起头看了看车厢，又低头往车底下看了看。他在找睡觉的地方。你就睡车厢里吧，苹果压一下问题不大。车花说。憨宝说，若是压了不好，我睡车底下也行，反正我带了草席。车花想了想说，你还是睡车厢吧，车底下潮气太大，容易伤身体。憨宝有些感动，一边往车厢扔棉絮，一边回头对车花说，你这个人，心还挺善的。

憨宝很快爬上了车厢，在一个稍微平点的地方铺了棉絮。天已黑透，一丝冷风从远处吹了过来。憨宝勾着头，对站在公路上的车花说，你快进驾驶室休息吧，外面起风了。车花跳上了驾驶室的踏板，但没进去。这时才七点多钟，休息还早，车花想跟憨宝说一会儿话。

车花问，你真的没老婆？憨宝说，真没有，我是光棍。车花问，你怎么不找一个？憨宝说，我长得丑，没人看得上。车花没想到憨宝说话这么实在，不禁偷偷地笑了一下。笑过之后，车花说，你其实不丑，就是嘴唇厚一点儿。憨宝说，我负担也重，不光要养活一个七八十岁的老妈，还要供一个侄儿读书。车花一愣问，你侄儿为什么也要你管？憨宝说，他爹妈都跑了，我不管谁管？

憨宝告诉车花，他还有个比他小两岁的弟弟。弟弟比憨宝长得好看些，脑袋也比他聪明。当时家里很穷,供不起两个人读书。憨宝读完小学就主动回家放牛了,让弟弟一个人往上读,一直读到高中。弟弟高中毕业后,回村当了代课老师,还找到了一个弟媳。弟媳也是山里人,没见过世面,对生活要求不高,有吃有穿就知足了。结婚头一年,小两口过得很幸福,第二年就生了个侄儿。侄儿满月后,弟媳突然要丢下侄儿去南方打工。她听别人说,南方钱多,像树叶一样满地都是,一弯腰就能捡一大把。弟媳出门前,想法也是挺好的。她想去挣一大笔钱,回来盖一栋房子,然后好好孝敬老人,抚养孩子。谁想到,弟媳出去后,一见到外面的花花世界,她的心也一下子花了。她出去后就没再回来,连自己的亲骨肉也不要了。弟弟给她打电话,求她回家。她说,我不会回去的,老家那种猪狗不如的日子,我再也不想过了。她说完就挂了电话,不久便换了手机。据说,弟媳一到南方就认识了一个富商,很快就当了人家的二奶。弟弟听到这个消息后,气得差点吐血。后来,弟弟就亲自去南方找弟媳,说死活也要把她弄回来。结果,弟弟也一去不返了。

憨宝讲完,车花好半天没说话。她一动不动地靠在车门上,像一棵死树。车花也是农村人,家里也有丈夫和孩子,只不过是个女儿。她也是出门打工的,只是没遇到富商。她原来在一个厂里上班,一个月才挣两千多块钱,还累死累活的。半年前,她开始给这个开卡车的司机搭伴儿。司机包吃包住,每月再给她五千。她一直觉得自己挺划算的。

你怎么不说话了?憨宝问。

车花有些恍惚地说,你的弟媳,让我猛然想到了一个熟人。

她也丢下孩子跑了吗?憨宝问。

车花苦笑了一下说,跑倒是没跑,但她每年到了春节才回一趟家。

夜色越来越浓了,风也大了起来。车花打开车门,想进去加一件毛衣。驾驶室里很宽敞,座位后面还有一个睡觉的地方,垫的盖的都有,还有枕头,仿佛长途客车上的卧铺。车花给司机搭伴儿,实际上没多少具体的事做,大部分时间都躺在这个卧铺上睡觉。很多时候,都是车花一个人睡,司机在前面开车。偶尔,司机实在困了,或是心血来潮,也会把车停在路边,像翻墙一样爬过来,跟她在这卧铺上睡一会儿。算起来,车花已在这卧铺上睡大半年了,差不多把这里当成了自己的家。

加好毛衣,车花又从驾驶室里出来了。她今晚有些兴奋,到现在还一点儿睡意都没有。车花想和憨宝多说几句话。不知为什么,她觉得跟憨宝说话挺有意思的。从车上下来时,车花顺手拿了一条毛毯。夜里气温很低,她担心憨宝那床棉絮有点儿薄。

在踏板上站稳后,车花正要把毛毯递给憨宝,她听见了格崩格崩的声音。

声音是在车厢里响的,她想憨宝又在吃桃子了。你没吃晚饭吗?车花问。吃了。憨宝说。那是没吃饱?车花问。吃饱了。憨宝说。吃饱了怎么还吃桃子?车花问。

我当零食吃,免得无聊。憨宝说。车花听了,忍不住扑哧一笑。憨宝问,你笑啥?车花说,我从没听说过无聊时吃桃子的。憨宝不说话了,吃桃子的声音也停了下来。过了一会儿,车花问,你怎么不吃了?憨宝说,我怕你笑。车花说,吃吧,我不笑。说完,车花把毛毯扔到了憨宝怀里。憨宝问,你扔的是啥,摸着毛乎乎的?车花说,是一床毛毯。天冷,你多盖点。

这时,一辆拖矿石的卡车从此经过,车灯开得很大,把运苹果的车也照亮了。车花看见憨宝弯着腰坐在车厢的油布上,身上披着那床棉絮,看着像一只熊。

矿车开过去后,车花陡然想到了老白菜。在杂货铺里,老板说出老白菜的时候,那三个人都笑得一塌糊涂。车花很好奇,不明白他们为什么会那样狂笑。她早就想问一问憨宝,但一直没好意思开口。

老白菜是谁?车花终于忍不住问。

憨宝说,一个寡妇,丈夫死后,一直没找到男人。

为什么叫老白菜?车花接着问。

憨宝说,她有六十多岁了,脸又枯又黄,像老白菜叶子。

你真的和她睡过?车花又问。

憨宝说,睡过,三条野鳝鱼睡一盘。

车花没想到憨宝这么直爽,又偷偷地笑了一下。这时,憨宝又开始吃桃子了,格崩格崩的。车花问,你又感到无聊了?憨宝一边吃一边说,有点儿。车花问,为什么会感到无聊?憨宝说,谁要你刚才说到老白菜的?车花没听懂憨宝的话,疑惑地问,一说到老白菜,你就会感到无聊吗?憨宝说,有时想到她,我也会感到无聊。

憨宝一口气吃了好几个桃子。车花想,难怪他要穿那种老式裤子呢,原来上面有两个大口袋,可以装很多桃子。格崩格崩的声音停止后,车花问,你吃的桃子怎么那么小?

我吃的是苦桃子。憨宝说。

苦桃子?车花一愣问,味道是苦的吗?

憨宝说,别人吃是苦的,我吃是甜的。

为什么?车花惊奇地问,难道你的舌头与别人不一样?

憨宝不吱声了,像是被车花的问题难住了。过了一会儿,车花说,把你的苦桃子给我尝一个吧,我看看是苦是甜。憨宝马上从口袋里掏出一个,探着身子,递给了车花。车花接过苦桃子,直接丢进了嘴里。刚嚼了两下,车花就叫了起来。哎呀,苦死我了!车花是这么叫的。

憨宝哧哧地笑了起来,边笑边说,咋样,我说别人吃是苦的吧?车花吸了吸舌头说,看来,你的舌头真是与别人不一样啊!

3

第二天早晨,车花醒来时感觉嗓子眼儿又干又痒,好像谁在那里插了一根鸡毛。她想,肯定是头天晚上在露天里站的时间长了,感冒了。

车花从驾驶室推门出来,看见憨宝已站在了公路上,双手捧着那床毛毯。毛毯还是整整齐齐的,显然没有打开过。憨宝把毛毯递到车花手边说,还是放到车里吧,以免弄脏了。

车花接过毛毯问,你怎么没盖?

这么好的东西,我不敢盖。憨宝说。

车花忙问,为什么?

盖了你的毛毯,我今后就不愿意盖我的旧棉絮了。憨宝说。

车花听了大吃一惊,呆呆地看着憨宝,两个眼圈都快胀破了。她压根儿也没想到,憨宝能说出这么高深的话。

憨宝从车厢下来时,把他的旧棉絮和草席卷也带下来了,将它们堆在公路边上。车花瞅了瞅旧棉絮和草席卷,然后望着憨宝说,今晚我还想请你帮我守车。憨宝说,好的,反正我晚上没事。车花接着说,你的铺盖,可以就放到车上,以免你抱来抱去的。憨宝说,也行。说完,他便匆匆忙忙朝旧棉絮和草席卷跑过去,又匆匆忙忙将它们抛上了车厢。看样子,憨宝要急着离开这里。

车花问,你有急事吗?憨宝说,今天是星期日,我侄儿下午要返校。他在老垭镇中学寄读,每周才回来一次。在他返校前,我必须把一周的米给他准备足。车花说,你这个伯伯当得真好!憨宝说,没办法,谁叫他是我侄儿呢。不过,他学习很好,在班上总是头几名。他跟我也特别亲,差不多把我当爹了。车花说,你把他从满月养到这么大,本来就是爹。憨宝说,我没时间跟你多说了,得赶紧回家推谷打米。

憨宝说完,转身就走了。刚走出两三步,车花又把他叫住了。车花说,你等一会儿,我把昨晚守车的钱给你。憨宝说,今晚不是还要守吗?等守完一起给吧。车花说,还是及时给了好。憨宝说,给我也好,我妈蜂糖喝完了,打完米我正好去买几斤蜂糖。我妈快八十了,别的都不爱,就爱喝点蜂糖。车花说，你好孝顺啊！她这时已拿出钱包，正在往外掏钱。她先掏出了一张一百的，想了想，又掏出了一张五十的，然后一起递给憨宝。憨宝却只收了那张一百的。车花诚恳地说，把一百五都收下。憨宝说，我只要一百。车花问，为什么？憨宝说，今天我收你一百五，若是明天别人只给一百，我就不想干了。

车花还想再劝劝憨宝，但憨宝已走出好远了。看着憨宝的背影，车花默默地说，这个人真是怪得很。

憨宝走后，车花开始泡面吃。可是，开水早已变成了温水，她泡了好半天也没把面泡开。加上嗓子难受，她吃了几口就不想吃了。丢下泡面桶，车花决定再去一趟杂货铺。她想看那里有没有感冒药卖，还想顺便弄一瓶开水。

车花提着水瓶来到杂货铺，老板正在门口煤炉上烧开水。壶上热气腾腾的，水马上就要开了。老板一眼认出了车花，连忙打着笑脸说，你早啊！车花咳了一声说，来得早不如来得巧，我正要买瓶开水。老板说，不要钱，你昨天还照顾了我的生意呢，我送你一瓶。他说着就把水瓶接过去，很快灌了一瓶。

老板把水瓶还给车花时，歪起头问，听你的声音，好像感冒了？车花说，是的，你这儿有感冒药卖吗？老板幽默地说，我开的是商店，又不是药铺，怎么会有药卖？车花问，这附近有没有卖药的？老板想了想说，没有，要买药还得上老垭镇。车花又咳了一下说，老垭镇我可去不了，还要守车呢。

车花一提到守车，老板立刻有些亢奋。憨宝呢？你不是请他帮你守车的吗？老板问。车花说，回家了，他只是夜里帮我守。老板说，你请憨宝守车，算是请对了人。车花问，此话怎讲？老板犹豫片刻说，他夜里不会打你的主意。车花问，此话又怎讲？老板怪笑了一下说，他心里只有老白菜。

正在这时，一个面黄肌瘦的女人从公路转弯处走过来了。她头发乱蓬蓬的，像是半个月没梳过。衣服也皱皱巴巴，还长一片短一片。老板给车花挤个眼神说，说曹操，曹操到。车花一惊问，她就是老白菜？老板说，像吗？车花说，我真替憨宝伤心。

老白菜是来杂货铺买盐的。她进铺子时，车花干咳了一声。她买了盐从铺子里出来，车花又干咳了一声。你感冒得不轻。老白菜停在车花身边说。她说话时面无表情，像个巫婆。车花清了清嗓子说，可能是受寒了。

有个土方子，比感冒药还见效。老白菜说。

车花忙问，什么方子？

用泡胡椒熬野鳝鱼汤，一喝就好。老白菜说。

老白菜说完就走了，没跟任何人打招呼。走到公路那边后，她突然回过头来，大着嗓门儿说，一定要是野鳝鱼。

车花没在杂货铺久待，很快提着水瓶回到了坏车的地方。这一带虽说民风淳朴，但小偷到处都有，她担心有人趁她离开时偷苹果。

临近中午时，车花发现鼻子也堵了，感冒好像越来越严重。她没有泡面吃，嘴里干巴巴的，一点胃口也没有，只猛喝了几杯开水。然后，她躺到驾驶室后面那个卧铺上，打算好好地睡一觉。

大约睡了一个钟头，车花在迷迷糊糊中听见有人敲车门。她抬头一看，是憨宝站在驾驶室外面的踏板上。他又在吃苦桃子，格崩格崩的。车花坐起身来，打开车窗问，你怎么中午来了？憨宝说，我去杂货铺给我妈买了一罐蜂糖，回家路过这里，顺便看你感冒好些没有。车花边咳边说，没好，似乎还加重了。憨宝顿时没心思吃苦桃子了。他把没吃完的半个放进口袋，皱着眉头问，那可怎么办？车花说，不要紧，捱几天就会好的。

车花这时猛然想到了老白菜，双眉一挑问，你知道我今天碰到谁了？憨宝说，我哪晓得。车花说，我碰到了老白菜！憨宝问，你咋认得她？车花说，杂货铺老板告诉我的，她在那里买盐。憨宝没再接话，一只手不知不觉伸进了口袋，很快掏出了刚才剩下的半个苦桃子。他顺手塞进嘴里，又格崩格崩地吃了起来。车花想，他又开始无聊了。

过了一会儿，车花好奇地问，你近来跟老白菜睡过没有？

憨宝伸出舌头舔了舔厚嘴唇说，没有，我快一个月没跟她睡过了。

为什么？车花咳了一下问。

天气冷了，捉不到野鳝鱼了。憨宝说。

车花老家那地方没有野鳝鱼，对鳝鱼的习性不熟。她疑惑地问，野鳝鱼呢？憨宝说，天气一冷，野鳝鱼都钻到泥巴下头躲起来了。它们躲得很深，想挖一条野鳝鱼比挖金子还难。停了一会儿，车花又问，你捉不到野鳝鱼，老白菜就不跟你睡吗？憨宝说，这我倒没试过。捉不到野鳝鱼了，我就没去找她了。车花问，为什么不去？憨宝说，我不想白睡，欠人家的不好。车花听了，忍不住想笑，但还没笑就咳了起来，咳得满脸通红，眼泪都咳出来了。

憨宝有点儿紧张地说，你感冒得太厉害了！他说着就跳下了踏板，好像马上要走。车花急忙问，你要走吗？憨宝说，是的，时间不早了。车花有些不舍地说，你待会儿再走吧。憨宝说，不能待了，我还有事呢。车花问，什么事这么急？憨宝没告诉车花，只说晚上早点儿来，说完就往他住的地方走了。

4

这天下午，车花一直在车里躺着，咳个不停，头昏脑涨，四肢又酸又软。

她艰难地抬起头，朝车窗外看了一眼，发现天也阴了，像要下雨的样子。车花突然感到有点儿孤单。

车花给司机打了一个手机。司机说配件已买到了，但明天中午才能回来。放下手机时，车花的眼泪一下子出来了，像冰凉的蚯蚓在鼻沟里爬着。

扯纸擦泪时，车花陡然想起了老家的丈夫和女儿。丈夫是一个少言寡语的男人，除了埋头干活，平时连一句多余的话都不会说。她出门打工时，丈夫是不情愿她离开的。但她执意要走，丈夫也只好依了他。女儿倒是话多，听说她要出远门，头天晚上硬是缠着她，小嘴不停地说了半夜，求她别走。但她没被女儿留住，次日天不亮就离开了家。一想到丈夫和女儿，车花的泪水便越擦越多，鼻沟差点儿流成了河。

吃晚饭的光景，车花勉强从车上下来，去公路外边解了个手。回到车上时，她感到胃里空空荡荡的，但还是不想吃泡面。驾驶室里有一袋洗好的苹果，她随手拿出一个，坐在前排一个座位上啃了起来。刚啃了几口，车花听见外面有脚步声，扭头一看，是憨宝来了。

憨宝双手捧着一个黑瓦罐，直接走到了驾驶室下边。车花急忙伸出头问，罐子里是什么？憨宝有点儿神秘地说，我给你熬了一罐治感冒的特效药。车花眨着眼皮问，药，什么药？憨宝卖个关子说，你先别问，赶快趁热喝了吧，喝了包你感冒好。他一边说，一边把黑瓦罐从车窗递了进来。车花犹豫了一会儿，还是接了黑瓦罐。黑瓦罐还是热的，从盖子缝里冒出一股香气。车花却没有马上喝，目光直直地看着黑瓦罐。

你赶快喝吧，趁热喝最有效。憨宝说。

车花说，你告诉我，罐子里装的是什么？

你喝了，我再告诉你。憨宝说。

车花说，不，你先告诉我了，我再喝。

憨宝拗不过车花，只好老实说，我用泡胡椒熬的野鳝鱼汤。

车花听了浑身一颤，很快想起了老白菜早晨说过的话。她顿时激动不已，半天说不出话来。憨宝这时催促说，你快喝吧，不然就冷了。车花给憨宝点点头，揭开盖子，双手把黑瓦罐捧到嘴边，仰头就喝了起来。车花真能喝，像久旱的人遇到甘泉，咕咕噜噜一口气喝了半罐子。

车花把黑瓦罐从嘴上放下来时，憨宝用舌头舔着厚嘴唇问，好喝吗？车花满脸堆笑说，好喝，真是好喝！憨宝说，既然好喝，那你就都喝了吧。车花说，你也喝点儿吧，这么好喝的汤，不能都让我一个人喝了。说完，她把黑瓦罐给憨宝递了出去。憨宝却说，我不喝。车花问，为什么？憨宝认真地说，我喝了反胃。车花说，你骗我。憨宝发誓说，骗你是狗！小时候家里太穷，我几乎没沾过荤腥，一天三顿都吃素。后来家里好了些，隔三岔五也吃得起荤腥了，可胃却受不了，连吃个鸡蛋都反胃，更别说吃鳝鱼了。听憨宝这么说，车花就收回黑瓦罐，把剩下的半罐子也喝了。

喝下一罐子野鳝鱼汤，车花顿时有了点儿精神，嗓子眼儿也好受了一些。她问憨宝，野鳝鱼是从哪里弄的？憨宝说，我在我家后头一个烂泥湖里挖的。车花问，你不是说天冷了野鳝鱼都躲起来了吗？憨宝说，是啊，它们真会躲，我把那个烂泥湖挖了三尺多深，差不多挖了个底朝天，才好不容易挖到了三条。

车花是个敏感的女人。憨宝一说三条野鳝鱼，车花心里陡然咯噔一响，一下子想到了老白菜。

你为什么不拎着三条野鳝鱼去找老白菜？车花怪笑一下问。

憨宝红了脸说，治病要紧呢！再说，我也是专门为你挖的。

车花听了很感动，一只手情不自禁地伸出窗外，在憨宝肩上拍了一下。直到这时，车花才发现憨宝的褂子上沾了不少污泥。你褂子上的泥巴是挖野鳝鱼时沾的吧？车花问。憨宝说，那个烂泥湖里全是腺泥巴，稍不留神就会沾到身上。驾驶座的靠背上，搭着一件半新不旧的夹克衫，司机嫌短了点儿，几个月都没穿了。车花伸手将它取下来，转身递给憨宝。

这件夹克衫送给你了，快把你的泥巴褂子换下来吧。车花说。

憨宝却不接，连忙摆头说，我不要。

怎么，嫌它旧吗？车花问。

憨宝说，不是的，这么好的衣裳我不敢穿。

为什么不敢？车花问。

憨宝说，我一穿你的夹克衫，今后我就不愿意再穿我的褂子了。

车花听憨宝这么说，就没再多说什么。她摇头苦笑了一下，只好把夹克衫放回了原处。

阴天黑得早，刚到六点钟，四周的庄稼和树木都模糊不清了。天边黑沉沉的，好像真要下雨。憨宝对车花说，你刚喝了野鳝鱼汤，好好捂住被子睡一觉吧。车花问，你呢？憨宝想想说，我去杂货铺那里转一转。

憨宝一走，车花就躺在驾驶室后头的卧铺上睡了。她听了憨宝的话，睡下后扯开被子，把自己捂了个严严实实。她很快睡着了，还发出了细微的鼾声。

车花一觉睡了将近两个钟头，醒来时，感觉浑身上下轻松了几十斤，嗓子眼儿的那根鸡毛也没有了。野鳝鱼汤真是有效啊！车花自言自语地说。她揉了揉眼睛，从卧铺上坐起来，然后套上毛衣开始下车。

下到踏板上，车花听见车厢里有格崩格崩的声音，就知道憨宝已从杂货铺回来了。你什么时候回来的？车花问。憨宝说，回来一个多小时了。停了一下，车花又问，你又感到无聊了吧？憨宝问，你咋晓得？车花说，因为你又在吃苦桃子了。憨宝嘿嘿笑了两声说，我吃苦桃子，也不单是无聊，其实也是一种习惯，经常一个人待着，嘴里总要吃点儿啥。憨宝说到这里，车花猛然想到了驾驶室里的那袋苹果。她麻利地爬进车里，很快抓了两个苹果出来。

给你两个苹果，换个口味吧。车花一边说，一边把苹果往车厢递。

憨宝说，谢谢你，我不吃苹果。

为什么？车花问。

憨宝说，这么好的水果，我不敢吃。

是不是怕吃了我的苹果，以后就不愿意吃你的苦桃子了？车花问。

憨宝说，是的。

车花把苹果收回来，从车窗放了进去。之后，车花又去公路外边解了个手。解手转来，憨宝还在吃苦桃子，格崩格崩的声音清脆悦耳。

车花仰起头问，你为什么这样喜欢吃苦桃子？

憨宝说，苦桃子不要钱，我们油菜坡满山都是，想吃多少吃多少。

车花又问，要是过了季节呢？

憨宝说，我每年都要晒几百斤苦桃子干，一年四季都有吃的。

憨宝一说到苦桃子，话就多了起来。他说，他从五岁那年就开始吃苦桃子了。那年这一带大旱，粮食颗粒无收，瓜果蔬菜都干死了，只有苦桃子不怕天旱，每棵树都结得压弯枝。可苦桃子太苦，没几个人敢吃，好多人都饿病了，还饿死了不少人。但是，憨宝不怕苦，一饿就去山上摘苦桃子吃。他靠苦桃子活了命，还活得好好的。开始吃的时候，他也觉得苦桃子苦，但吃多了就尝到了甜味，后来越吃越甜，竟然还吃上了瘾。

憨宝还想往下讲，一阵冷风刮了过来。车花说，我要进车里了，怕又被冻感冒。憨宝说，快进去吧，时间也不早了。

5

半夜一点钟的样子，天上下起了小雨。车花是被憨宝的动静弄醒的。她打着电筒从驾驶室出来的时候，憨宝已从车厢里下来了。

憨宝正在往车底下铺草席。车花惊奇地问，你把草席铺车底下做什么？憨宝说，车厢里睡不成了，我到车底下去睡。车花责怪说，车底下哪能睡人？亏你想得出来！憨宝停下来，回过头问，那我睡哪？车花想了一下说，进驾驶室吧，前面可以坐着睡，后面可以躺着睡，你自己选。憨宝先是一惊，然后说，我不进去。车花说，为什么？怕我吃了你不成？憨宝说，那倒不是，我褂子和裤子上都是泥巴，怕把车里弄脏了。车花朝他身上瞟了一眼说，你可以把外面的衣裳脱了再进去嘛，难道里面没穿秋衣秋裤？车花说完先进了车。

车花进到车里不一会儿，憨宝终于也进来了。他穿着一套灰颜色的秋衣秋裤，看起来干净多了，人也精干了一些。憨宝把他脱下来的外衣也带进来了，顺手放在座位下面。

憨宝进车后显得十分拘束，勾着头，一动不动地站在车门那里，像一根被大雪压弯的竹子。车花抿着嘴笑了笑问，你是睡前排，还是睡后排？憨宝慢慢地打开厚嘴唇说，我就在前排坐。车花说，坐也行，睡也行，随你的便。她边说边把自己移到后排，直接躺在了卧铺上。随后，憨宝也在副驾位子上坐了下来。等憨宝坐定以后，车花熄灭了电筒说，已是下半夜了，抓紧休息吧。

然而，车花却久久没有入睡，躺下一个钟头了，眼皮一下也没合拢过。憨宝在烂泥湖挖野鳝鱼的情景，像放电影似的，一直在她眼前晃来晃去。她越来越兴奋，睡意跑得无影无踪。憨宝也没睡着。车花听见他又在吃苦桃子，格崩格崩的。车花问憨宝怎么还不睡？他说他睡不着。

车花说，你肯定又想老白菜了。

憨宝说，看你说的！

车花说，你好不容易挖了三条野鳝鱼，不该给我熬汤的，应该拎去找老白菜。

憨宝说，看你说的！

车花说，你要是去找了老白菜，就不会半夜三更睡不着觉了。

憨宝说，看你说的！

沉默了一阵儿，憨宝问车花，你为啥也睡不着？车花想了一下说，我不知道如何感谢你。憨宝问，我有啥好感谢的？车花说，你吃那么大的苦挖野鳝鱼，给我治好了感冒，所以我要感谢你！憨宝说，没必要。车花说，肯定有必要，只是我一时想不出感谢你的办法来。

车窗外头，雨越下越大了。密密麻麻的雨点打在车厢的油布上，听上去好像谁在那里打鼓。车花听了一会儿，心里猛然一动问，喂，你看这样行不行？憨宝问，咋样？车花半真半假地说，我陪你睡一觉，就当是我感谢你的！憨宝一下子呆住了，一声不吱，格崩格崩的声音也没有了。车花问，怎么样？你就把我当成老白菜吧！憨宝还是不吱声，只吞了一口涎水。车花这时动情地说，到后排来吧，后排宽敞一些！她说着，还伸手拉了一下憨宝的胳膊。憨宝仍然不说话，又吞了一口涎水，声音像喝米汤。来吧！车花又催了一遍。但是，憨宝却坐在前面一动不动，稳如泰山。

怎么，你看不上我？车花疑惑地问。

不是。憨宝口齿不灵地说，你长得像仙女，我咋会看不上！

那你为什么不过来？车花问。

你，你这么漂亮的女人，我，我不敢睡。憨宝结结巴巴地说，我怕跟你睡一回，今后就不想再跟老白菜睡了。

车花听了很失望，刚才绷得紧紧的身体一下子松软下来。她的心也凉了，还有点儿酸，感到非常难过，想哭。但车花忍着没哭，害怕被憨宝听见了。过了一会，憨宝回过头来，有些不安地说，对不起，我狗子坐轿，不识抬举！车花没搭腔，泪水终于漫出了眼眶。

那晚后半夜，车花又羞又愧，毫无睡意，一个人躺在黑暗中默默流泪。直到天快亮了，她才迷迷蒙蒙地睡去。醒来的时候，憨宝已经走了。

上午十一点多钟，司机回到了坏车的地方。趁司机给发动机换配件，车花决定去一趟憨宝家，去给他送守车的钱。

憨宝住在半坡上，离公路有三里多，车花问了好几个人才找到。憨宝住的还是过去的土墙屋，门口有一块土场，满地都是鸡和鸭，一个白发苍苍的老人正在给它们喂食。憨宝一个人坐在堂屋里撕苞谷棒子，嘴里吃着苦桃子。车花刚到门口，就听到了格崩格崩的声音。憨宝看见车花，马上起身问，你咋来了？车花说，我来给你送昨晚守车的钱。车花打开钱包，本来想多给一些的，但怕憨宝不收，犹豫了半天，最后还是只掏了一百出来。

从堂屋往外走时，车花说，如果你愿意进城打工，我可以介绍你去一个货场做搬运，月薪三千。憨宝说，谢谢你，我不想进城。车花问，为什么？憨宝说，我们农村人，一进城，心就会花，心一花，就完蛋了。车花听了，心陡然一颤，好像被虫子咬了一下。

分别的时候，车花找憨宝要了一个苦桃子。

（原载《人民文学》2018 年第 3 期）

作者简介：

晓苏，华中师范大学文学院教授，博士生导师。中国作家协会会员，湖北省作家协会副主席。先后在《人民文学》《收获》《作家》《花城》《钟山》《天涯》《十月》《北京文学》《上海文学》等刊发表小说五百万字。出版长篇小说《五里铺》《大学故事》《成长记》《苦笑记》《求爱记》5 部，中篇小说集《重上娘山》《路边店》2 部，短篇小说集《山里人山外人》《黑灯》《狗戏》《麦地上的女人》《中国爱情》《金米》《吊带衫》《麦芽糖》《我们的隐私》《暗恋者》《花被窝》《松毛床》12部。曾获湖北省第四届"文艺明星"奖，首届蒲松龄全国短篇小说奖，第二届林斤澜短篇小说奖，第十六届百花文学奖，第三届、第四届、第五届湖北文学奖，第六届屈原文艺奖，第五届汪曾祺文学奖。

猫烟灰缸

_夏商

一

她凑近过来，嘴唇几乎碰到他鬓角，你把它拿走，我就跟你走。

随后重新坐直，口腔里热烘烘的酒气离开了他的耳蜗，细长的手指，细长的烟，积了细长的烟蒂，她把目光移走，将难题交给了他。

第五永刚审视那只烟灰缸，青铜材质，懒猫造型，长尾巴盘起处是弹烟灰的凹塘。从品种看，原型或许是折耳猫——他养过一只，浑身灰，带点蓝的灰，行动迟缓，后来看到一个资料，说此乃培育失败的猫种，之所以行动迟缓，是因为先天易骨折，动作一快，就引起剧痛——或许不是，这不重要，重要的是，她想将它据为己有。

半小时之前，他们还不认识，当然，此刻他们依然是陌生人，是聊了一会儿的陌生人。如果他能将这只猫烟灰缸从酒吧拿走，他们的关系或许将更近一步，其实，他一直没看清她的面貌，借助于昏暗的光线，可以判断是个美人，至少从轮廓上看是。这很可能是幻觉，在整容术和化妆术风行的当下，在黏稠的夜色中，让一个妙龄姑娘不是美人也是困难的。只有到了亮处，真实的五官暴露出来，才会呈现出真相。她或许有糟糕的皮肤，牙齿也不太整齐，沐浴后妆花了，丑不可言也未可知。

然而此刻，她看上去确实是美人，至少身材是很好的，曲线流动，也令他荷尔蒙流动。去洗手间的时候，背影摇曳在露天庭院里，真丝料子的长裙轻悬，腿很长，使他忽略了高跟鞋的作用，也就是说，没把鞋的高度剔除掉，而是将细窄的高跟当作了她身体的一部分，不是后天的，而是娘胎里就有这双高跟鞋。她从洗手间返回，他看到凸起的胸部，同样也忽略了海绵的作用，没把胸罩的垫厚部分剔除掉，而是将胸罩当作了她身体的一部分，不是后天的，而是娘胎里就戴着胸罩。

总之，她的样貌和身材有着很大吸引力，或者说，有着显著的迷惑性，使他产生了非分之想。这似乎并无不当，酒吧这样的地方，就是用来消费暧昧的。

即便如此，他仍觉得她有点过分，怎能要求自己去当一个贼呢，"你把它拿走，我就跟你走。"说得轻巧，把不属于自己的东西拿走，不就是偷么，她看上去那么漂亮，怎么会产生这种规范外的念头。

当然，他并不孤陋寡闻，好莱坞有个亿万身家的女演员，就喜欢在超市里小偷小摸，拿走不值钱的日用品，直到失手被店家抓个现行。女演员在法庭上的捂脸照通过互联网飞快传播，成为全世界的一则娱乐八卦。

女演员当小偷，当然不是因为拮据，如果他愿意，可以据此写一篇精神分析文章，他的博士论文，就是一篇冗长的心理分析文章，不过解剖的不是富人贪小，而是人在极度悲伤时，会不会导致精神崩溃的病理分析。

他来这家酒吧，初衷不是猎艳。作为一个未来的精神病医生，他来精神病院实习已半个月，站在四楼值班室往巷口那边看，是一个带院子的二层房子，粗粝的水泥外墙，几棵樟树的树冠像巨型西兰花，挡住了部分平顶。灌木丛那边，搭建了一个透明门廊，顶部是茶色玻璃，铁锈色的石头地坪，深咖啡色双人沙发对面放两只淡咖啡色单人沙发，中间是长条茶几，共三组。草坪上，撑了两把帆布大伞，以及六组随意摆放的铁质镂花桌椅。

第五永刚每次经过这个酒吧，都会转头瞥一眼，半开半掩的对开式绛红色木门，边框被铁条焊住，门口很不起眼的生铁招牌上烙着：阿朵酒吧。

酒吧选址毗邻精神病院，颇让人费解。须知这一片是城乡接合部，除了精神病院，就是小型工厂、仓库、电压转换站，没有像样的办公楼，居民住宅只是零星几栋，餐饮也是比路边摊略好的沙县小吃兰州拉面之类，总而言之，不是适合开夜店的时尚区域。

有意思的是，虽偏居城市一隅，酒吧倒生意兴隆，每当夜幕降临，值夜班的第五永刚俯瞰酒吧，影影绰绰的男女，沉浸在闹哄哄的音乐背景里。

有时，夜空中会响起诡异凄厉的尖叫，那些影影绰绰就会聚拢，仰望精神病院大楼，像在争看一部久违的戏剧。

作为一名从事精神病学研究的博士研究生，第五永刚清楚，因为受到药品控制，精神病院里的病人大致是安静的，尖叫一般来自新入院的病人，偶然也有药物效果不明显的情况。或者倦怠的护士忘了给病人服药的情况，尖叫多半出现在天黑，有的叫声像饿猫，有的像灰狼，一个病人叫了，有时会传染给其他患者，黑漆漆的夜里尖叫声此起彼伏，令闻者胆寒。据程威风说，胆小的女生晚上是不敢从精神病院路过的，他不止一次看到，女孩在尖叫声中抱头鼠窜，消失在街角灯光的折断处。

程威风比第五永刚大五岁，是精神病院的主治医师，临床之外，兼医学院副教授，他给第五永刚上过课，不过，第五永刚来这里实习是自己申请的，凑巧分到程威风所在的住院部，因为在学校就认识，年龄差距也不大，两人私下接触比较多。

精神病院有食堂，吃来吃去那几个菜，医生宁愿去外面吃沙县小吃或兰州拉面。程威风有时会叫上第五永刚，不像别人叫他"永刚"，而是叫"第五"。第五永刚觉得这个老师不端架子，就是有点娘，细声细气，肚子里藏不住东西，拿筷子的时候，小拇指是翘着的。

还是医学院新生见面时，程威风就取笑过他名字："你这个复姓有意思，怎么不姓第一呀？"第五永刚习惯了这种揶揄，从小到大，为这个怪姓，他已花了一吨口水去解释——这是古姓，跟田姓同宗同源，田姓是齐国王族，势力很大，等到刘邦称帝，杀田姓给猴看，为了生存，田姓八个分支只好改姓，从第一到第八，数第五这一支影响最大，其他七支基本没了——终于不愿去花哪怕一克口水了。

对他来说，名字姓氏只是符号传承，不具实质意义。比如程威风这个人，名字阳刚极了，却带点娘娘腔，是个典型的碎嘴，他有说不完的逸事，对住院部每个患者的身世，力求细致了解，这可以视作职业本能，精神科医生不比其他医生，精神病患者的疾病既不在皮肤也不在内脏，而是在看不见摸不着的意识里，了解患者的身世就有可能知道发病原因，就等于拥有了开锁钥匙。从这个角度讲，精神科医生保有一颗好奇心，非但不是缺点，简直是一种美德。

程威风的语速像陀螺，起初是缓慢的，甚至还带点难为情，随着故事的展开，就像被鞭子抽打似的，陀螺在他舌尖上越转越快："你担心精神病人的尖叫会吓跑酒吧里的客人？真是杞人忧天，告诉你吧，很多人就是冲着尖叫来的，这是卖点，有人就喜欢找刺激，就像喜欢看恐怖片把自己吓个半死。对了，给你说件事，你不要告诉别人。"

第五永刚笑了一下，每次程威风说这一句，就意味着要讲上一大篇了，其实，肯定已经跟很多人讲过了——就像那句很多人喜欢说的"不是我吹牛……"，预示着接下来肯定就要吹牛了——无非是用故作神秘的语气，烘托出故事的奇货可居。

二

我认识这个酒吧的老板，他喜欢坐在那把大伞下面，有时也来我们医院，以后你应该会碰到他。他自称老靳，"革"字旁一个"斤"，其实年纪并不大，胡子剃干净的话，也就三十岁左右。他经常留着胡子，看上去比较显老，有时候剃掉了，又变年轻了。他坐在大伞下面，烟灰缸里全是烟头。他很少说话，对人比较冷淡，对我倒是比较热情，酒吧里最好的是黑啤，特别爽口，每次我去，他都让酒保送我一扎，从不收钱，之所以对我这么客气，不是说对我投缘，而是因为我是精神病院医生，他希望从我这里了解米兰朵的情况，虽然我不是米兰朵的主治医师。

哦，忘了跟你说了，米兰朵是我们医院的一个病人，住在309室，进来快三年了，中间出过一次院，当天晚上又被送回来了。接走送来的都是老靳。她是自残型患者，拿到任何硬物都会扎自己肚子，所以被关在一个单间，住院费用一直是老靳在负担。

除了老靳，没有其他朋友或家属来探望过米兰朵，对此老靳的解释是，他跟米兰朵在一起的日子里，就没见到过她家人，她也没什么朋友，有几个小姐妹，也没到闺蜜的份上，她后来不做那一行了，慢慢就跟小姐妹不来往了。

起初老靳不说是怎么和米兰朵认识的，听话听音，从他流露出的信息里，我猜到了大概。有一天，老靳喝多了，酒后吐真言问我，小姐会有真爱么？

他说的当然不是先生小姐的小姐，现在很多词已经不是原来的意思了，我讨厌把妓女叫成小姐，也讨厌把教授写成叫兽，你看我哪里像吼叫的野兽？还是一头副野兽。

无疑，他问住我了，我猜到他说的小姐是谁，也猜到他希望我正面肯定他的提问。我对他说，杜十娘对李甲就是真爱啊。

他盯着我看，忽然叹了口气说，我就是那个李甲啊。

我明知故问，那杜十娘是谁呀？

他朝我看一眼，反问我，你说呢。

这样一反问，确定了米兰朵就是杜十娘。

老靳和米兰朵是在城西的一个酒吧认识的，是米兰朵主动坐到老靳对面的，用老靳的话说，她是个老手，作为一个喜欢孵夜店的男人，老靳熟悉这种场景。但老靳觉得眼前这个小姐跟那些庸脂俗粉有点不同。没错，老靳说了庸脂俗粉，他是个有点文化的酒吧老板，大学读的是历史，当过一段时间中学老师，后来股票发了财，泡在证券公司大户室里，说话经常会冒出书面语。老靳说，她当时给我的感觉就是文雅，虽然一开始就知道她是小姐，但她的气质感染到我了，理智上我只是将她视作一个逢场作戏的对象，可在情感上，却希望她是良家妇女，是个好女孩。

他们开始玩骰子，老靳输得多，喝了不少，后来装醉，让她送他回家。到家老靳就醒了，抱住米兰朵发生了关系。完事米兰朵去洗澡，老靳在她皮包旁放了一小沓钱，比行情多了几张。她从浴室出来，老靳在床上双手合在脑后，看着她把钱塞进皮包，冲他笑了笑，拧开房门走了。

这件事的本质，说好听点是有偿一夜情，说难听点就是嫖娼。按理说，米兰朵走了也就结束了。

可是人这个动物很奇怪，有时候就会被一个眼神彻底俘虏，没错，彻底俘虏这四个字也是老靳说的，他说她离开时回头一笑，把他彻底俘虏了。就像中了邪，当时没觉得什么，倒头睡去，等到醒过来，那个笑又浮现出来，老靳对我说，知道什么叫回眸一笑百媚生么？那就是。

为了那个笑，老靳又去酒吧找她，她果然还在，这次他没带她回家，而是让她带他去了她住处。她一开始不同意，他对她说可以给两倍的钱，她就把他带回去了。

老靳说，那真是一个疯狂的夜晚，知道什么叫一夜五次郎么？那就是。

他们睡到中午，老靳睁开眼，看她的闺房，没错，老靳说的就是闺房，这个人真有意思，不时冒出酸溜溜文绉绉的词。老靳说，晚上去的时候光线不好，又猴急做那事，没留意她闺房。白天拉开窗帘，才发现虽是租来的小房间，却非常整洁，让他心念一动的是，没错，心念一动这四个字也是他原话，小圆桌和窗台上竟然各放了两瓶插花。

他又感动了，因为他一直以为像她们这样的人活得是很马虎的，是不会爱惜自己的，也是不会有什么情趣的。可她把闺房布置得那么温馨那么雅致，还插了花，还插了两瓶，她裸体站在窗前，皮肤细腻光洁，双腿笔直修长，他看呆了，那一瞬间，他好像爱上她了。

他开始追求她，她拒绝了，因为他知道她底细，所以她认为他们不会有未来。他像着了魔一样，开了一家花店，因为她曾说过，最大的梦想就是有一家自己的花店，这个举动终于打动了她，她不再去酒吧，开始经营花店，他们像真正的情侣一样，看电影，下馆子，去郊游。

一年后，她意外怀孕了，她提出结婚，他同意了，但只是口头同意，心里是反悔的。她的肚子大起来，他开始躲她，不接她电话，为了彻底摆脱她，他换了一家证券公司炒股，暗地里把房子卖了，在城东重新买了房子，她找不到他了，他人间消失了。

她知道再也找不到他了，仍在疯狂找，后来，就在半道羊水破了，胎儿没保住，她命大被抢救过来，医生查她手机通讯录，里面只有一个人，备注为"老公"，打过去却永远没人接，有个护士聪明，换个手机打，终于接了，是老靳接的，老靳说我是单身，不是谁的老公。护士说，那你总认识米兰朵这个人吧，她差点死在手术台上，我们找不到她的任何家属，你能过来一次么。

老靳赶过去的时候，米兰朵已经从输血中醒来，她被绑在病床上，是被强制固定住的。医生说，这个女人疯了，拿医用剪刀捅下腹，幸好身体弱没力气，否则可能把肠子都捅出来了。

老靳去看她，她的目光是空的，她不认识他了。

米兰朵被送进了精神病院，她病情很重，长期药物治疗使她脱了形，老靳在精神病院旁租下一个废弃的干休所，开了酒吧，他对我说，当我知道她手机通讯录里只有老公一个人的时候，心彻底碎了。

老靳又说，精神病院那么多疯子在夜里尖叫，你们医生不一定能听出哪个是米兰朵的叫声，我是听得出来的，她一叫我就想起她的那个回眸一笑，过去读杜十娘怒沉百宝箱没什么感觉，现在才知道，李甲是个彻头彻尾的人渣。

我想对老靳说一句话，话到嘴边强忍住了，我想说的是，杜十娘为什么要寻死，因为男人勾引良家妇女并不稀奇，最难的是收服婊子的心，婊子一旦以为找到了真爱，那就是赴汤蹈火的爱情，没有回头路可以走。

三

此刻，第五永刚坐在淡咖啡色单人沙发上，这是他第一次进入这个酒吧，听程威风讲了老靳的故事，他对那个当代李甲产生了好奇，此乃人之常情，不必说，之前他也去309室看了女主角，他没走进病房，透过门上的小窗，往内看了一会儿。

米兰朵坐在床沿，显然是镇定药片起了作用，从空洞的眼神可以判断，她属于很难恢复正常意识的患者，第五永刚经常陷于疑惑，精神病人的思维边界在哪里，为什么他们是不正常的，而所谓正常人就是正常的。正常的标准在哪里？其实在他看来，没有一个人是正常的，如果他是正常人，那么除他之外的任何人都是疯子，因为没有一个人的思维和他是一样的，不和他一样就是不正常，就是疯子，这在逻辑上没错，精神病人被送进精神病院不就是因为没有跟别人保持思维上的一致，那么保持一致的百分比在哪里？保持多大比例的一致才是正常人，正常或不正常的参照对象又是谁？

在第五永刚原来的想象中，米兰朵是个很漂亮的女孩，这种想象基于程威风的描述，也基于故事情节所派生出来的合理推断。道理很简单，如果米兰朵的容貌没有动人之处，对老靳这样一个情场老手来说，是不会有吸引力的，更不会被一个回眸一笑所打动。

当然，第五永刚即便认为米兰朵曾经漂亮，也只是发疯之前。尚未去309室时，理智就告诉他，如今的米兰朵肯定已丧失了美貌，一个长期服药的疯子，怎么可能好看呢。可他又怀着一丝侥幸，既然曾是美人坯子，至少会残留一些姿色，只要残留一点点，就能辨识出几分原貌。然而，现实还是过于残酷，他看到的米兰朵，用夸张的修饰说，全身没有一个细胞可以证明她曾是一个美人，头发稀疏，脸庞像被对称地削了一刀，巨大的眼袋把眼眶拉了下来，病历上写着二十七岁，实际足有五十岁。她坐在那儿，不知道近处有人注视着自己，她仿佛失去了余光，有余光的人肯定会警觉地转头，可她什么反应也没有，第五永刚无法将她跟那个深情的姑娘画上等号，她的手机通讯录里竟然只有一个号码，"老公"竟然是她世上唯一的联系人，第五永刚不喜欢这样的故事，他怅然若失地离开了。

当天晚上，他走进酒吧，点了一扎黑啤，酒保准备走开的时候，他随口问你们老板在不在，酒保说老板不是每天都来，也可能晚些会来。他心想，为什么鬼使神差就走进了酒吧，我又不认识老靳，真要是在，跟他说什么呢。

第五永刚平时不怎么喝酒，一喝就上脸，程威风说每次都来一扎，他就要了一扎，他知道是喝不完的，他有点后悔来了，又不便马上离开。他准备坐一会儿，喝掉一杯，至少半杯，他想起那句"好奇心杀死猫"，好奇心何止杀死猫，有时候连老虎也能杀死。

从这里看出去，住院部那栋楼半明半暗，有些病房灯关了，有些还亮着，他用目光从左往右数，停在309室那个窗户。他吃不准是不是309室，又重新数了一遍，但还是不能确定数对了，他觉得自己很无聊。

这时她出现了，一个眼神有点无辜的姑娘："请问你是一个人么？"

他点点头，她就在对面坐下来。

我叫瑟琳娜，你呢。

第一次遇到女性主动搭讪，他用斟酒的动作掩饰内心的小动作。刚才酒保送来黑啤时配了两只啤酒杯，他还在想，明明看到我一个人，为什么要给两个啤酒杯，这下明白过来，形单影只来酒吧喝闷酒的毕竟是少数，酒保一定认为还会有人来，或者酒保知道，即便是单身客人，也会被瑟琳娜这样的女人故意邂逅。

我叫戴维。他没有英文名字，临时起了一个。

你很像我哥哥。瑟琳娜一下子把距离拉近了。

你常来这儿么？他把啤酒杯推到她面前。

看心情吧。她说。

他们撞杯喝了一口，借助于昏暗的光线，他判断她是个美人，至少从轮廓看上去是。

她点燃一支细烟，用细长的手指弹一弹烟壳，意思是问抽不抽，第五永刚摆手谢绝，转而问道，你认识米兰朵么？

不认识，是你女朋友？她吐出一个完整的白圈。

不是。他把茶几上的烟灰缸挪给她。

她脸上浮起坏笑，第五永刚跟着一笑，他之所以这样问，是觉得这些爱孵酒吧的姑娘，应该都是彼此认识的。

又聊了一会儿，他一杯还没喝完，她把那扎黑啤的剩余部分全喝完了，可以再叫一扎么？她问，他说可以，她就叫了第二扎。等到第二扎喝得差不多的时候，她凑近过来，嘴唇几乎碰到他鬓角："你把它拿走，我就跟你走。"

随后重新坐直，口腔里热烘烘的酒气离开了他的耳蜗，细长的手指，细长的烟，积了细长的烟蒂，她把目光移走，将难题交给了他。

第五永刚审视那只烟灰缸，青铜材质，懒猫造型，长尾巴盘起处是弹烟灰的凹塘。

瑟琳娜布置完功课，起身去洗手间，她的背影摇曳在露天庭院里，真丝料子的长裙轻悬，腿很长，使他产生了非分之想。

怎样才能把这只猫烟灰缸从酒吧里拿走，第五永刚有点犯愁，如果是冬天或是深秋，穿长风衣或者厚夹克，可以裹进衣服带走，眼下时值初夏，穿衬衫牛仔裤，也没有带包，猫烟灰缸体积虽不大，塞进衣裤肯定还是鼓鼓囊囊的，说是不可能完成的任务或许夸张，至少也是风险极大的任务。问题在于，实习单位就在隔壁，万一被抓住闹到精神病院，丢人事小，肯定会影响毕业，继而影响前程，为一个艳遇，付出这么大的代价，委实划不来。

瑟琳娜回来了，手里多了本时尚刊物，曲线流动，也令他荷尔蒙流动，看着那只猫烟灰缸，他心里布满愁云，怎样才能把它拿走呢？

这么暗的光线，还读杂志呀？他问。

她把食指放在唇间，做出嘘的手势，这本杂志上的时装很好看，我撕几页下来找裁缝做。

被发现不好吧。他说。

她一边翻看一边撕下中意的页面。被发现大不了把杂志买下来，你说的米兰朵是谁啊？

一个像你一样好看的女孩。他说。

她朝猫烟灰缸努努嘴。觉得我好看，那你把它拿走呀。

微风吹动着长条茶几上的刊物，她将撕下的页面折好放进坤包，他看着坤包，它缀满水晶状的串珠，过于精巧，除了放唇膏钥匙卫生巾，放不了多余的东西，更放不了体积与它相仿的猫烟灰缸。第五永刚知道，即便她背的是大一点的包，也不会同意借用，她就是要让他把猫烟灰缸偷走，这是一种包含着恶作剧的挑逗，只能由他独立完成。

第五永刚目光下垂，无聊的手指翻着那本时尚刊物，纸页哗啦啦像扑克牌，其实是在打发尴尬，他想把她带走，却对偷走猫烟灰缸无能为力。她仿佛在偷笑，随手撕下一张内页折着玩，一会儿折出一个形状推过来，看看这是什么？

啤酒起子？第五永刚辨认了一下。

什么啤酒起子，这是小老鼠。她纠正道。

哦，不怎么像。

哪里不像了，这尖尖的是嘴，这长长的是尾巴。她噘嘴做出生气的样子。

你一说，好像是有点像了。

说着，他锁着的眉头舒展开来，从杂志上撕下一页纸，开始折，瑟琳娜审视着他的手势："你手指好长，不弹钢琴可惜了。"

他不吭声，又撕下几页，手指乱绞，有点紧张地朝周遭看，客人们在喝酒聊天玩骰子，酒保在室内，没有人留意他。瑟琳娜嘴角卷起笑容，身体前倾，低声说，你好神哎。他更紧张了，手却没有停，七八分钟后，折好了一只立体的客船，长条茶几上的猫烟灰缸随之消失了。

这是泰坦尼克号么？她朝他挤挤眼。

小时候在少年宫学的手工课。他也朝她挤挤眼。

等酒保从室内出来，第五永刚招手叫他结账，算完酒账，额外递出二十元说，不好意思，拿了你们一本杂志，折成纸船送给了这位姑娘，这是赔你们的杂志钱。

酒保看了眼纸船。算了，一本过期杂志，你手倒是挺巧的。

一阵风吹过，树影把黏稠的夜色摇来摇去。

他捧着纸船往外走，瑟琳娜跟上来，挽起了他胳膊，她发现他在微微发抖。

这是他第一次未经允许拿走别人的东西，虽然并不是很值钱，但当一个小偷的体验确实不好，不仅是一种心理的害怕，更是一种生理的失重，所以他遏制不住发抖。当然，也可以解释为他是初犯，所以承受力不行，他咬肌绷得很紧，这样可以咬住身体的全部血管，让发抖有所缓和。

走到街角灯光的折断处，酒保没有追上来，偷窃计划大功告成，发抖也随之消失了，他转头问她，我们去哪儿？她想起了什么，跑回去看那块很不起眼的生铁招牌，很快又跑了回来："你说的米兰朵不会就是这个阿朵吧？"

他刚要回答，精神病院那边传来一声女人的尖叫。他手一沉，慌忙用掌心去托纸船的底部，未能兜住，猫烟灰缸携带着它的重量洞穿了纸船，像一只逃跑的魂灵钻进路边的臭水沟里去了。

（原载《江南》2018年第2期）

作者简介：

夏商，小说家，著有长篇小说《东岸纪事》《乞儿流浪记》《标本师》《裸露的亡灵》，另有四卷本《夏商自选集》及九卷本《夏商小说系列》。

相遇

_薛舒

一

周若愚坐在第二级台阶上,台阶一共有三级,花岗岩材质。石头把冷意从臀部传递至全身,周若愚打着轻微的哆嗦,上下牙之间咯咯的碰撞让他像一个喋喋不休的人。他穿得有点少,没穿棉毛裤,牛仔裤包裹的双腿并拢拱起,膝盖抵住下巴,这使他嘴里发出的有一搭没一搭的絮叨声听起来含混不清。他说话时始终低垂着头,仿佛要把那张布满青春痘的瘦脸埋进两膝之间。似乎有点害羞,或者胆怯,他不敢直视笑盈盈地看着他的林若梅。

其实周若愚早已过了长青春痘的年龄,只是分泌过于激昂的荷尔蒙始终处于无法完全代谢的状态,脸上的痘痘才得以延续到三十二岁的至今,周若愚本不宽绰的面庞,便显得分外拥挤。不过,他似乎不介意自己的实际年龄与长相是否步调一致,没有人问他这种尴尬的问题,林若梅就从来不问，这就是周若愚喜欢和林若梅说话的原因。他对她几乎无话不谈，工作中遇到的尴尬事，无数次在母亲的逼迫下去相亲，他告诉她，自己其实一个人过得挺好，不需要结婚……林若梅对此不置可否，她惯常于用微笑替代语言。不过周若愚是很知趣的，他不愿意太过频繁地打扰林若梅，虽然这个平静生活着的女人对他的经常出现从不表示反感，但他依然告诫自己，每个人都有自己的生活，彼此关爱并不等于相互占有。

周若愚不喜欢被占有，也不喜欢占有别人，他觉得，保持若即若离的关系是最好。暧昧是一种情调，是一种温和的欲望，是有节制的激情，是欲罢不能，是恰到好处……周若愚不喜欢把两个人的关系处得完全明朗化，那会让他平白地增加压力，并且，没有一点儿悬念的恋爱，无疑是枯燥乏味的。

当然，这是周若愚一厢情愿的想法，他不能断定，这所谓的"恋爱"，林若梅是否认可。他和她的相处很暧昧，周若愚喜欢暧昧的感觉，当然，他不是喜欢玩暧昧，而是，处于暧昧关系的两个人，各自保留着属于自己的秘密领地，疲累或者烦恼的时候，可以躲起来休息，或者叫逃避也可以。人是需要给自己一所可以躲避的密室的，从干上现在这份工作开始，周若愚就这么想了。好在林若梅不反对他把他们的关系处理成现在的样子，想必她也不希望被完全占有。

周若愚垂着眼皮，言语基本流畅，在林若梅面前，他变得不再口拙。他已经对着她倾诉了半个小时，用的是一种没有太多起伏的语调，他在诉说一个梦，听起来像一个处于瞌睡边缘的小和尚有口无心地念经：这几天我睡眠不太好，每晚都做梦，同一个梦……

梦里的周若愚不停地挖着地道，像一个越狱的逃犯，怀揣着一颗自由的心，惶恐而又亢奋地劳作着。那可真是暗无天日，每次眼看要挖到世界尽头了，土层越来越薄，都能感觉到外面透进的阳光，只要再来一锹，阳光就会像从天而降的洗澡水一样喷洒到身上。他举起铁锹，用足所有力气捅向薄薄的土层。一声轰响，尘烟蓬勃弥漫，他闭住眼睛想，大功告成了！然而尘土落定，睁眼看，却是一道新的夯土层，厚实并且坚硬，像一座石头山一样挡在眼前。周若愚筋疲力尽，绝望让他有种哭泣的冲动，他听见自己嗓子眼里挤出的呜咽声，断断续续，哼哼唧唧，像过期的牙膏，干结、毛糙，需要用力才能一截截往外挤……

说到这里，周若愚几近哽咽，但他没有哭，两眼是干涩的。他不可能在林若梅面前哭出来，并且，他也并不觉得需要为一个持续的噩梦而哭。他看了一眼林若梅：梦而已，没必要担心，你说是吧？

不等林若梅回答，他就撑住膝盖站起来，反手拍了拍自己臀部想象中的尘土：好了，我该回家了，再见。

其实台阶一点都不脏，周若愚每次见林若梅，都是坐在她家门口的这块花岗岩上，这是一种最不易积灰尘的石头，因为光滑。倒是他的粗布牛仔裤上沾染着一些疑似油渍、颜料，抑或粉尘之类的斑驳色块。

周若愚转身，下台阶，沿着熟悉的林荫路向傍晚时分的"天崇园"大门走去。

林若梅住在东区，比西区和北区更开阔，住所与住所之间布满香樟树的浓荫和应季开放的鲜花。天崇园是有钱人的首选，天崇园里的东区，是比有钱人更有钱的人才会选择的区域。林若梅是有钱人，有钱人林若梅却从不介意周若愚的唐突，他总是来得突然，走得也突然，可她不会生他气。

每次他离开，她都不会送他，可他的后背能感觉到林若梅看他的目光，微笑的、平静的、带一丝慈爱，还有点恋恋不舍。周若愚当然不会介意她从不肯迈出家门一步，她在家门口迎接他，在家门口听他说话，在家门口目送他……不过，她会派小黑送他，一只矫捷而又安静的黑猫，她养的，聪明之极。小黑仿佛懂得主人的心思，周若愚说话的时候，它就趴在主人身边，和它的主人一样，它总是很耐心地倾听来客的倾诉。但只要周若愚一站起来，它就会躬身起立，尾随着他，一直把他送到林荫路尽头。

二

"天崇园"里的花开得比外面迟一些，季候已近仲春，这里却还开着十多株纷纷扬扬的樱花。林若梅家门口就有一株，清风拂过，无数粉白花瓣落下来，铺满了门口的三级花岗岩台阶，没有人来扫。周若愚告诉过林若梅，不用扫，我关照过保洁工，别扫，这样我就可以坐在花瓣铺就的地毯上，多好！

林若梅从不反驳他，唯一坚持的就是，她不迈出家门一步，他也没被允许进入她的家门，门口的台阶就是她待客的地方。

周若愚不介意，他喜欢这块花岗岩。事实上，这块花岗岩是周若愚替她挑选的，叫"白冰花"。其实，林若梅落户的位置，也是周若愚建议的。就是那次，他认识了她。应该说，是登记册和发票上的名字吸引了他，林若梅，他想，和自己的名字真般配，便指着电脑上的布局图，抬起眼皮，对来客说：这里有一棵樱花树，地势相对高，第一排，阳光不会被挡住……来客当然不是林若梅，是一个四十岁左右的男人。周若愚想当然地认为，他是登记册上那个叫林若梅的女人的丈夫，抑或，别的什么身份？不管什么身份，选择"天崇园"

的就是有钱人，替林若梅置办居所的男人肯定很有钱。

男客户俯下身，在电脑上看了半天，紧锁着眉头，临了说一句：等我去实地看一下再说。

这还用看？周若愚想，没有人比自己更熟悉"天崇园"了，他每天要接待多少准备落户的访客啊，都市边缘的高档地段，绿树成荫，空气新鲜。周若愚工作的公司业务部设在园区营售管理办公室隔壁，一扇大门，两个工作间。他在这里工作了五年，新来的住户，几乎都被他见识过注册的名字。他喜欢琢磨那些名字，名字背后的面孔，他倒未必想见。他愿意根据名字，想象出主人的长相，抑或性情。比如憨厚的"蔡毛根"、愚钝的"刘卫忠"，或者精明的"张林娣"、世俗的"王丽花"，他就没有想去认识他们的欲望。当然，憨厚、愚钝，抑或精明、世俗，都是周若愚对那些名字的印象，名字背后的人究竟是怎样的，他也没有兴趣去了解。只有林若梅，令他在见到名字时，就陡然地生出了些许仰慕。他当然不认识林若梅，他仰慕的，只是那个名字。他觉得，叫林若梅的女人，应该是文静、优雅的，也许，身上还有着他人无法懂得的美。

三天以后，男客户又一次登门，周若愚已经记住那张紧锁眉头的脸。

周若愚领着男客户走在堆满建筑材料的仓场，脑子里总是不由自主地跳出"林若梅"三个字，一伸手，就指向一堆石料中那块白色花岗岩：这一块叫白冰花，是特级，光度硬度都高，看这花纹，像雪天里的蝴蝶，飘逸、轻盈，不乱不杂，非常洁净，这么上档次的，找不出第二块了……周若愚暗想，"紫罗红"过于雍容，"帝皇金"有些庸俗，"蒙古黑"显得阴郁，"玉雪莲"名字不错，可花纹密集，喧闹了。对这些石材的名字、品质、用途，周若愚烂熟于心，那是他的专业，也是他的职业。白冰花，没有更好的了，与她的名字多般配，林若梅，不是吗？

公司的小货车把男客户和各种材料一并送去了加工场，周若愚没有亲自跟去，他要立即赶到十公里外的城里，和一个叫"丁军芳"的女孩在卡瓦咖啡馆见面。这是母亲替他找的第六个相亲对象，之前五连败的战绩使母亲终于把目标指向农村。年轻的丁军芳以种蔬菜为生，包括她的父母、兄弟。这一家人，天天在众多白色的大棚间穿梭劳作，可他们的脸色却不似白色的塑料大棚一般白。母亲说了，健康比一切都重要。周若愚完全认同母亲的判断，他准备去赴约，卡瓦咖啡馆。

周若愚拐到石材场后面，按了一下他那辆比亚迪汽车的遥控钥匙，车灯在白色的天光下无力地一闪，就像彼时周若愚的精神，颓唐而散漫。

汽车驶出石材场大门，周若愚看了一眼对面的"天崇园"大门。正是春天的开首，大门内的两排香樟树一路延伸，地上枯黄的树叶铺了厚厚一层。香樟树是春天落叶的，周若愚知道，不过，树冠上已经顶起一片嫩绿，可见，新叶也已争先恐后地长出无数。一棵树的叶子，在同一个季节里凋落与生长，真是一种残酷的自我更新，就好像，一个孩子必须目睹前辈的死亡，才能促成自己的出生。那么，周若愚忍不住想，人们是先注意到枯叶的凋落呢，还是新叶的萌发？他回忆了一下，发现自己是先注意到林荫道上随风飞舞的落叶，然后才看到树冠上的大片嫩绿。

周若愚忽然想到，那位紧锁眉头的男客户，是否听从了他的建议，把宅邸选在了东区第一排的樱花树边？樱花快要开了，十天以后，那棵树就会绽放出满世界粉白的花，再是十天以后，就要漫天漫地飞雪似的谢落了。谢落的樱花，比开在枝头的樱花更漂亮，周若愚一直这么觉得。他想，林若梅，大概会和他一样，认为凋谢比盛开更美吧？

三

丁军芳长得很像丁军芳这个名字，周若愚第一眼看见她，就觉出这应该是一个简单、质朴，抑或有些大大咧咧的姑娘。他领着她走向"卡瓦"大厅最深处的火车座时，甚至闻到一股实用主义的气息扑向他的背部。

丁军芳把一杯蓝山咖啡喝得忙碌不堪，她不时用一把配套的小匙使劲搅咖啡，然后端起杯子喝一口，银色的小匙伸进嘴里舔一下，再插进杯子继续搅。金属小匙与瓷质咖啡杯碰撞出叮叮当当的声响，周若愚有些听不下去，就端起自己的咖啡，一仰头喝光。他想让丁军芳学他的样子，也一口喝掉算了，可是丁军芳没有接受他的暗示，只持续小口抿咖啡，舔小匙，搅拌，一系列动作，使原本应该简单、安静的"下午茶"变得无比烦琐而忙碌。

周若愚从没见过把咖啡喝得如此辛勤的人，他都不好意思看丁军芳，只能盯着她那只拿小匙的手。手的肤色，是被母亲称为健康的黝黑，骨节凸出，食指的第一节侧面凸出得尤其显然，是常年使用劳动工具留下的茧，虽然是一双干瘦的手，但看起来很有力气，指甲缝里还嵌了一些疑似泥巴的污物，想必是从菜农赖以生存的土地中携来，黄黑的色泽，令周若愚想到"肥沃"这个词。

不擅交谈的男人，好不容易想起一句问候的话：种蔬菜很辛苦吧？接下去，耳边就源源不断地传来丁军芳自豪的声音：种蔬菜是蛮辛苦的，不过我喜欢种蔬菜，种蔬菜比种果树好，果树一年挂一次果，蔬菜周期短，小油菜50天，油麦菜40天，青蒜60天，"上海青"一个月，要是豆芽，一个礼拜，哈哈哈……丁军芳笑得很欢快，周若愚也忍不住跟着她笑了几声，笑完，很突兀地问了一句：你为什么叫这个名字？

丁军芳一脸愕然地看着周若愚：名字？名字又不是我自己起的，我怎么知道我为什么叫这个名字？说完，她机灵地反击道：那你说说，你又为什么叫这个名字？

周若愚张了张嘴，他想问她：知道"大智若愚"这个成语吗？但他没有问出口，他觉得，问她也是枉然，何必考验一个快乐的菜农？便改了口：水果生长周期比蔬菜长，可是水果卖得比蔬菜贵。

丁军芳想了想，倒也同意周若愚的意见：有道理。又补充道：还有呢，蔬菜要用大棚，果树不用，蔬菜还很容易烂，每一茬收成都损耗不少，反季节菜卖得贵，可是大棚要加温，也得花钱，就说冬天的黄瓜吧……丁军芳一说起蔬菜就没完没了，她用声音带着周若愚参观起她们家的蔬菜种植基地，从一架大棚走到另一架大棚。周若愚的耳畔布满了各种蔬菜的名字，眼前掠过一片片生机勃勃的绿油油、红彤彤、黄灿灿，脑中却莫名地闪过一个名字——林若梅。他不由得想，倘若眼前是一个叫林若梅的女人，她会这么快乐而多话吗？

相亲活动结束，周若愚开着他那辆比亚迪回到家。母亲小心翼翼地问：感觉如何？他回答"不错"。什么叫不错？母亲追问。他想了想：就是不讨厌。母亲皱纹紧蹙的面容霎时舒展开来：你主动点，过两天再约她一次。可别小看菜农，他们家种菜一年收入上百万呢。

周若愚想起适才两人在咖啡馆外面的停车场告别，他看见丁军芳开的那辆红色小宝马"嗖"一下从他眼前驰过，快乐的菜农坐在驾驶座上，就像一整个还带着泥巴的大萝卜装在精致的雕花银盘里。周若愚钻进自己的比亚迪，忍不住咧了咧嘴，算是笑。

周若愚没有告诉母亲，其实他不太适应丁军芳总是搅咖啡和舔小匙。还有，她那十个"肥沃"的手指头，让他既是敬重，又望而生畏。还有还有，167厘米的他和她站在一起，好像比她矮半个头。还有，他赚的钱，只能买比亚迪……

母亲开始做长远打算：我要问一下介绍人，把人家的生辰八字要来，去算个命，看看你们的姻缘合不合……周若愚打断母亲，问了一句：妈，我的名字，是谁起的？

母亲被问住了：你的名字？你爸起的？哦不，大概是你爷爷，也不对，好像，生你的时候，请你爸的娘舅家谁起的……记不清了，反正不是我起的，你问这个干什么？

约会的时候，周若愚没有告诉丁军芳，其实他不知道自己的名字是谁起的。人是很容易健忘的，周若愚活了三十二年，母亲就忘了他的名字的由来。

父亲十五年前患胃癌去世，头两年，他们还时不时地记挂他，这些年，渐渐地，不再频繁地提起他，不是刻意要遗忘，而是，内心的确没有太多惦念了。每年清明节，他们才会想起他，去墓地祭扫一下。每次去扫墓，周若愚总会暗暗吃惊，他发现，墓碑上那张照片里的男人，太像他自己了，一年比一年像。辞世于三十九岁的父亲，把样貌停留在接近中年的阶段，而他的儿子，正马不停蹄地紧追上来，然后超越他，或者，与他一样，停留在某个并非预计的终点，永远不老。这么想想，周若愚心中就生出莫名的快感，通过墓碑上的照片，他提前认识了未来的自己。只是父亲的名字太平庸——周贵，刻在墓碑上一点儿都不起眼，更不会让人产生任何想象。这让周若愚略觉遗憾，他想到自己的墓碑，将来，他的子孙在清明时节为他扫墓的时候，会不会谈论一下刻在墓碑上的父亲抑或爷爷的名字？周若愚，虽然不算太出挑，太别具一格，但至少，这个名字他自己是喜欢的。只是已经无法考证究竟是谁创造了这个名字，母亲不记得，就无人知晓了。

四

周若愚坐在电脑前发呆的时候，其实是在研究那些名字。办公室电脑里有一份天崇园住户分布图，名字与宅邸一一对应，园区资深营售员唐小姐拷贝给他的。唐小姐穿着一套很正式的深色套装从外面回来，她刚去天崇园出席了一场新住户的入驻仪式，她还戴着白丝手套，撑着黑绸阳伞，这使她看起来既庄重又假惺惺。周若愚问：唐姐，最新的住户名单有吗？拷一份给我好不好？

尽管不属同一家公司，但唐小姐和周若愚的工作都是服务于天崇园的住户，他们在相邻的办公室工作了好几年，喝口茶的声音都能互相听见，起码的信任总是有的。唐小姐没有任何异议，唐小姐收起黑绸阳伞，进办公室，脱下白丝手套，打开电脑，用电子邮件的方式把住户资料发到了周若愚的邮箱里。

两个星期过去了，不知林若梅是否已进驻天崇园，周若愚在最新分布图上找了一遍，没有她的名字。也许唐小姐忘了更新资料，或者那个紧锁眉头的男客户替她变更了预订？他是林若梅的代言人，他主宰了她的一切，包括选址和装修风格。这当然没什么奇怪，周若愚看得多了，那些被写下名字的人，通常是没有自主权的，除非……他想起父亲的墓碑上，那张与自己越来越相似的照片，他想，等他到了父亲这个年纪，一定要为自己选一块合适的、喜欢的墓址，即便只是灵魂的栖所，他也不希望被别人主宰。

周若愚想去天崇园走一圈，虽然他明白，分布图上没有林若梅的名字，实地去找，更是几乎没有可能找到，除非一户一户查。

周若愚过于依赖对名字的感觉，他总是觉得，他能从名字中嗅出温暖或寒冷、和谐或抵触。前几次失败的相亲历史，在那些"女方"看来，也许是因为周若愚个子偏矮、过于瘦弱，抑或，他总是显得有些木讷的眼神，以及笨拙的口舌，甚至，他做的这份不讨女孩子喜欢的工作。可在周若愚看来，那多半就是名字的原因。譬如那个叫王艳丽的超市收银员，周若愚一听到她的名字，就像闻到了一股香烟老酒牙膏肥皂加卫生纸的混合气味，实在太接地气了，她让他有一种想去卫生间洗一下手，或者用洁厕灵把马桶洗刷一遍的欲望。还有那个叫徐紫嫣的小学老师，这名字让他想到一个坐在落叶中哭泣的矫情女孩，一不小心就把自己当成林妹妹的那种。还有一个，叫沈旖旎，周若愚几乎无法判断这个名字的气味，虽然"旖旎"的意思很明确，但他无论如何不能接受，那个一边吃着肯德基土豆泥，一边说要减肥的胖乎乎的女孩，竟然可以叫"旖旎"。

周若愚不是不知道，名字与人，常常是南辕北辙的，可他就是无法让自己不去计较一个人的名字。与一个女孩相遇，就是与她的名字相遇，和一个女孩相处，就得先与她的名字相处，名字是女孩伸向他的一只手，是他对她的第一把触摸。并非一定要惊艳，合适才是好的，再不济，就起个没有任何特点的名字，也比那些有着强烈气味却庸俗甚而恶俗的名字强。比如丁军芳，那是一个让周若愚没有抵触感的名字，当然，也没有脱颖而出的魅力，不冷也不热，不坚硬，也不柔软，当属中性。再比如林若梅，就是他钟情的名字，这名字，既有退让，又有恪守，既是柔和，又是沉稳，当然，更多的是一种不确定，似是而非的，飘逸的，带着一缕仙气。周若愚知道，那是他独有的、无以言表的感觉，这种感觉，他不指望别人能理解，所以，他也从未在任何人面前发表过有关名字的议论。

那一日，周若愚进天崇园送一批加工好的建筑材料，与客户交接完，就向园内的东区第一排位置直奔而去。尽管布局图上没有林若梅的名字，但他还是认为，她要落户，一定是在他推荐的那棵樱花树边。天崇园很大，一条直通园区底部的林荫道，两边不断有分岔，第五个分岔口，向右拐，樱花树就在一百米远的前方。花正在凋落，树却依然婀娜，还没走到跟前，周若愚就依稀看到嫩绿的枝叶间正落下雪片样的花瓣。再走近几步，却见樱花树下的宅址边，三个男人围在一起争论着什么，其中两位年纪大一些，周若愚认得，是园区管理办聘请的保安和保洁工，另一位，就是那个习惯于紧锁眉头的男客户。周若愚立即转过身，幸好，他们没有发现他。

周若愚朝园区大门方向走去，心里布满了甜蜜，以及一丝欣慰。布局图上没有林若梅的名字，肯定是唐小姐没有及时更新，现在他可以确定，她落户在了他推荐的宅邸。从那位男客户和保洁工断断续续的争论声中，周若愚听出来，大概是保洁工清扫掉了男客户摆在台阶上的垃圾，可是男客户说那不是垃圾，是有用的……不管他们争论的是什么，总之，周若愚找到了林若梅，这让他欣喜若狂。

回到办公室，周若愚在自己的电脑上修改了布局图和名单，他没有告诉唐小姐布局图需更新，他甚至希望唐小姐一直忘了更新，那样，就没有别人知道樱花树边住着一个叫林若梅的女人了。周若愚有些自欺欺人，可他真的喜欢那个名字，他甚至希望，林若梅是他所独自拥有的，不是那个人，而是那个名字。林若梅，属于周若愚，这两个名字，多么般配！

走在天崇园林荫道上的周若愚，一想到这个，脸上就涌起一片红潮。

五

丁军芳的生辰八字与周若愚十分相配，母亲脸上的皱纹里嵌满了丝丝缕缕的喜气。这一次的相亲很顺利，女方没有向介绍人提过任何对周若愚的不满，唯一的希望，就是周若愚辞掉现在这份工作，加入他们的队伍，成为富裕的菜农家的新生劳动力。

那么接下来，就该进入主题了。母亲说：下次碰头，你问一下军芳，选个日子去一趟她家，认认她的父母兄弟，毛脚女婿总要上门的，备上六样礼品，一只鸡、一条鱼……母亲掰着手指头算礼品，好像周若愚明天就要把那个辛勤的菜农姑娘娶回家。

事实上，婚事的进展的确超乎周若愚的预计，刚进入夏天，周若愚就从母亲的口中听到了自己的婚讯。他没有料到再是两个季节以后，自己就要结婚了，他只知道，他并未在任何节骨眼上提出明确的反对意见。在母亲眼里，他不反对，就是同意。周若愚有些疑惑，究竟是母亲把他送到了婚姻的当口呢，还是他自己下意识地愿意这么做？

为这件事，他想，他应该去天崇园找林若梅谈谈。他已经好久没去林若梅家了，其实他一直想去，却因为最近一段日子，他忙于相亲，忙于约会，忙于应付母亲与菜农家众多亲戚的考察，忙于进一步了解丁军芳这个不柔软也不坚硬的名字背后究竟是怎样一个女人，忙于适应他从未涉足的蔬菜种植领域……

入夏开始，天崇园的住户都喜欢闭门享清闲，直到初冬，他们才会忙碌起来。天崇园最热闹的时节，是初春和初冬，也就是樱花和菊花盛开的季节。所以这些日子，高大抑或低矮的绿植都趁着没太多人打扰而疯狂生长。这个季节，也是小黑最欢喜的日子，它常常逃出家门，奔出天崇园，奔过马路，来找周若愚。圆黑的脑袋贴住玻璃门，鼻头压扁了，周若愚坐在面朝大门的办公桌前，他一眼就看见它。于是开门，小黑一头窜进来，像一道黑色的闪电。他给它吃火腿肠，什么话也不说。这是在办公室里，隔壁还坐着唐小姐，他怎么能像坐在林若梅家门口的台阶上那样，对着小黑说很多话呢？

唐小姐看见了，总是笑周若愚：你应该找个女朋友了，去谈谈恋爱，不要总是和流浪猫混在一起。周若愚心想：和丁军芳谈，只能谈蔬菜了。可他嘴上说：不是流浪猫，是我朋友家养的。

还是小黑懂周若愚，小黑默默地吃火腿肠，吃完就嗖一下飞出了办公室，像一道黑色的闪电。这让周若愚感到慰藉，他想，大概是他好久没去看林若梅，她想他了，派小黑来看看他，传递给他一些消息。

傍晚，周若愚磨蹭着，直到唐小姐下班离开，办公室里没别人了，才起身，锁了门，过马路，进天崇园。

林若梅的家还是老样子，樱花树已经没有樱花，泛红的小串樱桃上满是被鸟儿啄食过的坑洼，香樟落叶早已被清理干净，这是一个没有落叶的季节。他在门口的台阶边站定，然后，他发现，林若梅早就看见他了。她靠在门口，看着他，微笑的脸温柔而又慈悲，没有一丝怨气。看她的表情，他就知道她并不责怪他这么久没去。可是她笑的眼神，不是一个恋爱中的女人的眼神，周若愚这么想，便冲她无声地笑笑，然后，在台阶上坐下来，说：我也不知道怎么回事，日子就已经定下了，结婚……

林若梅家门口有一棵樱花树，还有一些香樟树，却没有蔷薇，要不这会儿，空气里应该满是蔷薇的香气，热闹而又带一丝俗气。周若愚觉得蔷薇的确不适合林若梅，蔷薇花开的时候，一嘟噜一嘟噜簇拥在一起，太喧闹了，像一群群呱噪的女人。林若梅是个落单的女人，或者，在人群中，她是独立的，梅花一般，同一季开放，却一朵是一朵，不会拥作一堆。所以现在，林若梅家门口没什么花点缀，这样也很好，周若愚还是喜欢，毕竟，林若梅住的这一处，还是周若愚替她选中的。

这么想想，周若愚又有些伤感，其实，选定地方的还是那个有钱男人，他只是听从了周若愚的建议。可不是吗，那个他接待过的喜欢紧蹙眉头的男客户，不管他是她的丈夫，还是她的情人，总之是他花钱替她买下了现在的住所。

不过，周若愚从不去想，自己常常进天崇园找林若梅说话，这是否有失伦理。他的确只是说话，说话而已，甚至他都未曾进过她家的门。可他也总是有意无意地避开她的丈夫，抑或她的情人。尽管什么都没发生，但他还是不愿意林若梅的男人误会。他相信她是柔弱的，又是倔强的，倘若她的男人误解她，她一定不会为自己辩解。所以，要是被那个喜欢紧蹙眉头的男人撞上，岂不是伤害她？

现在，周若愚终于把自己快要结婚的消息告诉了林若梅，他还说：也许以后，我不会有时间来看你了。说完，他竟不敢抬头看她的表情。他怕她悲伤，更怕她不悲伤，他担心她所有的情绪，好心情，抑或坏心情。所以，不等她表态，他就站起来，拍拍牛仔裤上并不存在的尘土，低着头说：好吧，那我走了，你好好照顾自己。

说完，他一直紧绷的心，突然松弛下来。

小黑替代她送他，一直送到林荫道的尽头。他想，下一次去看林若梅，不知道什么时候了，也许初冬吧。可那时候，他不是要准备大婚吗。

六

秋天到来之后，周若愚完成了辞职前的最后一批活计。丁军芳全家都急切期待着他去他们家做一名快乐的菜农，并且承诺，只要他放弃现在的工作，他立即就能拥有一辆"路虎"，以后小两口，一个宝马，一个路虎，携手奔向千万富翁。尽管周若愚对"马虎配"的说法不敢苟同，但他还是以"不反对"的消极态度达到了"同意"的效果，所以，他终于要迎来他的大婚了。

周若愚是个负责任的人，他不想把自己的工作变成烂尾活留给顶他位置的新人，虽然他不知道有没有新人来顶他的位置。可是，他要去做菜农家的新女婿了，他必须干干净净地离开，包括他电脑里的客户资料，也要整理好一并留给后人。这么想的时候，周若愚觉得有些悲哀，自己才三十二岁，就要把"事业"交给后人，那么，他就是一个"老人"了？

周若愚打开电脑，点击天崇园布局图，东区第一排，林若梅的名字赫然在目。他相信，唐小姐的资料已经更新过，应该也有林若梅的名字。不过，唐小姐是不会和他一样，对林若梅这三个字那么敏感的。他们的电脑里有那么多人的名字，唐小姐为什么要对林若梅另眼相看呢？好比周若愚，就不会对住在林若梅邻栋的那个叫"徐茂昌"的男人感兴趣，也不会对西区、北区、南区的某个叫"吴姗姗""蒋玲玲""乔娜娜"的女人多看上特殊的一眼。周若愚不觉得这有什么奇怪，一个人与另一个相遇，是一种缘分，一个名字与另一个名字相遇，亦然如此。所以，周若愚才会在看见林若梅这个名字的时候，再也不肯忘掉，然后，因为偏执地爱上一个名字，而爱上一个人。

说爱上也不确切，总之，别人是没法明白的，丁军芳也不会明白，只有周若愚自己明白自己。周若愚在电脑里的布局图上删掉了"林若梅"的名字，不管唐小姐的资料里有没有她，总之他不想把林若梅从自己手里丢给别人。然后，他又删掉所有工作以外的文件，关闭了电脑。现在，他还有最后一件活要做。

周若愚来到公司业务部办公室后面的仓场，那里堆满了各种建筑材料。一堆石料中，有几块黑曜石的边角料，周若愚已经在锉床上加工出了坯子，现在，他要用黑曜石坯料刻一块小挂件，小到可以挂在胸口。

周若愚拿起刻刀的时候，发现自己做了那么多年墓碑雕刻匠，这还是第一次雕刻饰品，并且，刻下的是那么小那么小的字，比墓碑上的字小多了。他要在黑曜石的一面刻上"周若愚"三个字，另一面刻"林若梅"三个字。看看，这两个名字放在一起，多么般配，他在墓碑上刻过那么多名字，还刻过很多夫妻合葬的墓碑，他就没见过哪两个名字有他们这么般配的，简直天生一对。不过他也知道，周若愚和林若梅，本就是阴阳两隔的，所以，他们的名字，一定是出现在一块石头的两个面上，知道彼此在一起，却永远不能见到，不是吗？

唐小姐穿着很正式的深色套装找到仓场里，唐小姐撑着黑绸阳伞，戴着白丝手套，唐小姐说：周若愚，我忘了带办公室钥匙。

周若愚摸出钥匙交给唐小姐：你拿去吧，不用还给我了。

唐小姐没问为什么，唐小姐拿着钥匙，一扭一扭地走了。她刚在天崇园里主持完今天的第三场落葬仪式，冬至时节的工作节奏就是这样，资深销售兼金牌司仪的这身打扮，看起来挺庄重，周若愚看着她的背影，心想：只不过有点假惺惺。

仓场里没有别人了，周若愚重新拿起刻刀，他预感到，这是他最后一次拿石刻刀了。所以，他刻得很认真，很仔细，很动情，他手里刻着字，脑中想着，林若梅是初春的清明搬进天崇园的，他们就是在那时候相遇了，现在已临近冬至，日子太短，也太快……风吹过，石粉飞扬起来，呛得他眼泪都要掉出来，可他还是几乎一气呵成地把六个字刻了下来。直到刻完"梅"，天色已经向暗，他抬起头，眼前黝然一闪，是小黑。

周若愚拍拍手，小黑毫不防备地跑过来，这回他没有火腿肠给它吃。周若愚把刻好的黑曜石挂件用一根早就准备好的皮绳穿起来，拴在小黑的脖子上，什么话都没说，只拍拍小黑的屁股。小黑一躬身，猛地弹跳开，嗖一下，冲出石料场，像一道黑色的闪电，向着街对面的天崇园飞射而去。

冬至快到了，菊花开的季节，天崇园就会热闹一阵。周若愚顶顶不喜欢的，就是每年的清明和冬至，活人来来往往，把成片的绿植和花儿踩得七零八落。不过，这个冬至以后，周若愚就不在这里工作了，他要去做一名菜农了。

周若愚把消息托付给了小黑，他想，林若梅会理解的，人和人未必要在一起，两个名字相遇，就很好。

（原载《人民文学》2018 年第 2 期）

作者简介：

薛舒，中国作家协会全国委员会委员，上海市作家协会主席团委员，专业作家。作品发表于《收获》《人民文学》《十月》《中国作家》《上海文学》《北京文学》等杂志。曾获《中国作家》奖、《北京文学·中篇小说月报》奖、《人民文学》奖、《上海文学》奖等。出版小说集《寻找雅葛布》《天亮就走人》《飞越云之南》《婚纱照》《隐声街》，长篇小说《残镇》《问鬼》，长篇非虚构《远去的人》等。部分小说被译为英文、波兰文出版。

沉默的母亲

_张惠雯

一、沃克太太

沃克太太病了。她像得了厌食症一样不怎么吃饭，却猛烈地、前所未有地胖起来。沃克先生带她去看医生。医生发现她的血糖高得惊人。"她必须控制饮食。"医生说。"可她根本不吃东西。"沃克先生说。医生看了一眼沃克太太，不以为然地耸耸肩，"她显然在吃东西。"他给她开了控制血糖的处方药，还有一套测量血糖的微型仪器，要求沃克太太早晚扎破手指检测血糖水平。可无论沃克先生怎么劝说、威胁，沃克太太就是不愿意这么做。沃克先生非常惊讶，因为这是她第一次违抗他的意志。

沃克先生忧心忡忡地吃完早餐，送长子上学。沃克太太站在厨房的窗前，目送他的车消失在路口拐角处。她长长舒了口气，然后跑去车库找她的东西。

沃克太太并不是美国人，她是土生土长的中国人，中文名字叫李霞。她二十七岁时才第一次到美国，也是第一次出国，也是第一次离开她所在的那个广西小城到别的地方生活。她一直不是个眼界宽广的人，她认识沃克先生是通过国际联姻网站。她在那个小城市的初中当英语老师，在几乎要变成大龄女青年、同时找合适男友看起来困难重重的情况下，她抱着试一试的态度上了联姻网站。她的运气不错，没有碰上骗子或装扮成适婚年龄男子的老头儿。

沃克先生正当壮年，四十出头，他是一个相当保守的不爱交际的人。他痛恨《欲望都市》培养出来的一代美国拜金女，明确地知道自己需要一个贤惠、顾家、爱生养孩子同时不爱慕虚荣的妻子。因此，他的情史非常清白，他不在约会上随便浪费精力和金钱。他人长得也不差，身材矮壮结实。他第一次去中国探望李霞，就当机立断地认定她是最恰当的妻子人选。她其貌不扬，身材很瘦小，像是没有发育成熟的女孩儿。她说话细声细气、磕磕绊绊，说话时几乎不好意思直视对方，但在沃克先生眼里，她自有几乎不复存在的顺从、贤良的古典妻子的魅力。既然对方是美国人，李霞的父母也就不好意思拿中国父母嫁女的诸多要求为难对方了，所以事情进展很快也很顺利。在沃克先生的要求下，他们在中国匆匆举办了一个中式婚礼。沃克先生说，按照美国的习惯，婚宴的钱须由女方来出，男方只负责购买钻戒。李霞的家人听到这个美国习惯很震惊，但他们还是接受了。

还好，沃克先生一点儿也不穷，他有车有房，也不像一般的中国男人那样要求老婆既照顾家务又上班挣钱。沃克太太把这些新发现一一转告娘家，娘家非常欣慰。起初，她的日子挺不错。先生给她买了一辆二手车，还给她办了一张信用卡。她用这张卡买家用，也可以偶尔去卖折扣服装的平价商店给自己买件衣服。当然，她不能随便花钱，因为沃克先生每个月底会仔细核对银行账单，他需要清楚每一笔花销用在哪些地方。他倒没有什么特别要求，只需要她做好早餐、晚餐，把家里打扫干净。只是他不怎么爱说话，他的严肃令她心生敬畏。

但几个月后，她的悠闲生活结束了。沃克先生开始致力于他一直信仰的多生子嗣、创建美好大家庭的工作。"最少三个！"他说。于是，八年之中，瘦弱的沃克太太前后生了三个孩子，前两个是男孩儿，最后一个是女儿。最大的七岁，终于上小学了，她身边还留着一个三岁的男孩儿和一个七个月的女孩儿。沃克先生很骄傲地成了三个孩子的父亲。他带着一家大小去附近的公园散步，他和大男孩儿走在前面，沃克太太在后面牵着那个三岁多的小男孩儿，身上用兜巾挂着那个七个月的小女孩儿。偶尔遇到喜欢聊天的邻居，不善交际的沃克先生也会用郑重的腔调夸赞妻子：她的工作最重要，就是照顾我们这群小天使!

除了丈夫和孩子,她几乎没有什么人可交流。她也会带孩子们去附近的儿童游戏场地,在那里她遇到其他妈妈,有些是她的邻居。那些妈咪或者看起来挺摩登,或者有主见、很强悍的样子,她觉得自己和她们差得很远。而她们在尝试把她纳入邻里妈咪圈的最初努力后,也不怎么积极和她交往了,因为她看起来那么被动、怯懦,像一只容易受惊吓的麻雀,连她的发型、衣着都给人一种垂头丧气的感觉。对她们来说,她实在既无魅力也无亲和力可言。沃克太太不太为没有朋友这种事困扰,因为她真的忙不过来,每天不是在泵奶、做饭、哄睡,就是在陪孩子们玩儿,或者拖着两个孩子去买菜。她每天也花很多时间打扫被孩子们弄脏弄乱的房间,因为她丈夫对家里的卫生要求相当高。有一次,她没来得及把二儿子的玩具房收拾干净,他回家后看着满地杂乱的玩具皱眉不语。最后,他简短地扔下一句"真是脏乱得可怕!"走开了。她自责得要命,因为她再笨也能读懂他的意思:他既要上班挣钱养他们所有人,又要负责接送长子。而她,却连家里的卫生也打扫不好!

她来美国后一直没有回国。她一天也走不开,此外,身边总有一个小得不适合长途飞行的新生儿。二儿子出生后不久,她想让她母亲来半年帮忙照顾孩子。听到她这个提议,沃克先生露出难以置信的神情。在他看来,让其他人长期"入侵"他们的日常生活是不可想象的。就他自己而言,成年后的他,最多能和母亲在同一个屋檐下共同生活两个星期!而且他认为他母亲也同样如此。所以,每次她刚生完孩子从医院搬回家里,他会邀请他母亲来帮忙一周,仅仅一周!他也相信一周后,她的身体已经慢慢恢复,可以重新掌控自己的生活。"没有一个美国女人需要她们的母亲或婆母住在自己家里、帮助她们长期照料孩子!"他说,"很多家庭的孩子比我们还多。如果他们可以,为什么我们不能自己来呢?"真的,她没有看见周围的美国邻居家里住着帮忙照看孩子的老人,从来都是妈妈们亲自带着孩子们,不管是一个两个还是三个四个。对他的反驳,她无话可说。但她其实有其他的心思,她想让她妈妈到美国长住一段时间,她觉得这也是老人家的心思。但她不能说,因为她觉得丈夫不能接受。他也许会允许她母亲来住一个月,但对中国的老人来说,他们不容易理解为什么他们费尽千辛万苦办了半年的签证,却只能在女儿家待一个月。她也很难想象如果她的父母真的住在这里,会发生哪些生活上的尴尬,她丈夫会对哪些习惯无法接受甚至恼火,老人家怎么在和女婿、外孙完全没法交流的情况下住下去……所以,她想来想去,觉得也许他们不来倒是一件好事。

这样的失望不算什么。沃克太太是个柔顺的人,柔顺的人就像海绵一样反而更耐打击,她们无声无息地就把打击、失望吸收掉了。她只是累,每天都觉得累，在单调琐碎而又永无休止的家务和吵闹的孩子们中间晕头转向。当她一边急头白脸地做晚饭，一边被闹着要她陪玩儿的儿子抱着双腿，同时，她的女婴又在餐桌旁的推车里哇哇哭叫起来时，几乎从不生气的她也会感到头脑轰鸣，一股气恼、激荡的情绪涨满她的胸腔，让她想大喊大叫。但这种强烈的烦躁情绪只是偶尔出现，她能把它压下去。有时，她会想到更深一层的问题。譬如，一个女人的生活是否本该这样，还是应该有别的乐趣或意义？别的女人的生活会不会轻松一点儿、自由一点儿，而不是像她一样在怀孕、生育、喂奶、带娃的循环中不停地劳作……触及这样的问题绝不是她的本意。她决定不想这个，免得自寻烦恼。

但真正的烦恼来了。她父亲需要住院做胃部切除手术。既然她不能出力，理应多出钱。弟弟妹妹和她在电话里商定她出三万人民币，他们每人出两万。接下来，她需要向沃克先生开口要钱，但她发现难以启齿，因为她从未向他开口要过钱！这件事让她焦虑了好几天。终于有一天，在他帮助大儿子睡下、她也帮助二儿子和小女儿睡下以后，她在厨房里给他说了这件事。他很平静地听下去，同样平静地拒绝了。他说他从来没有听说过这种事——需要孩子凑钱为父母看病！他们以前应该为自己买医疗保险，他们至少应该做好自己的财务计划，存一笔钱用以支付自己的医疗费用。他说。他们不能最后指望孩子们给他们凑钱，因为孩子们的钱需要用来养他们各自的家庭。再说，他也没有这么多现金给她用，二儿子很快要入托班了，那样的话，他每个月除了房贷、各种保险，以及越来越高的日用花费，还需要多出来将近两千美元的支出……她怔怔地看着他，他说话永远是那么有理有据、不容置疑。习惯性地，她没有争辩，因为一件事如果他决定了，她从来用不着争辩。

那天晚上，她失眠了，前所未有地失眠一整夜，伴随着默默流下的眼泪。她的生活的真相仿佛一瞬间在她面前揭开了，那就是：她没有自己的一分钱！而在这背后的更深层的真相是：在这个家里，她没有任何决定权，这里的什么都不属于她，她在这里的意义就是生养一个又一个孩子！她一夜之间变得心如死灰。沃克先生对此一无所知，因为他倒下五分钟之内就睡着了，毕竟，第二天他要一早起来先送大儿子去学校，然后赶去上班。

沃克太太发微信告诉她的弟弟妹妹，说沃克先生最近投资失败，暂时拿不出这么多钱。她的弟弟妹妹没法相信。他们从照片上见到过姐夫前有草坪后有花园的豪宅，知道姐夫开的车是凯迪拉克，他们没法相信他没有四千美元的现金！他们的嘲讽、猜疑、催促加深了她的痛苦，让她无地自容。但她不能告诉他们，是她丈夫不愿意拿出这笔钱。那就意味着她向家里人公布了自己作为一个妻子的彻彻底底的失败。她一筹莫展，病了。

她仍然为沃克先生做早餐、晚餐，但她自己几乎不吃。如果他在家，她就食不下咽。她仍然怕他，但也开始厌烦他那副挑剔、郑重其事的模样。医生说得没错，她"显然在吃东西"，只是在丈夫走了以后才吃。她像只老鼠一样把去超市采购时顺便买来的各种廉价零食藏在车库里的那些空箱子里，然后在孩子们睡着或是看电视或是在楼上玩儿的任何时机里拿出来，像个得了吞咽强迫症的人一样贪婪地往嘴里塞着薯片、士力架、彩色软糖、奶油曲奇饼……

这个早晨，沃克先生已经走了，儿子和女儿还没有醒来，沃克太太给自己冲泡了两包巧克力粉，脸上带着迷醉而呆滞的神情，站在餐桌前迅速吃掉了一整包芝士饼干。她并不感到饥饿，只是，仿佛她内里有巨大的空虚需要什么东西来填充，而且她总想紧紧抓住点儿什么东西。她拆开另一包食物，几乎无意识地继续狂吃滥嚼。但在短暂的填充感之后，那空虚和无力感又滚滚而来、源源不绝、无法治愈……

二、水族馆的一天

往往，从星期三我们就开始讨论周末带宝宝去哪儿的问题。当了父母以后，我们喜欢凡事提前计划，不像两个人的时候那样热衷于兴之所至。宝宝一岁多了，尽管她走得不太稳，而且通常对我们带她去的地方也没有表现出多大的兴趣，我们还是认定带她到处看看，把她的生活安排得丰富多彩是有益的。就算是浮光掠影，就算只是颜色的变化和别样的噪音，都会在她脑海里启发出某些东西吧。到了星期五，我们终于商定，星期六带她去新英格兰水族馆。

那是七月里炎热的一天。我俩一早起床就准备，我负责收拾外出须带的所有必备物品、照看醒来的宝宝、喂奶，他负责准备早餐、洗餐具、把婴儿车搬到车上……要出门时，宝宝按照她出行前的惯例，拉在了尿片里。我俩合作给她洗了澡、换上新的尿片。虽然我们七点一刻左右就起床了，出门时仍然将近十点。阳光毒辣起来。像每一次那样，我们又失望了，因为在天气凉爽时出发的计划未能实现。

从我们家到水族馆是大约四十分钟的车程，星期天不容易找停车位，我们在附近兜了几圈，停在了一个离得较远的收费停车场。我给婴儿涂了防晒霜，我们推着她走了将近十分钟。到达水族馆售票处的时候，时间已经过了十一点。他看起来有点儿生气，因为时间太晚了，再过不多久又到了宝宝的午睡时间。我对他说，这不是我的错，从一早起来我就没有闲着，没耽误时间。他说他没有说这是我的错。那就不用为这种不可避免的事生气，我说。他不再说什么。但我知道，下一次，他还是会忍不住生气。他是个时间观念很强的男人，他生气的是自己无法控制时间这件事！

更让人颓丧的是售票处前排了那么长的队！这条队伍延伸到街边时就转一个弯往相反的方向再排下去。它一共转了三个弯……他预测至少要等半个小时才能买到票。在这期间，宝宝耐不住一直坐在晒热的小推车里，于是，我们商定，他排队买票，我带宝宝去周围随便活动。水族馆外面，有一角玻璃窗，透过玻璃可以看到游弋的鱼和海龟。我带宝宝去那边看鱼，她扶着玻璃慢慢走着，一开始很感兴趣、指指点点，但大概过了七八分钟，她就要离开。我只好抱她去附近的港口看船。接近正午，天气热得可怕。她戴着遮阳帽，看港湾里大大小小的船。我注意到我的胳膊变红了，才想到自己忘记涂抹防晒霜。但那个巨大的奶粉包被我放在了小推车里，而小推车在他那里，而他被夹在长长的队伍里……我不想为了防晒霜再抱着孩子挤到队伍里去。我就这么毫无遮拦地在海边晒着阳光，一面好奇为什么孩子们不怕热。

我觉得时间差不多了，抱着宝宝走回售票处附近。她已经有点儿烦躁了。终于，他买到了票。我们三个随着浩浩荡荡的游览队伍挤进水族馆。我发现水族馆里很多和我们一样的人，领着孩子，推着童车。水族馆里的通道本来就不算宽敞，因为众多小推车，出现了拥堵。小推车在人群狭缝里东突西进、寻觅着路径，小推车和小推车之间也相互磕磕撞撞，但小推车的主人们、那些强打精神的父母相互谅解、相互宽慰。年轻的情侣们就不那么客气了，他们对到处堵路的小推车露出有点儿厌烦的神情，在小孩儿、童车和好脾气的父母们中间急切地挣扎出来。当他们冲出一条道路，他们脸上露出摆脱了我们的骄傲和轻松。我知道，我如今肯定被他们厌弃了，包括我这副凌乱的模样。曾经，我可比他们摩登多了。

宝宝坐在小推车里看不到那些在高高的玻璃后面的发光的水族。所以，先是我抱着宝宝看鱼、他推着车跟在后面，然后我们交换任务。他努力尽着父亲的义务，抱着她凑近看各种生物，给她指着、讲解着。我发现我很难凑近去看任何东西，因为我推着一辆笨重的车子。我等在旁边，而我周围的人要凑近玻璃，他们一遍遍礼貌地对我说着"Excuse me"，我一遍遍重复着"Sorry"，然后把车子扭来扭去给他们让路。当然，还有一辆辆的小推车和我擦身而过，有的小车里躺着已经熟睡的孩子。

终于，我们挤到一个可以寄放小推车的地方，就在靠近透明升降梯那边。我们决定把小车留在那儿。我已经头昏脑涨，眼前不是黑压压的人群、昏暗的通道，就是在亮晶晶的玻璃后面被灯光映照的、梦幻般存着的水族。它们的居所被装饰得很漂亮，五颜六色的石头、贝类，瑰丽奇特的珊瑚和水藻。它们毫无意义地在那么一小块地方游弋或干脆呆呆地不动。而我们还得去三楼，三楼有喂食海狮的节目，这意味着三楼是最拥挤的一层，因为所有的小朋友和小推车都往三楼涌。从二楼到三楼的过道却更加狭窄，在这个缓缓上升的、设计成海底隧道的通道两边是穿梭来往的鱼群，银白色的小鲨鱼、仿佛有羽翼的魔鬼鱼……这个通道还很长，因为它是呈螺旋状上升的。我们不断被他人冲散，难以并肩而行。因为宝宝不时要停下来看鱼，我就走在稍微前面一些，他抱着宝宝跟在后面。一开始，我总会找到某处刚好容得一个人的缝隙，然后站在那里等他们过来，我们总是在各自视线所及的距离内。但不知道什么时候起，我突然忘记了这个规则。似乎就是一念之差，我竟然忘了我要往哪儿去、和谁在一起，只顾着往前走，从可怕的、压迫着我的人流中冲出去……

我在人流的罅隙里穿梭，感觉自己突然灵活得像一尾鱼。我全神贯注于技术层面，即如何找到下一处空隙、突破人墙和车阵的防线。我带着某种优越感超越他们——那些踯躅不前、进退两难的父母们，还有他们笨拙的、徒劳地四处挪腾的小推车。我的身体又像女孩儿们一样具有了某种灵动的、雀跃的能力。

就像从一个快乐而短暂的梦里猛然醒转一样，我醒悟过来，不禁出了一身冷汗。我发现自己已经越过那个椭圆形的、被人们层层包围起来的海狮池，来到三楼顶部靠近电梯口的地方了。难怪我周围突然安静许多，因为没有几个家庭要乘电梯下楼，孩子们会要求原路返回、再好好观赏一次。我旁边的小玻璃窗里养着几匹寂寞的小海马，它们一动不动吸附在海藻上，像片古怪的橘黄色叶子。我听见海狮驯养员透过麦克风的兴奋的声音，还有孩子们的叫声和笑声。我努力瞅着，但看不到他和宝宝。我更紧张，汗也流得更多。但我确定最好的办法是原地不动，等他来找，因为人在相互寻找的过程中更容易错过。

我站在那儿，从旁边那块玻璃里看见自己模糊的影子——头发乱七八糟地束在脑后，穿着一件领口松了的T恤衫。当然，我没来得及化妆，这已经是常态。我想到如今每当我看到那些穿样式性感的连衣裙翩翩而过的女孩儿，心里都会泛起隐约的刺痛和羞惭。生育后，我几乎再没有穿过裙子，因为需要经常蹲下身抱起孩子或是从小推车里拿东西、从地上捡东西；更不用提我以前最喜欢穿的吊带长裙，宝宝会把吊带当成玩具不断拉下来，让你尴尬无比；我也不穿浅色的衣服了，孩子的鞋会在你衣服上留下醒目的印记……以往，每个周末，我和他会去餐馆、去电影院剧院，我们会去喜欢的酒吧、咖啡馆或者去朋友家聚会，直到很晚才回家。我们过得快乐、自在，很少争吵，而现在我们几乎天天都有可以抱怨对方的理由。生活完全变了！这是我们早已预料到并且自以为有足够心理准备来应对的，但实际上它比我们预料的又复杂得多。每当他离开家去上班的时候，我能从他脸上看出那种放松下来的表情，他显得心情很好，像一只准备飞向自由的鸟。而我是留下来、没法片刻逃离琐碎日常的那一个。我就像玻璃罩子后面的海马，困在小小的天地里，游来游去、转来转去，仍然还在那里。我想回到过去那种生活吗？肯定的。但是现在有了一个小人儿，她注定会一直是我最爱的人。难题在这里：你爱的人和你不喜欢的生活绑在一起……

不知道又过了多久，我没等到他们来找我，决定自己去找他们。我朝海狮池挤过去，围着它绕了一整圈，仍然没看到他们。我只好沿着那条通往二楼的"海底隧道"往下走，逆着上升的人流，一边挤一边焦虑地扫视着一张张面孔：兴奋的、疲惫的、笑着的、愠怒的、白色的、黑色的、老去的、稚气的……我一直走到存放小推车的那地方，看见宝宝的小推车还在那儿，但我没有遇到他们。紧张、忧虑、疲惫让我想哭。我呆立在小推车旁，想到唯一的办法也许是去一楼，让水族馆的客服中心广播找人。正在犹豫的时候，我看到他朝我走过来。我激动地迎上前说："还好我在这儿……"但他气恼地打断我，质问我为什么没有停下来等他们，自己到处乱跑。他的脸涨得通红，宝宝在他怀里挣扎哭闹着。我赶紧接过宝宝，解释说我只是走得快了一点儿。但他不想听我的解释，说因为我到处乱跑，他抱着孩子上上下下找了两趟，宝宝也没能看成海狮表演。

我抱着孩子，他推着车子，我们什么心情也没有了，挤出水族馆。以前，他从不会这么粗暴地对待我。而我，脸上冷笑着，心里涌起对他的强烈的厌恶！走在路上，我们仍然在吵。

"你为什么不能动动脑子？"他继续抱怨。

"我是没有动脑子。我已经累晕了！"我说。

"我不累吗？我一直抱着宝宝，她后来要找你，又哭又叫，一直扭动，抱都抱不住。"他说。

我把到了嘴边的恶毒话咽了下去。

坐在车上，我们仍然在吵。

"我现在明白了。要彻彻底底了解一个男人，和他共同抚养一个孩子就够了！"我大声说，同时往宝宝嘴里塞着婴儿食品。

"你是什么意思？你可以去问问别的中国男人，看他们都做了什么。像我这样天天带孩子的男人有几个？"他愤愤地说。

……

吵完，我们一路上再也不和对方说话。

宝宝在车上睡着了，到家后我把她抱到床上，她依然睡着。我冲了凉，到厨房里喝一杯冰水。他也在厨房里，对我说："你累的话和宝宝一起睡会儿吧。"这可以看作是和解的信号。我没有看他，什么也没说，回到房间里，心力交瘁地躺在我们三个人一起睡的那张大床上。我觉得我已经不爱他了，对生活也充满了厌倦、失望。水族馆里的一天仿佛向我揭示了家庭生活的真相：嘈杂、烦乱、挤挤挨挨、磕磕碰碰、充满无意义的迎合他人的努力、被迫吞下去的抱怨、落空的愿望……其本质不过是妥协和忍受。

我翻过身，看着宝宝：那是熟睡着的、天使般的脸，那也是小手臂摊开的、天使般的毫无困扰的姿势。我凝视着那张幼小的脸，感受着它的纯净、美好和对我的绝对的信任，那仿佛是莫大的安慰，让我忍不住微笑。我知道我无论如何不可能抛下她，即使我能，我也无论如何不可能回到以往那种生活，因为所谓无忧的自由已经不复存在。我所能做的，只是继续爱、忍耐，以及等待。

三、沉默的母亲

我收到大学的录取通知但还未离家的那段时间，父亲开始试着和我谈起我母亲。以前，我们都有意避开任何和她有关的话题。他大概觉得我还没有成熟到去面对那件事情的地步，而我也不想强迫他说有关她的事情。

家里任何地方都没有我母亲的照片，我的房间里只有我和姑姑、爸爸的照片。他们大概仔细地擦掉了每一点儿伤心往事的痕迹。但现在，我父亲不时拿出一盒盒的照片给我看。我们起初都有点儿不安，不知从何说起。慢慢地，我们开始习惯一边看照片，一边谈过去的一些事。

我看到年幼的我和她的合影，那么多照片！照片里，她用各种姿势抱着我：横抱在怀里的那种哺乳的姿势、扶着我坐在她双腿上、让我立起来站在她腿上……有些照片是在我还没有学会坐起来的时候拍摄的，我们躺在床上，她躺在那儿搂着我，或是让我趴在她身上。有一张照片，尤其让我印象深刻。照片里，我们俩面对面侧躺在床上，她穿着一条蓝裙子，我的脸朝她凑过去，我的婴儿的身体也朝她努力扭过去，好像要去亲她的鼻子，她笑着，闭上了眼睛。我还看到一些她自己的照片，是在我还没有来到世上的时候拍的。她那时也三十岁左右了吧，但看起来就像我的高中女同学。"你妈妈特别显年轻，她结婚后很久人家还以为她是个女学生呢。"父亲说。他这样说的时候，我想她当年的样子大概从他脑海里清晰浮现出来，从他的脸上，我能看到回忆带给他的那缕光。

"她很漂亮。"我由衷地说。

"当然。"他有点儿骄傲地回答。

在照片里,她总是笑着,看上去阳光灿烂。

"我们搬过两次家,有些照片找不到了。我不善于储藏东西,总是把过去的东西弄丢。"我父亲说。他是个温柔的男人。他平时很寡言,但和我在一起时,他会尽量多说话。尤其我小的时候,他假装活泼地和我玩儿一些活动量大的游戏,他还特地去学打网球。他觉得男孩儿不能粗野,但也不能柔弱。

"肯定是有些照片搬家的时候丢了。照片我记得很清楚,你们俩的照片都是我拍的。我平时就收在几个盒子里。"他说。

"这里已经有很多了。"我说。

"我在想,等你结了婚、有了孩子以后,我会挑一些照片出来让你收藏。"

"那是很久以后的事了。"我说。

"那倒是。"他说,笑了。

我们一起看照片,那上面一般都标有日期。日期终止在我五岁那年之前。五岁以后,是我姑姑照顾我。我父亲坚信一个孩子的世界里不能没有女人。所以,他煞费苦心地把我姑姑从中国办理过来。他一直没有再婚。他现在告诉我,在我很小的时候,我母亲有一天开玩笑似的对他说,如果她死了,她希望他在我十岁之前不要找别的女人。他怪她不应该说晦气的话。她说她可不希望我因为年幼而遭受继母的虐待……后来,他把这些闲谈当作自己的承诺来遵从。直到现在,他仍然是一个鳏夫。

"你妈妈非常爱你。"他说。每一次我们提起她,他都会说上这么一句。

我说我从这些照片里能看出来。

"真是这样。"他强调说,"我觉得是超出一般女人对孩子的爱。你睡着的时候,她经常看着你,表情里都是笑。她那个样子让我都有点儿吃惊。直到你五岁,你都是和我们睡,她不舍得让你单独睡一个房间。她怕你晚上蹬被子冻着,怕你醒了摸不到她会害怕……她特别喜欢亲你,就像西方人那样。"

他始终维护她,带着固执和柔情。我记忆里,他对我姑姑发脾气最厉害的一次是因为她表达了对"那个女人"的不满。

我母亲画画。但在我出生之后,她什么都不画了。她原先用来画画的那个房间改装成我的玩具房。她决定把其他都放下,全心照顾我。父亲说,她怀孕期间得了一场病,在床上躺了将近一个月。那时候她变得忐忑不安,害怕胎儿时期的我会落下什么病,她还告诉父亲,说她很害怕没有能力照顾我,她害怕她担负不了这么大的责任。但这场病后直到我出生,她一直很健康,心情也渐渐好了。他们谈论到我的性别,我母亲说她希望是个男孩儿。结果如她所愿,她生下了我。一切都很顺利，顺利得出乎意料。我父亲说。

根据父亲的描述，母亲从来不是那种家务事利索的主妇。这也可以理解，想想看，那是一双画画的手，是一副画家的心肠。我刚出生那段时间，她慌慌张张、手足无措。慢慢地，无论给我换尿片、洗澡、喂药，还是收拾被我弄脏的床铺，她也能处理得来，只是她从来不会像有些女人那样得心应手，她总是过于慌乱、紧张。不过，她坚持自己来，不愿意让国内的老人来帮忙，她认为孩子理应由妈妈亲自抚养。我没有断奶前的一年多里，一夜醒四次，她睡眠很不好。我父亲不止一次考虑在我断奶之后，把我送回国一年，让她好好休息调养，但她断然拒绝。她不愿意把我丢给任何别的人照顾。

"你小时候是个不太容易照顾的小孩儿，精力充沛，不爱睡觉。"我父亲说。

"还有多动症。"我补充说。这故事我听说过。

"那只是暂时性的。但主要还是我的问题，我没能好好帮她，她基本上是一个人在照顾你，她身体又不好。"他说。母亲那时候每一两个月几乎都会生一场病。

那段时间，我父亲工作非常忙，正面临职业上的一个关键转折点。他早上很早就离开家，晚上差不多在我要入睡时才回来。他回家后吃过她给他留的晚饭，经常需要继续工作。后来，他追悔往事的时候，反复想的问题是：她一个人在家的那些漫长时间是怎么度过的？她都想了些什么？究竟是什么让她痛苦、烦躁不安？他后来想到当时的她一定非常孤独、无助，身边没有亲人……但在当时，他没有时间去了解她的问题，也没有想到要去了解。他当然看到她憔悴、疲惫不堪。偶尔，他回到家，注意到她有哭过的痕迹。她对他说她感到生活一下子变化太大，她还没有完全适应。他明白她的意思，以前她生活得像个无忧的少女，现在她需要当个无所不能的母亲，但他觉得这是每个女人必须经历的转变过程，她其实很少向他诉苦，因为他匆匆忙忙，也没有时间听。他也注意到她变得容易发火、容易哭泣，有时不愿说话，坐在一边发呆。但他仍然没有太在意，毕竟他还有那么多工作上的烦心事，有时他还会觉得她过于脆弱、计较，生活的适应能力不够强。他们开始为一些小事儿争吵，这在以前很少发生过。

"现在你可能不理解，但以后你也许会理解我的意思。你和一个女人恋爱时，通常爱的是她与众不同或者说不俗的地方。但等你和她结了婚，你们一起过日子，你反而会不满，觉得她为什么不能和别人一样。"

"我想我明白你的意思。婚姻是务实的。"我说。

他看看我，表情显得苦涩："每次想到我当时还和她吵架，我都没法原谅自己。"

我什么也没说。有关他的过错、他的忏悔，我并不想听。我只想听关于她的或是她和我之间的事。

"那时候，我们对心理疾病缺乏概念，根本不知道什么是 Bipolar，或者 Depression 有多可怕。我感觉她可能有点儿产后不适应，又一直太过劳累。我们偶尔谈起这个问题，她只是觉得有时控制不住自己的脾气。我们都觉得你也慢慢长大了，很快就会上学，到时候一切就会好起来。"

"但是没有……也许她一个人在家的时间太久，我能想象那种封闭的、没有变化的生活，同时要一个人克服很多日常的困难。"

"对。她的身体越来越不好，这也是一个原因。"父亲说。

我注意到，我两三岁时的她的样子和我婴儿时期的她的样子，有相当大的差别。她变得面色苍黄，皮肤松垂。照片里的她仍然笑着，但笑容里有深深的倦态。在她想要展现出来的快乐自我和她真实的模样之间，有着明显的距离。她整个人显得迷茫、虚弱。

"后来我拿到了终身教职，那时候你也已经过了三岁。我和你母亲商量不久后就送你去幼儿园前一年的托班。我当时的感觉是最难的时候过去了，好日子要来了。你看我多蠢。"他说。

"你没发现她病得更重了？"我问。

"当时看不出，可能事业上的发展让我乐观得盲目了，忽略了某些重要的东西。但我也确实感觉到了异常，可我还是没有把它当成严重的疾病。我那时能早点儿下班回家，所以我们在一起的时间也多了。我发现她情绪会突然变坏，甚至会对你或是对自己吼叫。有时你做错了什么或是我做错了什么，她会气得浑身发抖，然后坐在一边哭。她非常爱你，但她控制不了自己的情绪。"

"我明白……这是病症。"我说。

"她经常显得沮丧，情绪不太稳定。但她从不对你动手，"他说，"在她最不能控制自己的时候，她会摇晃你的肩膀，一个劲儿地对你大声说着。如果我在旁边，我一定马上制止她。慢慢地，她会从那种类似歇斯底里的状态平静下来。你那时已经很乖很懂事，当你知道你激怒了母亲，你不反抗，也不辩解，你会安静地看着她，对她说你知道自己错了。"

我已经不记得这样的情景了。我想象着，想象着那个幼小的我，在暴怒的、摇晃着我的母亲面前。我想我应该不是像父亲说的那样"安静地"看着她，我大概是很害怕，怕得不敢开口争辩，同时害怕她离开我、不再爱我。但这种事应该不经常发生，因为我自己毫无印象。我父亲向我再三保证，说这种极端的情况仅仅发生过几次。他说他想了很久才决定坦诚地把所有这一切都告诉了我。我说我很感激他这么做。

"那阵脾气发过之后,她就会因为伤害了你而后悔,她又会因为自责而哭得很厉害……"

"她只是没法控制自己。"我说。

"她非常爱你。这一点我不会骗你。"

"我能感觉到。"这是真的。仅仅从照片里,从她的眼睛里、姿态里,我都能感觉得到。

当母亲的精神状况和身体状况都明显不太好时,用我父亲自己的话说,他又做了一个错误的决定。他认为她应该回国休养一段时间,暂时离开我。她不愿意,但他们俩讨论很久之后,他让她相信情绪失控的她有可能伤害我,所以这样做对我是有好处的。于是她接受了。我被送去上幼儿园前一年的托班,父亲接送我,奶奶在家做饭、照顾家务。他们商定的母亲的休养期限是半年。

"一切都没有迹象。"我父亲说。

他们俩每两三天打一次电话。起初,他明显感到她的心情好了一点儿。在电话里,她也曾亲口告诉他,感觉自己身体和心情都好多了。

"她很想你,这是她每次电话结束时对我说的话。我们打电话,其实大部分时间都在说你。她什么都想知道,你在学校做了什么,奶奶给你做的什么晚饭,你晚上睡着了会不会做梦……我们都觉得最好不要让你频繁地和她通话,怕你听到妈妈的声音会伤心。"

他说这些的时候,我正在看那张照片——我和她的最后一张合影。照片是在她回中国之前、在我们当时住的房子的后院拍的。她蹲下身子,左手臂紧紧揽着我,我挨在她身边傻傻笑着。她笑得很淡,看起来甚至有点儿神秘。

一个多月之后,她就走了。根据她和父亲之前的通话,她曾去过几个地方旅游,说都是她以前想要去但没时间去的地方。她还去了北京一个画家村看望她的一位女友。父亲鼓励她在那边住一段时间,和其他画家交流交流,她还笑说在家待得懒了,不想画了。最后,她去看望了一位年迈的姑妈。无论到哪个地方,她都会给我买东西,有时候是一个草编的小虫,有时候是一盒泥人儿,还有小扇子、木葫芦和手织毛衣……她还给我画了好多幅小画,用铅笔画在白色 A4 纸上,各种我喜欢的动物、小车……

像我父亲说的,一切都没有迹象,也没有前兆。他们最后一次打电话时,她仍然像平常一样说话,什么也没有交代。两天后的一个夜里,她从自己住的公寓走出来,走进附近的一条河里面。她选择自杀的时间是午夜,这足以证明她要离开的决绝。

"我告诉你这些,是觉得你长大了,理应知道关于你母亲的过去的一些事。但我不希望你有疑虑，觉得你母亲的死和你有任何关系。"

"我从来没有这么想过。"我说。

"那就好。你知道那只是一种病。躁郁症、抑郁症，类似这样的心理疾病。但我们当时都忽视了。这是我的错。"他说。

"别这么说。"我安慰他说。

"她最不愿意伤害的人就是你。"过了一会儿，他又说，取下眼镜擦拭镜片。

我想说什么，但没说出口。我想说的是无论如何，我还是受了伤害，但我知道伤害我的不是她，我甚至都不知道伤害我的是谁。我想对他说一件事，就是大概在我上小学的时候，每当校车到达一个地方，一个小孩儿下车冲一个女人奔过去，嘴里喊着"妈妈"，我都被这声音深深刺痛。我知道我没有机会喊着这个名字，朝她跑过去，被她抱住，就像我很小的时候那样。我被剥夺了这样的权利，整整一生。那时，我幻想着当校车把我送到我家所在的那个路口，我会突然发现等在那里的是我的妈妈，而不是姑姑。幻想得太强烈，以至于我经常觉得它会真的实现……我忘了这幻想是从什么时候开始淡去、被我放弃的。一个小孩儿也会绝望的。

我看着她，照片上的我的母亲。她的样子和别的影像重叠起来。父亲不知道那些去失的老照片是被我拿走的，其实，我早已熟悉她。在某些夜晚，当我确认他和姑姑都已经熟睡的时候，我才会拧开床头那盏睡眠灯，在接近黑暗的光线里看她的照片。我看着她，我的沉默的母亲，只有我和她。她爱我，这一点我从未怀疑。我也爱她，尽管我永远无法理解她。我们无从知道她那幽暗的内心世界里究竟发生过什么，而她最终选择了沉默，选择把那扇门永远地向我们关闭。

（原载《江南》2018 年第 5 期）

作者简介：

张惠雯，1978 年生，祖籍河南。毕业于新加坡国立大学商学院，现居美国。新加坡《联合早报》专栏作家，作品刊发于《收获》等国内期刊。

中年妇女恋爱史

_张楚

一九九二年

无疑，茉莉是班上最细的女生，也是最白的女生。她从清河镇考到县城来的，可一点不像个乡下姑娘。冬天裹件细腰桃红假羊绒大衣，袖口磨起了球，在一群灰头土脸的学生当中晃着，像株没发育好的樱花树。

高宝宝对茉莉说，你有些驼背呢。茉莉哼了声，用手捂住他的嘴。他身上总有种雪花膏的味道，如果没猜错，大抵偷偷擦了他母亲的"郁美净"。

不过高宝宝委实长得好，桃花眼，希腊鼻，还是商品粮。他父亲在粮食局当主任，母亲是中医院的针灸师。茉莉倒也没想过太多，只觉得他漂亮，这就够了。茉莉喜欢一切漂亮的东西，比如家里那一大丛蔷薇，盛夏了铺天覆地，恨不得淹吞了整个庭院；比如邻家的那只鹿犬，吊眼细腰，看人时总晃着短尾；还比如村里张家的那个傻子，傻是傻，不言语时浓眉朗目，宛若戏台上的评剧小生。当然，她觉得自己也是美的，但美得不够，头小，比巴掌宽些，笑起来眼角附条细纹，另外，就是平胸。可在高宝宝眼里，大抵再无茉莉这么美的女孩。他每天清晨给她带只富士苹果，晚上会扒着茉莉他们班的窗户不停招手。茉莉通常装作看不见。同桌甜甜用胳膊肘怼她，她也装作毫无知觉。直到高宝宝用手指急扣着玻璃窗，音儿脆脆的，她才朝那边不经意地瞅一瞅，顺势笑一笑。

能去哪里？冬天了，可好表不穿棉，高宝宝只套条牛仔单裤，皮夹克里裹件跨栏背心。两个人只得沿着学校的那堵外墙往南走。高宝宝攥着她的手，直到手心沁汗。那时的冬天，通常下无数场雪。夜雪初霁，荞麦弥望，整个县城都没了响动，只间或一两声棉花枝被雪压折，断音从黑魃魃的田野深处传来，仿佛野魂灵的鼾声。那一次他们走得累，怎么就在墙根处喘息着搂抱一起。他踮着脚不停朝她耳朵吹气，茉莉咯咯地笑。高宝宝说，等她高中毕业了，他们就结婚。茉莉说，我比你大三岁呢，你父母会同意？高宝宝说，他们要是不同意，我们就离家出走，我有个表哥，在天津康师傅方便面厂当工头呢。茉莉说，你舍得？你是商品粮，我是农业粮。高宝宝说，这辈子我只爱你一个人，要是我骗你，就遭雷劈。茉莉忙堵住他的嘴，身上的毛孔仿佛都炸开了，玫瑰香气顺着毛孔延灌。她知道那不是风。她也知道，他的声音是真的，别的都是假的。

他毕竟只有十五岁。或许他还没有发育呢。他甚至还没来得及长胡须。

她跟高宝宝的事，甜甜、老甘和小五都知道。反对的只有甜甜。甜甜家是县城的，但也是农业粮。她个子比茉莉矮点，眼比茉莉大，有些漏神。平日里老喜欢从家里给茉莉带各种零嘴，凉糕啊，西瓜子啊，花生豆啊，芝麻糖啊，上课了才从兜里掏出来一把把塞给她，吃吧，吃吧，她总是喃喃着说，你那么瘦。多年后茉莉想起她，难免先想起那些食物的气味，譬如花生的黏香味儿，西瓜子略苦的涩味儿，或者芝麻糊香的甜味儿。当这些气味盘旋起时，甜甜的脸庞才慢慢从那虚无之境凸显出来。

她还记得，甜甜的声音很小，说话时总东瞅西瞅的，唯恐旁人偷得一字。她说，你傻呀，这么小的男生也信？她指了指茉莉的太阳穴说，动动猪脑子吧，哎。日后茉莉还常想起当时谈话的场景：她和她站在教室外的那棵白杨树下。冬天的白杨树像根水泥柱，冷，糙。茉莉靠着树，看着浅暗的阳光打着她的牙龈，忽而厌烦起来。或许她只是妒忌自己有了男朋友，条件又这么好。怎么从来没人追她？这么想时，茉莉拍了拍她脸颊，笑着说，姐，我是只母老虎，不会吃亏的。甜甜也笑了。甜甜知道自己有对尖虎牙。

一九九二年暮冬，茉莉她们忙得四脚着地。学校要组织迎新春联欢会，班长让她们代表文科班出个节目。老甘建议跳现代舞，她龇着牙说，冲吧美少女们！身上披金挂银，霓虹闪闪烁烁，妈呀，光是想想就美抽巴了！

跳就跳吧，反正小五的姐姐在县文化馆，找个舞蹈老师不是难事。要紧的是不用上自习课，不用做数学题，更不用背檀渊之盟。舞蹈老师大抵有三十七八岁，短发，还吸烟。这是茉莉第一次见到吸烟的女人。女人说话的腔调，是完全把她们当成了幼儿园的孩子。茉莉想，这个岁数的女人，打心眼里怕是不稀罕她们吧？茉莉小腿格外长，她妈平日里常骂，你以为长了只仙鹤腿就能飞上天！女舞蹈老师对茉莉指点得要多些，胳膊没展成水平线，曲腿时略外八字，踢腿时脚尖没绷直，啰里啰唆，嘴里的烟味比蒜味还呛人。

待到演出那日，还是遇到了意外。先是音乐莫名卡带，她们刚好做霹雳舞动作，手臂机器人般弯曲，腿尚未来得及迈太空步，动也不是，不动也不是。舞台底下喧闹起来，男生吹口哨，浪叫，嘘嘘。这时音乐莫名响了，她们顺势动起来。或许因了刚才的停顿，接下去的动作倒显得吊诡流畅，尤其是白腿亮晃晃踢出时，台下瞬息变成了精神病院。那些满脸粉刺终日喝着烂白菜粉丝汤的男生何时见过如此阵仗？掌声伴着叫好声，简直要将餐厅屋顶掀开。茉莉的屁股就扭得更猛烈，连平日训练时常做错的动作都天衣无缝地衔下。正在此时，音乐声忽而又停，但见老男人蹿上来，攥着麦克风嚷道：下去！你们下去！成何体统！

是校长。他本就瘦烁，站在舞台中央仿若老农。他鞠了个躬，说，下面我给大家拉奏一曲二胡《奔马》。台下一阵嘘声，先是弱，后来就汇成巨大旋浪，要将人淹死似的。

那是她们最辉煌的演出吧？茉莉后来再也没有在那么长那么宽的舞台上跳过舞。舞台上还荡着蒸馒头的碱香。她们被校长赶下了舞台，可一点都不难过。她还记得老甘在后台插着腰说，别理会那个老古董，什么鸡巴玩意！明天我们去一中跳！他想一手遮天，门都没有！

老甘的父亲是局长，母亲也是局长，至于是什么局的局长，都是无所谓的。反正老甘说话嗓门总是很大。她声音粗，旁人听起来瓮声瓮气，往往忽略了说话的内容。平时都靠着墙角睡觉，睡醒了就唱歌。她最喜欢王杰。茉莉觉得，一个女孩喜欢王杰的歌，难免有些奇怪，女孩子应该喜欢林忆莲，应该喜欢梅艳芳，最次也得邝美云吧。老甘不管这些，她的T恤衫上印的王杰，作业本上抄的王杰歌词，好吧，连发型也像王杰。老甘跟小五同桌。小五不喜欢王杰，小五喜欢齐豫。她唱起歌来也是齐豫那种颤音，颤得人几乎要流出泪。那次，她们都没有反对老甘。老甘的初中同学是一中某班的文艺委员，还正式给她们发了邀请函。

县一中的学生看起来都傻，黑乎乎，男生女生似乎都不洗脸。当他们目瞪口呆地看着茉莉她们穿着健美裤蝙蝠衫跳完现代舞，似乎都有些羞赧，竟忘了鼓掌。只一个男生犹豫着站起，环顾下四周，啪啪地拍起手，掌心都要击破。茉莉瞥那人一眼，高，瘦，眼贼亮，脖子很干净。

那晚，茉莉、甜甜、老甘和小五在学校外的小吃部吃了顿牛肉大葱馅饺子。老甘还要了两瓶啤酒，牙齿都冰掉了。那是茉莉第一次喝酒。店里本就没什么人，开着台黑白电视，电视里正在播放邓小平在珠海的讲话。她们将电视声音调小，叽叽喳喳，声响难免大些，空荡荡的，在油腻腻的房间里倒有些喜庆的意味。老甘说，等来年夏天，高三也不念了，去上班挣钱。反正也考不上大学，不如早到社会里闯荡闯荡。你跟我去开店吧，老甘搂着小五说，我肯定不能亏待你！小五只是笑。小五最喜欢笑。小五笑起来有梨涡。茉莉其实一直觉得，跟自己心最远的，就是小五。她不怎么说话，当然，说起来声音很甜，不是蜂蜜的甜，是大粒白糖的甜。小五有个男朋友，在县财政局当司机。但茉莉从没见过那个男人，据老甘说长得又黑又膀，大兴安岭的熊瞎似的。

她们慢慢地吃着饺子，小口小口地抿着啤酒，后来又小声地哼唱着歌。烧着炉子，火旺，哔哔剥剥，渐渐就暖起来。茉莉盯着她们三个，似乎隔着雾气，眉眼俱疏离模糊。想，她们都在县城，只有自己是村里的，大学是考不上的。可她们都无所谓，都有父母帮衬，找个好工作，嫁个好男人，都不是难事。可有谁能帮自己？难道像姐姐那般早早嫁个木匠，生窝泥孩，整日泡屎尿堆里？难免鼻子酸涩，连眼眶也湿掉。甜甜不停拿胳膊肘怼她。怼就怼吧，八成是高宝宝来了，来就来了，又能指望上他什么？过完年才十六岁，连声音都是女孩般。

抬头去看她们，才发觉在老甘身后站着个男孩。有点面熟，想了想，就是在一中表演时击掌的那位。他怎么来了？只有老甘不意外，她拍着男孩的肩说，喏，这个帅哥是我初中同学，高一亮，篮球队的。

那个叫高一亮的，直勾勾看茉莉。茉莉有些慌，不禁去拉甜甜的手。甜甜挠了挠她的手心。再去看他，他已拽了板凳径自坐下，慢声慢语地说，咦，老甘，请人吃饭，就这么寒酸？师傅，再来盘熘肝尖。

1992 年大事记

1月18日到2月21日，邓小平进行"南巡"，沿路发表一系列的有关改革开放的谈话，呼吁经济改革。邓小平指出："不坚持社会主义、不发展经济、不改善人民生活，只能是死路一条，基本路线要管一百年，动摇不得。只有坚持这条路线，人民才会相信你、拥护你。谁要改变三中全会以来的路线，老百姓不答应，谁就会被打倒。"

4月3日，中国全国人民代表大会通过兴建长江三峡工程的决议。

9月30日，美国将它在海外的最大军事基地——苏比克海军基地移交给菲律宾。

＊＊＊＊＊银河系科瑞娜星（距离地球120万光年）阿兹哥特人最伟大的诗人格伦所斯在朗读其新作《献给仲夏夜早晨我在腋窝里找到的一小坨绿色垢泥的颂歌》时，1321名听众死于脑颅出血。据悉此事件被认为是50年来银河系最惨烈的群体性死亡事件。

一九九七年

热死了，你在车里等着吧！茉莉对高一亮说，把吊纸给我。

来的人不多，巷口只停着几辆双排座。灵车还没到。断断续续听到哭声。茉莉知道甜甜夫家人不多，据说跟外界也并无往来。老甘和小五已经在巷口等她多时。老甘白她一眼说，你呀，真是肉死了，等半天了都！

这是茉莉第一次参加同学的葬礼，同学也不是别人，是甜甜。去年年初她结了婚，找的是港口的一个装卸工。婚后她急遽地肥胖起来。有天茉莉在斯大林街看到她，简直不敢认了。她套条孕妇穿的肥裙，笑眯眯的，虎牙又白又尖。那时她还没有怀孕。是从何时往来就寡淡了？一年也打不了几个照面，只过年时姐妹们吃顿饭，去卡拉OK厅唱歌。通常不到九点，装卸工就骑着摩托车来接她，也不上来，只在楼下拼命按着喇叭。听别人说，她今年春天生了个女孩，不过两个月就死了，医生诊断是先天性疾病。孩子死后她忽然走路老是摔跟头，那么胖的一个人，倒在地上都爬不起来。丈夫陪她去北京看病，住了半个月。昨天，丈夫抱着骨灰盒回来了。

茉莉盯着灵床上的那个骨灰盒和照片。照片是高二那年夏天照的。甜甜那时还很瘦，盯着茉莉。茉莉不禁打个寒噤。她恍惚闻到了五香花生米的味道。她跟着老甘和小五在厢房随了两百块钱的礼，从进屋到离开半句话都没说，只是嘴唇不停哆嗦。她听到老甘埋怨道，装卸工连哭都没哭，只是见谁就跟谁诉苦，说自己倒了八辈子霉，一年内死了孩子又死了老婆。小五轻声轻语地说，还有什么舌头可嚼的？人都没有了，说别的都是假的，说完小声抽泣起来。茉莉只是死死咬着嘴唇。如果不是老甘搀扶着她，她早晕倒在地上了。

那天她们一起吃的午饭。她们很久没有一起吃饭了。老甘开了家鞋店，每个礼拜要跑市里进货，大包小包的；小五呢，在一家美容院给人做护理，常常忙到夜里。反倒茉莉最清闲，在家里煮煮饭，到街上逛逛，再喂喂猫喂喂狗，一天也就没了。

七月一号跟高一亮完的婚，日子她选的。高三那年她最喜欢听艾敬的歌，脸面清白的女孩总是俏皮地唱着，让我去花花世界吧，给我盖上大红章。1997快些到吧，八百伴究竟是什么样。1997快些到吧我就可以去HONG KONG。1997快些到吧让我站在红磡体育馆。1997快些到吧，和他去看午夜场……那时候感觉香港很远，一九九七很远，可唱着唱着也就到了。高一亮没什么异议，大多时候，他仿佛是个哑巴。世界上怎么有这么不爱讲话的人？仿佛在那个寒冷的冬夜，小酒馆里，他把半生的话都讲尽了。

娘家对这门亲事甚是满意，虽说高一亮在城乡结合部，也是农业粮，好歹说起来是县城的，人长得清俊，又在县轧钢厂上班。对于嫁妆，茉莉起初并未介意。按当地风俗，嫁女儿是要陪"五大件"的：冰箱彩电洗衣机，外加空调和摩托。茉莉跟旁人打听了下，大抵如此，不过转念一想，家里没多少压箱底的钱，可毕竟是嫁到了县城，千万可不能让婆家小瞧，就跟她母亲商量，除了"五大件"，还想要一万块钱的陪嫁。母亲一愣，没说什么。茉莉晓得母亲定是为了难，可仍觉得委屈，晚上哭了半宿，嘤嘤嗡嗡，算是哭给母亲听的。翌日母亲出了门，说是去天津的姨妈家报喜信。茉莉更不遂心，眼看婚期到了，被褥虽缝制好，但杂七杂八的琐事也是一箩筐，还有闲心去姨妈家小住？想到不久前听小五计划的结婚仪式，要一辆"桑塔纳"，电器都是"海尔"的，自己呢，电视是"红梅"牌，冰箱是"新飞"，婚车全是"夏利"，这心里就猫爪挠心。

不过三两日后，母亲从姨妈家归来，说结婚那天，姨妈家的哥哥姐姐都要来。茉莉想，那些满口天津话的连兄连姐能来，也算是给自己撑足了门面，又特意打电话问了问，是否能带些麻花和狗不理包子？虽说新亲们很少给男方带礼物，不过要是到时候狗不理包子上了宴席，那还真是够排场。姨妈很委婉地说，包子有什么好吃的，全是猪油，腻得慌。茉莉难免失望，觉得姨妈真是小气。邻嫁前夜，她正坐在炕沿上看着嫁妆发呆，母亲蹑手蹑脚过来，塞她手里个红包。茉莉惶惑着打开，却是齐整整的一万块钱，新的，冒着油墨气。她想问些什么，却什么都没敢问，只摸了摸母亲手掌里的老茧花。

高一亮呢，对她也是真疼。本来在步行街那家李宁专卖店当收银员，好好的，被他硬是逼着辞了。他不善言谈，对她的好也都体现在床笫。毕竟是体育队练过篮球的，常常一闹就是整宿，仿佛那玩意是铁打的钢锤的，只会越使越光亮。她喜欢他宽阔的肩膀，可肩再宽，总不如钱袋子宽些心安。就对他说，钢铁厂累死累活不过一千多块钱，不如把工辞了，贷款买辆大货跑新疆吧。你没听说镇上跑大车的，每年挣个十来万都是毛毛雨？

高一亮没吭声，不过第二天就去找他父亲要钱了。他父亲就这么个儿子，骨髓都砸出来，又从银行贷了十五万，这才买了辆大货。茉莉又说，你一个人跑新疆，我也不放心，不如找个知心知底的哥们，换着开，按月给他开工资就好。高一亮想了想说，黎江。

这个叫黎江的跟高一亮是发小，一块穿开裆裤长大的。话比一亮多，个儿比一亮高，腰比一亮粗，眼也比一亮大。或者说，他就是大一号的高一亮。两人就联系了配货公司跑新疆，去时拉着土豆茄子和钢轨，回时拉着棉花哈密瓜葡萄和肉苁蓉，反正路不能白跑，油不能白烧，过路费不能白掏，一个来回要五天六夜，回来时眼白也是红的。多爱干净的人，现在浑身臭烘烘，脚也懒得洗，在茉莉身上动着动着就安生了。茉莉摸着他的腰身，刚想说说话，鼾声先就响起。想刚认识那些年，精瘦如狗，眼亮如贼，如今也是腰里赘肉一把。

这样跑了四个月，就到年下。算了算，不到半年赚了五万块。茉莉跟高一亮说，不如来年我们换楼房吧。平房冬天烧炉子，又脏又不安全，你不在家，我中了煤气咋办？高一亮"嗯"了声，茉莉说，老甘买了条金项链，戴着人都发光。高一亮说，买。茉莉说，人家黎江跟你忙活了小半年，任劳任怨的，明天我炒俩小菜，你请他来家里喝两盅。高一亮咂摸着她乳头说，中。

翌日茉莉早早就去超市买菜，烹虾炖肉，弄了满桌子菜。黎江跟高一亮一人喝了一瓶白酒，喝着喝着黎江从裤兜里掏出个盒子，说，嫂子啊，这是我从乌鲁木齐大巴扎买的玉镯，人家说是和田玉，也不贵，该过年了，算是兄弟的一份心意。茉莉去瞅高一亮，高一亮笑了笑，茉莉遂接过，说，难得你有这份心儿，嫂子敬你喝盅。黎江用眼风去扫高一亮，高一亮笑着说，喝。两人就干了。茉莉从来没有喝过白酒，忍不住咳嗽。黎江慌忙着帮她捶背。他手很大，不过拍在背上，软酥得很。茉莉说，没事没事，真是让你见笑。顺手捏了镯子盘眼打量。玉镯在白炽灯下烁着青光，透明如膏，茉莉就意意思思戴上，抬起胳膊晃了晃，问高一亮道，你觉得咋样？是不是太贵了？又定定看着黎江说，不如，你还是送给弟妹吧？黎江比高一亮小，可结婚早，孩子都两岁了，老婆是县第一小学的老师。黎江忙荡开茉莉的手，嫂子啊，值不了几个钱，况且我也给她买了。茉莉搓弄着镯子，有点凉，久了，就温了。黎江说，嫂子，你也别在家老闷着，会闷出闲病。等哪天让我哥带你去趟巴音布鲁克，那个美呀，说实话，一看到湖泊里的白天鹅啊，我就想到你。

年底前，小五结婚了。茉莉向来跟小五不亲。男方不是那个长得像熊瞎子的财政局司机，而是司法局的一名干部。小五只是高中文凭，也没什么正经职业，竟找了个国家干部，茉莉怎么琢磨怎么觉得哪里不对劲。小五是长得好，可跟自己比还要差上半截。自己只找了个城乡结合部的而已。不过，还是坐了公共汽车到市里的新华书店，挑了套齐豫的CD。又问老甘，小五结婚，你给多少钱？

老甘瞥她眼说，你真是贵人多忘事，你结婚我给了五百，她当然也五百。茉莉嘻嘻笑着掐了掐她耳朵说，我以为你跟她要好，礼钱会多些呢！老甘说，你这个人，心比比干还多一窍。你们俩，是我这辈子最好的姐们，秤砣哪儿能轻一个重一个？茉莉有些走神，说，也不知道甜甜，在那边过得怎样？老甘想了想说，她那么乖巧懂事，大概在菩萨身边端茶倒水吧。再不济，托生个北京户口，住个四合院，将来嫁个部长啥的。

茉莉很郑重地给小五包了红包，里面裹了六百块钱。新郎长得比高一亮帅。

1997年大事记

2月22日，一群科学家在苏格兰宣布世界第一只克隆羊多莉已经在1996年诞生。

7月1日，中国政府对香港恢复行使主权。解放军进驻香港。

8月31日，法国时间凌晨4点，戴安娜王妃因车祸死于法国巴黎。

＊＊＊＊＊仙女座星系食双星（这对双星的地球人编号是M31VJ00443799＋4129236，两颗星分别是明亮且酷热的O型星和B型星）共有的行星索亚星球上的阿莫担人（他们的形状是类似地球动物黄鼬的八头生物，常年生活在水晶石山区）科学研究委员会，在经历了18万年的探索后，终于得出结论，数字7的后面是8。

二零零三年

你俩怎么这么磨蹭?！茉莉对着手机嚷，黎江欺负我，婊子欺负我，连你们也欺负我！

小五喏嚅道，我跟老甘在斯大林街的劳保商店买线手套呢，马上就到。你别急，这种事着急顶用吗？

没错，着急有屁用。茉莉在停车场寻了个台阶坐下，越想越憋屈。她蹿起来，像专业运动员赛前热身般转腕、劈腿、捻脚、扭腰，最后屏住气，照着黎江的奔驰就是一脚。报警器刺耳地响，响得茉莉也心慌起来。她从花圃里捡了块石头，对着玻璃比画半响。后来仔细盘算了下4S店的费用，石头又被她扔回花圃。花圃里缩着只瞎眼流浪狗，她就对它吼，滚！看什么看！流浪狗摇了摇尾巴，转眼窜入蓟草。

她决计没想到，黎江会搞自家饭店的小姐。不仅搞了，还搞得这么专一。

一晃跟黎江结婚也四年，女儿都会唱《Super Star》了。当年她跟黎江也算是县城里的新闻人物。茉莉从未料到，自个会以这样一种方式成为人们茶余饭后的谈资。有天深夜高一亮从库尔勒跑车回来，把她跟黎江堵在床上。反正传闻是这么说的。反正这么传了，人家也就信了。有人问老甘是咋回事，老甘说，能有屁事！黎江去茉莉家送东西，正赶上茉莉吃饭，就喝了两盅，嫂子跟小叔子喝酒还有毛病？喝多了就眯了会儿，有啥可嚼舌头的！有人问小五是咋回事。小五说，清官难断家务事，还是关心关心你老婆吧。还有种传闻说，每当黎江休假高一亮跑车，黎江都去睡茉莉。睡了也不是一年半载，堵床上是迟早的事。

那段时间茉莉很少出门。婚是离了，高一亮还算有良心，没让她净身出户，分了她二十万。她都住老甘家。老甘新买的房，眼看也要结婚了，对象是国税局的科员，人比老甘还漂亮，是从部队转业的，在部队是文艺骨干，会唱《康定情歌》，会跳蒙古舞。老甘对茉莉说，你愿意住多久就住多久，你是我妹子，住一辈子也没关系。茉莉抱了老甘哭，哭也哭不出来。反正这种事，任谁也扯不清，张口就是错。黎江找过她几次，说也离婚了，要是她同意，他们俩就去民政局办证。茉莉想了三天，三天后跟黎江说，嫁就嫁吧，不过，我要办一场豪华的婚礼。当"豪华"两个字吐出来时茉莉一愣。如何的婚礼才是豪华的婚礼？她也搞不清。黎江摸着她的肩胛骨说，茉莉，我听你的，我现在听你的，婚后也听你的。我一辈子都听你的。

那的确是场豪华的婚礼。黎江不晓得从哪里租用了架小型直升机，把茉莉从她清河镇的娘家空运到了洞房。据说没有得到航空管制机构批准，被罚了五万块钱。茉莉穿着婚纱打开飞机舱门缓缓走下来，脖颈细长，风吹着白纱，倒真像是巴音布鲁克湖泊里的天鹅。那段时间，他们的名字简直比县委书记的大名还火，就像半年后，高一亮跟黎江前妻的名字被人们的舌头和牙齿咀嚼般。高一亮竟然跟黎江前妻结婚了！听到这则消息时，茉莉的瞳孔都绿了。

婚后黎江又跑了一年大车，当然是跟别人跑。茉莉说，别跑了，在县城里干点啥吧。饭店这么火，你也开家。黎江算了算，大抵要投个七八十万。茉莉想了想说，我手里有三十万，你拿去用，钱在手里攥着，永远都是死的。黎江愣了半晌后才说，他妈的，我能娶到你，真是祖上积了八辈子德！

茉莉只搂住他，一句话都没说。

如今茉莉也是一句话都说不出。初次听到黎江和小姐的传闻，她根本就没信。先是老甘说，茉莉啊，你长点心，我听人家说，黎江老带小姐去吃花酒，搂搂抱抱的。她只是笑了笑。男人风月场中事,向来做戏罢了,女人要认真,山西的醋厂也全都倒闭。后来小五也给她打电话,支支吾吾说,亲眼看到黎江跟女人去了宾馆,车就停在外面。茉莉这才觉得哪里委实不对,赶紧找了黎江的司机喝茶。

黎江的司机是茉莉亲戚,以前在县汽车站上班,后来下岗卖水果。饭店越开越火,黎江常常陪酒,茉莉不放心,就将亲戚找来开车。她瞅着亲戚,半晌才说,我妈跟你妈,可是亲表姐亲表妹。亲戚什么都招了,又解释说,之所以没及时向茉莉汇报,是怕茉莉伤心。再说这种事,亲戚赔笑道,不像前几年见不得光,被人骂被人笑话,现在啊,是笑贫不笑娼呢。你呀,睁只眼闭只眼算了,男人嘛,裤腰带都松得很。茉莉说,我眼睛小,闭不得,日后有了风吹草动,要是你不告诉我……她用水果刀将火龙果的肉片片削下,红汁顺着指缝滴答,落在雪白纸巾上。亲戚的汗就流下来。

今天亲戚报信,中午一点半,黎江陪银行的客人喝完酒后,跟女人又去了酒店,不是快捷酒店,是四星级的。茉莉寻思半晌,将老甘和小五唤过来。老甘手劲大,腿粗,当年的舞蹈老师说的。小五嗓子尖,喊起来整栋楼都能听到。她还特意叮嘱她俩每人戴副线手套,这样打人,即便骨头折了筋断了,单从皮肉也辨不出,派出所的也瞧不出来。她自己呢,只带了把剪子。王麻子牌,有些钝,她特意让后厨的大师傅磨了磨。

老甘他们终于来了,身后还跟着个小伙。老甘得意地说,这是她堂弟,在县电视台上班,他有台小录像机,正好可以派上用场,将来也能当证据。茉莉点点头,亮了亮手里的房卡。

他们打开房门。一个男人正将头埋在女人两腿间不停拱着。那是茉莉再熟悉不过的身体,他总是自豪地说自己是公狗腰。男人和女人大抵太投入,竟没发觉房间里又多了几名看客。小五的脸先就红了,忍不住咳嗽了声。男人这才猛然扭过头。在昏黑的房间内,黎江的脸看上去油腻腻的。他盯着茉莉,良久才颤抖着问,你……咋来了?

……

你要是难过,就哭吧。小五抚着茉莉的手细声细气地说。茉莉不吭声,她只是将头斜靠在小五肩上。小五肩窄,有种薰衣草的香味。哭出来就好了,人就这样,泪干了,就想开了,想开了,也就无所谓怨恨。小五说,你呀……当务之急还是想想,日后怎么办吧。茉莉仍是不吭声。

这是年后第一次来KTV。她们好久没唱过歌了。给我唱王杰的,茉莉说,老甘,给我唱王杰的。老甘就拿了麦克风在那里嚎,什么《一场游戏一场梦》,什么《红尘有你》,嚎完了盯着茉莉,不言语。这么多年了,她的声音还那么干，裂开了般，听上去像坏掉的音箱。

我操他叔的……他从来没有亲过我那儿……茉莉说，真的，他从来没有亲过我那儿。他说他受不了女人那个味儿……骗子……他从来没有亲过我那儿……我真该拿剪子把他剪了……没良心的王八羔子，他从来没有亲过我那儿……

这年春天，茉莉和黎江离了婚，老甘跟税务局的公务员结了婚。老甘的婚礼仪式有些简单。除了新郎新娘，几乎所有人都戴着白口罩。除了发喜糖，还给每位来宾发了十袋板蓝根冲剂。电视里说，这种叫 SARS 的严重急性呼吸综合症，光是在北京，就夺走了一百二十四条生命。广东人再也不敢吃果子狸了。

2003 年大事记

3 月 20 日，伊拉克战争爆发。

4 月 1 日，香港乐坛天王张国荣因抑郁症复发于文华酒店坠楼，终年 46 岁。

10 月 15 日，中国首次成功发射载人宇宙飞船神舟五号。

******银河系共瑞普星上的法瑞克人经过 2 的 18 次实验（他们的飞行器类似英国伊丽莎白时期的银质圆盘），终于发现地球人的灵魂（生前身体质量 – 死亡后身体质量 – 其他不可控因素质量）是制造顶级香水的最优质原料。

二零零八年

清晨送女儿去学校，都能碰到那个姓姜的男人。应该是个公务员吧？穿着夹克皮鞋，人有点黑，黑枸杞的那种黑，不过眼亮，玻璃球的反光一般。女儿上小学二年级，男人的儿子也上小学二年级。有次男人拉住茉莉问，我儿子说昨晚没留英语作业，是真的吗？茉莉看了看女儿，女儿就说，你儿子是个小骗子。你儿子不光骗你，还骗我们老师。男人的脸有些红，问道，小美女，他怎么骗老师了啦？女儿嘟着嘴巴说，他跟老师说，他爸爸是县长。茉莉就捂了嘴笑，又去瞧男人。男人嘿嘿笑了两声，问女儿，你觉得我长得不像县长吗？女儿说，如果你是县长，我妈妈就是省长了。

男人看着茉莉，说，每天都是你来送，真够辛苦的。

茉莉望着路上来往的车辆，半晌才道，习惯了，也。

跟黎江离婚后，孩子判给了茉莉。带了半年就有些烦，干脆扔回清河镇，命她母亲看管。母亲能说什么，被人指着脊梁骨说三道四的日子也惯了，也不会在乎村里长舌妇围着外孙女再盘东问西。女儿七岁了，才正式接到县城来。那几年茉莉没闲着，卖起了松花粉。松花粉是珍品，男人吃了肾好，女人吃了暖宫，她总是微笑着向顾客解释。顾客基本上都是熟人，或熟人的熟人，松花粉好不好也不打紧，反正吃了也不死人，倒是有个经常失眠的中年妇女，食后每日酣睡十多个小时，变得又胖又水灵。没事了就去老甘店里坐坐，老甘的店由一家开成了两家，由两家又开成了三家，税务局的丈夫也被她一咬牙换掉。按照她的说法，她实在受不了一个男人比她还温柔。第二任丈夫是县职教中心的体育老师，个子都快赶上姚明了，若不是大学时伤了脚踝，早进了国家队。茉莉觉得老甘老了，女人只有老了，才会变成话痨，才会拉着你的手不停絮叨着吃喝拉撒睡，公公婆婆小姑子。小五那边倒也安生，只不过听闻男人不让人省心，好赌，据说输了五六十万也有，已卖了处楼房还债。还有传闻说，男人停薪留职，去东莞当鸭子。小五从不说家里长短，也许会对老甘说吧。

汶川地震后，政府号召捐款。茉莉他们松花粉协会也筹了银钱，托茉莉捐到民政局。在民政局门口，便遇到了姜姓男子。男人见到茉莉，忙整了整衣领，又悄悄紧了紧裤带，这才笑问道，你来这里有何贵干？茉莉说，我们协会捐了些钱物，让我送过来。男人说，你呀，不晓得我在这里上班吗，打个电话过来，我开车去拿好了。茉莉说，这点小事哪儿敢劳烦您呢？再说了，我也没你的联系方式。男人忙不迭地将电话拨过来，又捋了捋额前头发，叮嘱道，快存上，以后这边有事，尽管吩咐我好了。

茉莉当然知道男人对她有心思。不过这几年，对她有心思的男人也多了。条件都差不离，不是离婚的就是丧偶的，年龄普遍比她大上四五岁。她最中意的是公安局刑侦队的一个副队长，见了三两次面，不过后来对方也不太热心，心想，肯定是听旁人说了什么闲言碎语，初次见面，是恨不得扑上来的。对于男人，茉莉自认为脉还摸得准，就像这个姜姓男人，那点小算盘在她眼前打起来委实可笑，又有些可爱。还好，长得算标致，没像这个年龄的男人，肚子驮着一袋米臀上驮着一袋面，况且皮鞋又总是擦得那么亮。

过不几天就有人来提亲，照片拿出来时茉莉歪嘴笑了。正是民政局的男人，原来叫姜德海。他老婆去年得癌症死了，自己拉扯着儿子。家原本是农村的，县城里也有房子。茉莉就跟老甘说了，老甘白了她一眼，说，都三十七八了还是个科员，能有什么发头？再说了，你愿意当后妈？后娘打孩子，那可是早一顿晚一顿。茉莉沉默了会儿说，他长得还不错。老甘冷笑一声，顶个屁用？你以前的男人，哪个丑？茉莉又去跟小五说。小五正在给客人文眉，她一直听茉莉在那里絮叨，后来她直起身去洗手。洗着洗着才骤然想起茉莉，恍惚着问道，姜德海赌钱吗？姜德海找小姐吗？茉莉摇摇头，小五说，只要男人不嫖不赌，嫁谁都是嫁。要是不想嫁，就找个相好的对劲的，暖不了心，暖暖脚也好。

　　这就一来二往了。有时姜德海住在她这里，有时她住在姜德海那里。姜德海儿子是个鬼精灵，见了茉莉都是妈呀妈呀地叫着，叫得茉莉心里毛茸茸。女儿跟他也能玩到一起，极少拌嘴。那天在床上问姜德海，你存了多少钱？姜德海亲了她一口，说，孩子他妈活着时，是个过日子的人，这些年，也攒了小二十，抛掉看病的钱，手里还落个十三四万。茉莉没吭声，姜德海说，等我们结婚了，我会把钱如数都交给你，你呀，就是我家里面的局长。茉莉说，算了吧，我不要你一分钱，各花各的，大事小情了，你出。姜德海犹豫着说，一家人还用算这么细？茉莉轻轻攥住了他，说，今天是一家人，谁能保证明天呢？姜德海呼哧带喘翻身上来，你说得对，你说得对，他咬着她的脖子吮吸。茉莉说，我先把钥匙给你一把，你想过来了提前打个招呼。姜德海覆住她，喉头嗯嗯着。茉莉闻到了他口中一缕一缕酸腐的气味。

　　婚礼定在了九月初八。茉莉还是喜欢秋天。秋天的风不冷不热，花儿也开过，空气中都是炒栗子的煳味。庄稼也都收了，骡子马的啃着青草，一切都那么肃静。老甘对姜德海一直不太满意。你还想我找什么样的啊？茉莉对着镜子说，你看看，你看看，眼角都有皱纹了。老甘啐道，装什么啊装，你十八岁时皱纹就满天飞。茉莉就俯过身去拧她皮肉，老甘嘎嘎叫着闪躲，躲着躲着忽然说，茉莉，我前几天看到高宝宝了。茉莉一愣，许久才仿佛想起来一般，说，他呀，都十六年没见过了，现在哪里高就呢？老甘说，听说大学毕业后留在了北京，搞影视。茉莉不说话了。茉莉不说老甘说，他到现在也没结婚，没准心里还惦着你呢。茉莉呸了声，说，狗嘴不吐象牙，他——过得还行？老甘说，你要想见啊，我倒可以帮你约一约，你也知道，他跟我弟弟是同学。

　　还真就见了一面。人挺多，有老甘和茉莉，还有老甘弟弟及一众同学。酒也喝了不少。高宝宝几乎还是以前的样子，娃娃脸，漂亮得像瓷器，虽只比茉莉小三岁，仍是少年模样。他坐在茉莉身边，两个人不咸不淡地聊着。他好像对茉莉过去的事情一知半解，但又忍着没有盘问。他说，茉莉啊，你可把我害惨了，暗恋你这么多年，如今连个女朋友都找不到。老甘一旁说，你是明恋好不好，记得那时你俩呀，老是钻黑树林。高宝宝说，要是有黑树林就好了，我们都是在雪地里乱走一通，那个年代的雪，下得那叫一个大。那才是真正的雪呢。又扭头问茉莉，哎，我哪里比不上高一亮呢？茉莉这才挤出点笑，说，你哪里都比他好，我才觉得配不上你。高宝宝说，这就胡扯了，胡扯了，要不是我中途转学，一直跟你耗着，早住进精神病医院了。茉莉端了杯白酒说，宝宝啊，你注定不是池子里的鱼虾，你是大海里的鲸鱼，我们都留不住你的。高宝宝扑哧声笑了，说，没错，我就大海里的一条海带，批发价还不如大白菜。茉莉拍了拍他手背，没再言语。

酒喝到尽兴处，就乱了。酒桌上总会有那么个时候，冷静的人们倏尔疯狂，吆五喝六，猜拳划酒，再文静的人也会撸起袖子灌酒。高宝宝似乎也喝多了，他喋喋不休地讲着北京，讲着他拍的电影，讲着那些国际电影节。茉莉一部都没有看过。高宝宝也不介意，只是拉着她的手说，我们出去走走吧，热死了，我一点不喜欢夏天，夏天总是让我心烦意乱。

茉莉就拉了他偷偷离席。两个人先沿着斯大林路走了一圈。高宝宝提议去学校南墙那边走上一走，他说这辈子最难忘的事，就是在墙角跟她接吻。茉莉说，哪里有接过吻，你个子那么矮，只及我眉梢。高宝宝说，你呀，最是心狠，我也不怪你，漂亮女人都是毒品，碰不得。茉莉嗔怪道，我哪里有你狠心，我只是跟高一亮散了散步，你又是绝食又是割腕，我那么小，可真就吓坏了，更不敢见你。高宝宝沉默不语，茉莉他们就顺着马路走，走着走着就到了茉莉家。孩子去姥姥家了，屋里热得很，茉莉开了空调，打开电视。电视里正在直播奥运会开幕式。两个人就并排坐在沙发上。

看了会儿茉莉才恍然大悟道，今天是八月八号吗？高宝宝说，也许是吧，他妈的，一年年过得真快，竟然北京奥运会都开幕了，说着说着不禁去搂茉莉的腰，茉莉犹豫着掸开他的手，说，喝牛奶吗？冰镇的。高宝宝将她拽过，呢喃着说，喝什么牛奶，我想喝你的奶……说罢就将茉莉箍他怀里。茉莉有些发蒙，有那么片刻，她觉得自己似乎又回到了若干年前，她跟他，在墙壁上慌乱地拥抱，高宝宝不停朝她耳朵吹气，又热又痒。她还猛然想起甜甜曾经跟她靠着冰冷的杨树说话，劝诫她跟宝宝分手。你们是没有结果的，甜甜说……在高宝宝粗重、携带着麦芽糖气味的喘息中，她看到对面镜子里的门被打开了。姜德海抱着个西瓜站在门口，愣愣地盯着沙发上的两个人。当西瓜掉到地上时，红艳的瓜瓤四处滚将开去，一朵一朵的，仿佛他们家暮春时，落在庭院里的单瓣蔷薇。

2008 年大事记

5 月 12 日 14 时 28 分，四川省汶川县（北纬 31 度，东经 103.4 度）发生 8.0 级地震。

9 月 11 日，"三鹿奶粉"事件爆发。

11 月 4 日，奥巴马当选美国第 44 任总统。

＊＊＊＊＊天狼星系索尔贡星球的玛雅塔釜人（气态生物）国会经过100光年的起草、讨论、研究以及658512358次会议，终于做出裁决，非水质和蛋白质和脂肪和无机物生物，不可与非同类灵魂交媾并繁衍子嗣。此裁决被认为是120光年来天狼星系最耻辱的裁决。在索尔贡星球首都玛丽安爆发了建立帝国以来最大规模的示威游行，18名玛雅塔釜人聚集在国会外的蒙达利克峡谷，制造了直径19876公里的圆形云层，导致首相大人没能如愿观看1光年一遇的狮子流星雨。著名歌星蒙妮在巨鳄蛋广场发表了名为《虽然我是一团雾但并不妨碍我跟金属男妓与有机男仆深夜畅谈维特根斯坦关于宇宙所有质数之和的猜想》的演讲（据传，内容实为蒙妮情夫、单句作家沈之连耶夫斯基代笔）。据悉，此演讲深受银河系总指挥部副指挥长激赏，并将演讲实况以电磁方式在986个恒星系统发行。此演讲极有可能获得该年度"博格利特英雄勋章"。

二零一三年

许多年后茉莉还能想起那晚姜德海的样子：他躺在一堆西瓜瓤中不停打滚号哭。他的白衬衣立马就被汁水染红了，他并不在意。他可能只在意别人是否能听到他的哭声。他不光哭，嘴里还不停叨咕，他的哭泣声太过磅礴，茉莉听不清他在骂什么。她也没过去劝，反倒是高宝宝跟跄着过去，握着姜德海的手问，你怎么了，大叔？姜德海愣了愣，哭得就气力更大。高宝宝看着茉莉，茉莉说，你不用管他。姜德海听到茉莉这么说，从地上爬起来，还没站稳就摔倒了，高宝宝想去搀扶他，姜德海一把打掉他的手，慢慢地、慢慢地站立起来。后来他一步一滑地挪到窗户前，猛地一下拉开窗户，自己蹿到台上。茉莉喊道，你疯了吗姜德海！快下来！姜德海喋喋怪笑两声，这才朝着天空喊，我老婆偷人了！我老婆偷人了！我老婆给我戴绿帽子了！我操他们妈的！茉莉将高宝宝拽到门口，说，你走吧。高宝宝说，这个人疯了，我怎么敢走？万一……这时姜德海扭过头对茉莉说，你想得美！我才不会跳楼呢！我马上要当副科长了，才不会为你送了前途！

每当老甘拿这件事开茉莉的玩笑，最后都会配上她的破锣嗓子喊句，我马上要当副科长了，才不会为你送了前途！茉莉也不恼，抹搭着眼将手中的牌稳稳抛出，不忘说句，糊了！

通常是礼拜五晚上，茉莉、老甘、小五和蔡伟，在茉莉的房子里打上整宿麻将。蔡伟是小五的表弟，麻将打得好，往往是赢家。不过即便赢了钱，也不会得意，只是叼着香烟说，在茉莉姐家，我是从来不会输的。老甘问为啥，蔡伟乜斜她一眼说，茉莉姐旺夫啊。茉莉就拍他一巴掌，说，小兔崽子，没学会拉屎先学会了占人便宜。老甘嘎嘎笑着说，可不是，茉莉可比你大一轮，再这么胡说，让茉莉真睡了你。蔡伟边点钱边说，这有啥不可以的呢，茉莉姐那么漂亮，这有啥不可以的呢。

这孩子是安监局的司机，女儿刚上幼儿园中班。眼白多，总是什么都不在乎似的。宽肩窄背，还有双桃花眼。一坐到他身边，茉莉的脊椎骨就被谁抽了一鞭子。也不敢有什么想法，毕竟自己不惑之年了，即便闻着他的气味有星星点点的乱，还是能稳得住。蔡伟也没正经盯班，现在不许单独给领导配车，他闹个自在，间或单位上一晃，再正经忙自己的事情。他能搞什么？不过是放些高利贷，那次茉莉问小五时，小五眼也没抬地说，这个孩子，最大的优点就是不务正业、游手好闲、拈花惹草。你可小心了。

光小心是不行的。每次蔡伟来，茉莉都去买盒好烟，烟灰缸也洗得干净，摆他左手边。她倒喜欢他抽烟，跩跩的，随时起身去干大事的样子。那晚打到凌晨三点，都晕乎乎的，老甘和小五挤一个床，她自己一个床，蔡伟睡沙发。半夜起来如厕，见蔡伟只穿了内裤睡着，就拎了被单盖他小腹上。没承想他眼睛忽就睁开，在夜里也是两瓣桃花。他什么都没说，只是将她猛拽过去，裹在身下。未及挣扎，嘴唇早被他鳄鱼叼食般堵住。茉莉盯着老甘跟小五的房间，唯恐有什么动静，自己连大气都不敢出。她听到蔡伟嘴里念叨，真紧啊，然后是一阵紧锣密鼓又沉闷的撞击……她被他压着，被他勒着，被他挤着，是喊也不敢喊，动也不敢动。他的胳膊肘夹着她，时不时蹭到她晃动的乳房，她隐隐约约地，闻到他身上传来一脉一脉的松树油脂的香味。

翌日醒来，人全走了，她一声不吭地收拾着客厅，下身有些疼，想起他无耻勇猛的样子，脸一阵红一阵白。吃了片安定，才睡了会儿。

不承想那晚蔡伟打来电话，约她吃牛排。说是台湾人开的，味道跟别家的不同。她说晚上还有个饭局，脱不开身……没等她讲完，他有些不耐烦地说，快下来吧！我在楼下呢。扯什么扯！

等她洗完澡化好妆下楼，蔡伟只是从车窗里盯着她看。她知道他在看，捋了捋头发，又装作寻找车子，眯着眼东瞅瞅西瞅瞅。这时蔡伟打了个响亮的口哨，她才恍然发觉他般，羞怯地笑了笑，迈着碎步掸过去。蔡伟说，姐啊，你穿旗袍，真有民国范儿，特别像《花样年华》里的张曼玉。茉莉说，你这孩子，家里是开蜂蜜厂的吗？蔡伟盯着她看，上上下下，左左右右，嬉皮笑脸地说，姐的眼睛，真是勾人呢。茉莉说，去你的，小小年岁油腔滑调，长大了可怎么好。蔡伟说，操，我东西还小啊？

吃完牛排，蔡伟又非要送茉莉回家。茉莉说，今晚孩子要回来。蔡伟说，不是上私立初中吗？今天又不是礼拜五，骗我啊？茉莉就拧着他耳朵说，你个小家伙，什么都瞒不过你。蔡伟哎哟哎哟叫着，说，姐姐一碰我，我就酥掉了。茉莉咬着牙说，酥了才好。蔡伟说，你这么一讲，我又硬了。茉莉哎了声，不晓得如何接话了。

其实也觉得荒唐，她自己倒好，独身，孩子也懂事了，可他呢，也没听说家里如何如何，跟自己这么着，无非是图个新鲜罢了。男人是如何的德行，她一清二楚。久了，够了，腻烦了，拔腿就走。知道是这样的理儿，躺在他肉上，闻着毛孔里松脂的味道，还是难免有些沉醉。她晓得，这种事情，女人总是吃亏的，可是，倒也无所谓了。

那蔡伟倒来得勤。老甘他们四个打麻将，他仍是从前德行，旁人一点瞧不出他跟茉莉有何瓜葛。倒是茉莉看他时，难免有些慌。茉莉想压住，可越想压住，越显得拙，越觉得哪里露了破绽。茉莉知道早晚瞒不过老甘和小五，可也不愿捅破这层纸。纸在，多少自在心安些，真破了，保不齐被她们笑话上几年。以前给蔡伟买二十块钱的黄鹤楼，现在倒是四十五一包的苏烟了。

一个礼拜三四晚都住茉莉这里。茉莉喘息着问，你怎么跟老婆交代的？蔡伟说，你关心这些屁事干吗？我待你这里一天，就是真的一天对你好。茉莉说，我是真心盼着你走，你走了，我才省心。蔡伟只是将她腿脚扛到肩上，闷头干活，噼里啪啦，一句话也不愿多说。

那天要去老甘店里，车水箱坏了，蔡伟开去修了，还没好，干脆打了辆三轮车。上了车，司机戴着口罩，也没吱声，到了老甘店前，她给司机钱。司机沉着嗓子说，算了。她说，那怎么行呢，你们也不容易。司机又说，算了。茉莉这才听得真切，心里一惊，不是高一亮又能是谁？她老早就听说高一亮跑车赚了钱，又去市里开饭店，后来又投资钢锹厂，结果赔个底朝天，跟老婆也离了婚。倒真想不到他开三轮车。她想说点什么，可看着他黑色的眼袋、被烟熏得发黄的牙齿，还真是哑了。高一亮摆摆手，头也没回就走了。坐在老甘店里，茉莉想到那年去他们班里演出，他拼命鼓掌的样子，他贼亮贼亮的眼，就不好受。跟老甘说，给我拿个镜子。

每天都要照的。镜子里的女人无疑是中年妇女了，再如何打扮，用什么牌子的眼霜，都有些力不从心的疲态。又想到蔡伟，到底麻麻悠悠的。

蔡伟这几天来得寡淡些。问了问，却倒是催账去了，茉莉忍不住问了句，利息怎么样？能收回来吗？蔡伟说，是银行的五倍，你说高不高？黑社会的兜底，你说钱收回收不回？茉莉想了想，说，我那里倒有几个小钱，方便的话也帮我去放利息好了。蔡伟说，放高利贷是有风险的，都是非法手段，你不要掺和这些，不定哪天出了岔子。茉莉点点头。蔡伟说，不过还有更稳妥的法子，你知道县里的线厂吗？茉莉说当然知道，都是私营的，不过听说利润不好的厂子，一年也四五百万手里稳攥着。蔡伟说，我的意思是，我能把钱拿到线厂投资，利息是银行的三倍，比不上高利贷，好歹稳当些。

茉莉想了半晌说，我这里有八十万，你明天拿走吧。

蔡伟瞪着眼说，操，你攒得还真不少！

茉莉说，养老钱总是要备的吧。蔡伟就搂了她，亲她脖颈。她怎么就想起来，黎江说她像巴音布鲁克的天鹅。这么多年，她从来没去过那里。问蔡伟说，你喜欢新疆吗？喜欢的话我们去那里旅游。

蔡伟说，这样吧，我给你打个欠条。利息呢，每个月付一次，我让他们直接打到你银行卡上面。

茉莉柔声道，你要是有空，我先把机票订了啊。

蔡伟说，妈逼的，到哪里找这么好的小绵羊呢。

原来竟是那么远，先坐火车去北京，从北京坐飞机去乌鲁木齐，再从乌鲁木齐坐飞机到伊犁，最后还要报了团，坐了一天大巴。等他俩到达巴音布鲁克，都晚上六点了，导游先安排吃手抓羊肉和烤包子，又安排他们看土尔扈特回归歌剧。两个人都觉得冷，偷偷回了蒙古包，又是半宿未眠。凌晨起夜，茉莉盯着床上的蔡伟，不禁伸出手指摸他喉结，摸他胡须和眼窝。他哼哼两句翻身过去，她就从背后搂住他，摸他没有一丝赘肉的小腹，摸他宽阔光洁的脊背。她想，如果这样一辈子，她也愿意的。

翌日两人去了天鹅湖又去了九曲十八弯。天鹅湖里不光有天鹅，还有无数只白色水鸟，不远处的草原衬着更远处的雪山，让茉莉恍惚起来。在九曲十八弯两人骑了汗血宝马，回到住处，都有些筋疲力尽。茉莉说我洗个澡，蔡伟说，正好，我接个电话。洗完澡出来，却不见了蔡伟，以为出去买香烟了，也未在意。不成想半个时辰都没回来。打他手机，老是占线，天这么凉，只穿件单衣出去，别再冻个好歹，就披了绒衣出了毡房找寻，无果，又打电话，却关机了。这个小冤家，又玩什么把戏？嘟嘟囔囔回帐篷看电视，电视里演了什么是不知道的。思来想去难免心慌，联系了导游，导游也是跟着一通乱找，却连个人影都没有。到了凌晨三点，仍关机，人也未归。茉莉就赶紧联系小五。毕竟是他表姐，没准知晓些什么，也顾不上小五是如何度想了。小五呢，大概正睡得香，听茉莉在电话里一通乌拉乌拉，也没反应过来，半晌才闷闷地问道，你跟蔡伟，出去旅游了？你们怎么会在一起呢？

茉莉对着电话，不晓得从哪里说起。饮了口大麦茶，冰牙，颤颤巍巍地说，松花粉协会搞的活动，多个名额，蔡伟闲得很，就跟着一块来玩了。小五说了些什么，她没听清。窗外那么黑，只有不远处的雪山顶是白的，似乎伸手就能摸到。她忍不住打开窗户，风硬，吹得她晃了晃。

就这么着失踪了。五天后小五陪着蔡伟的老婆去报了警。回来跟茉莉说，人不会有大事，他一个大老爷们，又比谁都精明，估计是生意上出了纰漏，跑路了。又说，你放心，你跟他的事，我不会跟任何人说。茉莉抱住了小五，浑身哆嗦。她从没觉得瘦小的小五，身子是这么暖和。又想到自己的那八十万块钱估计打了水漂，终于还是忍不住，没得声息哭了起来。小五说，有句话我不知当说不当说，你也老大不小了，别老挑三拣四，找个合适的结婚吧。我们隔壁老李，今年五十六岁，刚退休……

你他妈是咋地了？老甘看到茉莉头脸不梳不洗，整日里穿着件皱巴巴的睡衣在客厅里望着楼下，不禁骂道。骂也就骂了，茉莉也听不到。老甘说，不如我和老牛带你去市里逛逛？凤凰山上新修了座庙，不妨去烧烧香，驱驱晦气。人老了，最好信点什么才稳妥。

老牛是老甘的丈夫，上任体育老师也被老甘休掉了。据说性子暴好动手动脚。这个老牛是镇上的人大主任，走起路来四平八稳，可靠得很，老婆抑郁症，去年跳河死了。茉莉呆呆地盯着老甘，觉得老牛该是她最后一任了。你有什么想不开的？老甘说，长得好，有房有车有女儿，男人也不缺，还想咋地？比我和小五的命好多了。小五呀，唉……茉莉挑起眼皮看了看老甘。老甘说，小五她男人，赌钱红了眼，挪用公款被查，跑路了。小五呀，还死撑着不离婚。这个傻女人，比驴都倔。听说前些日子，自己攒的私房钱，也都被蔡伟骗走了。唉，怎么会喜欢上这个渣男。

茉莉一愣，问道，啥？老甘讪讪地说，操，秃噜嘴了，唉，你也不是外人，说也没事，小五啊，跟蔡伟好了两年了。这事就你知我知，千万别跟别人讲。小五要是知道了，非把我剁成肉酱不可。茉莉说，你胡扯什么！蔡伟可是小五表弟。老甘瞥她一眼说，你激动个屁啊。表弟就不能跟表姐好？他们可都出五服了。

茉莉浑身都起了鸡皮疙瘩，一趔趄差点从高脚凳上跌落。老甘说，你们这些傻逼闺蜜啊，都不让我省心，我怎么命就这么苦。渴死我了，有水果没……茉莉就去厨房切西瓜，半晌才切好端出来，木木地递给老甘一块。老甘瞄她眼，想问什么，终是未问。两个人就面对面在客厅里啃起西瓜来，彼此能听到槽牙咀嚼瓜瓤的声响。

2013 年大事记

7月25日，薄熙来涉嫌受贿、贪污、滥用职权案被提起公诉。

*****银河系共瑞普星上的法瑞克人决定于 2138 地球年进攻地球,殖民银河系最低等的单细胞动物,并将生产银河系和法塔索尔星系最昂贵的香水(据悉一瓶香水的价格将足以在宇宙尽头最奢华的么觅她餐馆享受 0.1 光年的颞叶脑按摩)。

(原载《收获》2018 年第 2 期)

作者简介:

张楚,男,河北省作家协会专业作家。著有《七根孔雀羽毛》《野象小姐》《夜是怎样黑下来的》等中短篇小说集,曾获得全国鲁迅文学奖等多种文学奖项。

制造机器女人的男人

_ 余一鸣

1. 王聪明拦住张士伟的筷子,说,暂停。

张士伟将他那双竹筷子扔在草地上,说,又来了,能不能别来这一套?

王聪明说,做什么都讲究个公正公平,一份猪头肉我只吃了几块,你一个人民教师吃肉像个土匪。王聪明将塑料饭盒里的花生米数了一遍,一共三百二十四粒,双数,正好一人一半,他把一半拨到另一个塑料饭盒里,那饭盒本来空了,还剩一点猪头肉的油渍。王聪明说,这归我。

王聪明贪酒,张士伟馋肉,各有所好。

王聪明说,我几乎每个礼拜天都来陪你过周末,不说帮你捎这捎那跑腿费。你算算这大半年我陪你已经浪费了多少光阴?像律师那样收费,我已经能买辆小四轮,像小姐那样收费,我都能开上小轿车了。

张士伟不理他,他抬头朝前看,校舍被斜坡挡住了,能看到半坡小学的旗杆,旗杆的后面是山,山的后面还是山。

王聪明说,这前后十里八里,就我一个读完了高中,我实话实说，我回山里来是为了我儿子，老天不长眼，把我的老婆弄丢了，把我的俩老人都收天了，我把儿子扔给谁？

王聪明说，当然，这前后十里八里，也就我王聪明这种男人能在老家挣钱过日子。我容易吗？光是对付满山遍野的留守妇女我就得累断腰。肉要一块一块吃，花生米要一粒一粒嚼，你年纪小，不懂。对了，我不是叫你去家访吗？你小子怕了？你这样的五花肉，错了，小鲜肉，要是在山凹子里被女家长扑倒了，不榨干你的骨髓怕不会放你走。

王聪明酒喝多了，自言自语，不需要张士伟应答。其实王聪明酒醉心灵，这个张老师你只要不碰他的敏感话题，他都任你胡诌。张老师的敏感词是父母和探亲，王聪明有一次无意打听他父母做什么工作，他甩手就走。另一次是学校放假，王聪明问他什么时候回省城，张老师突然翻脸，指着门口叫他"滚"，一个假期没理睬王聪明。吃一堑长一智，何况他是王聪明，当然牢牢记住了。

张士伟说，花生米都是你的了，酒也带回家吧。我送你回家。

王聪明说，谁要你送啦？去守你的空房吧。我不准任何人进我的院子，老王家金屋藏娇，岂是闲人想进就进得了的？

张士伟说，我是你儿子的老师，今天我是家访，你敢不让老师家访，你就是你说的那类愚昧的农民。

王聪明自认为他是不一般的农民，说，我能是吗？笑话，那好，今天我让你开开眼界。

2. 王聪明的本事是修摩托车，当然，遇上助力气电动车自行车有毛病，他也揽下，如果有汽车在他的摊位附近趴窝，他也敢鼓捣几下。王聪明从前在南边打工，在一家4S店洗车，洗车不需要动脑筋，王聪明心思用在偷学修车上。王聪明全心全意偷技时，他老婆在家一心一意偷人，偷了个串村走岗收古董的南方人，王聪明家几代赤贫，在家挖地三尺也找不到值钱的旧货，那女人一怒之下就让南方人把她当古董收了。王聪明没办法，只能辞工回家照顾儿子。王聪明其实也想回家了，他觉得偷学的本事需要有用武之地，他在镇上开了家摩托车修理店，租的房店面不大院子大，他顺便又兼做废品回收店。小镇离他家三十公里，他几乎天天来回。王聪明说，老婆随时可能变成别人的，儿子永远是自己的。张士伟问王聪明，不说路难走，这摩托车的汽油费就是一笔不小的开支。王聪明说，张老师虽说是大学生，说你笨还真是笨，我替人家修车，车修得好不好，不得试跑试跑才知道？要不，人家取了车，骑个十里八里又坏了，不回头找我算账？王聪明的聪明是真是假不敢说，但他那张嘴吐出来的话，听上去是聪明人说出来的。

张士伟有求于王聪明，他偶尔想上一趟镇子不容易，山路上骑自行车一半是人骑车，还有一半是车骑人，认识了王聪明，他就能搭个便车，坐后座。王聪明也有求于张士伟，他不能回家的时候，儿子王天才就交给张士伟，管吃管住。礼尚往来，互惠互利，但王聪明总有办法让张士伟请客，每次镇上带回的酒菜都让张士伟买单，还得了便宜卖乖，说，采办和运输我就不收费了。回来时天色已晚，王聪明在山坡上按两下喇叭，张士伟就懒洋洋地从那间宿舍里晃出来，手里拿一双竹筷。他拒绝用一次性筷子，书读多了人难免有怪癖，王聪明不计较。张士伟也是一个有胸怀的人，每次买回的菜王聪明都拨了一份另外打包，留给王天才，有一回车没停稳当，菜在挂箱里打翻，汤汤水水流了出来，王聪明不得不当着张士伟的面收拾，王聪明说，王天才是我的儿子，也是你的学生，学习尖子，他也应该吃上肉。张士伟说，应该，下回打包仔细点，别弄浪费了。

山里地广人稀，走出去几里地才能遇见一个村庄，说是村庄，也就三五户人家，也不像平原上挤在一起，隔着空旷的院子，甚至隔着半个山坡。王聪明的家是独户，小学是他的近邻，但离小学也有三四里地。张士伟不敢去任何学生家家访，王聪明吓唬他说山里有狼，狼没见过，但山里人家的狗他见过，比他想象的狼还凶。老远闻到人声就狂吠，哪怕是路过，它也尾随你张牙舞爪，敌进我退，敌退我进，如影随形。这里几乎家家都有一条狗，张士伟知道，是看门狗，深山里过日子的人家不能少了它。王聪明家也有狗，但它像主人一样机灵，见了张士伟，迎上来嗅了嗅他的裤管，就朝他殷勤地摇尾巴示好。

王聪明今天骑的摩托车看上去很洋气，后面还有一个漂亮的盛物箱，里面放着王聪明的帆布包，包里依然是他从废品里捡出的废齿轮旧电线之类。每次他都带回一大包这类旧货，斜背在身上时，王聪明一只肩高一只肩低，很像是瘸了一条腿。王聪明说，王天才，张老师来了，你还不出来问老师好。王天才是小学四年级学生，半坡小学其实只有两个班，一二三年级一个班，由本地的刘老师教；四五六年级一个班，是张士伟教。这叫复合班，每个班才二十几个人。本来人数多一些，有的父母都在城里打工，就想办法把孩子弄进城里上学了。王天才是班长，在这个班上王天才年龄最小年级最低，但成绩特别好，除了四年级的作业，五六年级的作业他常顺便做了，常常是高年级的同学倒要向他请教。当然，还有另一个原因，王天才爸爸是张老师的哥们。这是没办法的事，家长想巴结张老师都没机会，他没有地种，不像刘老师有玉米地，忙时家长们都抢着帮她家摘玉米。半坡小学在家的都是女家长，都知道张老师是城里来的大学生，是帅哥，即使翻山越岭来看一眼，有些女家长也乐意。张老师没有发出过邀请，没有开过一次家长会。见老师的机会都让王聪明抢去了，近水楼台先得月，关键是王聪明是在家的唯一男家长，得天独厚。王天才与张老师太熟悉了，同锅吃饭，同被窝睡觉，张老师做饭时他烧火，张老师屁股上有块胎记王天才都见过。王天才问过老师好，就接过饭盒进自己房间了。

张士伟从来不相信王聪明屋里藏着"娇"，他乐意吹牛就听他吹吧。总比听屋顶上刮过的风鬼哭狼嚎好。哪怕藏了个老巫婆，他也不至于让王天才常跟老师来挤床铺。王聪明领他进了偏屋，低矮，昏暗，一股猪屎味。王聪明笑着说，以前老婆在时养猪，现在是本人的工作室。开了灯，那张旧方桌倒挺像工厂车间的工作台，有各种张士伟叫不出名字的机械和器具。王聪明一一向他介绍，张士伟是语文老师，听得一知半解，王聪明说，这么说吧，我有一个梦想，我要造一个机器人，女人。张士伟说，就你这猪圈？机器人，还机器女人？王聪明不生气，说，你爱信不信。

张士伟明白了，王聪明恨不得天天往家赶，不仅仅是为了儿子王天才，也是为了造这个机器女人。张士伟在电视上看见过，农民中不缺异想天开者，有人在院子里造飞机，有人在池塘里造潜水艇，还有一收破烂的山东老汉造了一个能拉车的机器人。这样看来，王聪明开那个废品收购店也是早有想法，并不是临时拍脑袋。王聪明跟张士伟把话说开了，就常常理直气壮地让天才在老师那里留宿，有时悄悄回来忙活到天亮，却骗儿子说忙呢，没时间回家。

3. 王聪明像一个女人一样啰唆，像一个有了身孕的女人抑制不住激动和憧憬，他的机器女人已经能站起来了，这天他要庆祝一下，他从镇上捎来了鸡爪和酒，还有满满一塑料袋的桑葚。他豪迈地说，张老师，今天我请客。

王聪明说，冰冰一定是像我一样聪明，却又具备女人的温柔善良。

王聪明补充了一句，我造的机器人叫冰冰。

张士伟故意刺激他，说，你见过范冰冰李冰冰，那其实是电影上的影儿，你见过真实的机器人吗？

王聪明说，当然，我在城里的时候，经常去一家饭店看稀奇，上菜的服务员就是一个机器人，美女，声音哆哆的：先生，您的菜来了，请慢用。就是她，让我产生了造机器人的念头。

张士伟觉得荒唐，那样的机器人是电脑产品，只有科学家们才能研制出来，与王聪明的机械机器人根本不是一个概念，这王聪明，高中没读完就弃学打工去了，机器人的边都挨不着。

王聪明说，你想一想啊，冰冰已经能站了，下一步她就会走路、会说话了。

不知情的人听了，还以为这人说的是他家的孩子。张士伟不想说什么话，山里的天总觉得就压在头顶上，来到这半坡小学后，他就觉得像掉进了一个梦境，教室不真实，学生不真实，现在和这个叫王聪明的山民坐在一起喝酒，他更觉得世界不真实。

王聪明说，张老师，我知道你不相信我，不相信老王有这本事。退一万步讲，人总得有个盼头，用你们城里人的话说，就是有个奋斗目标。人不是这坡上的黄牛，除了吃上口草，就不想东想西了。

王聪明纸杯子里的白酒已经是第二杯，两个男人一起喝酒，最后一道下酒菜肯定是女人，王聪明的话题开始不正经了。王聪明拣起一颗桑椹，青中带红，红中带紫，紫中又带着黑，王聪明用拇指和食指不停捻动，缓缓塞在上下嘴唇之间，含糊地说，吃过没？张士伟点点头，这又不是什么珍稀水果，山里有的水果城里现在都有，几块钱一盒。王聪明不怀好意地说，真吃过吗？仔细想一想。张士伟明白了他指的是什么，他又何尝没有吃过。他骂了老王一声"流氓"，老王开心地笑了。王聪明说，郑小燕，你班上的五年级学生郑小燕，她娘大奶子在镇上开理发店，那店门前有几棵桑树，大奶子非要送我一袋尝尝。

郑小燕是半坡小学的名人，她父母离异，父亲在省城打工，把她扔给了爷爷奶奶，是个苦命的孩子。张士伟班上有好几个学生都是这种家庭状况，现在农村老人有低保，山里老人勤快，带个孙娃吃饱肚子没有问题。许多孩子的父母，尤其离婚的父母，把孩子扔给老人似乎是当然的选择。郑小燕的妈妈，也就是王聪明说的大奶子，春节前来看女儿，那时学校已经放寒假，她只有到前夫家才能看到小燕，见到了，做母亲的给女儿买了不少吃的穿的，临走时母女俩免不了哭一场，母亲坐的摩的在前面飞奔，小燕不放母亲走，在土尘里跟着摩的追赶，鞋跑丢了还在追。这场面让一好事的人见了，拍照片发了微信，一传十，十传百，郑小燕居然成了"网红"。张士伟平时不看微博微信，从决定下乡支教那天起，他就换了手机卡号，即使上网也隐姓埋名。寒假在山中实在寂寞，他偶尔上微信，就看到了自己学生的哭脸。张士伟非常厌恶那个发微信的人，这些人貌似有怜悯之心，实际上是撕开别人的伤口撒盐，为自己博点击率。

王聪明说，明摆着是大人教的，大奶子她男人那时也在家了，过年不是都得回家吗。他想复婚，想留住大奶子，自己不出面，让孩子演哭戏。张士伟说，现在我们这种家庭的孩子，心寒得像铁疙瘩，把父母都当陌生人看。实话说，我就是大奶子雇的那个摩的司机。

张士伟说，你还惦记着人家，你的聪明劲就是专门用在占人家的便宜。

王聪明说，可不能这么说，在女人眼里我可是救人于水火之中的活菩萨。再说，大奶子那样的女人，有过一次就不可能忘记……

　　王聪明突然用筷子敲了一下张士伟的裤裆，张老师本能地一下子猴了身体，说，老王，你看看，你看看，你把我的裤子弄脏了。惹得王聪明好一通狂笑。

　　张士伟生气地说，哼，鬼才信你，你真的有这个女人那个女人，还会走火入魔地造那个叫冰冰的机器人？

　　4. 王聪明的机器女人工程遇到了困难，机器人内部是零部件，就像人的内脏，外面得有一副皮囊裹住，电视上看到的机器人呢，外面就是塑料壳子。王聪明弄不出那塑料壳，就用桦木替代，他弄到手几件木匠工具，一番折腾，冰冰变成了一个木头人，王聪明还特意抹了一遍桐油，王聪明说，女人的皮肤得有光泽。但王聪明自认为是一个完美主义者，他沮丧地说，没有手感，他做了一个捻桑椹的动作。王聪明接着说，当然，对一个聪明人来说，这不算个难事，我自有办法。王聪明脸上又浮起淫荡的邪笑，从前，我们在南边打工的时候，有人嫌站街女不安全，攒钱买个充气娃娃。那玩意儿，个个要身材有身材，要脸蛋有脸蛋，要有温度的地方还有开关控制体温。我打算去一趟南边，找到厂家讨教取经。

　　张士伟上大学时，也知道有这个男人用品，那材料是硅胶的。

　　王聪明低声说，可是我的钱都花光了，连路费都掏不出。

　　这才是他来找张老师的目的。这趟来，酒和卤菜都没买，这绝对是稳赚不赔的生意，可他口袋里连最起码的本钱都掏不出，还是张士伟回去拿来了两盒方便面，俩人坐坡上干啃。

　　张士伟一直到大学毕业都对钱的概念模糊，他想到要什么东西，母亲都会买给他。他有一段时间迷上了摄影，这个爱好耗钱，他很快就将卡上的钱花光了，母亲很高兴，表扬儿子长大了，很快就给他卡上存了一个六位数。他总觉得钱不是问题，家里确实有钱，父母被"双规"后，网上的照片显示，检察院在他们家搜出的现金垒成一扇墙。父母原计划让他出国读研，等他申请时，父母所有的银行账号都被冻结，他才意识到，钱真的重要。

　　张士伟不说话，王聪明一时也变笨了，不知道该说什么话。

　　俩人都抬头看着前面的矮树丛，一团红艳艳的影子在树丛里若隐若现，步子迈得匆忙。到了一处开阔的草地，张士伟认出了那人，郑小燕，身上穿的冲锋衣，是前不久学校发放的捐助品。由于很多学生家住得远，有人放学后要赶十几里山路才能到家，张士伟放学放得早，郑小燕爷爷奶奶家住得也不近，下课后她总是很快就冲出教室。今天她怎么还留在学校附近？张士伟正好不想理睬王聪明这种精于算计的小人，他放下方便面，借下坡的冲力跟了上去。郑小燕埋头赶路，在坡下拐上了回家的土路，好像没有发现身后的张老师。张士伟悻悻地掉头，不甘心，又朝她的来路试探着往矮树丛走，这一带张士伟不陌生，忍不了孤单时他会出来散步。他什么也没看到，这里并没有别的学生。他以为是学生们贪玩，有些孩子放学后总要玩累了才肯回家，他小时候就是这种男生。郑小燕是个沉默的女生，课堂上除非老师提问，她绝不肯举手发言。课后也总是安静地坐在位置上，乖得像教室里没有这个人。她是经过这片小树丛吗？张士伟看到前面有面陡坡，走上前，避风处有一个简陋的小棚子，应该是以前看羊放牛的人避风躲雨盖的，早废弃了。张士伟钻进去，脑袋把棚顶的朽木条顶落了一根。张士伟仔细打量，这应该就是刚才郑小燕待的地方。

　　在棚子的里面有一块方正的石头，石头上铺着一张纸，已经又皱又烂，张士伟凑近一看，是郑小燕的算术草稿纸，她在里面做什么呢？地方虽小，但郑小燕明显打扫过，甚至抹干净了她伸手能够得到的木栅栏，做作业吗？除了那块能坐的石头，摆书本的地方都没有。张士伟用目光搜寻了一遍，终于发现了有一处异常，在墙角处有一小堆干草，这与棚子里的整洁不符，他拂开乱草，发现了一个小小的洞穴，洞穴里摆着一个用塑料袋裹着的饭盒。套上塑料袋显然是为了防潮，他打开饭盒，是叠放的照片，从一寸二寸到五寸的照片都有。张士伟靠近亮光，最上面的照片上有两个人，一个是小时候的小燕，另一个应该是她的妈妈，都是照相馆里中规中矩的姿势。那些只有一个人的照片，是她妈妈，背景是省城的几个旅游景点。张士伟不由得多看了几眼，服装一看就是地摊货，女人的脸上有害羞，动作却夸张，很明显是有人在现场导演。王聪明口口声声说的大奶子，看不出有什么格外大。

　　郑小燕放学后来这里，就是为了看这些照片？张士伟在石头上坐下来．这个小姑娘就坐在这里，一张张一遍遍看母亲的照片，应该一边看一边会掉泪。张士伟摘下眼镜，他竟然泪水也模糊了双眼。

　　眼前一暗，他知道是王聪明跟进来了。王聪明瞥了一眼照片，说，大奶子算好的了，每个月还惦记着看一回小燕，很多女人走出大山，就再不会回来，只能当她死掉了。张士伟悄悄地抹了一下眼睛，怎么会有泪呢？上次班上一个学生体育课上脱下汗衫，前胸后背布满伤痕，他问学生怎么回事，学生说一句爷爷打的，就跑去抢球了。他当时只是愤怒和不解，却没有伤痛的感觉。

　　王聪明说，没有什么啦，我猜是她不想让爷爷奶奶知道她想大奶子，寻了这个地方。很多母亲不在家的孩子都有一个隐秘的角落，王天才也有，我假装不知道而已。

张士伟将照片原样放回去。王聪明不失时机地说，张老师，借我五千吧，要不，三千也行。

　　王聪明知道，一个人伤感的时候心最软，他得逞了。拿到钱，他发动摩托车，朝张士伟说，你放心，我会还你，实在还不出，我让冰冰首先陪你睡几天。说完，一溜烟走了。

　　5. 张士伟选择到这里支教，就是知道半坡小学是包班制，包班的意思就是指早读课到最后一节活动课都是一个老师包了，语文算术自然体育音乐这些课也是你一个人包揽，张士伟就是想把自己累成狗，脑子麻木了，可以什么都不去想。但是事实上并不是这回事，山里的夜晚似乎更漫长，网络信号时有时无，他白天抱着笔记本电脑登上山顶上网，下载一批影视和小说，用来打发掉几个晚上的时间。王聪明一去十几天没有音信，王天才在老师这里吃住，时间长了也不自在。张士伟内心并不讨厌这个学生，这孩子学习上主动积极，生活上勤快自律，有时候张老师回到宿舍，他已把俩人的面条下锅，甚至连老师的衣服也抢着洗。但是，和所有的山里孩子一样，王天才也不爱说话，问他一句他才答一句，不同的是他的两只眼球很灵活，总是在眼眶里转个不停，这应该是遗传了他聪明的老子。晚上，张老师戴上耳机看影视，王天才趴在桌上做作业，倒像他俩是一对父子。

　　张老师忍不住拨王聪明的电话，不论是白天还是黑夜，王聪明接了第一个字就说忙，然后说快了，快回了。电话就被他掐断了。

　　王聪明出现在张老师面前时，灰头垢脸，身上一股酸臭味，城里的夏天比山里来得早，估计他这些日子都没洗过澡，没办法，张老师扔过去一套旧的T恤和短裤，让他先去山下溪水边，洗完澡再进门，王聪明顺手捞了窗台上的肥皂，嬉皮笑脸地去了。张老师离开了水不行，他看宣教片，有些地区严重缺水，支教老师几个月洗不上一把澡，他不能想象那种日子。他选中这里，重要的原因是山下有一条小溪，冬天想洗澡可以下山取水，夏天可直接去泡山泉。

　　王聪明说，他找到厂家一看那价格，买不起，怎么办？他说只要关键部位，脸和手，其他部分他打算用木壳，需要的话可以替冰冰穿上衣服穿上鞋。张士伟冷笑，女人的关键部位可不只脸和手，这家伙进了一趟大城市，口里有遮拦了。王聪明说，钱还是不够，我磨了好久，将身上所剩的两千四百块整的都给了那销售员，人家才勉强接了单。然后，扒了几趟车，啃干馒头，我胜利归来了，厉害不厉害？这种才华张士伟相信这家伙有，他也服了王聪明。王聪明没打算把王天才接回家，他说饭后他还得去参加一个重要的活动，饭后的意思是指他还得在这里蹭顿晚饭。王聪明惭愧地说，我也好久没见到儿子了，想得慌。张老师相信这是句真心话，没反对。王聪明说，要不你也和我去参加一次，可有意思了。饭后走到操场拐角，王聪明推过来一辆摩托车，这让张老师怀疑，这家伙早就回来了，今天只是掐好时间来蹭顿饭，顺便看一眼王天才。

这大山里能有什么重要活动？张士伟寒假在这里过春节，别说舞龙舞狮唱大戏，要不是王聪明陪他吹牛，连个人影都见不到，大年三十除夕夜，偶尔听到几声鞭炮响，不知道隔着几道山梁。山路颠簸，王聪明专门钻羊肠道，抄近路，张士伟紧紧地搂着王聪明，头上脸上还是免不了被树枝抽得火辣辣地痛。摩托车停在一处茅屋前，门窗处漏出些许灯光，门外停着几辆自行车。王聪明叮嘱张士伟，只许看不许说话，今天我们看丁老太"过阴"。"过阴"这词张士伟听王聪明吹牛时说起过，在张老师眼里就是一种迷信活动，活着的人想念死了的亲人，拜托神汉巫婆去阴间走一遭，死者的灵魂就附身来到阳世，和家里的亲人彼此问答。王聪明居然深信不疑，对这位丁老太恨不得顶礼膜拜，他以能观摩这项活动为荣，说除了他，不是当事人丁老太从来不准有外人进现场。这家伙是聪明过头了，不过，张老师也乐意跟着开一回眼界，他在这大山的日子实在乏味透了。

来了四位，大爷大妈还有两个女儿，唯一的儿子几年前在邻省挖煤埋井下了，儿媳改嫁，还好，留下了一个孙子，爷爷奶奶活得有个期望。老人木讷，说话的都是女儿。丁老太是个矮胖老女人，昏暗的灯光下，香烛烟雾缭绕，墙上那个蓄须戴帽穿长袍的老头像似笑非笑。问过死者的生辰八字，拿出一碗米和一把竹筷，丁老太嘴里念念有词，把筷子插进米中，那筷子忽然转动，停住，丁老太喝下一杯浑浊的液体，仰面倒下。丁老太倒在一张竹编的躺椅上，双目紧闭，露出一截肥白的肚皮，脚上的布鞋蹬了，一只正，一只底朝天，王聪明说，如果把那只鞋翻正，巫婆就回不了阳世。张老师眼睛盯着那鞋底，有一种想把它翻正的冲动，试一试丁老太是不是真的不能醒，他当然不敢动。丁老太突然动了动嘴，男声喊出"爸""妈"两个字，那俩老立即出了哭声。问答都是家常话，儿子说在那边过得很好，劝爸爸去医院看咳嗽的病，劝妈妈少养牲口，不要太累了，感谢姐姐们对外甥的照顾，将来会得到好报。他的四位亲人既惊讶又感动，最后，死者说，他缺一双鞋，俩姐抢着说，我回去就到坟上烧给你。几分钟后，丁老太睁开眼，起身摆正鞋，恢复了女声，说，累死我了。据说活人到阴界走一趟很伤元气，丁老太满身汗湿，衣服都粘在身上，看上去更加圆润。张老师抹了一把脸，也一手掌的汗，天热，屋子又不透风，不出汗才怪呢。

临走时那四位千恩万谢，掏出一张百元大票，丁老太说多给了，掏出钱包找钱，那四位已到门外，丁老太追出去，坚持把找的钱塞到大妈的口袋里。丁老太说，这家每年都来一次，老的想小的，想起来就痛得受不了，来一次可以缓一段日子。

丁老太的生意很好，丁老太每天只做一回，还得挑日子，做多了伤身体，因此来者必须提前预约。老的想小的，小的想老的，男的想女的，女的想男的，丁老太都有本事到阴界把死者的灵魂驮回来。

回去的路上，王聪明说，百闻不如一见，这下子该相信了吧。

张士伟说，疑者不信，信者不疑。王聪明说，她一个老太婆，说话却真是年轻男人的口音，这个是不是真的？张老师说，电视上一人扮男女两角，换着腔调说话唱歌的多了去。王聪明说，那她怎么知道来人屋里的状况，还那么详细？张老师说，这个事情嘛，你也是读过高中的人，当教师的人都能做到，上课前老师都必须先备课，预先把学生可能提问的地方了解清楚，如果是开公开课，先在班上演习几遍，表演时怎么都不会露怯了。你注意没有，丁老太有预约期。王聪明说，算我服你一次吧，书读多了确实不好糊弄。

王聪明说，如果丁老太把业务范围扩大些，她既然能到阴间让死人灵魂附身，为什么不可以在阳界把远方的活人灵魂驮回来？这样，不就天涯若邻居了？张老师知道他说的那句诗，天涯若比邻，懒得纠正他，他又不是张老师的学生。

王聪明说，我看你一个人守在山里，可怜巴巴。你要是想父母了，不妨也去劳驾丁老太跑一趟？

张老师突然发火了，你父母才在阴界，你全家都在阴界。说完，还捅了王聪明一拳，差点把摩托车捅翻了。

王聪明明白了，张士伟不回家并不是没有父母，只怪自己不长记性，下回再不能提起他父母这茬了。

6. 张老师的宿舍就一间房，其实校舍就是八间平房，用去六间做教室，剩下两头各一间分别是办公室和他的宿舍。宿舍条件简陋，一张坑坑洼洼的旧办公桌，一张当饭桌的旧课桌，还有一张可疑的旧式雕花大床，不知是什么来路。张老师报到时提了一个要求，要一只储水的水缸。村长无条件答应了，两个山里汉子抬来了一个五花大绑的粗陶水缸，顺便还送了一个塑料桶。张老师问那水缸是不是裂开了，用麻绳捆绑才不散架，村长笑话他蠢，说这水缸既没长胳膊又没长腿，不捆绑着，请它它也来不了。

这天是星期五，王聪明把儿子接回家了。放学后张老师在办公室改完作业，决定回宿舍洗衣服。洗衣服是张老师最头痛的事，夏天，每天都得换衣服，好在张老师带来的衣服多，他一般是一个星期集中洗一次，当然是手洗，这里没有洗衣机，即使有他也不会用，上大学时都是周末把脏衣服带回家。宿舍门敞开，应该是他忘了锁门，这在他是经常发生的事。想不到宿舍里有人在，一个女人正背对着门站在课桌前，他进了门，她还埋头在搪瓷脸盆里搓洗衣服，是他的脏衣服。

你是？张老师疑问。

那女人一惊，手里的肥皂掉进了脸盆，水花溅到了张老师脸上。

女人并不慌张，说，张老师，是王总捎我来的。

张老师愣了一下，王总？很快明白了，王总就是王聪明，人家开着两爿店，这年头称他为王总也不算夸张。看那女子的模样，张老师总觉得面熟，见过。

女人说，张老师，我是郑小燕的妈妈。

张老师想起来了，见过她的照片。张老师不知道说什么好，他没有单独面对少妇的经验，女人看出了他的窘迫，在脸盆里的衣服上擦了两下手，抬手摘下他的眼镜，撩起短裙的裙边，把他眼镜上的水花擦了又擦，张老师不由自主地看到了粗壮雪白的大腿，虽然看得模糊，但张老师的脸还是红了。

晾出了衣服，女人又忙着替他炒菜烧饭，张老师有电饭锅和电炒锅，但平时张老师怕麻烦，以面条为主食。烧饭麻烦，炒菜更麻烦，何况，这荒山僻野也买不到菜。女人是有准备而来，带来了猪肉和蔬菜。只一会儿工夫，宿舍里就飘满了饭菜的香味。

女人说，以后我每个星期五都过来，看小燕子，顺便帮张老师洗衣服，做顿像样的饭。

张老师乱了方寸，心里说，这怎么可以，这怎么可以呢？但是转念一想，这样郑小燕每个星期就可以看到妈妈了。

张老师在山里的夜晚，都是靠自己解决男人的问题。他的电脑里下载了一些毛片，他一边看一边把麻烦解决了。张老师在大学有过几任女友，每次都是到宾馆开房才做，事前必须洗热水澡，事后必须洗热水澡，张老师在这事上是个讲究的人，或者说是个有洁癖的人，哪怕女友急功近利，他也不肯苟合。

吃过晚饭，他说去办公室备课，拎着电脑去了办公室。他连澡都不洗，不洗澡他就杜绝了发生那件事的可能。躺在办公桌上他对自己说，大奶子是王聪明睡过的女人，再说，她是你的学生家长，你每天都要面对你的学生郑小燕呀。可是他的身体不争气，他夜里还是在办公桌上梦遗了，梦中的女人就是大奶子。

7. 大奶子并没有生气，每个周五的下午坐王总的摩托车来到半坡小学，帮张老师洗衣服做晚饭，张老师留下郑小燕，晚上一起吃饭，看上去很像是一家人。张老师留心了，郑小燕不再去那个小棚子，每个周五的晚上她可以搂着妈妈睡到天亮，用不着去看照片。

张老师呢，这个晚上就睡办公室，一人点两盘蚊香，早上起来总是一身的蚊香味道。等他醒来的时候，大奶子早就坐王总的摩托车走了，他们得赶六十里山路上班，得起大早。

王聪明很少露面了，打他电话，说忙，进入科学攻坚阶段了。王聪明说，我的冰冰不是一般的机器人，她是智能机器人，能对答如流，能和你握着手心谈心。王聪明知道他说的那种机器人，是电视上能下棋能写诗的小冰那样，可这是你王聪明能制造出的吗？

王天才也不相信这个不靠谱的老爸，有一天，他心事沉重地说，老师，你相信我爸这事能成功吗？张老师婉转地说，每个人都有自己的梦想，你爸爸是敢于追梦的人。王天才说，我爸不是为了他自己，他想造能走路能说话的机器人，将来给这山里没有妈妈的同学每人发一个。

张士伟被王天才的话击中了，这个王聪明，说的和想的不是一回事。

一年的支教期快满了，有一天张老师突然约王聪明来一趟，送他去县城。张老师主动说，他要回省城去看一趟爸爸妈妈，王聪明再不敢多问，问了其实张士伟也不会告诉他，他得到消息，父母都宣判了，分别是十年和三年，他决定去监狱探望他们，他渴望看到的女人也是妈妈。张士伟只跟王聪明说自己的打算，他决定回去了，报考国内大学的研究生，按规定，支教生考研可以加分。

王聪明说，男人啊，只有经过了大奶子这样的女人才会长大。

张老师不辩解，他觉得自己真的很强大，王聪明以为一定会发生的事，他硬是没让它发生。除了你王聪明，我张士伟也是有远大梦想的人。

王聪明说话仍然不正经，说，你放心，不论你走得多远，冰冰完工后首先陪你睡几天，抵欠你的三千块钱。

（原载《钟山》2018 年第 3 期）

作者简介：

余一鸣，南京外校教师，中国作家协会会员，省市作协理事，著有长篇及中短篇小说选十三本。小说八十多次入选选刊和年度选本、年鉴，并数次进入中国小说排行榜。曾获 2012 年人民文学奖等十几个文学奖项。2017 年 5 月到 7 月，应邀为德国哥廷根大学驻校作家。

"杭州鲁迅"先生二三事

_房伟

　　春天来了,上海的风还透着湿冷。某日下午,章谦来和我讨论鲁迅的话题。他四十出头,师从著名鲁迅研究专家金教授,近些年致力于鲁迅交往史。我们都是大学教师。在上海这座热闹的现代化都市,他独自蛰居在我楼上,像安静的蜗牛,不问世事,整天研究学问。

　　章谦坐在我那张发霉的床垫上,摆弄着床边凌乱的书籍。他瘦高,忧郁,头发有些花白。言辞木讷,却有双细长灵动的手。那个下午,章谦的手神经质地抖动着,翻翻书,又插回口袋,好像兜里藏着什么东西。看他兴奋的样子,应该是有好事。

　　老章,有什么好玩的?我问。

　　杭州鲁迅事件,知道么?章谦说。

　　我晓得,没啥大惊小怪。

　　我用这个素材写了一个小说。章谦又说。

　　想混点润笔?我笑着说,还是骗骗女学生?

　　就是好玩,章谦涨红了脸。

　　我劝他不要不务正业,评上副教授才好过活。他没房,没车，没女人，连朋友也没几个，虽然勤奋钻研学问，但文章发表得少，人到中年，职称还无法解决。

这样的男人不会有了，这个世界上。章谦喃喃自语。

简直穷酸让人倒牙。有这工夫，不如帮出版社编资料，或者上几节函授课，都能搞些快钱。这么多年，我还真没看出，章谦有啥"创作才能"，这纯属于瞎耽误工夫。

室内陡然黯淡，我寒碜的教师宿舍仿佛深穴幽墓。我揉揉酸涩的眼，仰起头。一束莫名的光，从铁锈斑斑的窗棂猛地咬进，落在章谦纤长灵活的手上。那双手抖动着，掏出一沓写好的稿纸。

匆忙间，我只看到"鲁迅"两个字。

章谦的手按在稿纸上，继续抖动，好似跳到烈日滩头的鲑鱼……

一

我姓周，绍兴人。我写作。民国十六年冬，我就在杭州孤山，家里人都称呼我大先生，但这里，没人认识我。

初级师范毕业，我在绍兴本地教书，勉强度日。绍兴的学校解散，我又冒着初春潮冷，来孤山附近的小学谋食。我时常倦怠，懒得上课，懒得吃饭，也懒得说话。不知何时，我开始咳血。我自小瘦弱，家贫无力调养。父病逝后，母亲艰难养大我们兄妹，后来妹妹远嫁苏北。我把血咳在手绢里，不敢让别人看到。手绢沾染暗红的血，被我攥在手心，好像破碎的心脏。

学校有一百多个孩子，十名教师。校长总忘记我的名字，叮嘱我干杂活，才挠着头，含糊地说，那个周什么先生，辛苦跑一趟。我应着，下次他找我，还是记不住我的名字。

校长不爱读书。他原本是洋布贩子，趁着国家动荡，赚了几个钱，又要附庸风雅，这才活动当了校长。他还在上海小纱厂投了点股份，格外关注时局，什么上海工人罢工失利，红党被清除后在南昌起义，蒋司令大婚，都是他在校务会讲的。只是学校太小，没什么左倾分子，让他拿来做进身阶梯。我和同事也少有言语，只和梅先生谈几句。梅先生很年轻，和我一样穷。他只读过中学，黑矮，肥胖，是个大大咧咧的山东男子，似乎有点义气。他总拍着胸脯说要帮我。我曾听他在校长那里告我的小状，说我上课经常走神。当然，那也许的确是事实。

女同事中只有一个未婚的姜小姐，也和我一样教国文。她也是初级师范毕业，自小发蒙上过"女学"，不欣赏白话文，喜欢班马史笔、韩柳古文。我和她说不到一起。她圆胖的脸上落满雀斑。我不喜欢她，她也没正眼看过我。学生也愚笨怯懦。他们大多出身小市民家庭，有的来自附近乡下，对大多数人来说，读到小学就可以了。即便如我这般，多读了点书，出路也有限。

我悄悄读鲁迅的作品，对这个有名的同乡非常羡慕。有消息说，鲁迅离开厦门，又出走广州，将来杭州隐居。我期待着，如有可能，要当面向他请教困惑。我已不是青年，不过比他小几岁，但也急盼他指点一二。像我这样，既无财产也无能力的小知识者，如何才能找到活路？想要从文，写的东西浅陋，投稿石沉大海；即便闹革命，像我这般衰老，革命党也不愿顾看我。年轻时我便无胆气。有当革命党的同学，也曾劝我入伙，我不敢应承。还有同学跟着秋瑾起事，被贵福知府砍了头，我当时还庆幸命大。死的革命党同学成了烈士，受香火供奉；活着的大都当了官，飞黄腾达。我是活着，但卑贱谨慎，默默无闻。如今共党又闹工农起事，我衰弱老病，连"壮烈"的机会也没有了，不过挣扎着"不死"罢了。

我秘密地热爱文艺。冬天黄昏，最后一节课，我给高年级学生讲解嵇康的诗，不知为何，就扯到白话文，不知不觉讲起了鲁迅。学生们当然是不通，懵懵懂懂地被我严肃悲哀的样子骇得不敢说话。我低声朗诵《呐喊自序》：

"我在年青时候也曾经做过许多梦，后来大半忘却了，但自己也并不以为可惜。所谓回忆者，虽说可以使人欢欣，有时也不免使人寂寞，使精神的丝缕还牵着已逝的寂寞的时光，又有什么意味呢。"

我的童年比鲁迅先生更不堪吧。先生出入当铺，好歹是大户人家，我的父母不过是开小商铺的普通人。这生意不好的小铺，也因洋货冲击倒了灶。父亲欠下高利贷，吐血而死，只剩下母亲带着我和妹妹。可怜母亲凭着几分姿色，周旋于本家几位富有叔伯，才给我争来学习机会。我年幼就知道，觉得丢人，只想早些挣钱，不让她太辛苦。革命的事我断不敢参与。我年青时候的梦，是做文学家，写出让人赞叹欢喜的小说。这个可怜的梦，我现在也大半忘却。

我又向孩子们讲起小说《在酒楼上》。破落的小教师吕纬甫，简直是在说我！我甚至怀疑鲁迅先生早知道我。我是山阴县人，离会稽不远，先生祖父介孚公是翰林，大家都晓得。我的同学也有和先生相识的，只不过我们不认识。鲁迅怎知道我说过类似的话呢？

"我在少年时，看见蜂子或蝇子停在一个地方，给什么来一吓，即刻飞去了，但是飞了一个小圈子，便又回来停在原地点，便以为这实在很可笑，也可怜。可不料现在我自己也飞回来了，不过绕了一点小圈子。"

  天色愈发昏暗。我背对黑板，黄昏的光流过，仿佛在我身上涂上一层暗金。那行白粉笔痕迹也模糊了。我剧烈地咳嗽，嘴角有点腥甜的东西钻出。我使劲抑制住胸口剧痛，抿着嘴，许久才平抑住了。我缓缓转过身，教室很静。学生仰着小脸，呆呆地看着我，鼻子和眼睛慢慢融化了。他们的表情也在我眼中渐渐模糊了，飞散了，好似荒野漂流的白蒲公英。

  先生！一个瘦高个子男学生站起，兀自喊道。

  我被唬了一跳，难道校长来了？我慌乱地看向四周，没有校长的身影。也许这正是我想要的。我厌倦了这里的一切，学校的薪水不固定，时断时续，我早想离开这里，去别处谋生，不过没有一刀两断的勇气罢了。

  您是周先生，男生的脸上迸发出极大光彩，嘴角抽搐着说，您一定是周先生……

  我是周先生呀，我不解。

  不！男生摇头，营养不良的脸竟充血到了红润，您是鲁迅先生，我在报上看过您的照片。

  我哑然失笑。这个男生是班里天分最高的学生，喜欢阅读思考，家境贫寒，经常饿肚子，我有时接济他，也借给他书看。

  您是鲁迅先生，男生激动地跑上讲台，揪着我的衣衫，我看过您用毛笔写的小说草稿。您和照片上的鲁迅就是一个人！

  我明白他的意思。因为都是绍兴人，我也个子不高，清瘦，蓄须，浓眉。如果穿上鲁迅先生的大褂，留起先生式的短硬直发，还真有八分相似。从前也有同乡开过这方面的玩笑。我的那个同学，和鲁迅兄弟都认识，就惊讶地说，预才，你长得真像鲁迅，如果刻意模仿一番，能乱真了。

  我没想冒充鲁迅。我将男学生劝回座位，宣布下课，自顾自地踱回宿舍。不知怎的，我的步履分外轻盈，连咳嗽也几乎忘记了。回到房间，我平复了心情，拿出《狂人日记》，想抄写一遍，再去吃饭。小学有包饭。我们几个单身教师都在门房凑合，每月交伙食费。正在这时，梅先生冲进来，看到我，一下子停顿住，有些拘谨紧迫。我问他什么事。

  梅先生悄声说，大先生不赌钱，也不叫局，安安静静地写东西，您是有大志之人。

  我怀疑地看了他一眼。我写东西的事比较隐秘，还有我的私人称呼，他如何得知？因为我在家中是老大，家人朋友通信，都称我为周家大先生。我给母亲写信，也是这样题头："母亲大人膝下敬禀者"，落款是"大男预才恭请金安"。

梅先生黑黝黝的脸泛起酱红色。他讷讷地说，我，我偶然发现先生抽屉没上锁，就学习了大作，都是顶好的文章。看来先生准备在这里蛰伏休养，再拿出去发表吧。

您是不是……梅先生激动得结巴了，他指着我，好半天才说，是鲁迅先生？

我又好气又好笑。孩子们无知也就罢了，梅先生好歹是教员，怎能犯这样常识错误？我正色对他说，我不是鲁迅，我是周预才。

对呀，梅先生抓住我，怕我溜走似的，鲁迅就是周豫才，大家都知道。

梅先生，我挣脱他，又郑重地说，我真不是鲁迅。我怎能和鲁迅先生比？我不过崇拜鲁迅。我这个预才是预备的预，不是"豫才"！

不会错，梅先生的头摇得像拨浪鼓，只不撒手，大文豪都喜欢化名。您是绍兴人，我在报上看过照片……

我冷笑几声，奋力挣扎而去。梅先生的品性，我了解一点。我不想和他有什么瓜葛。谁料，梅先生奔出，扯着喉咙喊："鲁迅在咱们学校！……"

小院涌出很多人，老师和学生把我紧紧围住，好奇地打量着，连校长都被惊动了。梅先生热烈地说，校长，鲁迅先生在咱学校哇。

谁？校长没反应过来。就是周豫才先生呀，梅先生仿佛要做我的代言，急忙说，校长大人，您不是看过周先生的家信署名吗？

周预才？校长想了下。

绍兴的周豫才先生！梅先生愤怒于校长的迟钝怠慢，就是闻名全国的文豪鲁迅先生，鲁迅是笔名，周豫才是真名。

这位周先生是……校长嘴唇乱抖，脸上不断冒出油汗，分明有几分窘迫。我知道他误会了，但也不急于点破，我喜欢看这个傲慢的家伙吃瘪的样子。

真是鲁迅先生！校长高兴起来，仔细端详我的脸，说，文曲星下凡，您怎么跑到我这个小地方？我刚想回答，又是梅先生抢着答道，先生隐居在此，寻找创作灵感，创造不朽之作……

是"隐士"？校长想出这个词。

有什么奇怪？梅先生不耐烦地说，这是孤山！唐宋以来，就有很多隐士隐居。苏曼殊也在庙里住了两年，"梅妻鹤子"的大诗人林和靖，不就在此终老？

校长恍然大悟，重重地攥了我的手说："真是蓬荜生辉……"

我想开口反驳，又有些不好意思。梅先生面孔好似炸裂的黑糖，嘴里喷溅着阿谀之词。我甚至看到他凸显的肉色牙龈，闻到他焦黄的牙齿冒出的腥臭气。我厌恶地扭转头。还有无数张大大小小、胖胖瘦瘦的脸，都好似洪水退却的河床散露出的鹅卵石，彼此拥挤着，闪烁着危险的光，暴露出岁月冲刷的牙印。

我看到姜小姐也跻身在人群。她的眼中闪烁着崇拜的神色。或许，还有别的东西。我的目光停留在姜小姐鼓鼓的胸部。我渴望有一个这样的女人，慰藉我饥渴的肉身与灵魂。那两块胸部犹如两只硕大、湿漉漉的白水母，漂浮在人群的喧嚣之上。姜小姐奋力拨开人群，捉住我的手，狠狠地捏了一下，又无意地用胸蹭了下我，才被人们挤走。这是女性的身体接触呀。

我四十多岁的人生，这是如此荣耀的时刻！

二

多年后，我时常想起那一幕。那个寒冬下午，我不是周预才，而是周豫才，是鲁迅先生了。确切地说，是鲁迅先生的"影子"了。我仿佛被鬼魂占据肉体，只剩下没有灵魂的躯壳。下午的阳光很快过去，校长有点犹豫，和梅先生小声地说，鲁迅先生谈俄国，不会惹麻烦吧。梅先生鄙夷地说，党部也没说通缉他。先生是名人，和高层也能说上话。他在这里是我们的荣幸。

院子的人走光了，空气骤然冷下，似乎又有空虚寂寞袭来。这便是名人的感觉吧。我这才想起，没有吃晚饭。我摇晃着想去门房，又感到不妥。黏稠潮湿的气息缠绕着我。院内那株黑褐色老槐树，树叶摇落，几只小虫飘下，落在脸上，毛茸茸的。树身也似浮肿病人颤抖着，在我的掌心留下湿滑的苔藓，死亡的树皮，还有诅咒般的吻痕。

我再也不能回到从前了。

事情有些失控。访客络绎不绝，各类邀请信和公函也非常多。我的课也没法继续上，课堂挤满了慕名而来的人。我的咳嗽病又犯了，只能暂且休课。姜小姐自告奋勇照顾我。开始我对她并不领情。姜小姐流着眼泪说，她也喜欢白话文，只因父母逼迫读古文，时间久了，受到很多毒害。自从读了我的文章，也知道反封建古文了。

我不明她是真是假。姜小姐细心，饭菜烧得可口。我也就随她在身边了。梅先生以"鲁迅发现者"自居，暂且充当我的办公秘书，替我与外界联系。我对他的品行十分厌恶，但实在不擅长应酬，又不敢过多讲话，就由着他安排。校长慷慨地让出一处幽静小院给我，梅先生和姜小姐也跟过来。小院环境不错，家具和器物，都是校长和当地乡绅凑的。

几个教员跑来哭诉，让我帮助讨要拖欠薪水。我踌躇了一下，让梅先生请校长说明情况。我的工钱也许久没发放了。校长痛快地答应，提出让我给当地乡绅好友题字，并帮一个富绅去世的母亲写碑文，说有丰厚报酬。我想到校长借给我院子，还送来不少肉蛋和日常用品，硬着头皮应了。反正都让梅先生帮我写。梅先生拍着胸脯说，会帮我和校长谈个好价钱。

先生来休养，写世界名著，怎能浪费笔墨于什么老太太的墓志铭？梅先生义愤填膺，校长不断作揖，俩人又在门外嘀嘀咕咕，终于谈妥。借鲁迅先生的名，干这样的事，我内心不安。但我也无法想更多，至于被人识破，或是灰溜溜走掉，也只能等过些日子再说了。

梅先生挡住很多求办事的人，还是有些人不屈不挠地挤来。穷苦人家的孩子，上不起学来哭诉。他们的父母也来下跪。我对他们说些鼓励的话，支援几块钱。还有几个小贩。他们是西湖旁讨生活的小摊贩，剃头匠，因为有碍市容，住处简陋失火，被政府勒令迁走，不走就要拆房子。

他们满满地跪了一地。我照例将政府骂了一通，答应为他们呼吁。我想鲁迅先生这样品德高尚的人，一定也会挺身而出。可惜的是，我是冒牌货，只能说大话，无法真正行动。他们对我也并未抱特别大的希望。他们只希望有一个有权威的名人，倾听他们的苦难，同情他们，为他们鼓吹，就满意感激了。

也有比较危险的事。一天晚上，几个学生模样的青年翻墙进了院子。我在夜里惊醒，点起灯，看到几个略显稚气、紧张兴奋的青年的脸。他们都是附近的学生，慕名而来，问我哪有红党，要投奔布尔什维克革命军。见到这些热血青年，我的内心涌动着激情，也担心惹麻烦，只能应付过去。如果我真认识那些英雄豪侠，该有多好，如果我是鲁迅先生，那有多好！我一定带这些青年，从荆棘之中踏出一条路。

姜小姐和我的关系比较微妙。她在我隔壁厢房住下。她经常痴痴地看着我问，你真是鲁迅先生吗？我沉默不语，或者说，我不是，你弄错了。我越这样说，她越殷勤体贴，有一次，伊掉下眼泪。她摸着我的脸说，你的身体是为中国累病的，我一定给你养好。她为调养我的身体，变着花样做饭、熬汤，我的气色明显好起来了。

她也期期艾艾地问家里情况，看来她多少知道些先生的事。她说，晓得我在绍兴老家有原配，她不介意做小，只要一心一意喜欢她，不要和从前的女学生联系便好。我大声斥责她，不要痴心妄想。她开始惊惧，怕我赶她走，看到我只是说说，就笑嘻嘻地转移话题，说，母亲小时给她算过命，说她会嫁给天上下凡的文曲星。

我们也有点身体接触，我躺在床上读书，闭目养神。她凑过来说话。她丰满的胸部蹭着我的胳膊，我几次涌起冲动，又按捺住了。有个声音在脑海指责我，你不过是冒牌货！真正的鲁迅先生绝不会喜欢这样庸俗不堪的女人，也绝不会利用声望占有女性，你是卑鄙小人！

我僵硬的手臂，触到姜小姐软鼓鼓的胸部，滑腻腻的。羞愧的心情占据上风。我缩回手，流下热汗来。看到我如此表情，姜小姐还以为我发热，赶紧给我拿药。我的欲望之心也就慢慢平复了，赶紧将她搀回隔壁房间。

昏昏乱乱过了几天，我的病居然慢慢好了。我不再咳血，讲话也有了威严气度。我这个"杭州鲁迅"当得有模有样。西历耶诞节后的一天，我想去孤山转转。梅先生强烈反对，说对我的健康无益，但姜小姐同意，说走走恢复得更快。更何况，春天来了，她希望与我同游。梅先生见如此，勉强应承了。校长听说，也要跟着去，被梅先生严词拒绝了。

我们一行三人去孤山。姜小姐紧紧地依偎着我，一阵阵女性体香传过来，我舒畅无比。梅先生更像忠心耿耿的保镖。他前后吆喝，胖大身躯在我身前身后跳来跳去。油黑的胖脸，汗珠子滴滴答答地掉下。初春天气还透着湿冷，梅先生反而热气腾腾的。我和姜小姐打趣他，他也不生气。孤山附近游人不多，那一刻，我的内心恍惚，仿佛我真是鲁迅先生，仿佛这样温暖幸福的时光永远伴随着我。我从没有这么被重视过，关心过。我甚至为这种虚假的幸福感动。我贪婪地呼吸着冷冽的空气，步伐渐渐加快。春天的泥地也像被洒灌了浆，起起伏伏带了弹性。

一座孤坟赫然出现在面前。坟前数点梅花，已露出红意。梅先生抢先跑来，说，大先生，这是苏曼殊的墓。我点头。我有一个同乡留学日本，认识苏曼殊和鲁迅先生。据他说，鲁迅和曼殊是认识的，虽说一个在仙台，一个在横滨，他们后来在东京相识，起因是鲁迅的弟弟，也就是周启明君。周启明在南京水师学堂读书，苏曼殊在南京陆军小学当教员，俩人热爱文学而熟悉。鲁迅弃医从文，滞留东京，和弟弟弄文学，搞过杂志《新生》，苏曼殊也曾参与。鲁迅不喜欢苏的颓废冲动，俩人的关系也不冷不淡。

民国七年，苏曼殊辞世。如今也已过了十年，墓地有了衰草，字迹也模糊了不少。我怔怔地望着孤坟，心中涌动起复杂感情。曼殊虽短命，还有后人凭吊，我空活这些年，不过是一个虚伪骗子罢了。鬼使神差地，我向梅先生要了笔，在墓碑旁写下这样的文字：

我也君寂居，唤醒谁氏魂？飘萍山林迹，待到它年随公去。
鲁迅游杭，吊老友。一，一〇，十七年。

梅先生与姜小姐连声夸好。旁边凑过来两个穿蓝色棉袍、围白色围巾的女子。她们好奇地看着我，又看看墓碑。一个女生尖叫着说，您是鲁迅先生？您真的……近来我对于崇拜，已渐渐习以为常，不复从前的慌乱紧张。抓住我的女孩，皮肤白皙，身材苗条，梳着齐耳发，明亮的双眼笔直地盯着我。她比姜小姐漂亮很多，从衣服布料和气质来看，出身也明显很好。

这引起了姜小姐的不安。她赶紧插过来，略显尖酸地说，先生很忙，不便打扰。女生歪歪头，不回答，只自顾自地和我对话。她又问，先生离了厦门，暂居于此？先生是否打算一直隐居在这小地方，还是去大上海看看？那里文坛很热闹呢。

我应付着说，暂居于此吧。我终究要走。女生见我答话，脸上更现娇羞，说，先生，我是上海法政大学的女学生李珍，您到上海就好了，方便的话，我会常去请教您。

美丽女性容易让男人生出遐想，让女人产生敌意。姜小姐脸色惨白，好像有些自惭形秽，低着头不敢讲话。我不忍心，就辞谢了两个女生。女生们不依不饶，又请教我短诗来历。我不愿多讲，只把眼神暗示梅先生。梅先生早就不耐烦了，迅速地将女生隔离开。两个女生叽叽喳喳地讲了阵话，才不舍地与我告别。

没走出多远，那个叫李珍的女学生，又飞速折回，将张纸按在我的掌心，笑着说，这是我家的地址，我就是上海人，鲁迅先生是中国青年的导师，可不是某些人的呦。

说完，她努起鲜红的嘴唇，斜着眼看了看小姐和梅先生，又笑着跑开，只留下那小小的纸片和可爱的背影。回去路上，姜小姐和梅先生都有些沮丧。我劝慰他们说，暂时还不走的。姜小姐的眼圈红了，听了这话，又展颜笑了。她又紧紧地依偎过来，让我不能移动分毫。

姜小姐不停问我要那有地址的小纸片，我没有给她。

三

每天早上醒来，我都感觉自己死去了一点。我变得越来越像鲁迅了。我的四肢逐渐僵硬，好似提线木偶。我感到死去的部分，在晚上化身为灵巧黑蝴蝶，悄悄飞走了。姜小姐和梅先生对我愈发恭敬。梅先生忙着替我应酬，应了很多事，整天忙得不照面，只是晚上有时过来问安，大体向我汇报情况。姜小姐多了一项工作,就是安排我的服装打扮。她带着我梳理了短直发,每天为我清理胡须。她还为我置办了深蓝色大褂、黑色布鞋,还给我买了一管象牙黄的外国牌子烟斗,以及一面精致小圆镜。

她举起镜子,让我看自己。我简直惊呆了,这还是我吗?我的脸更加瘦削了,刀砍斧刻般。我的目光少了原有的自卑与怯懦,而是充满了严肃悲哀,蕴含着人间的大悲苦和大痛恨,仿佛喜悦和陶醉会让这张脸变得肤浅。我的头发愤怒地挺立,胡须浓黑而紧凑。我缓缓地点燃烟斗,深深地吸了口,烟斗里塞着姜小姐给我买的漠河烟叶,味道很冲。烟雾升腾,我便隐身在其中,镜子也慢慢模糊了,只剩下那黑硬的轮廓,还残存在空气中。

"文章巨公,百代文宗……"姜小姐软软地跪倒在地上,嘴里喃喃地说着,手却不自觉地抱着了我的腿。伊的目光中满是崇拜和期冀,还噙着泪,令我不能直视。

你不要这样,我挣脱她,怜惜地说,我又不是韩昌黎,不要这死人封号。

有什么分别呢?姜小姐破涕为笑,韩愈是古文的文宗,大先生您是新文学泰斗,能和您亲近,是我的福气。

看到姜小姐迷离的眼神,我赶紧走避,但伊扯着我不放。伊是太热爱文豪了,但不是爱我。不知为何,姜小姐圆胖的脸、单眼皮的小眼睛,连带那点点的雀斑,都变得不那么讨厌了,在我的内心深处,甚至有可爱的意思了。

梅先生突然闯进来,看到我和姜小姐脸上的红潮,戏谑地哈哈笑着,也不知是嘲弄我,还是对姜小姐。伊白了梅先生一眼,自顾自地离去。梅先生意味深长地说,大先生看样子要常住孤山喽。我脸色慌乱,支支吾吾地问他何事。梅先生说,替我写了墓志铭,已给那乡绅。梅先生悄悄塞给我 10 块大洋。我依稀记得,当时校长开价是 30 块大洋。我也懒得和他计较了。

不久之后,事情还是败露了。还要怪那次出游。我来到校长办公室,看到校长愤怒的脸,就明白了,我这个做了两周鲁迅的家伙,好运到头了。果不其然,校长"啪"地将一本杂志拍在桌上。我仔细看,是《语丝》四卷十四期。《语丝》我也常看,上面有不少先生的文章。

校长朝我嫌恶地努努嘴。我翻开杂志,目录有一行标题,赫然写着《在上海的鲁迅的启事》。我震惊,羞愧,又有些好奇,还有点激动。我这个冒牌货,早晚会被戳穿,这是理所当然。鲁迅先生会怎样看我?

先生笔锋冷硬,这也是我崇拜的风格。我还是感觉内心被狠狠地插上了一把刀。先生写道:

"那首诗不高明,不必说了,而硬要替人向苏曼殊说待到它年随公去,也未免太专制。去呢,自然总有一天要去的,然而去随苏曼殊,却连我自己也梦里都没想过。"

我的心里有声音狂喊,先生,你误会我了!我不过是生活太苦,徒生幻觉,聊以自慰罢了。我也爱着曼殊先生,觉得你俩是中国顶好的文学家。说是要随曼殊而去,不过是自怨自艾,绝不是造谣污蔑您。

鲁迅先生最后写道:

"要声明的是:我之外,今年至少另外还有一个叫鲁迅的存在,但那些个鲁迅的言动,和我也曾印过一本《彷徨》而没有销售到八万本的鲁迅无干。"

我的脸皮简直要滴下血。我从没有说这样的话。这都是梅先生替我宣传的。

校长的身躯摇晃。他咂着嘴,光线遮住了表情,想必又羞怒又蔑视,只听到他冷冷地说,杭州鲁迅大先生,敝校浅陋窄小,不能容您这样的大文豪,请退出院子,明天勿要再来。

他又沮丧地嘟哝着说,原以为是上等洋布,原来不过是本地土布。真是吃亏了。

我气愤地说,我根本没承认是鲁迅,是你们这些人自己想的。校长盯着我看了会儿,突然伸出手摸了摸我的头,叹了口气说,真他妈像,和报纸上太像了,难怪我们会看错。

我将他的手拨开,踉跄着走出去,校长又对我说,还是快些离开吧,我看你也是老实人,听说梅先生弄了不少钱。

我浑身冒冷汗。梅先生到底背着我做了多少事?我急匆匆地赶回小院,家里已是一片狼藉,姜小姐和几个商人模样的人正在争执。说是鲁迅让梅先生向他们借钱云云。我恰被这些人抓了个正着。混乱中,我的胡子被扯断,头发被薅去不少,蓝色大褂被割破了几个洞,简直像乞丐服。我的眼睛也被人打成青紫。我索性蹲坐地上不再起来。

我闭着眼,朦朦胧胧地听到杂乱的脚步声、家具搬动的声音,还有嘈杂的争吵、姜小姐无助的尖叫。我摇摇头,微微睁开眼,透过一丝缝隙,看到院子外影绰绰还有不少人,他们的影子重重叠叠,在初春的下午,变成一层层雾气。

听说那个鲁迅是假货吆!

一个小贩模样的黑瘦男人喊。我认出,他是那位学生家长,在早市卖糕点,被市政驱逐,跪在我面前求情。因为我这个"假鲁迅"的帮助,他留在了城里,巡警还赔偿了砸坏的财物。他怎么来闹?我有些糊涂。小贩带着一个大大的粗布口袋,怒视着我,说,早看这贼不顺眼!头发那么硬,胡子也黑硬,牛皮烘烘的,肯定是假货,哈哈。

小贩揪着我的头发,冲着我的脸狠狠地吐了口浓痰。青绿的痰,还带着丝菜叶梗,就挂在了我的半截胡子上。我那狼狈的样子,肯定像极了涂着糨糊的寺院泥胎。我听到姜小姐愤怒地喊着,他帮过你!你怎能这样对待他?

小贩愣了愣神,理直气壮地说,那是鲁迅先生帮的俺,和这假货有啥关系?

众人快意地哄笑,又加快搬走东西。小贩也鄙夷地丢下我,匆忙地夺走一件红木椅子,也因为众人笑声褒奖,满脸都是得胜的神气。

我的心一阵绞痛,不是为梦的幻灭,而是为梦的醒来。我不是鲁迅先生,我不是登高一呼,应者云集的英雄。这人心又怎能看透?我咳嗽起来,大团殷红的血鼓出来。

周先生,你好些吗……听到有人唤我,我抬头,是姜小姐。她的脸被人抓伤了几处。她怜悯地看着我,欲言又止。我咧嘴想笑,却笑不出。她大约也知道了我的真实身份,不再喊我鲁迅先生。倒也难为她了,到如今还在护持着我。

她趁着众人忙乱,悄悄地扶我走出院子,默默地拿出一个包袱,里面有衣物,几块大洋,那面被踩踏出裂痕的圆镜,沾着泥水的象牙烟斗——想必都是她奋力保下的。她脸色惨白地对我说,我对不起你,周先生,真的。我们不该这样对你。

我没有力气说话,挥挥手,表示不介意。伊又踌躇着,最终拿出张皱巴巴的纸片,原是写有李珍地址的那张纸。从孤山回来后,那张纸片就神秘地丢失了,想必是姜小姐藏了,但现在给我这些,还有什么意义?李珍还会搭理一个假冒鲁迅的骗子吗?

我终于走远了。姜小姐的留恋不舍,让我非常感动。我活了四十多岁,异性的温柔,我才得到,又很快就要失去。我分明听到她喃喃地说,你怎么会不是鲁迅先生呢……

我坐了去上海的火车。我想见见真正的鲁迅先生。我仔细将前因后果梳理了,也明白了大概。梅先生可能最早真以为我是鲁迅,等他看出破绽,转而利用我这假身份敛财。他和校长肯定有什么见不得人的默契,否则,校长也不会容我轻松离去。可能只有姜小姐对我有点真情。她最晚知道我的身份,但还是帮我拿出包袱，让我不至于光着屁股去外地漂泊。但是，这一切对我已没有意义了。我不再是鲁迅了，我只是周预才，潦倒的小学教书匠。我的确冒充了他的名字。开始是误会，后来就是我心甘情愿地被人当成鲁迅。

《战线》周刊也登出一个叫潘汉年的上海文人的讽刺文章，嘲骂鲁迅和我：

> "那位先生，看中鲁迅先生名字有些魔力，所以在苏曼殊和尚坟墓旁M女士面前，题下'鲁迅游杭州吊老友'的玩意儿，现在上海的鲁迅偏偏来一个启事，不过是叫来访的女士们，认清本店老牌，只此一家，并无分出了吗？这至少让另一个鲁迅显着原形哆嗦而发抖！"

鲁迅先生因为我被无聊文人中伤，我多想写篇文章，辩解一番。我不禁又埋怨鲁迅。我不过无意冒用您的名字，您却写下如此嘲讽的文字。我丢了饭碗，也丢了对文学的梦想。你不过是因在北京，靠着同乡蔡鹤卿的提拔，北京大学仲甫先生的奖掖，才有了如今地位。如果我当年也是乡绅官宦背景，有钱去留东洋，有种种机缘，我不会比你差！我这个"周预才"大先生，如今也应名满天下。鲁迅的名字不过是代号，任何人都可以叫鲁迅。

我在上海宝山路附近找到一处地方。所幸，咳血病虽然也会犯，但好了不少，因为有些文化，我应聘印刷厂当检字工。工作辛苦，每天看大量文字，头昏眼花，还好可睡在印刷厂杂货间，省下几个钱。我没成家，大城市热闹，活路多，我业余写点东西，居然糊口之外小有盈余。我发表了一些小游记散文，记载家乡趣事的小品。我还尝试写小说，可惜无从发表。一个编辑惋惜地说，旧家庭故事，现在不受读者欢迎了。日本占着东四省，还成立满洲国，读者喜爱看打日本的故事。沪上还流行革命加恋爱小说，要写工人的惨状，青年的抗争，恐怖的革命手段，再加上罗曼蒂克，肯定受欢迎。这类故事我不会写。我想见鲁迅的心情更加迫切了。

就这样，几年过去了。我也会想起李珍，大多是在梦里。我这样一个四十多岁的孤老头子，卑贱的骗子，是不应奢望这样一个青春女性的。我的梦常常回到青年时代，那时我也算清俊，读书饮酒，与几个文友相交甚好。我们在春日相约登山，激昂意气，也看踏青的女人。那间潮冷的杂货间，我梦到春日的山中飘满树叶清新的气息，李珍在一株红叶李树下对我盈盈笑着，向我伸出热情的手。我欣喜若狂，急忙奔过去，李珍化为一片雾气消散……我哭着从梦中醒来。每次如此，我异常羞愧。我这样的年纪，在乡下要做爷爷了，还谈什么爱情，当真可笑至极。

世界上的事就是这么奇怪，你想寻的人找不到，你躲着的人却偏偏能遇到。那天印刷厂机器出了故障。据说老板经常帮助刊印抗日书报，受到党部和书报检查委员会的点名批评，没过几天，机器就坏了。工友说，看到日本人在厂房附近出现。老板急忙找人修理机器，又多方疏通。印刷厂难得放假半天，我正好在大上海好好欣赏一番。那天，我换了干净衣衫，悠闲地在法租界贝当路游逛，手里还特意提了包蟹壳黄酥饼。大上海的繁华自不是杭州可比，我正走着，看到迎面走来了一个时髦女性。她足蹬红色高跟鞋，身着月白色长马甲，外罩一件淡绿色镶金边的披肩。我疑惑此女在哪里见过，谁料她竟也停下了脚步，是一个烫着头发的女人，她身上的香水气直冲我的鼻子，我仔细看去，依稀就是李珍，又不敢相认，倒是她目不转睛地盯着我，迟疑地说，鲁……先生，怎么称呼？在哪里高就？

我见躲不过，只好低声说，我姓周，在印刷厂检字，小姐有事？

李珍看着我，许久才说，先生很像我认识的一个朋友。先生在杭州孤山待过吗？

我摇头。李珍失望地说，也许是我认错了，我叫李珍，原在法政大学读书，现在点金银行做职员。如果先生见到我这位朋友，就告诉他，知错能改善莫大焉。

瞬间，我一切都明白了。她认出我来了，但不能相认，难得她没有出言讽刺。说完，她自顾自地走了，眼圈竟然有些红。看李珍的情况，也不是几年前清纯的学生了，也许早已嫁为人妇。就当是人生的一场梦，终生或不会再见到了吧。想到这里，我掏出了那张当年李珍写给我的小纸片，缓缓地点燃了。这张写有她地址的纸片，我一直保留着，如今该是说再见的时候了。我看着燃尽的纸片，仿佛我那可怜的爱情春梦。我笑着吃光了那一大包酥饼。

说也奇怪，自从那次见面，我的梦中再没出现过李珍。

我常去街角一家叫"雅集"的小书店。雅集书店坐落在报馆东北角，主要卖新书，也捎带替客人寻珍贵古籍。它门头不大，灯光昏暗，除了老板，只有一个伙计。毕竟是大上海的书店，门口挂了铜铃，店里有留声机放西洋音乐，也有南洋咖啡、日本茶食、俄罗斯各式面包，不过数量不多品质不高。书店也卖时髦杂志。《现代评论》有卖，附带左翼杂志《北斗》。伙计很殷勤，待我拿杂志，就低低地说，虽然贵，物有所值，有神秘奉送吆，一般书店拿不到。

他紧张地看看四周，小眼珠滴溜乱转，又压低声音，竖着肥肥的手指，说，《北斗》哟，共匪左翼牌子，刺激货，勿要外传。我看先生是老主顾，又本分谨慎，这才推荐给先生。

我又好气，又好笑。《北斗》是违禁杂志，书店要弄钱才搞来，又不敢明着销售，就想出搭售诡计，看着两本杂志都便宜了，其实趁机提高价格，又不承担贩卖共产书籍报纸的罪名。这些伎俩我是知道的，他们卖《良友》杂志，也搭售美女月份牌。我如果本分谨慎，自不看这些东西。我如果是激进的人，自然默默搞革命暗杀，不会看招人碍眼的杂志。这种拙劣劝诱，对涉世未深的青年学生，连带我这样不得志的小智识阶级，还是非常管用的。我犹豫了一下，还是买下了两本杂志。《现代评论》我大体翻着看，并不喜欢。《北斗》我读得非常认真。特别是鲁迅先生的文章或编者按。

伙计看我读得入神，撇着嘴说，您是读鲁迅的文章吧。我愕然，伙计略带些卖弄地说，您第一次来，把我吓了一跳，长得真像鲁迅！但仔细看，又不像，鲁迅不会像您这样穿工装，他的眼睛也比您的大。您没有鲁迅黑硬的胡子。您还戴着帽子，有深度眼镜。如果没猜错，您八成是附近印刷厂的文字工，我闻着您身上有油墨味呢。

我不由得赞叹，看似平庸的伙计，竟也是个精细的家伙。为了在上海不招惹麻烦，我刻意与鲁迅区分，但还是被他看出来了。我半开玩笑地对他说，你见过鲁迅？

那是自然，伙计骄傲地说，我跑很多书店，替老板看同行的新书，鲁迅先生我仔细看过。

内山书店，伙计摊开手说，日本的地方。鲁迅和内山是朋友，常去那里。

这个消息，我也早知道。我一直没勇气去见他，说什么好呢？讲讲我这个"冒牌鲁迅"的经历？还是让他看我的文章，指点一下？先生即便肯原谅我，想必也不愿与我多言。我想方设法，打听到他的住处，原在宝山路的景云里，后来搬到北四川路的拉摩斯公寓。

我永远无法忘记，细雨飘飞的春天傍晚，我站在了先生家的楼下。上海里弄是热闹的，尽管拉摩斯公寓对面不远，是日本海军陆战队司令部，但上海小市民生活，还是不紧不慢地过着。公寓高大洋气，出入的大多是外国人。公寓后面却都是幽暗弄堂，时不时冒出玩耍的孩子，拉客的暗娼，挑着担子卖酒酿、云吞的小贩，匆匆赶着回家的职员，还有"莫名其妙"的行人。他们穿行在窄窄弄堂，仿佛只是风景必不可少的一部分。从弄堂底下望向天空，人会变瘦。或者说，感觉这世界瘦了。巷子铺着白色鹅卵石的青石板是瘦的。背阴处湿滑青苔和漫卷的虎耳草是瘦的，带着铜锈味道的路灯是瘦的，黄昏将尽时从阁楼挤出来的微弱光是瘦的，连那一面面红墙，也都是窄窄瘦瘦的，甚至这上海的弄堂男女，也少有胖子，仿佛存心刻进风景，老死也不能变成痴肥的样子。只有那些挂在铁丝上晒着的衣裤，花花绿绿，忘了收，无人问，鼓鼓扬扬地飞着，却始终无法摆脱夹子的束缚，变成那长条块瘦天空上倏然飞过的白鸽，及悠长悠长的鸽哨。

我隐身在公寓后弄堂的某处阴暗角落，远远地看着三楼，像孤独的影子。据说鲁迅先生就住在这里。我这样一个矮瘦男人，悄无声息地站立此处，也与环境相宜。巷子已冒出晚饭香味，街上的人少了，一切静谧祥和。只有我是多余的。我不属于这里。我也不应该出现在这里，但我还是来了。我听到楼里有孩子咯咯的笑声，也有妇人的声音，不久就慢慢归于沉寂。我看到一个影子映衬在窗前。影子也是瘦削的，严肃的，头发短短的，嘴里似乎叼着烟斗。它有时定格不动，有时也在窗前走来走去。

人影立住，窗子打开，一个威严的老年男人的声音传出，居然是老家绍兴话：夜头式阿泽人在此？我终于听到鲁迅真实的声音！我不敢抬头，飞也似的逃开了。我不能面对鲁迅先生，这是我的悲哀，也是我最后的骄傲。

我终于有了一次机会，和鲁迅先生面对面地接触。

四

耶诞节过后，再过些日子，就是旧历春节，上海却没有一点喜庆之意。要打仗了，到处人心惶惶。我在报社印刷厂，自然消息多些，日本僧人和无赖浪人，冲击上海租界马玉山路的三友实业，殴打操练的华人义勇队。日本人在租界游行，又和中国人冲突，死伤无数。日本军方不断增兵，十九路军虽然忍让，也不断准备，街垒也慢慢修起来，学生在街头演讲，市民也开始捐款，有不少人大包小包地逃难，说不相信中国人能守住上海，也有市民说日本不怕中国人，但忌惮租界鬼佬，没理由担心。

炮弹还是飞了起来，一声声划破夜空，仿佛地狱逃出的厉鬼的狞笑。我看到黛青色天空游动着无数"吱吱叫"的红鼠，屁股冒着臭臭毒焰。无数喊杀声、哭泣声、惊叫声，连带无数莫名声响，从天边掩杀过界，吞噬了一切敢于在阳世行走的生命。我没见到兵，就被工友拽了进屋。大家躲在床底，瑟瑟发抖。我不害怕，相反，还有点跃跃欲试。

我担心先生的安危。他是中国的指路明灯，不能出危险。高塔路内山书店总店，紧挨着日本海军陆战队司令部，离拉摩斯公寓也不远，如今兵荒马乱，想来门口也戒备森严。听说内山书店隔壁鸿德堂，住着蒋牧师一家人。因为收留逃难中国人，蒋牧师被日本人残忍地杀害了。炮连续打了几天，有天清晨，突然停了。

我冲出屋门，大街两侧都是逃难人群。所有人都急急地逃命，但人挤人，人挨人，拥堵碰撞，发出低声咒骂，丢下无数物品。我浑浑噩噩地跑到拉摩斯公寓，上面伤痕累累。一楼门窗也被拆去，不复当日光鲜样子。大楼空荡荡的，想必太靠近战场，人们逃出去避难了。我仰头看看三楼，窗户开着，左面阳台窗下，赫然有个大大枪眼，不知什么枪打出来的。我悄悄地喊了几声"鲁迅先生"，一片死寂，只有呼啸的冷风在大门口徘徊。

我急匆匆地离开，心里一团乱麻，先生提前躲避了，还是遭到连累？我辗转不宁。我突然想起，福州路附近，内山书店有家中央支店，离战斗地点远，可以去看看。眼看天色暗下来，上海却没什么烟火气。大批难民涌出，剩下的人都缩在家，街面愈发冷清。我慢慢走着，心下有些茫然。我也不明白，就算见到鲁迅，又有什么意义？我永远不能走入他的生活。我脚步踉跄，泪几乎流了下来，我想扭头回去，不知为何，有一种魔力牵引着我，继续向前走。

内山书店的门半掩着。我推门，匆匆跑出一个伙计，说上海打仗，不营业。我支吾着，伸头向里面看，影影绰绰，似乎有不少人。伙计不耐烦地推我说，老板内山先生的朋友一家人，避战乱暂住这里。黄昏时分，店面光线暗，点着几盏油灯，也不甚明亮，想是战时管制，电力供应不上。灯光摇曳，店内桌椅都挪开了，书也都摆在一边，木地板铺着简易被褥，十几个男女老少各自散在那里。我辨出坐在南首的是一个瘦瘦的、五十上下的中国人，穿一件牙黄长衫，外面套一件青石湖的夹心短袄。他直竖着寸把长的头发，脸上有隶体"一"字似的胡须。他的嘴里咬着一支烟斗，跟着那火光一亮一亮，腾起一阵一阵烟雾。他那张黄里带白的脸，瘦得教人担心。

是他！我的心里悲鸣着，有要向前相认的冲动，这就是我在梦中见过无数次的先生。有个男人迎出来，问我何事。我无法回避，硬着头皮说，在《申报》印刷厂做排字工，平时喜欢集古书，特别是酒牌类东西，听闻内山支店有陈老莲的东西，就来问问。我晓得鲁迅先生喜欢收集酒牌，果然说到这里，先生的目光转移过来。那男人失笑说，你这人年纪也不小，也藏书成癖，兵荒马乱，你倒心系"叶子"？

众人都笑，鲁迅先生也笑了。男人又说，先生有几分绍兴口音，不知桑梓何处？我羞赧地说，山阴县人。鲁迅先生听闻，站起身，踱步过来，未和我搭话，只是静静地听我们讨论酒牌。我原有这爱好，当下也不怵，举了陈老莲的《博古叶子》、任熊的《列仙酒牌》和万历无名氏的《酣酣斋酒牌》。鲁迅先生也点头，看来也颇为认可我是行家，才能如此识货。

我正犹豫是否告知鲁迅先生我的来历，忽听到尖厉警报声响起。瞬间房屋剧烈摇晃，有人惊呼，耳边爆炸声似要鼓破耳膜。我也卧倒在地，店伙计赶紧关门，火光和爆炸持续不断，不断有窸窸窣窣的木屑、土屑从头顶落下。屋里再无一人讲话，连孩子也被妇人抱在怀里，惊恐得不敢出声。先生不害怕，微笑向我示意。我趴在地上，和先生面对面地相对，好像看到另一个自己，心里前所未有地感到平静。如果能和先生一起葬于日本炮火，也算得偿所愿，不枉此生。高塔路北侧听闻一片急促脚步声，侧耳听去，还有刺刀碰撞声音、不断传来的日语军令。借着腾起腾灭的橙色火光，先生慢慢爬起，面色严峻地踞坐地上，深沉的目光投向窗外，久久不动，只有那烟斗的火光，忽明忽灭，映衬着先生青白脸色，仿佛古代庄严的宝相佛座……

趁着炮火间歇，我悄悄离开内山书店。我回头看，屋内的人已入睡，先生也靠在桌旁，微微闭上了眼。我是先生的"影子"，不能走到阳光下。我必须默默地消失，像战争的硝烟和烈日下的水汽。我朦朦胧胧地想，几十年后，如果有学者研究先生的生平，是否知晓我这个"假鲁迅"和"真鲁迅"曾相对无言，共处一室呢？

上海战事打了一阵子，又达成协议，十九路军也撤出来整顿。国事如此，新年也凄惨，多少人破了家，街上乞讨的人也越来越多。好在局面慢慢稳定了。我的年龄也不小了，不过是老"毕单"罢了。绍兴老家，母亲去世后，还留给我一间祖屋和几亩薄田，我找人帮着打点。原来还想，通过写作在十里洋场打出名气，时间长了，年龄越来越大，这份心也淡了。我甘心当业余文学爱好者。可对鲁迅先生的敬仰之情，却一点也没有减少。闲下来，我就到鲁迅先生住处，默默地关注他。先生通常是深夜写作，白天也出去会客，买书，带着夫人和孩子去吃饭。他喜欢去宝泰酒店吃饭，去青莲阁喝茶，去大光明电影院看电影。他还喜欢在各大书店买古书，有次，我见到他一口气买了《王子安集注》《温飞卿集签注》《商周金文拾遗》《九州释名》《矢彝考释质疑》《四洪年谱》《梅花梦》《古籀余论》等十几本古书。

几年后，我突然在报上看到，杨杏佛被暗杀，有传言鲁迅先生也遭到通缉。我非常着急，就跑到先生住处。那是一个阴雨天，鲁迅先生撑着伞走出家门。他穿着藏青色长衫，瘦削的身躯笔直挺拔，像一管铁铸的笔，只是脸色越发青白忧郁了。看他出门的方向，估计要参加杨先生的葬礼。我跟随后面，感觉先生的身体摇晃，仿佛兀自支撑并努力反抗着。杨君是鲁迅先生的好友，先生是愤怒绝望的，他用肩膀扛起黑暗闸门，让中国人逃出铁屋子，孰料竟是加倍的黑暗涌现。

天空翻滚着乌云，好似褶皱的巨大枯叶，不时有酸酸的小雨点射出，击中我和先生。先生身体单薄，我也是单薄的，先生的长衫下夹着黑雨伞，我携带着一把褐色的伞。我同情地望着先生，我多想分担他的痛苦。许是我跟得太紧，先生猛地转头，发现了我。他稳稳地站定，脸上显现出愕然神色，继而是疑惑、怀疑、愤怒、异常冷峻。他盯着我，眉毛仿佛拧成两道黑剑，额头的雨滴闪着光，他用绍兴家乡话问我，我们认识吗？

我窘住了，怎么回答？上次我没有吐露真实身份，这次告诉他？我犹豫着，嘴角抽搐，始终未能说出话。先生冷冷地说，请远离我，暗探要在暗处，我不怕你们。

先生将我当成蓝衣社暗探了。我无法争辩，只得深深地鞠躬。先生昂然从我身边走过。我非常沮丧。都怪我太冲动。影子要有影子的觉悟。我应该默默地隐藏在阴暗之地。

我怅然若失地望着鲁迅先生，腰部突然感到有什么硬硬的东西顶住了。回头看去，是三个戴墨镜的家伙，把我挟持住了。他们把我拖到巷子口盘问了半天。我说不认识鲁迅先生，他们搜查了我，记录了我的工作地点和住址，痛打了我一顿，将我丢在垃圾堆旁。我明白，这些人肯定是真正暗探，他们也将我当成某方势力了。我的鼻骨被打裂，鲜血涂满脸颊。国难当头，日本人步步紧逼，他们却盯住先生。我也冷冷地盯着他们说，请远离我，暗探就要在暗处，我不怕你们。

那几人嘻嘻地笑了，其中一个胖大的家伙，用皮鞋踢我的肋骨，摸着胡子说，好笑，这老小子的语气真有点像鲁迅。另一个穿西装的男人，盯着我看了会儿，说，没错，这小子如果化装，就像那个摇笔的鲁迅了！

几个人又哄笑。胖子揪起我的头发，凑到我的脸前，狰狞地说，老头，你真以为自己是鲁迅？还敢教训我们？

胖子摔倒我，将我的头按在街边的一堆狗屎上。我挣扎着，其他几个暗探也冲上来打我，大声要我骂鲁迅先生。我咬紧牙关，最终支持不住。如果他们拔出枪打死我，我是不怕的，但他们只是打，太疼了，打断了我的肋骨，踢断了我的牙，他们还不收手，仿佛要打死我，就当是"打死鲁迅"解气了。

雨停了，肮脏的街口充满着快活气息。他们自顾自地散去，只有我躺着，身上涂满了狗屎。这残酷的世界！黑暗如死水一潭！我擦干血迹，心中涌起绝望。我向暗探求饶，我没法子像先生一样勇敢。我就是天下最大的懦夫。我一步步地挪到鲁迅先生刚才站立的地方。先生的力量真大，他站立的地方，还留有两个深深的脚印。雨水积在脚印里，仿佛两只青玉色小船。我踏在这两只小船上，感到浑身有无穷力量。我触着鲁迅先生的气息了。我踩在他的脚印上，就和他融为一体了。我仰起头，哈哈大笑……

五

时局时好时坏。先生加入左联,成为领袖。先生和正人君子笔战,先生面临诸多困境危险,我都感同身受。我总是梦到那个炮火纷飞的晚上,我和先生无言而对。这就是我的宿命了。我也老了,守着先生老去。

民国二十五年秋天,我等的那个"最后的日子"出现了。

上海的秋天还热着,我刚从印刷厂下班,浑身油污和铅味。我又忍不住咳血。经理看我做的年头久,还算兢兢业业,也有文化,就让我到门房听差。按理说,这差事比厂房轻松,可我还是愿意在厂房,那里工资高。母亲去世后,妹妹生活不顺遂。妹夫早逝,她一个人拉扯几个孩子,无奈回到绍兴老家,艰难度日。我是妹妹和几个孩子的指望,只能咬牙坚持。等到妹妹最小的儿子能自立了,我就回绍兴去。

那几夜,我都梦到了先生。先生还是瘦,青白的脸冒冷汗,但他的眼神依然锐利,他立在我的床前,看着我,对我的呼唤不理不睬。后来,我才明白,这是先生找我这个影子来告别了。先生在《影的告别》中写道:

"我不过一个影,要别你而沉没在黑暗里了。然而黑暗又会吞并我,然而光明又会使我消失。然而我不愿彷徨于明暗之间,我不如在黑暗里沉没。"

我这个鲁迅先生的影子,能真正告别先生,开始自己的孤独远行吗?我不能回答自己。

我刚下班,手里拎着宿舍钥匙,就听到有人议论,说文豪鲁迅病重不治,今天凌晨故去了。我的脑袋"轰"的一声,钥匙也掉落在地上,我猛烈地咳嗽起来。

我冲到先生住处,发现那里已高挂白色挽幛。据说追思游行和下葬仪式定于三天后举行。

先生走了,我的魂也走了,我也将不久于人世。谁听说过,人走了,影子还能存活于世界?

我最后一次为自己化装。我拿下帽子,剪了鲁迅先生的发式,我修剪了胡须,我还摘掉眼镜,换上先生常穿的月黄色长衫。我还找出了当年姜小姐送我的镜子和象牙外国烟斗,再围上蓝色围巾。肮脏的工区宿房,在那块裂纹的圆镜前，我打扮起来。远处厂房机器的轰鸣声还在耳边，铅板"咔咔"作响，那些我熟悉到要呕吐的油墨味、工装散发出的汗臭味，此时都变得不重要了。我将最后做一次"鲁迅"。

我跨出厂区，门房老张首先发现了我，热情地打招呼说，老周哇，收拾得这么利整，是要去相亲？老张没读过书，他不知道鲁迅先生。我不屑和他争辩。我离开印刷厂，跨过一道水洼，走过两道弄堂，迎面走过几个玩滚铁环的孩子、一对亲密的情侣。我注视他们，他们的目光不那么自然，没有人将我和鲁迅联系起来，甚至根本没人回应我的关注。我稍微有点慌乱，但还是安慰自己，这些人都是普通市民，没在意今天的新闻，各大报都登出了鲁迅先生巨幅照片。

到了治丧会场，已是人山人海。人们拥挤在一起，真诚地悼念鲁迅先生。每人胸前都佩戴小白花，点点白色连接，就是一片白色的星星之海。前行开道的几辆黑车，也都佩着白色挽幛。人们缓缓移动，面色凝重，连维持秩序的警察，也都眼圈红红的。

还是没人注意我。我的惶惑渐渐地变成愤怒。这些庸人需要的只是先生的死，而不是先生。他们需要一种氛围，来释放崇拜英雄的感情。就是鲁迅先生复活，亲自和我走在这祭奠他自己的游行中，也未必会被大家认可。我抓住了一个学生模样的男青年，严肃地说，你读过鲁迅先生的文章？青年戴着黑色学生帽，脸很白净，冒着几个红肿粉刺。他扫了我一眼，点头说，嗯，那是当然，鲁迅先生是我们的人生导师。

你看我像谁？我启发他，心里咚咚直跳。

他皱着眉，看了会儿，仿佛恍然大悟，你长得像鲁迅先生！穿得也像！

几个打着标语的女生也围过来，叽叽喳喳地议论。我挺着胸脯，正准备讲一通。谁料，有个女生，不以为然地说，准是辅仁大学爱美剧社请来的，大家都想排演鲁迅先生的街头剧，没想到被他们占了先机。

喂！另一个女生毫不客气地说，你这老头子，辅仁那边给你多少钱？你是不是也想在我们学校演出？如果你代表我们学校，工钱加倍，我还多介绍几个学校给你赚钱！

什么？我目瞪口呆，半响，才结结巴巴地说，我不是为赚钱。

学生浮现出不相信的神色。一个男生不耐烦地说，这个鲁迅先生一点也不好玩，不会讲笑话，笨手笨脚，也不会骂蒋光头和国民党，我们还是到北四川路的内山书店门口吧，那边据说也有人在装扮成先生演讲，口才很好。

学生呼啸而去，只留下我剩在了原地。还有人装扮鲁迅？游行的人很多，果不其然，我又发现几个扮成鲁迅模样的人，大家围观着，发出阵阵掌声。那些鲁迅，有的高，有的矮，有的太胖，有的太瘦，全不像先生，不过是粘了胡子，梳了直发，叼上了烟嘴，居然就胆敢声称自己是鲁迅？

我浑身发抖，恨不得冲过去和他们厮打，又怕被人误解是抢生意，只能默默前行。当我跟随游行队伍走到内山书店门口，发现那里围着很多人。一个人站在桌子上，正在演讲。他也是模仿鲁迅先生，不过此人黑胖，显得几分猥琐，可他的口才真好，一会儿流着泪悼念鲁迅，一会儿悲痛欲绝地念纪念文章，大家都泪流满面；他还模仿蒋介石的丑态，骂日本侵略者，大家也哈哈大笑。那人还放了一个铜盘，说是要募捐，为鲁迅先生建纪念小学。人们纷纷慷慨解囊。我仔细地揉揉眼，认真地看看，那人我居然认识。

他是孤山小学的同事梅先生。

他怎能扮演鲁迅？我想起他利用我诈骗的恶劣行为，不禁冲上前去揪住他。他看到我，竟也不吃惊害怕，笑嘻嘻地对大伙说，这是我的同行，他扮鲁迅可在行呢。说着，他不由分说地鼓起了掌，其他人不明所以，也跟着鼓掌。

我的手松开了。我也不过是鲁迅的模仿者罢了，有什么资格揭穿他？我颓然地坐在地上。梅先生收了摊子，拉着我到了一个馄饨摊前，点了两碗小馄饨。他嘱咐摊主多放辣椒，又看看四周无人注意，压低声音说，我晓得，你今天肯定会出现。

为什么？我冷冷地说。

你喜欢鲁迅先生嘛，他的眼中露出狡诈戏谑神色，你还当过鲁迅。

我脸红了，怒气也消散了不少，当年的事，我的错也不少，只是我比较愚笨罢了。

我平复了下心情，淡淡地说，一时糊涂。这些年，我从没冒充过先生。

梅先生盯着我看，叹口气说，你呀，还是老实人。

梅先生的鬓发也已花白，不如从前那么胖了，有些颓唐之意，脚边还放着鲁迅宣传画册。他用指甲轻轻地在馄饨碗里剔出一片香菜叶，长长的指甲缝都是污泥。

我们慢慢谈起来。梅先生当年发了点小财，逃离孤山小学。由于投资黄金，亏得血本无归，只能搞点小生意糊口。他笑着说，我老婆一会儿就来，你们还是老相识呢。

我有些好奇，那是谁呢？我心中也有一个模模糊糊的答案，只不过不能确定。但当那个身影转过来，果然是姜小姐，不，应该是梅太太了。

姜小姐看到是我，先是吃惊，继而脸上浮现出羞赧、哀怨又期冀的神色。她在馄饨摊前立住，说，真是周先生，老梅说你一定会来。没想到这么快就见到了。

姜小姐也老了，腰身变粗，脸也变得黑紫，堆积了很多皱纹，曾经丰满的胸部，如今干瘪下去，向下扯着，露出脖子上一片片松弛的皮肤，仿佛冬天里裂开的树干。

姜小姐注意到了我的目光。她将衣服向前襟扯了扯。兀地，她看到了我的象牙烟斗，身体竟有些颤抖。她努力微笑着说，这些年了，烟斗你还带在身上。

梅先生看到如此情形，目光有些冷，扭过头去。

我说，平时不拿的，也不知忘记在何处，今天要祭奠鲁迅先生，偶然发现，顺手带了过来。

姜小姐情绪缓和了一下。她走过去，轻轻地抚摸着梅先生的头，自嘲地说，造化弄人，咱们居然又凑在了一起。

我和他们互相看着，不禁哑然失笑。梅先生喝光了馄饨，站起来，沉声说，老周，当年不该利用你。我遭了报应，这些年到处漂泊，连个孩子也没有。

馄饨摊前的人很多，他脖子的青筋仿佛都要挣出来，蚯蚓似的蠕动着。

我轻轻地拍了拍他，又看了看姜小姐。我只能摸了摸他的头发说，梅先生，你的头发用了太多发胶，都硬成了纸板，可不太像鲁迅先生。

我们躲在避风处，又聊了一会儿。梅先生说，鲁迅看得深，看得远，人们不能忍受讲缺点的人太严肃。鲁迅不能改变什么。他不过是犟脾气的文人罢了，和你我没什么根本不同。

对这点我不能苟同。梅先生又说，现在中国是乱世，日本的压迫一天天地厉害，蒋司令还在讲攘外安内、新生活运动。就算日本人不来，中国人也难有希望，只要日子好过些，中国人就开始折腾自己。历朝历代都是这样。鲁迅是没有用的，不如多积点真金白银。中国打烂了，去美利坚，美国投降了，就去东京。

所以，你就在这里装扮成鲁迅喽。我忍不住讽刺他。梅先生也不生气，笑嘻嘻地说，老周，我希望你也能同我们演出，这世上再也没有人比你更像鲁迅先生了。

我的心一动，我明白梅先生想利用我挣钱，但这倒是我最好的纪念方式。也许这也是我今生最后一次装扮成鲁迅先生了。演出后，我就回绍兴老家去，从此终老残生。

我们来到极司菲尔公园，上海最热闹的公园，旁边就是圣约翰大学。我认真化了装，梅先生扮成《祝福》里的鲁四爷。他穿了黑长袍，戴着小圆帽，那骄横愚蠢的样子，还真像。姜小姐散了头发，在脸上抹了黄蜡，捏住一管长长的、上端开裂的竹竿，披上几片破衣，让我猜测人物造型。不用说，就是祥林嫂了。我这个"假鲁迅"，就扮演小说中的"我"，手里拿着小说集《彷徨》，参与故事，也用旁白方式介绍剧情。

天气闷热，腥湿，天空积着淡墨色的云，一层层地铺排过去，有明有暗，遮蔽了大部分阳光，又无心似的漏下点点滴滴，好似河滩濒死的鱼独有的光泽。我们站在公园一处高台，身旁是成片绿黄色法国梧桐、低矮的青灌木，还有红叶李和即将衰败的白玉兰树。下面挤满好奇的观众，我们置身于花与树之间，成功地掩盖了拙劣演技。我们举手投足的姿势动作，都被这个悲伤的下午赋予了神奇光芒。那是鲁迅先生的光芒，不是我们的。我们永远只是暗处的影。

梅先生横眉立目，叉着腿，站在中央；我举着小说集，叼着烟斗，站在台子侧面；姜小姐衣衫褴褛，蹲坐在地上。那一刻，仿佛无数七彩光线映射过来，我们三人瞬间定格成三角状，仿佛万年冰川深处被冻毙的三条小鱼。那一刻，我看到台下无数观众也都被定格住了，那里仿佛有李珍、校长，还有无数我们认识的和不认识的人。他们都无言地张大嘴，等待着演出。就让我们这三个骗子，以这最后的戏剧祭奠鲁迅先生吧。

姜小姐太投入角色了。她哀哀地坐在地上，一手捏着竹竿，一手扯着我的衣服，用沧桑的语气说：

"你是识字的，又是出门的人，见识得多。我正要问你一件事——一个人死了之后，究竟有没有魂灵的？"

姜小姐哽咽了。我浑身一震，姜小姐长满皱纹的眼睑，泪水不断涌出。我无言地扶住她的胳膊，也流下眼泪。观众静默着，几个学生模样的女孩，也被感染了，低低地哭出声。突然，人群爆发出暴风雨般喝彩声。姜小姐枯槁蜡黄的脸，迸发出了焕然神采。

她悄悄地说，我就知道，烟斗你不会丢掉的。为什么不带我一起走？那天我把你的包裹拿来，也带了自己的，难道你没看见？只要你开口……我晓得你不是真鲁迅，就是假的，我也认了。总算没白活一回，白白地做了一回女人……

暴雨般的掌声依然没有停歇，仿佛天边卷积的乌云，全都裂开，化作了黑紫碎光，砸落在这熙熙攘攘、茫然无边的世界。到处都是闪着乌光的叶子、掌声、尖叫、哭泣，还有持续飞腾的尘埃，装点着这个残忍的秋天。梅先生忙着在捡拾雨点般落下的零钱，乐得眉开眼笑，全然没注意姜小姐对我说的这番话。我也假装没听见。我猛地蹿起，站在高处演讲。

世上再也没有鲁迅先生这样的男人了。人死了，有无灵魂，祥林嫂的困惑，也是我们所有人内心的困惑，其实并无意义。无论灵魂有无，我们都逃不掉卑微人生的命运锁链。死亡对鲁迅先生来说，不过是生命的另一种辉煌延续。我们大多数人的死亡都是丑陋的、无意义的。时代揪住了我们的命，揉捏了我们的命，然后用恐吓与欲望，让我们彼此毫无关联。它把我们变成无数"不知已死"的鬼魂。传说，死后的人变成中阴身，很长一段时间，不知道自己死了。他们会游荡在熟悉或眷恋的地方。难道我已变成了鬼魂？

我站在繁华魔都高处。我获得千万掌声和欢呼。我挥手，高歌，长久地静默，含着泪水望着人群。我带着血色滚烫温度的声音，将穿透魔都的呻吟声，化成无数招展的红旗和丛林般的刺刀。我站在高处，挥舞着小说集《彷徨》，仿佛是件伟大的武器。不知何处而来的风，吹得书页沙沙作响，里面的插图随之立起。木刻画的黑太阳，浮雕般抽象线条小人儿，都被书页释放，化为一群群燕子和云雀，浸润在极司菲尔公园闷热的乌光里。我的意识渐渐模糊。我掐住书脊，使劲抖动，我看到巨大的玫瑰在书中奔跑而出，层层叠叠的玫瑰花瓣，变成无数蓝色的眼。它们围绕我不断纷飞，亲吻着我的长衫、烟斗、围巾。我瘦小的身体，慢慢也变成一页页白底墨色的纸、一串串字符，盘旋着飞奔而出……

我的呐喊回荡在极司菲尔公园上空：

"黄金世界我预约给了你们，我拿什么留给自己？"……

六

半年后，章谦吊死在单身教师公寓。我平时和他关系尚可，被学校委派整理他的遗物。

章谦的电脑密码已被公安破解。按照他的遗嘱要求，我将那个六成新的苹果电脑，卖给了旧货市场，把换来的钱寄给他远在安徽乡下的老母亲。

我进入电脑，看还能不能找到小说遗稿。说不准，这家伙和卡夫卡似的，也能成为死后成名的作家。非常遗憾，电脑里没有小说，只有几个不成型的论文，还有多部黄色小电影。我非常惊讶，木讷的章博士居然有此雅兴。公安叮嘱我删除这些"精神污染"。如今网络管得严，黄片资源可不好弄，多半是章谦多年的存货。这些小电影大部分我没有，特别是小泽玛利亚"东京热"系列后几集。我终于收集全了。

桌上还有半瓶喝剩下的牛栏山二锅头。据法医检验，及他临终的微博留言，我了解到，他走之前喝了酒。

"我要喝点酒，上路就不害怕了。"他这样写道。

学校宿管处很愤怒。章谦的死，让这间青年教师公寓，只能变成杂货间。没人敢再住在这里。这在寸土寸金的上海，无疑是很大损失。

我无处搬走。章谦走的那段时间，我彻夜难眠。风声在窗外呼啸，大门铁插销发出奇异声响。我点亮灯，微弱的灯光下，一只巨大的灰蜗牛，顺着玻璃爬过，留下一行亮晶晶的涎迹。

我在床脚找到那本小说手稿，附着一张退稿信。现在是网络时代，投稿都用邮箱了。可能编辑被章谦虔诚的手写态度打动，才寄给他一封不多见的退稿信。信也是打印的：

章谦同志：

您好！大作收悉。经编辑部讨论，有几点意见。第一，这部小说知识丰富，有一定氛围带入感。第二，想象怪异奇特，但毫无意义，相当无聊。第三，小说有历史虚无主义嫌疑。鲁迅是伟大文学家与思想家，任何对他的拙劣模仿，都应被禁止。第四，鲁迅去世至今，极少有以他为原型的小说问世。先生太伟大了，不是凡人能虚构的，更何况是假鲁迅？小说人物呆板苍白，故事结构松散，缺乏精彩情节和吸引力，未能塑造鲁迅的光辉形象。

遗憾地通知您，大作未采用。希望继续支持我们！

编辑部
年　月　日

（原载《收获》2018 年 3 期）

作者简介：

房伟，1976 年出生于山东滨州，文学博士，中国作协会员，苏州大学文学院教授，博士生导师，中国现代文学馆客座研究员，山东省签约评论家。小说作品十余次被《小说月报》《小说选刊》《作品与争鸣》等刊物转载。小说《中国野人》入选 2016 年中国小说排行榜，曾获国家优秀博士学位论文提名奖、刘勰文艺理论奖、紫金山文学奖、叶圣陶文学奖等，著有学术传记《王小波传》、长篇小说《英雄时代》等。

会有一条叫王新大的鱼

_ 须一瓜

一

阴雨天持续了三周半,劈头而来万里晴空,让人们有点中奖的呆怔。住高层的人不太敢多看天,因为天蓝得透黑,令人眩晕。放晴才一小会儿,家家户户的阳台上,就竞相披挂出万花筒一样潮湿衣物,好像太阳把每一家都炸得杂碎流溢。小区里一栋栋高楼,就像刚升出海面的大方柱,挂满了筋筋吊吊的"海蛎海带"之类。

一楼,两家相邻的院子里,也都架着洗晒的被单、床单,绿篱上还有一匾红艳的枸杞。几只指甲大小的五月灰蝶,在两家院子的绿篱中隔上翻飞。一个四岁左右的孩子,仰着脸张开双手,像盲人一样在院子里慢慢游动。她的手碰到摊晒被单的金属晾衣架,小身子停了停,猫下腰从被单下穿过,然后,继续张着小手慢慢地移动,又碰到绿篱,她慢慢转身折回。那是院子的边界,小女孩沿着绿篱矮墙,摸索到两家院子中隔绿篱的稀疏处，用力把自己挤了过去。身上黄白格子的背带工装裤，都沾上了绿篱嫩枝上的积水和绿汁。

这样，她就到了隔壁邻居的院子里。小女孩依然保持张开双手的盲人姿势，进行探险似的摸索游走着。蹲在院子水池边修整水龙头的男人，站起来注视着出现在院子里的小客人。他觉得这个盲人小孩会摔倒，但是，他不能确定她是不是淘气。

果然，小女孩说："你在干什么？"

"龙头坏了。"

"怎么坏？"

"关不紧了。漏水。"

"鱼呢？"

"什么鱼？"

"原来在这！"小女孩指着四季桂树下。

"原来你不是小瞎子。"

"鱼呢？"

"吃掉了。"

小女孩瞪大了她的小眼睛。她不再假装盲人，走到四季桂下，弯腰张望寻找了好一会，走到水池边。

"你真的把鱼吃掉了？"

他在水龙头连接口缠生料带。小女孩又看看他家的防蚊纱门，小心翼翼地问："鱼在不在里面？"

"嗯，在我肚子里。"

他漫不经心地应了一句。小女孩说的是四季桂树下那一瓦钵的金鱼，里面一直有几只金鱼在深绿色的水草里生活着。母亲前天晚上，就是在这里滑倒，鱼缸被倒下的一盆月季砸破了。月季本来在花架子上，花架子是母亲摔倒时，企图用手去抓而拉倒的。母亲从医院回来，现场就被钟点阿姨收拾掉了。流出来的金鱼自然都干死了。

"你是谁？！"

小女孩的怒责是突然发出的。吓了他一跳。低头一看，那张仰起的小脸上，一颗气急败坏的眼泪在闪闪欲落。他笑起来，如果不是施工的手太脏，他可能会拍拍孩子。但是，他只是笑了，没有任何认错表示。小女孩哇地哭起来："你敢吃掉金鱼……"

他有点慌张，看看隔壁邻居并没有人出来。他对小女孩做出嘘的手势，请她止哭。"这是爷爷奶奶的鱼！也是……我的鱼。"小女孩说到后面，因为吹牛而底气不足，声音小了下来。但是，很快她又厉声："就不是你的鱼！"

"是我的鱼。是我送给我爸妈的。"

他们在哪里？

"就是你叫爷爷奶奶的。"

小女孩怔愣着，脸憋得死白："……你是骗子！——坏人！"

二

"以后再漏水，也别接了。让它流。接两桶水才省了多少钱？这医院一趟，两千多块钱，可以买多少吨水啊你自己算！"

一个灰发老太太愁苦地坐在餐桌边。她的右边胳膊打着雪白的石膏绷带吊着。餐桌另一边是个几乎秃头的长眉老头，他拿着放大镜在看报纸，另一只手悄悄地摸到糖果盒里，拿到了一颗巧克力球。老太太啪地打了他的手一下，那颗糖球掉在盒子里。手自然缩回的老头，好像压根没有偷糖这回事，低下脑袋，假装更专注地用放大镜阅读报纸。

做儿子的把客厅的顶灯、壁灯啪啪地全部打开。那个重重的动作，看得出他很不高兴。但灰发老太站起来就过去关灯。儿子吼："你省这个电费干什么？老爸都快趴到报纸上了！"

"大白天的，开什么灯啊。"

"这是一楼！采光差！这么昏暗不难受吗！"

"暗点我才舒服。"

"你舒服我不舒服行不行?！"儿子又把灯打开。

"太刺眼了我。"

"你到我家怎没说刺眼？——成天不舍得开灯，哪天半夜起来摔一跤，你就知道住院费比电费贵！"

"谁家大白天开灯啊。"

"别这么省行不行啊我的老妈，水啊、电啊、煤气啊，你就放手用吧。都一把年纪了，你可以享受了。难道摔断了手腕还教训不够？要是你也像冯欣公公那样摔成偏瘫，那你就要害死我和冯欣了。"

"亲家快出院了吧？"

"不知道。"

"我和你爸是锻炼太极拳的。我们才不会像他那样不经摔。"

"拜托！"

"他成天打麻将。不爱运动……"

"你管好自己吧。老爸又不能当人用，你再有问题，冯欣要疯了，她公爹都照顾不过来，小卷马上中考。我可是请了年假来陪你的。拜托你了！"

"我叫你不要来，谁让你请假？我指挥你老爸他还是会帮我两下的。钟点阿姨不是上午都在家里？"

"好啦好啦！够了！"

"上个月搬来的邻居也很好。他们有个保姆，很勤快的，叫好春。有急事，我可以叫她。"

"……他家有个三四岁的小女孩？"

"你看到小袜子了？她妈妈眼睛瞎啦。"老太太来了兴致，"听保姆说，是车祸哪。只剩一只眼睛有一点点视力。根本看不出她瞎。听说老公还是老板。"

手机响了。那儿子在接电话。

"一米二，对，装在马桶前面的墙上做扶手。够了。我量过了。哎，对，你们那有没有防滑垫？我要把卫生间铺满，对，防滑的。九十乘一米三，要扣除马桶位置，谢谢谢谢！你们几点到？不要太晚，老人吃饭比较早。我会在。你们尽快。"

"又买什么？！我从来没有滑倒过！别乱花钱啊！"

儿子打了"你去你去"的手势。灰发老太太以为儿子说没买没买，便宽心地继续说：

"他们一搬过来啊，就送了一个台湾凤梨过来。大大的绿绿的，没想到非常甜。你爸爸爱吃不得了。害得我赶紧送了一大碗饺子过去。我们可不欠别人的情……"

儿子又在接电话。

"……行，那你直接跟主任汇报，直说！就说那犯开设赌场罪的家伙，又被判监外执行，入矫宣告完他就说，赌场我还得接着开，不然我没法活——你直说。回头我也找主任。尿毒症他不收监，我们社区矫正又能拿尿毒症怎么处理？！"

儿子冲着电话大发雷霆，眼眉凶悍丑恶，唾沫星子用力飞溅在茶几玻璃面上。老太太寻望着那颗唾沫星子的落地处，有点出神。她觉得儿子很了不起，干的事业很威武。

儿子放下电话，发现母亲已经把餐桌上的茶点盒子收藏到柜子上了。医生不让父亲吃糖，日益严重的老年痴呆症，几乎让父亲忘记淡漠了岁月带来的一切，但是，他牢牢记着糖的美好。只要一有机会，他就把糖块放进嘴里。

"伟啊你再跟物业反映一下,我们住一楼,车库又没有车,你的车多久来一次啊,凭什么收我们的电梯使用费?"

儿子在看手机。

老太太说:"我们老了,说话根本没有人听。哼,他们不知道,我们孩子都是公务员。老头子也是搞民政退下的,再不行我找人大反映去——你去就要穿司法局的制服去谈。"

儿子看着手机在微微发笑,后来干脆笑出轻声。老太太困惑地看着儿子,看着看着,老太太也笑了。儿子看着手机的傻笑,让母亲很舒心,虽然她不知道儿子为什么忽然开心了。冯伟比冯欣小五岁,也快四十了,一脸横肉铜铃眼,不笑的时候,表情稳重里透着乖戾,其实讨人嫌。但在母亲眼里却都是孩提时的好看样子。老太太笑眯眯地慢慢走近墙壁顶灯开关。她又看了看外面明亮的太阳光,确定应该关灯。这半个月阴雨天的白天都没有开灯,今天大太阳天开灯,实在太可惜了。就像捉迷藏胜利似的,老太太偷偷把顶灯开关轻轻按掉。她以为可以像以前那样,不被儿子发现。但冯伟马上跳了起来。

跳起来的儿子真是凶相毕露:

"钱、不、是、省、出、来、的!"

"要吃人啊。"老太太讪讪地笑着。

"你怎不点蜡烛过去!"

父亲慢吞吞地插了一句:"蜡烛更贵哦。"

"不说话没人当你是哑巴!"老太太掉头就对老头子猛烈开火,霎时就没有了对待儿子的娇宠慈和。

三

从租来的停车位走到自家门道电梯口,要走二百零一步。但是,这个大型小区人车稠密,能租到车位就不错了。妻子车祸失明后,他就决定租个带院子的一楼房子,方便妻子安全进出晒太阳。电梯门出来,左转几步就是家了。和往常一样,两层门都开着,妻子和小袜子站在门口等他。出电梯还没有左转,小脚步噗叽噗叽地奔了过来,小丫头扑进他怀里。照例,他蹲下让小丫头骑在脖子上。

前进!小丫头喊。

妻子的眼睛完全看不出瞎了,但是她微微抬起又放下的手,暴露了她用手替代眼睛的习惯正在形成。她偏着脸,那个角度的狭窄视线里,她能模糊看到光与人影。妻子天籁般沉静的美，似乎并没有被致盲的车祸损坏。每当如此，他都会感到心尖微颤。他不明白，这样一个人，怎么可能在他被捕时，驾车失控逆行。撞击时，她的头狠狠磕在方向盘上。但是，今天，他没有像往常一样拍扶妻子，而是没换鞋就快步进屋，掏出一个类似老人手机的黑色手机，马上充上电。

"今天怎么这么早？"妻子说。

"真他妈厉害。居然知道它没电了，我自己还不知道，一个电话过来恶狠狠地命令马上充电。"

"昨天我提醒过你呀。"

"充了，可能谁碰歪了，接触不良。"

"我没有！爸爸。上次妈妈说不能动，我就没有动了。"

"你乖。去给爸拿拖鞋。"

"爸爸，我昨天做梦了。让妈妈说。"

"你自己的梦自己说。"

"妈妈说。"

"妈妈想再听一遍。"

"通知明天政治学习。在区司法所。——天，更早一个短信是后天到马口山西园劳动。"

"我梦到爸爸被坏人绑在树上。妈妈睡在水里。"

"明天后天不是云南合作方要来？！"

"现在不能也不敢叫他们改时间了。已经改过一次了。"

"后来很多人来救爸爸，谁都解不开绳子。"

"我看这个合作会黄掉。"

"黄就黄吧。没办法的事。社区矫正是绝对不允许请假的。都说那个管教很变态。"

"我自己做的梦，后来我自己都哭了……"

"要不，我们就跟云南合作方说真实情况？"

"说一个刑事罪犯在缓刑期，诸多不便请多关照？"

"嗯。"

"如果是你，在那么多请求合作的对象中，你会选择这样的人吗？"

小丫头把手里骑自行车的娃娃玩具，使劲攒在沙发上。

"哦！哦哦，我们在听呢。你说。你的梦。让爸爸先停。"

"不礼貌！都说大人说话不要插嘴，为什么我一说，你们就插嘴？"

"好吧，你说。爸爸听。"

"后来一个哥哥来了,他用很大的刀割断绳子,把爸爸的手都割破了,血流了很多很多。爸爸就把妈妈从水里抱起来了。你们就去照相,旁边有一座绿色的、很高的滑滑梯。很好玩的滑滑梯。"

"你在滑滑梯上哭吗?"

"不是。我还在做梦。我是醒来才哭的。"

"为什么哭呢?"

"醒太快了,不然,就可以梦到我们三个一起去滑滑梯!天那么高的、绿色的滑滑梯!它真的有天那么高!"

男人把孩子再次抱了起来。

"张姐、姜总,小明会来,馄饨馅还放姜末吗?他讨厌生姜。"

妻子的脸偏向丈夫。他想了想,咕哝了一句:"大学念了,工作也几年了,怎么就是学不会吃姜?上辈子是寒流吗?"

妻子对厨房里移动过来的脚步声说:"还是放吧春好,减半。老姜爱吃。小明的女同学好像也会吃姜。"

"我不要哥哥的女同学来!"

"为什么?"

"就不要!哥哥是我的!"

"嘉子姐姐要嫁给你小明哥哥的,是一家人。"

"我嫁给哥哥!我和哥哥是一家人!"

"哈哈,等你长大,小明哥哥都老啦!"

"春好,别跟袜子说这些。"

四

"嘘——别闹。我抱抱你就走。"

"装什么乖,为什么不敢说我们早在一起了?!"

"我爸妈是死板的人。尤其是我爸,他痛恨没有责任感的状态。"

"你弄疼我了!"

"嘘——嘘!我家隔音不好。"

"袜子真的是你爸妈亲生的?他们都五十几岁了嘛。"

"哎哟哟!嘶——这么狠,谋杀亲夫啊?!"

"你上次就说,会告诉我家里的事。现在说。"

"都几点了。下次。"

"说不说？不说我尖叫了。"

"尖叫干嘛？"

"让你爸妈知道，你从客厅进来强奸我！"

"哦喔，我的蛇蝎心肝。你想知道什么？"

"你爱我多少，就告诉我多少。"

"你能严守秘密吗？"

"能。"

"袜子是一对高中生的孩子。"

"啊——？！"

"两人都是学霸，面临几个月后高考的那个春节初二，女孩突然早产下小袜子。全家人快疯了。女孩家在乡下，她的姑姑是镇里医院的护士，她的朋友的朋友和我妈妈是好闺蜜。好闺蜜知道我妈妈喜欢孩子，就劝我妈说，你有钱又有闲，干脆把宝宝接过来养。不然，这个小宝宝肯定会被女方父母弄死，而这对高中生的前途可能也完了。"

"太恐怖了。"

"我父母在两个小时内做出了决定，还有我。我支持。"

"怎么养啊！"

"很难，几次小袜子差点就死了。出生时，她不到八个月，比一棵大白菜还小，我看到她红红小小的一团肉，整个手掌，只有我一个拇指大。"

"吓死人啦！"

"终于可以接回家的那天，我们一家三口都去了。一见到那团红肉，我看到我爸爸有一点后退，但是，当他接过襁褓时，一下子换成了尽力保护的姿势，好像要把袜子抱进自己身体里；我妈妈，也是这样。就像第一次看到那团小东西，她似乎有点害怕，脖子直了直，但很快，她把脸贴在了袜子很难看的小巴巴脸上。那个时候，我眼泪都热了，觉得不保护她根本不行。"

"那对高中生，你见过吗？"

"从没见过。本来说好，我们家和他们永不相见。但是，那两个学霸太聪明了，高考完，不知怎么的，还是找到了我父母。男生说，绝不再来，只为了对恩人说声谢谢。"

"你父母怎么说？"

"我父亲揍了他一顿。说，有的事责任如山，你给我记住！"

"那你妈妈怎么说？"

"我妈妈说，你们安心读书吧。这个事情永远过去了。小袜子的身世，在她合适的时候，我自己会告诉她。请你们从此不要再来了。"

"我父亲事后说，那个男孩根本不相信女孩生了孩子。他是想眼见为实，不受人讹诈。"

"女孩家里人讹诈他了？"

"将心比心，肯定有点麻烦吧。但我父母没问。"

"不过，怎么会没有一个人发现女孩怀孕？真太奇怪。"

"妈妈的闺蜜说，女孩体形比较胖。到六七个月开始显肚子时，又进入了冬天。而女孩自己不知道怀孕，是她生理期本来就不准。早孕反应的时候，她以为是胃病，男孩还买了肠胃药偷偷给她。"

"他们高考顺利吗？"

"男孩上了北大。女孩成绩大受影响，只考上了省师大。后来我父亲，又揍了男孩一顿。我妈说，差点把他踢死了。"

"早恋鸳鸯分手了？"

"早就分了。大学第一年好像。"

"那你爸为什么揍他？"

"太晚了，下次说吧。"

"不行！"

"我真的困了。"

"这样吊我胃口，我会失眠的！"

"改天一定说——别吻了，我不吃美人计——哎哎，天哪。"

"我尖叫了？"

"求你。我明天要接机，睡不了懒觉。"

五

马口山西大门前。三十多个社区矫正对象排成三排，每人手里都拿着一张纸。队伍里男多女少，全是被法院判处管制、拘役、被宣告缓刑及假释或在监外执行的其他社区服刑人员。矫正人员"入矫宣告"时要保证，其随身携带的定位监督手机每天二十四小时开机；每周到司法所报到一次，每半个月向司法所上交一份思想汇报和矫正心得体会。还有，每月参加社区服务不少于十二小时，每月参加学习受教育时间，不少于八小时。

矫正小组的助理们，流动性可能很大。不时变换新面孔。唯一不变的是冯组长。听说他是辖区司法所唯一的公务员。但是脾气很不好，一双"Ω"似的奇怪大眼睛，透着吃惊与不耐烦，成天不是自己不高兴，就是别人让他不高兴。平时组织社矫服刑人员学习劳动的，都是司法助理们和司法志愿者。只有两会期间，或其他重要日子，或者助理不在岗时，冯组长才会亲自来。社矫服刑人员都知道他的暴躁和不高兴。

冯组长杀气腾腾地一走过来，队伍就自动整齐了一些。

"心得！"司法志愿者一声吆喝。

队伍纷纷举起那张写好了的纸片。

"定位手机！"

队伍里的二十多条胳膊，刷刷举起黑黑的定位手机。

"邱婷娅！出列！"冯组长暴喝。

一个恹恹而狐媚的女子，扭着胯，走T台似的，用扭胯的猫步，一步一铲大腿地从最后一排走了出来，站到了冯组长跟前。她翻着眼睛恹恹看天。

"为什么关机？！"

"没钱续费呀。"

"去借！"

"名声不好。人都不借——冯组长，你借我两百？"

"姜顺东！"冯组长突然冲着队伍，又一声暴喝。

姜顺东连忙高声应答："到！"

"出列！"

"是！"

"昨天没打电话！"

"报告政府！打了。是没人接。"

"没人接？！"

"那电话没人接。我就打了张助理的电话。"

"他怎么说？！"

"他也没接。但是，肯定有电话记录。"

"我警告你！姜顺东！若核实出你撒谎，我立马撤矫收监！"

"是！"

今天的劳动是清扫西园垃圾。

邱婷娅好像认为姜顺东是同类，干活一直走在他身边。但是，她不太肯弯腰捡垃圾，有时把空矿泉水瓶踢给姜顺东让他捡，就算是参加了劳动。

"神经病！哪有劳动不发工具的。昨天我刚做过美甲。"

姜顺东不理她，也不接话茬。其实，所有社区矫正服刑人员彼此都不说话。潜意识里，都是彼此相忘最好。邱婷娅好像是个例外。

"喂，你什么罪？"

姜顺东弯腰一路捡着果核、纸屑、食品空袋。邱婷娅跟了过去。

"我是诈骗。判三缓三。我怀孕了。"

姜顺东站直了，回头看她。

"嘿嘿。这是女人最好的法律武器，他们每次都拿我没辙。你什么罪？"

邱婷娅在休闲椅上，拿过被人遗弃或忘记的一本杂志，把它塞进姜顺东的垃圾袋里。

"喂，说说话嘛，时间过得快一点。你什么罪啊？"

"伪造国家机关证件罪。拘役五个月，缓六个月。"

"厉害啊！你骗到了什么大项目？伪造海关报关单、进出口证明，还是矿产木材什么的许可证？"

"捡了一个弃婴。想给她上户口。"

"什么什么？！你说什么？！"

姜顺东走远了。

"哎，你不会是人贩子吧？喂？"

姜顺东没有回头。全凭手捡垃圾，让他的腰弯得很难受，但是他也并不想按摩捶打腰部而停留。邱婷娅再度追了上来。

"看你也不像坏人。我告诉你吧，我以前的男朋友就有这个线。在贵州还是云南那边，他们是和真正的医院内部人员合作，弄来的是真正的出生医学证明。从没一个失手，购买方都上了户口。你还自己伪造！太傻太太傻啦！"

姜顺东呆呆地看着这个女诈骗犯。

"弃婴呢？得不到了吧？——真是笨到家了。"

姜顺东突然啐了口："你懂个屁！"

"姜顺东！"

远处传来冯管教的怒吼，姜顺东吓了一大跳。

他连忙大声喊："到！"

冯组长一棍子敲在休闲椅背上："劳动还是聊天？！"

半坡上，冯组长的短棍子，枪筒一样直指他们。

"过来！八角亭这边，你俩包干！"

"操鸡巴！"邱婷娅低声诅咒着，"人人都躲着呢！都是醉后呕吐物，用手刮啊！"

姜东顺大步跑向八角亭。

他不敢也不愿再跟邱婷娅讲话。

六

  在院子里单手浇花的灰发老太太，目不转睛地看着隔壁院子里的盲眼女人。那个女人在翻晒一个大竹匾里的鲜红枸杞。那女人视而不见的睁眼瞎面容，一开始让老太太很不习惯，甚至不高兴。但是，通过那家人的碎嘴热情的保姆，老太太把自身的优越，慢慢转化为怜悯。所以，当那女人失手把那匾枸杞打翻而茫然呆怔的时候，老太太不顾自己一只打了石膏的胳膊还吊着，急忙地到了隔壁院子里。

  "我来我来——好春呢？"

  "说春好啊？带袜子去买菜了——谢谢您。也可以放到春好回来捡的。"

  "那不还潮了？你们家成天晒枸杞，是治疗眼睛吗？"

  "嗯，是。反正也吃不坏。"

  "有个偏方，你试试。十九号楼那对退休体育老师，都脱掉老花镜了！很简单，你记一下。每天桂圆干3颗、这枸杞放10粒、红枣1颗，枣皮要划破。然后用一小纸盒奶那么多的水，炖。一日2次当茶喝。很有效！"

  "谢谢啊。我吃了很多偏方……"

  "这个肯定有用！我眼睛越老越糟糕，我是没那个闲工夫，我们老头你也看到了。已经是海默症了——知道吗，就是老年痴呆症了，不能当人用的。"

  "啊。"

  "他记不住很多人，经常忘记回家的路。我也不让他单独出门，他就是记着回来，也会捡很多垃圾带回来，偷偷藏到自己床底下——上次，带了一根可怕的旧皮带，还有一顶假发。吓得我女儿尖叫跳脚。"

  "啊！"

  "对了。我跟好春和小袜子说了，不要给爷爷巧克力吃。什么糖都不能给。医生交代的。小袜子喜欢爷爷，老给他糖。"

  "是嘛，最近袜子老要糖吃。昨天还向我要了瑞士糖。各种颜色的。以前，她不怎么吃糖，包括巧克力。她喜欢吃咸的，鱼虾肉蛋。"

  "肯定是死老头子向她要的！"

  "不会吧。"

  "会！我亲耳听到过，一老一小隔着这个院子树篱笆，袜子问，爷爷你要几个？老头子说，全部。小丫头说，不能全部。三个。我赶紧从卫生间冲出来，他们俩已经分完糖了。小丫头看见我把老头子的糖夺走，冲着我一直翻白眼。跟她讲道理，三四岁的人哪里懂。后来好久，她一看到我就狠狠翻白眼。"

"不好意思。我等下就跟小袜子说。"

"没事。她现在跟我和好了。那天我一出院，她就过来问候我。告诉我要多吃骨头汤，要不然手会很痛。"

"呵呵，她自己摔断过手。太顽皮了这孩子，所以我们才搬过来。因为我现在更看不住她了。原来我们住高楼，有一次，她爬到碰窗里，差点打开逃生保险锁头，如果钻出去，就直接掉下七楼了；还有一次，更小，我带人上楼看宽带信号线，忽然感觉小家伙没有声音，我赶紧下楼，到处找，在阳台上，看见一只小凳子摆在洗衣机前面，洗衣机筒里伸出一只小手来，摸索着想按操作键要开动洗衣机；就在我们搬来的前半个月，她不知怎么旋转的，把自己吊在窗帘上。不是保姆及时进门，她可能就被吊死了。这个孩子，只要五分钟没有看到她的身影，听到她的动静，我们都会紧张害怕。"

白发老太太笑得喘气："我会帮你看着点。听保姆说，这是你自己家的房子？我还以为你是租户。"

"本来是买给我父母住的，但他们后来更喜欢住海南我弟弟家。——谢谢您啊。您大概把手都捡脏了。您自己也不方便。"

"没事没事！最近我儿子成天往这跑。在卫生间装扶手啊，地板上铺防滑垫啊，还把我俩的拖鞋也扔了，又买了防滑拖鞋。——你说，老骨头哪有那么娇气啊，怎么可能一直摔跤？"

"孩子一片孝心呢。"

"小题大做！我女儿也是，她公公摔中风了，还在住院。所以，我一摔，他们姐弟就大惊小怪了。她自己忙得要死，昨天晚上还送了两瓶钙片过来，还有一罐蛋白粉。很贵的！唉，真是！浪费钱！"

"您真有福气啊。不过还是要小心点。"

七

老姜在给妻子胫骨涂跌打油的时候，妻子一直把头偏到窗外。那里青紫了一大块，她摔到木箱子上，箱里是沉重的样品。他知道很疼。那总是丢三落四的保姆，总是想起什么就撒手不顾眼前。春好看出男主人阴郁的臭脸，大声辩护说："袜子拿生日蜡烛去厨房灶头玩火，我冲过去都来不及啊！"她不说夺下蜡烛后，她接了津津有味的长电话。妻子被客厅中横倒的拖把杆绊倒时，她还在厨房口眉飞色舞地讲电话。

老姜早就看出，妻子有点怕得罪保姆。因为看不见。他想，如果当时他没有替妻子去办户口手续，那么，妻子肯定不可能车祸弄瞎了眼睛。或者一起去？不过，那会两人都陷入麻烦吗？真难说。其实，去递交申请材料的时候，倒是他和妻子一起去的。当时妻子紧张地抓紧他的手，一下子，那只手都是汗水。

主意是妻子朋友的朋友出的。说很多人都这样，顺利办下了户口。老姜的河北老家还有人，他通过老家堂叔问了问，堂叔就去打听。堂叔回复说"可以办。但是对方要收钱"。

"多少钱？"回复说："假的一百五。真的一万一。"

当然要真的。一万一汇过去，一周后，真的"出生医学证明"就到了。袜子（姜丁芽）的出生地点成了河北邢台威县妇幼保健院。

"孩子在父亲老家出生？"户籍女警说。

"是。好照顾些。"

"半个月后，过来拿结果吧。"

看来这个花一万一买的"出生医学证明"靠谱。老姜得意感慨："堂叔他们本来也就是胆小本分人。回头我们再寄点感谢费去。"

最有风险的接触，看起来完全平安无事。那么，半个月后，妻子说自己去拿落户结果，老姜也没有异议。但是，那一天，妻子重感冒发烧不退。老姜便自己前往。这一去，就一夜未归。直到取保候审手续办理后才出来。

他们得意得太早了。

老姜一到办证柜台，里面的女警就招呼他进里面办公室。

"这份出生医学证明，到底哪来的？"

"……有问题吗？"

"你说实话吧。"

"是……弄来的。"

"孩子哪来的？"

"晨练的时候，在中山公园门口捡的。她在襁褓里哭。天很冷。"

"有证人吗？"

"有几个人围着。我妻子觉得可怜，童毯上都是蚂蚁。我们就抱回去了。"

老姜讲述的是他亲眼目击的另一个弃婴的画面。

"这出生证明哪来的？"

"丰厝天桥下，买的。"

"多少钱？"

"一千多块吧。"

"为什么要这样干?"

"我妻子喜欢那个女孩。我们也有能力抚养。所以,就商量接受她。"

"为什么不通过正规途径呢?"

"临时起意。我们有个儿子。二十多岁了。听说,有孩子,就不能领养。"

"你知道这是造假吗?"

"嗯……算吧。只想给孩子一个公平教育的机会。没有这证明,没有户口,她连正常幼儿园都进不了。"

"嗯,我理解。等一会派出所的警察过来,你就这么实话实说吧。"

"还有警察要来?"

"对。程序如此。"

"那孩子能落户吗?"

"你说呢,这出生医学证明是假的。"

"你不给我办?你不是说我态度好吗?"

"走法律程序吧。"

办公室过道里传来调侃问候的嬉笑,音声渐近,那未落的话音把两个警服人影送进来。进门来,就变成两张严肃臭脸。其中一个一对大刀似的刀眉下,两只豆荚眼眼圈青灰,小烟灰缸似的,满脸是蔑视和不耐烦。这令老姜非常不高兴。大刀眉一指老姜,另一个年轻警察立刻过来铐他的手腕。

老姜猛然抽手,不让铐。他的手甩到了给他上手铐的人鼻尖。那警察一脚踢在老姜大腿上。大刀眉也一脚猛踹:"蹲下!"

户籍女警:"先别铐他吧。态度挺配合的。"

老姜硬挺挺地站在窗边。他连那个假模假样的户籍女警都恼火。他半拧的身姿,愤怒而防卫,随时提防着警察铐他或揍他。一张脸因为怒火而憋得很狰狞。

他们带他上了警车。去了他们所在的派出所。

"孩子哪买的?——啊?"

"我说了,是捡养的弃婴。"

"在做好事是不是?!还要表扬你是不是?!"

"麻烦你们去查查,我有儿子,事业稳定,生活小康。别以为人人都是人贩子。纳税人不是养你们瞎打拐!"

"嚯,你以为你是他妈的谁?!"

"再推!注意对群众的态度!"

"群众?好,请问群众,你这假证明,哪弄的?"

"别拿我手机！"

"假证明哪来的？！"

"你把手机还我！我妻子高烧，母亲偏瘫。宝宝晚饭都没人弄！"

"这证明，到底哪来的？"

"丰厝天桥买的。手机给我！"

"你提供家庭资讯，让人帮你伪造一份假的出生医学证明？"

"不然孩子上不了户口。我用手机打个电话。天黑了。"

"这证明是不是你伪造的？"

"我没有别的办法。"

"是不是？"

"是。请让我打个电话。再不打家里会出事的！"

"伪造这个假证明，你花了多少钱？"

"要不用你们的电话打？"

"做假证明，你花了多少钱？"

"我家里现在，老的老，病的病，小的小。如果你执意忽视我一再请求，出了事，你要承担一切后果！"

那时候，老姜的内心，比外表还嚣张。

八

"师父，阿弥陀佛。"

"阿弥陀佛。"

"早就想来了，可我的眼睛已经不能开车了。对我来说，现在，寺庙太远了。"

"阿弥陀佛。在家诵读经书、诚心修行也一样。若是经典所在之处，即为有佛，若尊重弟子。"

"有个问题，一直想请教师父。为什么，我们抱养弃婴替人消灾，却遭遇这么大的苦难？"

法师轻缓地给女施主布茶。眼盲的女施主，基本准确地把目光聚焦在茶盅轻响的茶盘附近。

"从出事那天起，我就基本看不见了。我也按照师父在电话里教导的做了，诵经、放生，我都做了。孩子父亲取保候审后，一年半都过去了，我们以为免诉了，可是，三个月前，突然开庭了。判了拘役五个月，缓刑六个月。我们变成罪人了。"

法师点头。

"出院后这一年半，我试遍了各种治疗眼睛的偏方，都没有用。做梦的时候，突然恢复了视力，结果，醒来人就更难受。医生让我不要哭了，我哪里忍得住眼泪呢，不是善有乐报吗？而师父说的前世业力，我这一世怎么知道啊。"

"生命就像河流，怎么能拒绝上游带来的东西呢？好坏都下来了。"

"我觉得一世承担一世，才公平的啊。"

"孩子好吗？"

"啊，本来还想带她来的。很聪明，就是非常顽皮。我们第一次去看她的时候，她就能长时间地看着我和她爸爸，那个眼神，一点都不像没有满月的婴儿。"

"什么样的眼神？"

"就是……嗯，就是很依赖我们的那样子。好像她知道自己无依无靠。"

"她爸爸后来说，那小眼神看得他心都哆嗦了。儿子出生的时候，我们都没有这样心里发颤过，儿子也没有这个眼神。说起来，这和亲生的没有区别啊。"

"还是有吧。你没有十月怀胎之苦，现在的刑劳之灾、眼盲之祸，是不是一种平衡呢？"法师微笑。

"哦师父，您说的有点道理。不过，这比怀胎生产的痛苦，多太多了呀。"

"假如，你们不救她，情况是不是就一定更好呢？会不会也许正因为救她，你们才避过了更糟糕的处境？换句话说，她使你们转境了。用比较糟糕的结果，替换了非常糟糕的结果？有没有可能？——请用茶吧。"

"师父在宽慰我。"

"业障是宽慰不掉的。"

"那么，师父，我的眼睛是不能恢复了？"

"该恢复的，自然会恢复。"

"如果最后的这点光感都保不住，我可能坚持不下去了。"

"不会的。请用热茶。一个人，生生世世的生命就像大海，每一世的人生，不过是海上的浪花。"

"唉。师父……这朵浪花……太难了。我先生那天跟我说，他现在在外面，感觉人人都在蔑视他。他觉得自己额头上就像刻了耻辱记号。真的难……"

"挺好啊。这也是消除先世罪业的方式啊。"

九

  律师是高中的同学。发小。取保候审是律师同学弄的。

  那天晚上，警察到底还是同意姜顺东给家里打了电话。一个小时后，妻子车祸的消息就过来了。她在赶往派出所的路上，把车开上了逆行道。律师同学过来的时候，姜顺东差点哭了。他认为是妻子高烧烧糊涂了。律师是儿了搬的救兵。

  妻子住院半个月后，姜顺东偏瘫的母亲突然去世，好像是不忍心再给儿子添乱。医院家里两头奔忙。医院是眼睛失明的妻子，家中是屎尿在床的娘。取保候审的儿子的心弦，也快绷断了。小袜子倒和每一任保姆都友情深长，虽然每一任保姆，都恨不得每天把她绑在小椅子上。否则，她们的心智就必须每天都跟着她进行真心大冒险。

  律师同学最终没有出庭辩护。

  "如果你不说实话，我没法为你洗脱罪名。你又何必浪费委托费。"

  "说了实话，我堂叔那边怎么办？"

  "现在严打拐卖儿童。你说实话，我的非罪辩护才有基础。这最多是治安管理处罚条例处理一下就够了。你说实话就好，说实话！其他交给我！"

  "说了实话，那两个高中生不也完了？"

  "扯淡！都什么时候了？！"

  "问题是，都抖落出来了，对小袜子也没一点好处。只有麻烦。"

  "喂，你想好了？"

  "你不是说，就是判也不是重罪？"

  "是。至少我认为是。我也在努力。"

  "那就这样吧。"

  "撤了委托吧，出庭我也没什么可辩的。"

  "……"

  "……"

  "心里真堵啊。央企二十年，自己的事业也挺顺的，嘿，忽然就成了阶下囚。"

  "你活该。"

  "清白了一辈子，晚节不保。"

  "活该！"

  "那孩子非常可爱。"

  "小眼睛，奔儿头，丑丑的。"

"你没仔细看。"

"一眼就够了。希望她长大孝顺你们。"

"到底还要等多久，我说开庭。"

"等他们闲的时候。这种小破案子！"

十

"你爸为什么又揍了那个男高中生？"

"他讨厌他。"

"讲啊，讲故事！"

"案子拖了一年九个月才审，袜子都快三岁了。也就是说，那对高中生已经在大学快两年了。"

"他们不是已经分手了吗？"

"女生不愿分手。以此要挟男的。而男生家因为这个丑事，当时就给了女生家一笔钱，后来还协议补偿资助女生大学费用什么的。男家后来不知是飞来灵感，还是资助得累了，就怀疑这个事情是女生家虚构的。"

"不可能！谁会用这个讹人。"

"对。本来也过去了。毕竟揭开疮疤谁也不体面。当男的要分手，女的不干时，这个旧事，又成为武器。"

"他们想干什么？"

"女生要维护爱情。男生要毁灭过去。见过世面的名校男生，和父母达成一致意见。农村女孩，即使曾经是学霸，门户也错了。就是感情消失了。"

"男生想把过去毁尸灭迹？"

"差不多吧。他来查证虚实。居然说头发拔几根，就可以做亲子鉴定。说准确率有百分之九十九点几。"

"天啊。他真有勇气。"

"我父亲被纠缠不过，最后同意在公园门口见他。他送了花篮。然后塞给我父亲一点抚慰金。说是他父母的一点心意。然后就开始自以为是地打听收养细节，谈亲子鉴定。"

"你爸怎么说？"

"我父亲什么也没有说。后来，我爸爸说，这个男人即使名校毕业，也改不了骨头低贱。"

"你爸什么也不说？"

"对。他把男生给的钱,唰唰唰全部撕碎,直接抛进湖里。男生还在讶异中,老爸就出手了。说是连抡好几个巴掌。"

"不是差点踢死他吗?"

"怎么可能?气话了。老爸说差点一脚把他踹进湖里,结果还是一脚踢飞花篮。"

"该踢那浑蛋啊。"

"今非昔比了。老爸现在很害怕法律。"

"为什么啊?"

"有时候法律就是正义的魔鬼。"

"啊,好像……"

"就是!就看你处于法律的哪个时空节点上。有的点长满青苔,你一不小心就会滑倒的。"

十一

"爷爷!冯爷爷!"

"小袜子,你干吗?"

"爷爷呢,奶奶。我想下跳棋。"

"爷爷在厕所。你又拿糖来了!"

"不是。这是跳棋。"

"那只手!"

"是我自己吃的。QQ糖。奶奶帮我跟爷爷说,我在院子里等他下棋好不好。"

"不好。你老给他吃糖。医生说他不能吃糖!"

"医生怎么没有说我不能吃糖?"

"爷爷是病人。吃糖会死的!"

"也没有死啊。"

"你说什么?!"

"以前他都吃了。"

"小袜子!你要是再带糖来找爷爷玩,我就不让你来了!"

中午之前,小袜子和冯家爷爷在冯家院子里的小石桌上下跳棋。春好说,她把小袜子拎回家吃饭的时候,冯爷爷还在石桌旁整理报纸。等冯家奶奶出来招呼爷爷吃面条时,发现院子里什么人也没有。人呢?

慢慢地明确,整个小区都找不到冯爷爷了。老人八成又丢了。

下午快下班，冯伟接到姐姐冯欣火燎火急的电话：

"老爸可能又迷路了。你赶紧去找。我把晚自习的小卷接回来后，也会去找。"

冯伟开着车，不断扩大搜找范围。父亲不带手机，不带钱，能走多远呢。晚上找人也比白天难。上次走迷糊是白天，是热心人发现了，告诉巡警说，老人肚子饿了，想吃快餐。他想不起来家在哪个小区了。

一个小时后，冯伟接到母亲电话：

"回来吧。你老爸被邻居捡回来了。"

"在哪里捡到的？"

"在小庙街。小袜子爸爸开车路过，正好看到他坐在马路边发呆。"

"跑那么远？"

"老头子说他是去买个老花镜。一下子想不起来坐几路车。"

"你不是说他没带钱？"

"他有老人免费乘车卡。他还有私房钱——不是你就是冯欣给的！"

"人都没事吧？"

"没事。在吃烂糊面呢。隔壁家让春好送了海鲜面过来。他胃口好得很。"

"不要再让他乱跑！"

"他很久没犯迷糊了。说现在什么都想起来了。放心。告诉冯欣不要赶过来了。"

"别再舍不得开灯！拜托！老爸看不见才会想去换眼镜！"

"胡说！我们家水电费每个月都要缴六十几块呢！"

"行啦行啦！放开用！以后水、电我都替你付——行不行！"

"哎冯伟，你要帮我找物业去掉电梯使用费——"

儿子按掉了电话。

十二

春好牵着小袜子买菜回来，发现隔壁栋独居胖老太的院子前，围了好多人。老太太因为肥胖而不像快八十岁的老人。春好想胖老太太恐怕是死了。春好好奇心重，可一手提菜，一手牵着小袜子，是不能挤进人围的。她很纠结。当她看见人墙中突围出一个围裙上沾染血迹的老汉，便再也忍不住好奇心。

春好拽着小袜子，紧走几步，就听到胖老太和众人的汹涌争吵声。

"谁看见我勒死它?！它是被车撞的。"胖老太的声音像沙哑的尖叫。

"那你求林老头杀阿黄时,怎么又说是别人送你的?"一个声音喊。

"他胡说八道!我就是说,撞死的。是他想分肉吃!"

"林老头还没走远!去问!"

"问屁!老太太在撒谎!"

"老太婆就是凶手!"

"去年那只流浪狗小花,也是她吃掉的。也说是车祸!"一个女声在哭诉。

"她到底偷杀偷吃了几只流浪狗?"

"有人看到这老太婆还偷杀猫吃!"

"这么老了,还这么贪吃!"

"嗷!闪开!她泼开水啊!"

"熛狗毛的开水!"

"小心!快抢掉那把刀!她疯啦!"

"这死老太婆疯了——啊!拖把!拖把!小心——"

"啊——阿黄的头!"

"砍下整个头啊!滚过来啦!"

"天啊,看!阿黄死不瞑目啊!"

有几个哭出来的女声。

"砸这死老太婆的窗!"

春好抱着小袜子奋力往前挤。她想挤到最前沿。但一个人挡住了她,随即把小袜子抱了过去。

"走,回去看新鱼缸!"

"哎,吓我一跳!——大哥!里面在吵什么?!"

"叔叔,先抱我看看!举高高!"

"已经吵完了。地上都是垃圾,很臭。"

"看看!我看看!"

"老太太把阿黄头割下来了吗?我们刚到。"春好依依不舍地在人群边,冲着抱着袜子转身走的人喊。她的意思是让她看看再走。

抱着小袜子的"大哥",并不理睬春好。

"我不要走!姐姐,春好姐姐也没有走!"

"走吧!你想不想看看新鱼缸?"

"新的?"

"昨晚我带过来的。"

"里面有几条鱼?"

"鱼下午才来。要先有鱼缸。"

"他们绝对会打起来的！"春好着急地冲着走远的一大一小背影喊。

那人转头，牛眼暴突地瞪她一眼。

"你是傻还是蠢？！"

春好很不高兴，慢慢移动身子，又分心谛听到人围里的动静，好像是老太婆的女儿杀进包围圈了。老太婆的援军到了。走了好几步远的春好，不由得转身踮起脚往那里看。

"春好，不要东张西望！"一个严厉的奶声奶气的童声响起。

"你叫我什么？！"春好恼怒，赶将过来，给了小家伙一下。

"春好，管好自己的事！"

邻居男人被小袜子的严肃持重逗笑。

春好不明白邻居大哥为什么要凶巴巴地瞪她。他目光里的怒意，让她心虚。他并不是她的东家，只是她东家的邻居，但是，这个表情，让她由衷有了畏惧和服从感。不过，她实在难舍人群那边正在升级的血腥与热闹。

小袜子转头看春好：

"爷爷奶奶家下午又有鱼了！叔叔会让我选一条最好看的，做我的鱼！"

"对。你可以给它起名字。"

"就叫它 wangxinda！"

"王心大？"

"对！"

"为什么叫王心大？"

"好听呀！——春好！快跟上！"

提着菜的春好，懒得回应。她也不打招呼了，闷闷地径直把菜提了回家。袜子跟着隔壁叔叔到院子里看新鱼缸。和原来的一样，都是广口大肚子的鼓形缸，也放在原来树下的位置。

"我以后会喂它吃蚊子。"

"它们吃鱼食。"

"什么叫鱼食？——嘿爸爸！"

隔壁院子，正走出一个男人。小袜子兴奋得大喊，令他转身。这一个转身，他和新鱼缸前的另一个男人都僵住了。用脚尖踢着新鱼缸听响的小袜子，没有发现她头上两个男人的呆怔。

"呃，——冯组长！"

"姜顺东？"

"是。"

"这就是……那个孩子？"

"嗯。"

"咳，咳。"

"……"

"我正好来母亲这找张发票。"

"啊。这样。"

"没想到是近邻啊。"

"是。"

"……法律就是法律，对吧。"

"嗯。对。"

"你不要忘记放原来的水草。它们要在里面做游戏。"

"当然。我会放很多水草。"

"对，宝贝。"

"呃嗯……"

"……"

"那个……谢谢你上次把我父亲带回家。"

"顺便了。"

"啊，是啊。"

"小事。"

"爸爸，鱼食是虫做的吗？"

"不是。"

"不是。"

"爸爸，明天我就有一条自己的鱼，它叫wangxinda！"

"为什么叫王新大？"

"你跟爸爸说！"

"呃，小袜子说，叫王心大，好听！"

姜顺东不得其解，他一直不知道面对冯管教该如何接话。

冯组长转译完"wangxinda"，一直清理着嗓子，好像喉咙里一直痰痒来着。

最后，他猛力咳嗽了一声，嗯……嗯哼！——老姜你，要不过来喝喝茶？

直到这个时候，姜顺东才感到一阵松弛暖和，觉得自己的生活似乎回到了旧轨道，又像是和某种严酷如铁的对抗，终于达成了幽微的和解。

（原载《青年作家》2018年第3期）

作者简介：

　　须一瓜，著有《淡绿色月亮》《提拉米苏》《蛇宫》《第五个喷嚏》《老闺蜜》《国王的血》等中短篇小说集，以及《太阳黑子》《白口罩》《别人》《双眼台风》等长篇小说。获华语传媒大奖、人民文学奖、小说选刊奖、小说月报百花奖，及郁达夫文学奖。多部作品进入中国小说学会年度排行榜。其《太阳黑子》改编为电影《烈日灼心》。

午时三刻

_ 朱辉

少妇秦梦媞,年过三十,有一夫一女。她拥有一个幸福的童年,一个郁闷的少年,随后就进入了修正主义的成年。十八岁即算成年,那一年她考上了大学,一个普通大学的播音主持专业。她中学成绩一般,走偏门报了艺考,人家也就要了。秦梦媞姿色平平,相貌中等,脸型、眉眼、鼻子、嘴,均未臻上乘,摆在一起也就是个中人之姿。报到前她很纠结,很忐忑,因为想象中这是个美女如云、帅哥满眼的地方,不知道自己会不会无地自容。开学后同学到齐了,齐刷刷地坐下,她顿时矮了半截。不得不承认,真正的美女有好几个,相貌不如她的女生有,但寥寥无几;男生本来就少,但几乎个个堪称帅男,如此局面下,她断定这几个英俊男生将跟自己没有半毛钱关系。哪个男人的目光,不先被美女扯着走?不说男的,就是她这个女人,看着那些美女婷婷袅袅,微仰秀丽的小脸从面前经过,她也不由得多看几眼。是的,确实是多看几眼,而不是像某些男人那样只看一眼却一直盯着。她看一眼,觉得自惭,躲开目光;忍不住又看,看过以后更加羞愧,甚至愤恨。

婷婷袅袅不算什么，秦梦媞的身材也堪称优异。关键是脸，她假如走起路来也风摆杨柳，好看倒也好看，只可惜她的容貌压不住她的身姿，就是说，她的脸配不上她的身体。

　　自惭是正常的，愤恨就有点复杂。人家的容貌是爹妈给的，上天赏的，又不是从你脸上抢过去的，恨人家只能在心里恨，其实站不住脚。准确地说，秦梦媞愤恨，愤怒的是她运气不好，恨的是她父母不给力。他们二人都相貌周正，母亲年轻时还是个美女，只生这么一个女儿，却未采取优选法，把两人的优点集中起来遗传。但秦梦媞是个受过高等教育的人，虽说播音主持专业有点"水"，但也算读过大学，她当然知道，这事怪不得父母，只能说运气不好。造人不是射击比赛，只能算举枪乱射，打不出好成绩再正常不过。小时候她是父母的掌上明珠，不谙世事，并不觉得自己长得不好看，所有的亲友也都夸她可爱。到了中学她就明白了，可爱不是漂亮，她也许可爱，但绝不漂亮。她宁愿从来没有人说她可爱，但渴望有人夸她漂亮，哪怕只是客气，哪怕只是玩笑。但是他们不说，父母不说，老师同学也没人说。高二时有次班上一个女生迎面走来，看着她，"哇"一声，说"你今天真漂亮"！秦梦媞震惊，喜出望外，受宠若惊，几乎欢喜得要晕倒，要知道这个女同学是班花甚至校花，从来拿眼角看别人的。秦梦媞正手足无措，那班花接着道："你这裙子哪里买的？"秦梦媞傻了。她呆立在原地，说不出话，别人已经走远了。

　　秦梦媞躲到厕所里大哭一场，回家就把那件裙子脱下收了起来。这是她的耻辱，她的伤口，那裙子从此被打入冷宫，不说再穿，想起来心里都要痛的。她的少年时代是苦闷的，幸亏发育没有再忽略她。她抽条了，挺拔了，该有的都有，不见得比别人差。她音色好，朗诵课文悦耳动听，这一点还比别人强。于是她被选入了学校文工团，诗朗诵，唱歌，也有一席之地。虽说中学生不许化妆，但演出例外。只有化上浓妆她才觉得安心，觉得平等。她躲在浓妆后面，大声发出优美的声音，她满心欢喜，理想飞扬。然而，这只是生活之外的一幕戏，洗去铅华，她依然是个平常的女孩。声音好，你也不能只出声不露脸；声音再好，你也不能把声音收拢起来，变作艳光照人的脸。

　　事实上，她虽不漂亮，但并不能算难看，走在路上，就是个路人甲，跟惊艳不沾边，可也不至于吓人。但她不得不承认，所有电视台上的女主播，中央台那就不说了，省、市，哪个电视台的，其容貌确实都在她之上。她看着电视，挑剔人家的吐字发音，有时也忍不住挑剔一下别人的长相，但脑子里刚一想，就恍惚看见屏幕里那人手朝她一指，"喊，你看看你自己！"天啦，这还只是个县级台的啊！她如被电击，泪奔。

　　到大二，学姐们的就业信息开始流传了。故事很多，段子也不少，精彩纷呈，总结起来，颜值第一，声音第二，学业第三。这是摆在明面上的，其实有所偏颇——关系！怎么能忽略关系呢？即使长相略差，只要关系硬，当不了主播，可以当管主播的领导，比电视台更好的地方也不要太多了！可是，那些好的或更好的地方跟秦梦媞没有什么关系，因为她完全没有关系。她绕不过颜值、声音、学业这个排序。所幸上帝给你关上一扇门，同时会给你打开一扇窗。现在资讯发达，科技先进，一切皆有可能。一个高她一级的学姐，叫王晴的，为她指点迷津了。她们原先不很熟，王晴为她指路也不是靠语言，她是现身说法。暑假过后，秦梦媞遇到了王晴。她远远过来，远看是王晴；近一点，不是王晴；走到近前，依稀仿佛还是王晴。但是，她变了。一个暑假旧貌换新颜了。秦梦媞明白，她整容了。

这样的变化让秦梦媞震惊，羡慕，她心如惊鹿，心驰神往。整容她当然知道，甚至还上网查过。但一想到落在自己身上——不，脸上，她就火烫了似的跳开去。她怕。怕手术风险，怕别人笑话，也怕没钱。现在一个活生生的例子就摆在面前，榜样的力量是惊人的。她必须向王晴求经。她曲意接近，小心试探，目的是为了求教。不想王晴十分大方爽快，有问必答，没问到的也说，可谓倾囊相授。她说："某某，某某某也做过的，你没看出来？"这两人都是同系的，秦梦媞确实没在意。王晴轻晃自己整过的脸说："她们微整，效果一般。"又说，"某冰冰、某璐也是整过的，十个明星九个整，还有一个在外面等！这是我的主刀医生告诉我的。"她这番话展示了整容的普遍性。接下来她又阐述了手术的安全性："打一针，全麻；睡一觉，好了。"王晴的腔调带点口音，整容整不掉这个，就声音而言，秦梦媞足可以自信，她小心地问："醒过来后，不疼吗？"王晴说："疼啊！但也没见哪个疼死了啦。我这不好好地回来了吗？"她在自己脸颊上轻弹一指说："疼，值得。我感觉良好。"

秦梦媞是很自爱的。想到那一针麻醉下去，她的生命要消失几小时，说不定还醒不过来就此终结，她觉得恐怖。但王晴打消了她的一切顾虑。一个不美丽的人生，失去知觉几小时，算损失么？哪怕就此死了，不也是带着美丽的希望死的？这才是真正的安乐死啊！明知山有虎，偏向虎山行。舍不得孩子套不着狼。舍得一身剐，敢把皇帝拉下马。风雨过后是彩虹。还有句话怎么说的？我要扼住命运的咽喉！谁说的？不记得，但很得劲儿。扼住命运的咽喉，对她而言，不是要去掐谁的脖子，而是自己去接受麻醉，把脸交给科学。总而言之，她，秦梦媞，一个相貌平庸的女人，一个不甘心被命运捉弄的人，决定去做整容了。

这是三年级的暑假。她求职前的最后一个暑假，也是最后的机会。

要整容，秦梦媞首先要跟父母打个招呼。毕竟是手术，不得到父母同意说不过去。更重要的是钱，她没有钱，父母不支持她就做不成。她家是个小康人家，这笔钱不成问题。问题是，他们会不会同意。

秦梦媞原本忐忑，但也还乐观。她并不是生病，她很健康，这种手术父母大可不必担心。她这是改良，是往好处做，向漂亮挺进。谁不愿意女儿更漂亮呢？哪个父母不希望女儿有个更美好的前程呢？况且父亲是中医，母亲是护士，虽都已退休，但都是懂科学的人，他们的医院里就有整形外科，早就该见怪不怪了，秦梦媞相信，他们肯定能坦然面对，甚至欣然接受。

她在心里做足了功课，就业形势和王晴的榜样都将是她的论据。她在家的前半程一如往常，无非是围桌吃饭，收拾碗筷，拉拉家常，其乐融融，但后半程风向却悄然生变。秦梦媞看看双亲，父亲清癯挺拔，母亲矮胖，但都有一张不难看的脸。他们坐在沙发上看电视，秦梦媞捏着遥控器把音量调小了，小到听不清，只成了个背景。老人并未在意。父亲说："你妈嫌你吃得少，我看也是。你气色不好。"母亲说："你身材够好，不要减肥的。营养很重要。你随你爸，怎么吃也不会胖的。"墙上挂着早年的全家福，年轻时的父母，简直是人中龙凤。秦梦媞突然无名火起，她举起手机，用黑屏当镜子看看自己，平静地说："我不是气色不好，我是脸不好。我要去整容。"

为了郑重，这句话她半端着播音腔。吐字准确，发音清晰。父母的反应是惊诧，疑问和反对接踵而至，川流不息。秦梦媞索性丢弃修饰，轻装上阵了。还是用真嗓子舒服啊，小时候她就伶牙俐齿，只是在懂事后她的口才才被相貌压抑，这会儿触及关键问题，她的潜能被激发了。她时而言辞激烈，时而款款软语，时而抹泪沉默，但态度始终坚决如一。

你来我往无数个回合，母亲的态度率先起了变化。事实上，从一开始，她的态度就不那么激烈。她的反对其实是顺从，是护士对医生的服从，妻子对丈夫的附和。渐渐地，不知在哪里一转，两方对垒变成了三岔口，母亲的态度变得含混暧昧了，终于她轻声说："哎，女儿，你倒是早就该做了！"这是暂时冷场中的一句话，特别刺耳，母亲自觉失言，连忙又说："我是说，要做就应该早点做，高中毕业就做，那个假期多长。"这已经进入了操作层面，她试图用技术性的话给前面的话涂点粉霜，但为时已晚。"你早该做了！"有这么说女儿的吗？太伤人了，剜心啊！但秦梦媞时刻没有忘记，她此行的目的是说服父母，所以她不能节外生枝，她必须忍，至少母亲的话表明了她的同意，对一个同意自己的人，不能再计较语气。秦梦媞皱着眉不说话，倒是父亲勃然大怒。他霍地站起，戟指母亲喝道："你这什么意思？有话你就直说，不要吞吞吐吐！"母亲板着脸不吱声。父亲简直像被伤到痛处，继续痛斥："说话不要遮遮掩掩，鬼鬼祟祟。有话就说，有屁就放！"母亲猛吸一口气，像要顶嘴，突然又泄了，紧闭双唇不着声，连眼睛都闭上了。秦梦媞冲父亲使劲摇摇手，阻止他说话。柔声道："我只是去整个容，在脸上修改一下。又不是整了就不是你们的女儿了。"母亲头垂在沙发背上，动也不动，鼻子哼一声。父亲说："我反正不同意。"秦梦媞耐心地继续道："爸，我这也是治病。我治的是丑。"父亲说："你丑吗？你不丑！我看还蛮漂亮！"秦梦媞苦笑道："那只是你的看法。说不定还言不由衷。"父亲说："你要治的是心病。"秦梦媞道："我就是治心病。不整容我的心病治不好。"父亲说："心病动刀没用的。心病还要心药治。这个我比你懂。"这绕来绕去，又绕到医学上来了，看似理性科学，其实问题无解。这样下去如何是个了局？秦梦媞已经忍无可忍，她抓起电视遥控器，瞎按着频道。一个个美女，全是美女，烦！她把遥控器往沙发上一扔，遥控器弹起老高，啪的掉到地上，摔成了两半，盖子掉下来了。她不去捡。站起身说："爸，妈，"她手指电视机，"如果这电视送到家里就是坏的，你会怎么办？"父母错愕，说不出话。秦梦媞去把遥控器捡起，慢慢安上后盖，柔声说："你们肯定要退掉。厂家肯定要返修。我，就相当于是个次品，我现在提出的，就是返修。我没有钱，手术费你们要支持。"她把遥控器往桌上一扔，开门走了。

父亲母亲瞪大了眼睛，面面相觑。他们听懂了：他们出产了残次品，用户现在提出返修，他们必须出钱。道理是通的，但这残次品是个人，是女儿啊，怎么听来都不是味儿。做父亲的看看老伴，做母亲的大怒，在沙发上挺直了身子，斥道："看我干啥?! 她走了，你还不去看看！"

秦梦媞径直回了学校，也不接父母电话。第二天，五万块钱打到了她卡上。

她最后那一番话，真是蛮伤人的，当然也可以理解成效果特别好，因为钱毕竟是要到了。那句话完全在计划之外，也不知道怎么的，嘴一张就冲出去了。究其原因，还是她此前有过这个意识。具体说，就是那个"返修"意识。再深挖，这样的意识其实也不是她自己想起来的，是同学说起过类似的意思。她在向整容前辈王晴求教后，也曾听到过同学们的议论。总之，面对一张突然变美的脸，说什么的都有。其中一个天然美女，就曾得意扬扬地说："我不要整。嘿嘿。"她这嘿嘿一笑后面，自然跟着同学几句艳羡和赞美，她顺势继续自赞："我妈妈肚子就是整容医院，我整好了才出来的！"这话太牛×了，赞到根子里去了，直逼DNA，进入了细胞学水平。秦梦媞当时十分气愤，但无言以对。这话虽嚣张，四面带刀，但被伤害了的秦梦媞却显然记住了她这句话。正如伤口很难长平，却总是会凸起，秦梦媞被她的话伤到了，却越发坚定了整容的决心。不让整，她简直活不下去，她会去死。

这下她不要去死了。希望就在前面，她只需要暂时"死"一下，麻醉一下。正如此前所说，不美丽的人生"死"去几小时算得了什么？真死了也就是个一了百了！这是一种大无畏的精神，怀揣着这样的精神她去咨询交流，去敲定蓝图，去挨刀去恢复，一切都不在话下。因为钱充足，秦梦媞去了韩国，父母不放心，借旅游之名前去陪护。绷带拆下的那一刻，红，肿。终于恢复了，一家人查看新产品，检验"返修"的质量。父母看着她，她看着镜子。哈哈，镜子真是个伟大的发明啊！如果没有镜子，父母说好说丑，岂能当真？同学众说纷纭，你能相信？可镜子不会骗你。镜子里的秦梦媞似曾相识又大变其貌，改进了，美化了，精致了，有层次了。这么说吧，她现在的相貌，就是冰冰加上她的原貌除以二，冰冰100分，她达到了50分以上。所谓颜值，就是这么量化的。她虽还说不上完美，冰冰才完美，但突破50分，就基本可称漂亮了。漂亮的秦梦媞虽然还没有完全称心如意，但大可以直面人生了。

但现实似乎并没有她想象的那么顺心。她可以改相貌，但现实更在大踏步改变，就是说，就业形势越发严峻，她这个行当，找个称心如意的工作更加不易了。进入四年级，眼看着同学们有的签了大电视台的小主持，或者是小台的大主持，也有去电视台当出镜记者的，也有到电台的，五花八门，有高有低，找到工作的或喜气洋洋，或无奈接受。秦梦媞呢，高的里面没有她，低的她也不愿去。她明白，有一些同学并不对外泄露就业情况，其原因无非是岗位特别高级，高级得让人觉得神秘莫测，索性讳莫如深；另一些就可怜了，没人要，或者是要去的地方实在说不出口，譬如网络主播之类，就是在网络房间又唱又扭的那种，名声实在不大好，只能不提。这些工作林林总总，高低云泥，跟个人素质有点关系，跟各人的社会关系倒更有关系，跟相貌也不能说完全没有关系——如果没有关系，秦梦媞花的钱，吃的苦，岂不都白瞎了？那也太逆天理了，也太让人伤心了！她在脸上东描西画，在城里东跑西颠，最后她也找到工作了：到电台，签的是记者、编辑。但他们有允诺，说你这个条件，锻炼一下当主播希望很大。

"希望很大"，秦梦媞理解成允诺，实际上只是个展望。类似于驴子前面的水果，你一直走，可就是吃不到。她也真是一直在走啊，除了上下班，她几乎每天都要外出，这个城市每天发生无数的新闻，她要去现场。她觉得在这个台，她永远只能在路上跑，跑，跑到退休，跑到老。这个台号称是城市交通广播电台，后来她发现，不是的，是号称，其实是一家区电台，用区电台的名目才能申请一个频段。如果不是上面有一次整顿，所有什么交通电台、文艺电台、新闻电台突然一起停播三天，她这个小记者永远不可能知道真相。可知道了又能怎么样呢？薪水不高，但也可以养活自己，"高就"在哪里，她眼前茫茫看不到。有段时间，她一直期待一件事发生，她等待着那几个坐在直播位子上的女主播突然生病，台里求她火线顶班，可这几个女人虽然长相还不如现在的她，却人人拥有金刚不坏之身，连个感冒发烧都不来光顾。不生病，哪怕来个车祸呢？可等来等去，车祸也不肯出来帮忙。倒是秦梦媞自己，有一次出现场，倒被一辆骑反道的电瓶车撞了个正着，倒在地上号啕大哭。

不是真的那么疼。裙子摔破了，有点皮肉伤，并未伤筋动骨，可她不知怎么的，悲从中来，放声大哭。她刚才采访的是一家整形医院，就是她爸退休前那家医院的附属医院，一个女孩整形失败，做双眼皮，两只眼睛整成了大小眼，不得不始终保持睁只眼闭只眼的人生态度，就来医院闹。围观者众。秦梦媞采访时心有戚戚，百感交集，庆幸自己运气不差，在评点时她秉持了理性和客观，劝告听众整容有风险，选择要谨慎。不想刚通过手机与台里连过线，自己就挨了一撞，而且那人还跑了。脸没伤，手机摔坏了台里会补偿，但秦梦媞此刻已是万感交集，脑子里一团乱麻。但有个念头十分明确：不能再干了！她必须离开！没有高就，未必就一定得是低就。至少她的相貌化过妆后颇为上镜，她的声音依然出众。

可声音出众又有什么用呢？颜值也不过刚超过50分，即使加上窈窕的身姿，也就刚及格而已——必须说明一下，这个分数是秦梦媞的自评，难免过苛，客观地说，她整容后基本可称秀丽，但在这个美女如云的时代，相貌平庸这个帽子还是摘不掉。她出现场时使用的也是最平庸的装备：电动车加所谓直播连线的手机。手机摔坏了，车子还能骑，只是到处乱响，未到电台那栋破楼，还趴窝了。后来遇到个同事，管设备的黑潘，他正好外出，就把她捎上了。

街景在移动。秦梦媞羞愤难当。此后的两年多，她注定就要这么一路羞愤下去。工作换过几个，但都做不长。最靠谱的，是一家国企的展览馆解说员，至少也算是发挥专长了。这是她目前的工作，身穿制服，薄施粉黛，手里捏个激光笔，领着来宾从进口入，出口出。展览馆蜿蜒如肠道，秦梦媞觉得自己每天都从食物变成了粪便。大量的时间也是闲着的，同伴们都在值班室看电视，秦梦媞能不看就不看。这也难怪，她每天就是那一套说辞，说得自己心里冷笑，可电视上，她的同学，整过容的王晴和那个天然美女，一个在省台，一个在卫视，人家国家大事尽在嘴中，城市新闻侃侃而谈，在普通人眼里，艳丽而凛然，都具有了某种权威性。当年，谁不知道谁啊？可是，现在谁还知道她秦梦媞呢？不过好消息也是有的，那就是王晴突然从电视上消失了！不见了！秦梦媞偷笑。可悄悄一打听，原来人家是生孩子去了，几个月后果然复职，还更加靓丽。天然美女不久也消失了，这次秦梦媞不再打听，可消息自会飞过来找她，这消息是：天然美女嫁人了，嫁了个老头。秦梦媞还没来得及幸灾乐祸，消息的后半段又来了：人家嫁的人是个亿万富翁，才不到50岁。她们凭什么如此风光，如此顺遂？还不就凭脸！真要脱下来比，秦梦媞必胜。可问题是，总不能见人就脱衣吧？

秦梦媞舍得在衣装上花钱。钱不够，父母自愿不自愿地也支持不少。当然，更重要的还是脸。她换过的几份工作，最不济的是在商场当导购，现在能做解说员，已算是止跌回升，可离她的理想还相差甚远。换工作有什么用？如果能像聊斋里那样，能换头多好。摘下旧头，抬腿一脚，滚——可天下哪有这等好事呢？她只能继续在旧貌上修补，又去过一次韩国。她愿意彻底翻新，推倒重来，她情愿吃这个苦花这个钱，可医生跟她说：治大国如烹小鲜——这句话他说的是汉语——他说这个急不得，病人必须懂得手术的局限性，这是一；第二，她必须处于一个良好的心理状态下才能手术，任何操之过急或期望过高都不适宜动大手术。一席话说得秦梦媞无计可施。他拿腔拿调的那句汉语，没有增强说服力，倒让秦梦媞心生狐疑，怀疑他是同胞冒充的，让他大动干戈怎能放心？结果是，她只做了一次微整，顺便对以前做过的地方做了适当保养更新。

自从她整容，家里的气氛就变了，有点诡异。当着女儿，父母之间的争吵十分节制，他们之间有多少追忆、埋怨和后悔，悉数屏蔽着女儿。这第二次去韩国，临行前的劝阻照例失败，天要下雨娘要嫁人，女儿要整容，只能随她去。母亲抓着她的手，还曾试图做最后的努力，她夸张地端详着女儿，上一眼下一眼，左一眼右一眼，啧啧赞道："你这么好看了，漂亮啊，何必再去受那个二茬罪？"秦梦媞说："我不觉得我漂亮。如果效果不好，我还愿意去受三茬罪！"父亲道："真的比假的好。年轻比什么不好啊！"秦梦媞呛他道："年轻好，年轻有什么好！如果年轻不漂亮，我宁愿不年轻。"她看看母亲，"我宁愿像你现在这么老，再也没人计较你漂亮不漂亮。"父亲哑着嗓子问："你就这么讨厌你自己吗？"秦梦媞叫道："讨厌！我什么都讨厌！"她没有说出更难听的来，但她射过来的眼神，明确宣布她厌恶她的双亲。

说话间她父亲接到一个电话。是卖血糖仪的，网络推销。对方那女的语气亲热，一口一个叔叔，声音如莺歌燕鸣，一听就受过训练，秦梦媞立即就产生专业性的耳熟。待父亲放下电话，她冷笑道："这是我的一个同学，我听出来了。长得丑，就只能干这个。"父母语塞。他们只能用不再陪她去韩国，表明自己的态度。自从女儿毕业工作，他们更在意的是她的婚事。可她还要继续在脸上动手脚，让他们连催婚都要找时机才能下嘴。

到机场接送都是那个黑潘的事。他积极主动，秦梦媞也就顺水推舟。黑潘长得黑胖，姓潘，因此得名。本来整容这么私密的事，不该让那黑潘介入，但秦梦媞掂量过，自己对他具有压倒性的优势，也就顺其自然。公允地说，那黑潘当时还不那么胖，说是魁梧也可以。哪承想，他结婚后竟吹气似的又肥了一圈，人家放大一圈还能把黑色素撑稀一点、白一点，他可好，更加黑，头上脸上起油光。大概是顶上脂肪外溢，把头发顶掉了一小半。秦梦媞以前哪能想到会跟这个人结婚呢？她只是经常坐他的车，第一次是她采访摔伤后搭他的顺风车，哪里想到这车开啊开的，一直开到她家楼下，把她直接接到婚礼上去了。开到婚礼现场前的某一天，他先载着她开到了宾馆，把她弄上了床。第二次从韩国回来后，父母的催婚更频繁，像是生怕这个相貌平庸的女儿窝在手上，剩在家里。她不得不穿梭相亲。这正如找工作，她挑人家，人家也挑她。她见了觉得恶心的倒还继续来电话，稍微顺眼心动的，基本没有下文。她终于受够了，大哭一场，大醉一场，买单时钱包又被偷了，于是黑潘赶来结账，然后就到宾馆去了。

没料到黑潘原来还粗鲁。胖猪终于露出了獠牙，是野猪。最大的特点是嘴狠，不饶人，优点是他一般不打人。急了才打。问题是秦梦媞本身就伶牙俐齿，胸中常年有不平之气，如此一来挨打就是难免的了。黑潘手很巧，精通各类电器结构，哪里是要害，哪里无关大局，他清楚得很。他动起手来也很有数，就秦梦媞这个击打对象而言，脸上是动不得的，人工装置，比较娇贵，太容易打歪打坏，除非他要把这张脸弄得一塌糊涂，他决不朝那里动一指头。打人不打脸，这一点他恪守，但伤人不伤心这句话，他才不管。他不打脸，那是为他自己。脸打坏了，只要这女人还是他老婆，他肯定要出钱去修。秦梦媞总结出他拳头的套路，有时故意把自己的脸当盾牌使，快速用脸凑上去，抵挡他的拳头。他立即收手，拳头绕行，动作十分夸张，这种夸张本身就是一种强调，一种侮辱，说的是你这假脸咱动不起。在动手前的动嘴阶段，秦梦媞曾威胁他："你再这样我就不客气了！"黑潘说："不客气就不客气，有什么了不起！"他嘿嘿冷笑，"大不了你卸妆了吓我。"这猪头，这是一刀毙命啊！

他还懒，不思进取。因为电台老员工有事业编制，他打定主意，混吃长胖等死。他何时死，秦梦媞并不在乎，但这个胖她实在承受不起——是承受，这个词没有用错。难以避免硬着头皮的夫妻房事，她不得不硬着肚皮，硬着身体的所有肌肉，否则两百斤的肉压下来，谁吃得消？这两百斤还不是纯肉，是带骨猪肉，胳臂又没劲，这就是个时刻置别人于危险之中的局面。好吧，这个就不说了，换换体位也可以，问题是一寸膘一寸短，再这么胖下去，他那东西怕就永远只能在肥肉里藏拙了。

秦梦媞心里苦。有苦无处说,只能选择性地跟父母诉诉苦。命不好,生下来就落实在脸上了。黑潘的私生活她懒得管,想来他也没那个本钱。但她自己又有多少本钱呢?年龄渐大,女儿也生出来了,就她这副长相,有了外心也难得有个称心如意的外遇。她有行动,但露水姻缘,一夜情不难,两夜也有过,这大概还借助了她丰美的身体,可三夜四夜乃至长久,事实已证明很难。她现在懂得骑驴找马了,当年她一气之下辞职,没有先找下家,就吃了不少苦,现在她决定暂时在婚姻里待着,至少下次整容的钱,黑潘有义务分担。

女儿是不期而至的。与她的奢望相反,与科学原理相符,女儿不好看,简直难看。

秦梦媞的一夫一女,丈夫黑丑,女儿嫩丑,这就是现状。都说女大十八变,但据她的经验,女儿变美的可能性几乎为零。回想一个丑女孩的郁闷痛苦,想到一个丑女人的人生艰难,秦梦媞心中哀痛,难以自拔。她听说过隔代遗传,就是说祖辈可能把基因隔一代遗传到孙辈身上,她父母年轻时堪称英俊美丽,跳过她也就算了,如果能让女儿得益,也算是优质遗产。但遗产没有,全是债务。黑潘又太丑。女儿就是个小黑胖子,连胃口都和他一样大,活脱脱是黑潘的缩小版。这简直令人绝望。

没结婚前,她曾经在心里埋怨父母做事潦草,敷衍了事,生出她这么个丑女儿。等她自己生女儿了,才晓得这事不那么简单。黑潘虽懒,倒还疼女儿,有时被她抱怨得烦了,说:"你这么嫌她,有本事你把她塞回去!"这话还罢了,后面的就粗俗了,"知道你这样,我当时还不如把她射到墙上去!"秦梦媞冷笑:"你有那个本事吗?你哑火,打出来的也是臭子儿!"近墨者黑,跟着黑潘她的话也越来越狠,越来越黑。父母没有把美丽传给她,她和黑潘倒一股脑地把丑陋加到女儿身上,这真是命。秦梦媞一贯不认命。就在这时,她接到了一个电话,是国际电话,韩国那个医院打来的。他们说现在技术有了进步,他们又引进了一个真正顶级的主刀,她期望的根本性的改观,现在可以实施了。

她稍作犹豫。所费不赀是个问题,但家庭开支就是个塑身内衣,该挤的挤挤,该凸的就能凸。她决定最后一次对自己大动干戈,削骨。将大脸变小,下巴削尖,把颧骨磨平。所谓削尖脑袋,说的就是这个了。说一点不怕,那是假装的,但单位的某种态势强化了她的决心。展览馆隶属大型国企,但她一直是个合同制身份,前不久领导放出话来,明年要提拔一个展览馆副馆长,当了副馆长,就有可能转成事业编。这一步,天壤之别啊。好几个姑娘已经往上贴了。她们的姿色不在秦梦媞之下，即使她整过两次容，也只能打个平手。她的优势是身材好，呻吟好——不不，打错字了，是声音好。不过呻吟好也说得通，但这个"好"要到关键时候才能展示；可恨现在正值深秋入冬，哪怕你甘愿感冒发烧乃至肺炎，好身材也难以尽情施放。最好的手段无疑还是整容，据说有希望达到冰冰的七成乃至八成。据她研究体察，男人大多迟疑跟"假女人"结婚，但他们决不介意跟"假女人"露水。领导知道她秦梦媞去整了容，说不定还特别感动呢！想到这里，秦梦媞浑身充满了力量，手术需要请假的难题也迎刃而解了。跟领导直说呗。

剩下的事就是告知家人。父母若能分担经费更好，不分担也拉倒。秦梦媞觉得黑潘没理由反对。她当然不能明说她整容是为了讨好领导，但其实对黑潘最具压倒性的理由还正与此相关：如果黑潘的家里有背景，副馆长职位那就是手到拈来；哪怕他父亲只是一个不那么大的官，正好掌握着提拔权，一切不也水到渠成？手握提拔权的公公，总不会给儿子戴绿帽子吧？所以问题还是出在黑潘自己身上，他根本没资格反对。

可黑潘还就反对了。反对无效，他就去岳父家提告。父母一个电话接一个电话，把女儿一家催去了。父母弄了一大桌菜，因为那天据说是她生日——这话有点怪怪的，生日为什么要"据说"？可秦梦媞就是这么看待这一天的。一个人何时出生，她完全不知道，还不是听父母说？就是个"据说"。小时候父母带她去北京故宫玩，在"钟表馆"，琳琅满目的钟，时间却看不懂。墙上有介绍，她字认不全，父亲告诉她，什么是一天十二个时辰，什么是午时三刻。她就是午时三刻生的，相当于现在的中午十二点四十五分。她母亲对丈夫掉书袋很不耐烦，说记得哪一天就行了，午时三刻，嗨！对母亲这一"嗨"，秦梦媞长大后才明白了是什么意思，原来午时三刻是古时候杀人的时刻。这个她不在乎。自从懂得对自己的长相不满，她对生日就很轻慢。

家里的房子在老小区，车要停在一站开外再步行回去。街上很乱，小贩穿梭，一家挨一家的店面都在促销："亲爱的市民朋友们，为了搞活市场盘活资金，本店大促销，让利于民，外贸产品，一律五折！走过路过不能错过……"这种专业性的播音腔，打了岂止五折啊？秦梦媞心中焦躁，拉着女儿的手，快步往前走。她家楼下站着一个推车的小贩，突然举起手里的喇叭，一阵音乐，然后一个女声扬声说："酒酿！桂花酒酿！"秦梦媞小时候卖酒酿的还是小贩自己喊，土话难懂，她一直误以为是"九娘""卖桂花九娘"，现在喇叭里，侃侃解说起酒酿的历史传说了。看出女儿馋，秦梦媞买了两个。正要上楼，母亲也端着碗下来了，她是买给秦梦媞吃的。秦梦媞阻止母亲再买，那小贩有点失望。他胡子拉碴，面容愁苦，一般来说，这正是教育女儿认真读书的好教材，但秦梦媞今天没有借题发挥。这些吆喝声对她的人生正是个讽刺。她已不再年少，再往下滑溜，有朝一日帮人家录这种声音，以此打打零工也不是完全不可能。她带来了一张照片，是韩国发过来的虚拟照，约等于几个冰冰的综合体。这本是说服家人的好材料，但除了女儿，家人们毫无兴趣，多看一眼都不肯。

这已经是亮出态度了。午饭后，吃生日蛋糕。女儿玩着切蛋糕的塑料刀叉，跑东跑西，其他人都坐下来，摆出了开会的架势，但谁都不愿意起头。女儿觉得奇怪，看看这个，看看那个。外婆把她拉过去，擦掉她脸上的奶油。秦梦媞觉得，奶油不擦掉，女儿还喜气好看一些。父亲把秦梦媞的手拉过去，右手轻轻地搭在上面。"还好。"他端详一下女儿说，"我看你这次不要再去了，我不觉得'她'这样就好看。"他说的"她"，当然是茶几上的虚拟照，"我们中医讲究望闻问切，'她'这种脸，我什么也望不出。"

黑潘忍不住插话说："假的嘛！皮笑肉不笑，"他光说这一句也就罢了，可说得嘴滑，又接一句，"硬笑也是笑里藏刀。"秦梦媞脸黑下来了，黑潘继续说，"笑里藏了手术刀。"

秦梦媞忍住。忍字头上一把刀，她不发作。女儿好奇了，使劲挤出个笑脸说："笑里怎么藏个刀呢？"她摸着自己的脸问，"刀在哪里啊？"外婆连忙笑道："你爸爸说的不是你，是'她'。"女儿跑去摸那张照片。黑潘："那是假的。"秦梦媞冷笑道："是，'她'是假的，我们都假，只有你是真的。你丑是真的！"

黑潘霍地站起，差点开骂。他讪讪地去抱起女儿："我们到楼下玩。"女儿在他肩头问："外公，什么是整容？"黑潘说："整容就是用刀子在脸上划！"女儿吓得一怔，手里的塑料刀掉在地上。黑潘抬脚把刀踢开，扛着女儿出去了。

提前离开的人，常常是现成的话题。秦梦媞说："你们看看，这是什么男人！百里挑一！"母亲说："你自己找的。漂亮也不能当饭吃。"秦梦媞顶道："可我看着他吃不下饭。"其实这又跑题了。他们只在虚拟的"她"和黑潘身上打转，一直避闪着真正的标的。秦梦媞决定敞开心扉，不再绕弯。她滔滔不绝，侃侃而论。她不再说服，只是在倾诉。准确地说她是在陈述。父母偶尔反击一句，立即被她的话语覆盖。她的幽怨、哀伤和不甘，依附强大的逻辑，滚滚而下，无可阻挡，父母如立湍流，摇摇欲倒——即使他们还没有瘫倒，但坐在沙发上也早已直不起腰，抬不起头。秦梦媞刚说过丈夫，又说起女儿，她说她的女儿难看，丑，这她没有办法，她唯有自责，满心内疚。她如果早一点懂事，早一点去整容，她的女儿一定要漂亮得多，绝对不会这么丑——她举手阻止父母的反驳，说自己脑子没有乱——她说她如果早一点下决心，早一点完成修整，变得花容月貌，一定会有无数俊男帅哥前来求亲，她一定会帅中选优，选一个优质的男人成婚，决不可能落在一个猪头的手心。虽然整出的美貌不能遗传，但俊朗的父亲生不出猪头的女儿——父亲浑身一震，张口结舌，秦梦媞不予理会，继续道：女儿这么丑，她这做妈的看在眼里疼在心上，女儿今后必然也要整容，否则她如何成家，如何立业？想起自己一路走来的辛酸坎坷，她椎心泣血，痛不欲生。女儿的整容要早，一等发育定型了就要做，不能偷懒怕疼，不能怕花钱，这种成本比什么都值！女儿找到漂亮的男人，他们的血脉才能改良，后代才能变得漂亮——秦梦媞捏起那张虚拟照，挡在自己脸上，轻声说："我就再做一次，最后一次。我将会变成这样。"

正午的阳光射进窗户，落在她脸部，呈一片漫射的白光。此时大概是午时三刻，三十二年前的此刻她降临人世。秦梦媞看看桌上狼藉的生日蛋糕，坚定地说："我要新生。"这话说出来，顿时觉得轻松。母亲看着她，满脸惊骇。父亲蔫头耷脑，肩膀随着呼吸一耸一缩的。母亲突然一声惊呼，跑过去晃晃丈夫的脑袋："你怎么啦？怎么啦？"父亲抬起头，色如死灰，但是他说："我有数。没有事。"秦梦媞心里掠过一丝后悔，她不该回来的。她又不是赴死，人家自杀都不要父母同意的，她何必回来多此一举？母亲脸色也难看。秦梦媞道："爸你还是老中医哩，也没见你和妈身体有多好。"这话是为了表达关心，但话还是有点硬，于是笑道，"爸，你们自己可得多保重。你如果不寿比南山，我可要笑话你是电线杆子上瞎贴的老中医啰。"她调皮地伸伸舌头。母亲的目光像刀子一样划过，说："我们保重。你该走了。"

一个多月后，还是在这里，父母家的客厅，秦梦媞面对母亲。她脸上，手术后的肿胀尚未消退，暂时还看不出日后的姿容。母亲说："现在，有件事，我必须告诉你了。"秦梦媞疑惑，侧耳倾听。

"你并不是我亲生的。"秦梦媞浑身一震，母亲说，"你不是我亲生的，你爸却是你的亲生父亲。我不能生育，可我们又那么喜欢孩子，你爸和我商量了，去医院抱一个孩子。"秦梦媞瞪大了眼睛，眼角欲裂，她疼得抽一口凉气。母亲说："后来我知道了，他和别人生了你。而且，我知道了那个女人是谁。"秦梦媞说："妈你胡说！你骗我！"秦梦媞想从母亲脸上看出哪怕一丝伪装，可母亲面无表情。她听见身后，父亲说："她没骗你。"她倏然转身，父亲的照片挂在墙上，围着黑纱，他淡然微笑，亲切地看着妻女。

母亲侧脸看看墙上的丈夫，说："你的母亲已经死了。得病死的。那时候你小，现在可以告诉你了。"她艰难地站起身，对着墙上的照片说："你叮嘱我告诉她。我现在说完了。"她背对秦梦媞说:"你说你爸是电线杆上的老中医,你说中了,他挂起来了。"

秦梦媞呆立。欲哭无泪,这倒无意中符合了医生的医嘱:不能流泪。她亲生父亲走了,生身母亲也早已不在,所有那些她曾厌憎的基因已经失了来路。她一时不知身在何处。"你说你爸说得还是不够准,他不是挂到电线杆上,他是挂墙上了。"母亲在边上说,"相信你说你自己,能说得更准;相信你对自己的预期,都能实现。"母亲直愣愣地注视她,脸上泛出怪异的笑意,"但愿你心想事成。"

(原载《作家》2018 年第 1 期)

作者简介:

朱辉,现为《雨花》主编。曾获"紫金山文学奖、汪曾祺文学奖、作家金短篇奖"。短篇小说《七层宝塔》获第七届鲁迅文学奖。

换肾记

_任晓雯

前一日，梁真宝喝多了水。

妻子陈佩佩曾用一片口香糖哄他："多嚼嚼，就不渴了。"他背着她，把口香糖粘在桌板底部，又跑去厨房，灌下两杯白开水。他感觉自己像个突然获释的重刑犯，不安与期待，涨住整个胸膛，须得放纵一下不可。

他捏着空水杯，感觉身体里的水，沿了胫股，汇至双脚。脚掌宛如涨满的皮囊，沉甸甸的，一摁一坑，久久不退。他用抹布擦干杯子，放回原处，拖着两条腿，坐到方桌前，戴起棉纱手套，搔挠身上的痒处。日渐灰黄的皮肤，像是覆了一层尿色。背部、腿臂、胸脯，长满小红疙瘩，一个都不能抓破。他挠得专心谨慎，仿佛在从事什么精密工作。其间，他数次起身，把体重秤从大橱底下踢出来。陈佩佩闻声过来，给秤归了零，扶他站好，又跪在地上看刻度："怎么涨了一斤。"

最难忍受的，是入暮时分。窗户对面的高楼，在金红色夕阳里，回光返照般亮起来，继而转淡，轮廓模糊，最终消匿于黑暗。梁真宝感觉自己将赴刑场。夜晚要来了，当他躺在床上，身体里的水分，会从脚底返流而上，均匀摊平，仿佛他是一只被放倒的闷罐子。周身似有无数小虫蠕爬。他每次都叫醒妻子，诉苦、哭泣、咒骂，让她陪自己失眠。"我感觉马上要死了。"他会说。

这种时候，陈佩佩总要逼问，是否偷偷喝水了，或者吃了她藏在顶柜里的水果。他否认再三，又承认下来。陈佩佩拿指甲弹叩他的脑门，用教育儿童的口气说："快三十岁了，还管不住自己。"

"透析室的老刘，经常吃方便面，十几年过去，还好好的。"

"你的目标不是十几年，是四十年，五十年。只要坚持透析，保持良好生活习惯，不会有大问题。"她每次如此说，流利得犹如背书。他每次都像第一次听，捏牢她的手，说一句，摁一记。

听罢，他会说："有个肾就好了。"

"求求严素芬去。"

"求过了。"

"再去求求。"

话头便转到严素芬身上，说着说着骂起来。困到骂不动了，才作罢。

是夜，他们没有谈及严素芬。陈佩佩甚至不逼问丈夫，是否偷吃偷喝了，也不指责或安慰他，只说："熬一熬就好，明天就好。"

梁真宝在黑暗中点头："明天就好了，明天肯定会好吧？"

"睡好了，就会好。"陈佩佩拉扯被子，调整姿势。

梁真宝意犹不尽，想多聊几句："上个礼拜看到你吃橘子，香是香得来。我馋不过，偷吃两瓣。心悸了好几天，浑身没力道。不敢告诉你。"

"你以为我不晓得吗？买回来的东西，我都算过只数的。"

"真的假的呀。"

陈佩佩不答，旋而起了鼾。鼾声过分响亮，犹如一匹奔跑过后的马，在张着鼻孔喷气。他疑心她假睡，等了等。将被子堆给她，下床走去北房间。

梁真宝在房外站立片刻，打开一道门缝，探入脑袋。他闻到老年人气味，宛若隔夜肉食一般，微微腐朽的气味。没有鼾声，没有腹鸣声，甚至没有呼吸声。唯有一台老式"三五"座钟，咔嗒咔嗒，每秒都似有一把小铡刀落下。有那么一秒，梁真宝以为母亲不在房内。他经常梦见母亲消失，半夜惊醒了，便要过来张一张。

"妈，妈。"梁真宝轻唤，将门缝推大，又摸摸索索开了灯。床上无人，枕头歪斜，褥子凹出一个短小的人形。梁真宝摔住门框，又喊，"妈。"

"阿宝，"他听见母亲在身后，"我没有逃跑，我去厕所间了。"

梁真宝抹抹眼睛，扭过头去。

"我晓得你不放心，经常夜里厢过来监视我。"

"不是的，我半夜困不着，随便晃晃。"

"房门锁死了，能跑到哪里去。再不放心，用手铐铐牢我算了。"

"不怪我，不是我的意思。"

"阿宝阿宝，你是啥意思，我也拎得清。这许多日脚，你跟我讲过贴心话没有。永远是同一句话，翻来覆去千百遍。现在你满意了，总算不来烦我。"

过去三年多，梁真宝见了严素芬，便叨念："妈，我想要个肾。"口气仿佛在说，我要一个铅笔盒，或者，我要一个新手机。严素芬自小在每件事上满足他，除了这一件，"不行，我没有。""你有的，你有两个。""我会死掉的。"

有那么几次，梁真宝透析归来，双腿抽搐不已。严素芬用毛巾为他热敷，将他双腿搂在怀中按摩。陈佩佩道："妈，他只要一个肾。"严素芬涕泪齐流："不行，我会死的。"

陈佩佩从网上打印了资料，论证人类少一个肾，照样活蹦乱跳。严素芬戴了老花镜，认真研读。梁真宝道："妈，我想要个肾。"严素芬收拢眼镜，挂在围兜上，饺子皮似的招风耳，在脑袋两侧微微一颤："我生你的辰光差点死掉，还想我为你死一次吗？"

"不会死的，怎么会死。"陈佩佩拿出自己的配型报告，插到婆婆面前，一页页地翻，"我跟你儿子没啥血缘关系，都想送他个肾，可惜老天爷不给机会。"严素芬咬了嘴唇，憋红了脖颈，面孔躲来躲去。陈佩佩睨她几眼，拍着那沓纸，跌足道："哪个当妈的有你自私，看到儿子吃苦头，不肯出手帮一帮。"她嚎得胸腔起回音，身体一抽一抽的。严素芬擦擦她飞溅过来的泪水，也哭起来。陈佩佩见状，反倒眼泪一收，抹了面，对丈夫道："你妈再不讲理，我就跟你离婚。"

梁真宝道："妈，佩佩要跟我离婚。"

严素芬道："她不会离的。结婚的辰光，梁家送过三十万礼金，他们陈家还不起。再说她的上海户口，还是我们给的呢。"

梁真宝嚅嚅嘴，不说话。

陈佩佩的眼睛，抽缩成倒三角："难道我是你家用钱买来的吗？上海户口了不起啊。老太婆，一只脚踏进棺材了，还越活越来劲。人总要死的，难道不死吗？真宝他爸怎就瞎眼娶了你，怪不得被你早早气死。真宝，你说是吧。"

梁真宝眼眶濡湿了，叹气道："我不晓得，我要死了。"拖着两只脚，走去卧室，关上门。门外，婆媳愈发喧起来，一来一往，调门攀高，彼此碾压，在梁真宝耳中嗡成一片噪声。继而疲沓下来，趋于安静。有人打开电视机。电视里，又有男女争吵哭泣，间杂了哀乐似的插曲。厨房里砰一记，似有碗盏跌碎。哗啷啷挪动桌椅。梁真宝感觉有一道黑幕，垂落在自己与整个世界间。又仿佛自己退缩成了婴儿，所有响动听起来不可理喻。

约莫半年前，严素芬出走过，住去女儿家。陈佩佩携了梁真宝，上门将她讨要回来。严素芬对女儿说："他们想把我绑到医院，挖掉我的腰子，你也不肯救救我。"梁带娣说："你从来心里只有儿子，出了事体才想到我。或者你让一步，去医院做个检查，费用终归我来出。别太担心了，换肾是有讲究的，亲生的也未必配得上。你老住在我这里，不是个办法。我房间小，搭了折叠床，转身都没地方。"

严素芬哭一场，跟了儿子回家。等待检查的日子里，陈佩佩天天为她买鸽子。严素芬说胃口差，吃不下。

陈佩佩道："你不是最爱吃鸽子吗，常说一鸽胜九鸡。"

严素芬道："我又不是猪，喂得肥肥的，好送去杀了是吧。"

陈佩佩忍了火气，不与她争。严素芬半夜起床，摸到厨房，吃掉早已冷却的鸽子，喝光凝了油脂的汤，用草纸裹起筋骨皮杂，扔出窗户。翌日，她赶了早，到玉佛寺烧香求签。三次都是上上签。她定下心来。

检查过后，等了十五天。陈佩佩一早去领报告。严素芬在家看看电视，敲敲胆经，又温习广场舞。梁真宝道："妈，你晃来晃去，晃得我头昏。"

"啥人叫你看牢我，做你自己的事体去。"

"我能做啥事体。佩佩不许我打游戏，电脑手机都没收了。"

"好了好了，我也是心里烦躁，随便寻点事体做做。等一歇帮你揩身。"

"我不要，皮肤痒。"

"晓得你皮肤痒，我特地求了个中药方子，揩了就不痒了。"

"我没心情。"

"别瞎想八想了，老天爷会帮我们，我去庙里烧过香的。"

严素芬用苦参、防风、当归煎了水，往浴缸里灌。手机铃声响。她擦干手，往北房间去。梁真宝赶在她前面，吼道："快接快接，肯定是佩佩。"严素芬从五斗橱的第三格抽屉里，取出她的翻盖机，接了，听得那厢轻微啜泣。"佩佩吗？还在医院吗？报告哪能讲，没事的，好好讲，别太难过了。"

"妈，谢谢你，拜托你。"

"啥意思？"

"你能配上五个点。医生说，真宝以后排异反应会很小。喂喂，在听吗？让真宝接电话。"

梁真宝夺过电话，不及言说，哽咽起来。小夫妻对哭一响，梁真宝道：

"你快回来,打的回来,今朝不要舍不得钞票。"放下手机,不见了严素芬,便"妈,妈"地喊,到处找。

严素芬在卫生间,靠着浴缸,木木然盯住半缸淡黄的水。水面腾起一股子药味,熏得梁真宝打喷嚏。"我要去带娣家,"严素芬一字一顿道,"这里待不下去。"

梁真宝掩了卫生间的门,后背压住门板。

严素芬又道:"国家法律规定了的,必须自愿捐肾,你们不能强迫我。"

"你不自愿吗?那干嘛检查,花掉两万多块钱。"

"是你们逼我检查。"

"是你自己同意的。"

"我们两个都会死在手术台上。"

"不会的,我们找最好的医生。佩佩以前有个学生家长,是肾内科主任,留过洋的,全国有名。佩佩早就联系上,人家愿意帮忙。一直就只缺个肾。"

"我就晓得是陈佩佩。阿宝,别听她挑唆。很多人换了肾,反倒活不过一两年。我年纪也大了,身体里拿掉一件大家生,还哪能过日脚。你爸死得早,我养大你和娣,吃了多少苦。好不容易熬出头,宝贝儿子却望我翘辫子。"

梁真宝无言以对,捂住后腰,缩矮下去:"我要死了,我要死了。"

严素芬撑几撑,站起来,想绕过儿子,去拉卫生间的门。左挪右让,绕不过去,便坐到马桶盖上,也捂住后腰。仿佛那里头的肾,已被拿走了似的。

母子对峙到陈佩佩回家。严素芬做好吵架准备。陈佩佩没有吵,冲进北房间,抄走严素芬的手机、存折、身份证、户口簿、房产证。严素芬揪她头发,抓她手,用两只松软的拳头捶她。陈佩佩将她推到床上,关了门,在球形门锁芯里,插一根拉直的回形针。拽了梁真宝回南房间。

梁真宝道:"你忒凶了吧,她毕竟是我妈。"

陈佩佩道:"是啊,你妈最亲。从你生了毛病,她出过多少力啦。就我整天围着你转,转到啥时候去。"

"佩佩,我晓得你受苦。以前我不懂事体,整天打游戏。以后身体好起来了,一定弥补你。帮你做家务,给你买漂亮衣服,和你去欧洲旅游。"

"我还要生个孩子。"

"那就生个女儿,更体贴父母。"

"我们年轻,生活没开始呢。不像那老太婆,啥都经历过,现在就是吃饭拉屎,天天等死。我早猜她会反悔。从不拜菩萨的,突然跑到玉佛寺。我才不怕呢,我去静安寺烧过三次香,还在功德箱里捐了五千块。静安寺比玉佛寺灵验,我又那么心诚,舍得花钱,菩萨肯定保佑我们。你看,果然配型配上了。"

"配上了也没用。"

"那就关着她，关到有用为止。"

"不大好吧，阿姐那里哪能交代。"

"梁带娣巴不得老太婆消失。老太婆每次找她，都是问她要钱。"

梁真宝不言语，坐到桌前，顾自搔起痒来。陈佩佩出去买了把链子锁，绕在自焊的铁门上。用蜡线串起钥匙，挂在脖颈里。这才拔了锁芯里的回形针，放出严素芬。

严素芬早已哭得满面发红，提了一袋替换衣裤，径直往外走。开防盗门，开铁门，见了链子锁，拉扯几下，对陈佩佩道："啥意思，当我劳改犯吗？我要喊救命了。"

陈佩佩将她摔进屋，门一关："死老太婆，没人救你。"

严素芬跑去阳台，喊"救命，救命"。楼下围了人，纷纷介往上张望。有邻居来敲门抱怨，陈佩佩道了歉，送几只土鸡蛋。

严素芬闹过一时辰，嗓子痛哑，便拿一把扫帚，在阳台上挥舞。天色暗了，看客陆续散去。陈佩佩和梁真宝吃过晚餐。陈佩佩盛一碗饭菜，放到北房间。收拾过碗盏，给梁真宝服了叶酸片和乳酸亚铁片。正蹲在卫生间擦浴缸，听得外头砰砰响。跑出去，见严素芬把饭菜扔在客厅，还将电视机推下地来。陈佩佩将擦浴缸的抹布，甩在她脸上。严素芬扑来厮打。陈佩佩抓住她两只手，几欲将她提起。梁真宝站远了，劝道："好好说话，好好说话。"

有人按门铃，是个民警，"有群众反映，你家从早吵到晚。"陈佩佩抢在前头哭诉。梁真宝在旁垂了脸，哎呀呀叹气。民警说："这是当妈的不对，哪能不管儿子死活。小伙子真作孽，背也塌了，腰也弯了，缩了两只肩胛，好像七老八十岁。"严素芬嘎哑道："我的命不是命吗？"民警道："你已经老了。"严素芬吃瘪。陈佩佩给了民警一百元："麻烦师傅了，本想送你点香烟抽抽，家里也没备着，你自己买了抽吧。"民警笑了："以后有啥事体，直接寻我好喽。"

陈佩佩收拾了狼藉，打开电视机调试，见没有摔坏，便抱到南房间。又出门去，在楼里上下跑一遍，逐户打招呼："我家婆婆老年痴呆，吵到你们了，实在对不起。"

回了家，严素芬抵住铁门，不让她进。陈佩佩开锁推门，一掌将严素芬甩得趔趄："就你这小身材，还想拗过我。"她故意放慢动作，将链子锁丁零当啷锁好，把钥匙挂回脖子上。

严素芬哭得满手鼻涕，躲进北房间，把门关严。陈佩佩帮梁真宝清洁了身体，扶他上床。说一晌话，将睡不睡的，听得脚步声。是严素芬进来，掷了把杀鱼剪刀，尖口压在手腕上："你们逼我死，我就死给你们看。"

陈佩佩道："死一个看看啊，算你有本事。"

严素芬一怔，又道："我就死在这里。让警察抓你坐牢，让你房间里阴魂不散，再也不能住。"

陈佩佩被子一抖，躺下道："少废话，要死快点死，别妨碍我睡觉。"

严素芬站在床尾，又闹了片刻，退出门去。

梁真宝道："不要紧吧，她不会想不开吧。"

陈佩佩道："她连肾都不肯捐，哪里肯死啊。"

梁真宝不说话了。稍后，仍不放心，走到北房间。隔着门板，听见严素芬的放屁声，跟吹长笛似的。"阿宝，是你吗？"她喊。他蹑足回了房，重新躺到床上。

严素芬安静下来。仿佛自知不敌，接受了现实。每次陈佩佩外出，她都盯住儿子唠叨："阿宝，你是从我肚皮里出来的，我俩才是血连血的亲人。别理那陈佩佩，一门心思刮走我家财产。你想想，要是你我死在手术台上，我们的房子就落到她手里。她算盘啪啦啦，不要打得太快哦，逼我们做手术，又把房产证藏起来。还不如把房子过给带娣呢，带娣好歹也姓梁。"

梁真宝听不得，躲进卫生间。严素芬贴着门板说。他假装睡觉，她便站在床边说。一次，梁真宝道："我在透析室认识个朋友，跟我差不多大，姓张。平常能说能笑的一人，前几日脑子出血，瞳孔都散了，鼻子出不得气，要插呼吸机。医生说是吃药透析十几年的并发症。他有个妹妹，配型配上了，婆家不准她捐肾。小张蛮作孽的，即使抢救回来，都成植物人，还不如死了好。你要不要看看他照片。叫张什么来着的，一下想不起来。"梁真宝作势从枕下取物。严素芬往后躲："我不要看，不要看。"自此不与儿子多言。

逢到小夫妻出门透析，严素芬瞬即活络了，满屋兜转，搜寻钥匙、证件、财物。她打开大小柜子，逐样摸捏，还把折叠的衣服一件件抽出来，摊开了，里外正反地检查。南房间大衣柜里，有只上锁的抽屉。她忌惮陈佩佩，迟迟不动。某日，忍不住了，用螺丝刀撬开。都是梁真宝的证件，学生证、毕业证、结婚证、绘画比赛奖状、职业培训证书……还有一本粘贴式相册。

严素芬捧在手里，逐页翻看。眼见梁真宝在照片里，一点点幼齿下去，面孔渐次圆短。童年的几张，是黑白的，边角发黄了。有一张是尚未去世的丈夫梁栋德，抱着两岁半的梁真宝。梁栋德头路三七分，面孔滴刮四方，像台电视机。两只女人样的吊梢眼，乜斜着严素芬。一件带帽滑雪衫，把他整个人鼓囊囊撑起来。她记得那时他已患病，衣服底下，肋骨毕显。梁真宝或是不喜父亲身上的药味，捏了小拳头，试图挣脱出去。他胸前的白饭兜，是三角形的，脑袋上头发根根直立，嘴边滋出一泡涎沫。

严素芬的食指肚，在照片上滑移。时而摁住梁栋德，时而摁住梁真宝。他们的面孔那么小，似要从她指间漏出去。不知多久，听得链子锁当啷响。她跳起来，把相册塞回抽屉，推几下，合不拢。身后起了呵斥声："进我们房间干嘛。"陈佩佩的语气，仿佛老电影里的女八路说：别动，举起手来。

严素芬想从气焰上压倒她，挺了挺背。感觉有一脉筋，硬邦邦勒在肉里。无数说辞在脑中浮动，却都稍纵即逝，抓握不住。她转过身，见儿子儿媳一边一个，堵住房门。梁真宝缩着脖子，显得比陈佩佩还矮，面色像在太平间里冻过一晚。陈佩佩逼近严素芬："你偷什么了。"严素芬后退一步，脱口道："好吧好吧，我自愿了。"

梁真宝晓得，母亲只是一闪念。她几乎是被陈佩佩架着，一径办理亲属证明、协议公证、医院手续的。等待手术的三个月里，严素芬变得沉默。这是从没有过的。陈佩佩曾说："你妈是世间第一唠叨。有时真想抓一脬屎，塞在她嘴巴里。"现在她不再抱怨，每天为婆婆买鸽子。严素芬毫不客气，整只撅到碗里，咂咂地啃，嘶嘶地吮。

梁真宝成日躲在卧室，避免与母亲照面。她面皮紧绷的模样，足足老了十岁。手术日期将至，她又多话起来，总想逮住梁真宝诉说。梁真宝或应付几句，或假作不闻。仿佛她的话里有陷阱，稍不留神，就会被她套牢受死。

这个夜半，空气黏潮，灯光缟白。严素芬看起来，像一条即将消逝的影子，唯独剩了张嘴，不停开合，变化形状，"阿宝阿宝，你是啥意思，我也拎得清。这许多日脚，你跟我讲过贴心话没有。永远是同一句话，翻来覆去千百遍。现在你满意了，总算不来烦我。"

梁真宝拖了两只胀水的脚，退往客厅。她跟过来，继续道："在你眼睛里，我不过是只活腰子。"他撇着头，无法集中精力回话。幸而陈佩佩冲出来："明天都要住院的，还不睡觉。"拉了梁真宝回房。

陈佩佩为丈夫掖好被子，摸摸他额头，责备他不该乱走。梁真宝一夜无眠。天色微亮时，浅盹片刻，即被唤醒。他起床，称了体重，吃了鸡蛋红薯，坐了半小时马桶，又称了体重。陈佩佩为他备好饼干面包、替换衣裤。带刻度的水瓶，不多不少，灌一百毫升白开水。又打开急救箱，数点退烧贴、血压计、电子体温计、红外线治疗仪，加添了酒精棉和一次性口罩。

陈佩佩帮梁真宝脱掉睡裤，检查大腿根部的透析导管，再帮他穿上阔腿裤。当她拿出长袖T恤，他咕哝道："这么热的天，还穿长袖。"乖乖由她摆弄。经年的透析，使得他的手臂血管，犹如老树根一般，盘盘匝匝凸起。陈佩佩替他捋下袖管，理了理衣衩。

严素芬也装扮完毕。染过的头发往后梳成髻，掩住头顶一涡新白。又抹了头油，头发黏成一簇簇，贴住头皮。两只招风耳愈发醒目。她穿黄绿小花的乔其纱短袖衬衫。黑色牛奶丝跳舞长裤，裤缝镶了两道金边。脚上的磨砂皮船鞋，还是全新的，姜黄姜黄，鞋头有个小蝴蝶结。再戴上金耳环和珍珠项链。珍珠跟蔫掉的玉米粒似的，大小不一，凸凹错落，盘在细颈子上。

陈佩佩"啊呀"笑了："妈不是去住院的，是去跑亲戚的。"

严素芬道："最后一趟了，总要体面些。"

陈佩佩皱皱眉头，转问："给你煮的鸡蛋，怎么不吃？"

"现在不饿，等一歇饿了，路上找地方吃。"

"住院东西准备好了吗？"

严素芬提出一只尼龙购物袋，隔了袋壁，摸摸捏捏："牙刷、香皂、草纸，都拿了。"

梁真宝随了严素芬，站到走廊上。陈佩佩关灯、闭窗、检查煤气，各房间看一遍，解了链子锁，放在茶几上，这才出门来。三人一串地下楼。严素芬道："你们一前一后，押犯人吗？"陈佩佩讪讪不语，搀住梁真宝。严素芬沿了绿化带的边角走，尚未出小区，便喊起饿来。

陈佩佩道："面包吃不吃？"

"太干了，早上要吃点湿的、暖和的。"

"公交站那里有豆浆摊。"

"我要坐下来，安安稳稳地吃。"

"那路上看看。"

他们过了马路，坐公交车，在第三站下来换车。严素芬抱住街边梧桐树，说："我饿得前胸贴后背，要昏过去了。"

陈佩佩说："这里没有吃的，索性去医院附近吃。"

严素芬将那树搂得更紧了，反复道："我要饿昏了，我要饿昏了。"

梁真宝道："往前面走走吧，反正时间还早。"

陈佩佩叹口气，胳膊一挥："走吧。"

严素芬这才松手，顺了上街沿走。十字路口，有人施工，路面被一径翻开，围起黄色警示牌。严素芬道："做手术的辰光，我身上皮肉也是这样翻开吧。"无人搭理。

沿途的美发店、扦脚店、贴膜店、服装店、小吃店，统统没有开门。梁真宝越走越慢，张了嘴巴呼吸。陈佩佩道："妈，往回走吧，真宝吃不消了。"

"好像前面有家饭店，我看到了。"

"哪里？"

"那里。"严素芬随手一指。

走到她指的地方，是一家房产中介。严素芬故作吃惊道："哪能一桩事体，明明在这里的，老大一家餐馆。我以前来过的，二十四小时营业。"

陈佩佩咬紧嘴唇，鼻翼猛烈张翕。

梁真宝拍拍她手，轻声道："算了，小事体，依着她吧。"

严素芬继续往前。小夫妻跟住她。过两个路口，拐弯，总算发现一家。黄底红字招牌，写"刘阿婆小菜"。严素芬推店门，推不开，站在原地犹豫。店内身影晃动，一个花白头发的胖女人开了门，又反身进去。

严素芬回头嚷道："我说有一家的吧，哪能会记错。"头颈一缩，从塑料空调帘子间钻入。

店堂十来平方米，四张方桌，八条板凳。严素芬选中靠里一桌，捻了捻桌面，挥赶几下苍蝇："老板娘呢？"胖女人从后头转出来。梁真宝夫妇也进门坐定。陈佩佩取了餐巾纸，为丈夫擦汗。

严素芬睃着墙上彩图菜单，大声说："我要梅菜扣肉。"

"肉还没买呢，啥人老清老早吃这个。"

"我平常也不吃的，今朝必须吃好点。等一歇到医院，啥都没的吃。老板娘，你晓得吧，我要做手术了，割一只腰子给儿子。看看，你们还有葱炒蚕豆，我三年没吃蚕豆。看到蚕豆，就想到腰子，心里不适意。"

陈佩佩道："妈，少说点，吃了就走。"

老板娘道："吃烧麦豆浆吧，早上不卖炒菜的。"

严素芬道："那来两笼烧卖、一份豆浆。帮忙开开空调，热死了。"

陈佩佩道："真宝会感冒的。"

"你们坐到门口头去，别对着吹就好。"

老板娘打开空调，回到后间。俄顷，端来食物，铺在桌上。又抱来小孙子，孵在空调边，看严素芬吃。

严素芬道："你是刘阿婆吗？真福气，抱孙子了。孙子叫啥啊？"

"叫洋洋。"

"哦哟，你叫洋洋啊，乖不乖啊，洋洋。"严素芬戳着筷头，朝孩子哇哇几声，把孩子逗哭了。这才心满意足，攫起烧卖来吃。一边吃，一边说话，糯米渣从嘴角里喷溅出来："刘阿姨啊，羡慕煞你。我儿子腰子坏掉了，不会生小囡了。我辛苦一辈子，从没做过坏事体，老天爷却让我断子绝孙。"

陈佩佩道："妈，我们赶时间。"

"不要催，急赤拉吼的，倒被你唬住。我问你，做啥要住院。住院费介么贵，又不能报销，白白里被斩一刀。明朝再去医院，直接做手术好喽。"

"真宝还要透析一次，医生指定今天住院。"

严素芬扭头对老板娘道："我儿子每个礼拜透析三趟，钞票刺刺叫出去。媳妇本来是小学老师。现在的小学老师，你晓得的，给学生子开开小灶，外快哗啦啦进来。她嫌鄙忒辛苦，老师不当了，整天在家晃了两只手，啥都不做。治病开销都是我女儿来。"

梁真宝道："妈，佩佩是为了照顾我。"

陈佩佩道："跟她说什么，我做啥她都看不惯。"

严素芬恍若不闻，继续对老板娘道："我女儿忒辛苦了，一直相帮她阿弟。换个肾，三十多万块呢，她在外面借了债的。我都想把房子留给她。我有套两室一厅，在内环里，靠近地铁站。十几年前买的，老房子拆迁费，加上所有积蓄。算是送给儿子的婚房，也是我自己的养老本钿。"

老板娘道："房价涨得快，买房的都发财了。"

"发财有啥用，生不带来，死不带去。吃了一辈子苦头，早就想穿了。刘阿姨，你不晓得，我老公死得早，我为了两个小囡，再也没寻男人。又是屋里厢，又是厂里厢，忙我两脚扛在肩胛上。我工作起来也是最卖力的，当年在翻砂车间，跟男同志做一样生活。每年评到三八红旗手。领导把我照片贴在厂门口，人进人出，全都看得到。厂长每趟开会表扬我，讲我觉悟高，凡事以集体为先，对国家贡献重大。阿宝，姆妈的光荣事迹，从没跟你讲过。你说啥人比我高尚，啥人有资格批评我。瞎掉你们的狗眼乌珠。我要算是自私，雷锋叔叔都不敢夸自己无私。我今朝要把腰子送给儿子了。我为了儿子，一条老命搭进去。"

老板娘搂紧孙子，不言语。

陈佩佩道："老板娘，我先结账。"

严素芬道："没吃完呢，急啥，我跟刘阿姨投缘，多啰唆几句。啥人晓得过了今朝，有没有明朝。我有个小姐妹，叫翠珍，老早厂里跟我最要好的，每年到桂林白相。女婿给她买包，巴巴里①的，还在桂林给她买了一套房。我本来想等儿子讨了老婆，有人照顾了，我就跟翠珍一道旅游。我从没去过桂林，桂林山水甲天下，我再也没机会去桂林了。"

"妈，你说这些，人家听了不舒服。"

"刘阿姨，你看看，这就是外地媳妇。没大没小，当了别人指责长辈，真是要不得。我跟我家阿宝讲，外地人看中你的房子户口，不是看中你的人。阿宝吃死爱死，不肯听，我也没办法。反正我两脚一蹬，一分洋钿都不会留给

---

① 即巴宝莉

她。留给她做啥,她跟我啥关系。我一辈子为别人活,也没捞到个好。命苦啊,没人关心我,都不把我当人看……"严素芬哼哼唧唧,一口豆浆呛进喉咙。顿时又咳嗽,又喷嚏,鼻孔嘴巴齐射,搞得满桌涕泪浆沫。

老板娘怀中孩子又哭起来。老板娘道:"先结账吧。"

陈佩佩结了账,赶着严素芬走。严素芬磨磨蹭蹭出店,又不肯动。

陈佩佩跺脚道:"你到底想怎样?"

"我想先小个便,医院里脏,没法小便。"

"那你小在那棵树边。"

"有人看见。"

"哪有人。"

"我腰子不舒服,有点酸。刚刚吃豆浆时酸起来的。"

"少来。"

"手术钱能退吗?改天行不行。"

陈佩佩道:"肏你妈,死老太婆,我忍了你一早上。"揸开手指来抓她。严素芬退开,将尼龙购物袋奋力甩向她,转身朝马路上跑。她跑起步来,仍像在走路。双脚磨着地面,往前拖滑。皮鞋在脚跟上一步一甩。微热的晨风卷过她,头发、衬衫、跳舞裤,都颤动回应,似要将她往风的方向上带。她果真顺了风向,斜斜跑到路当中。在浅灰沥青路面上,在黄白标线间,她的背影窄短,宛若中学生。陈佩佩走向她,仿佛高大自信的猫,走向一只老鼠。

有公交车驶来,陈佩佩停步等待。绵长的车身,遮挡了视线。她没有发现那辆奇瑞QQ,是何时冲过转角的。她听见梁真宝尖叫,便回头看他。又听见急刹车,便又循声转过脑袋。公交车过去了,严素芬趴手趴脚,俯在地上。奇瑞QQ僵在旁边,仿佛犹豫着,究竟倒车逃跑,还是往前补轧一记。草绿色车身,贴满了卡通图案。它小得犹如玩具,不像是一辆能够撞人的真车。

空荡荡的路面,瞬间堆起了人。他们像是凭空从地底钻出来的。拎着小菜篮头,端着痰盂罐头,提着塑料面盆,牵着遛狗绳子,拿着蒲扇、茶缸、鸟笼,将严素芬层层包围。唯有一磨砂皮船鞋,逃脱看客的视线,飞在半米外,碾扁着,黄里沾了灰,像只破碎的肾。

(原载《当代》2018年第3期)

作者简介:

任晓雯,1978年生于上海,著有《好人宋没用》等六部作品,有作品被翻译为英文、法文、俄文、瑞典文、意大利文等。

午餐后航行

_ 宋阿曼

那些陡峭的山在寒冷干燥的空气里
也像我们这样,平静而不痛苦吗?①

何溪在二十八岁的年龄完全成熟了。在那年漫长的春夏交接中,她得出这个判断,一个由非此不可到别样亦可的过程宣告完成。她觉得自己身体闭合了,发育骤止,不会再朝任何方向生长。她在镜前盯着自己的身体,这个躯体似乎足够余下的时间去消耗。智力、骨骼、脂肪、皮肤的弹性,衰老的痕迹是明显的。她一只手握住自己的乳房,越来越用力,好像这是身体毫无感觉的息肉。她触碰每寸皮肤都是一种陈旧感,碎发疲惫地搭在颧骨,她厌恶镜中那张极度平静而又被欲望催老的脸。只有镜前的灯开着,幽暗的空间配合窗外车流的涌动声,是一种什么东西在缓慢下落的氛围。

手机振动了两次,她没接,振动停止后,她将手机调

---

① 出自马雁《冬天的信》

成飞行模式。何溪仰躺在白色床单上，白色的墙纸，白色的窗纱，白色的隔架，白色的空调，白色的烟灰缸，这是一间经济型连锁酒店，离她住的公寓不远，从窗口望去就可以看到她的家。她在八小时前换了大门的锁，撬掉的旧锁没有扔，放在床头的小木柜里。

　　她套上卡其色风衣，从酒店出来，没下雨，路面却很潮湿。天庭最后的亮光在熄灭，她正逐着阴影行走。街上飘来烘焙店烤面包的香味。走到十字路口时，一辆出租车恰好停在她面前，下来两个人。何溪拉开后排的车门坐了上去。司机问她去哪时，"绿地公园"几个字突然迸出。车窗外有一辆载满绵羊的卡车，两只羊的头从铁栏中挣扎要伸出来。只要见面，她绝对做不出任何抉择，只有被他揽进臂弯，他嘴唇吻过的地方都会朝他投降。她想到他们在一起的许多画面，只有赤裸相对的场景最真实，其他的都是苍白、庸常，而这种苍白和庸常又消散在新一次交媾中。她想到"交媾"这个词。何溪翻出一周前他发来的信息：你生日那天，我来看你。她反复看了几遍，将它删除了。

　　车停在绿地公园的北门，对面是餐饮街。一个小酒馆的名字引起她的注意，"拂拭"。公园有几处在施工，行人很少，她绕了一圈后又从北门出来。拂拭酒馆在餐饮街最边上，灯箱发出不起眼的银灰光。《月光奏鸣曲》吸引她，不断流出的三连音在潮湿的角落显得悲伤。她靠近钢琴坐下。弹琴的人微闭着眼，手指追着手指。何溪也微闭着眼，鼻翼收缩扩张，她浸入，像在听一个阴冷的预言。她的眼前一片深蓝，越来越淡，耳边有鸟鸣，这片泛着月光的蓝开始流淌……那是一条倒淌河。她想起小时候，父亲带她去那条河沿岸散步，站在不平整的河滩上，她问父亲为什么这条河流向不同，它最终会去哪里。父亲攀上一块巨大的丑石。这是局部地势造成的，这倒流的一段虽然特殊，但最终还是要融进正确的流向，和千千万万的支流一起汇入大海。最终的方向是一致的，父亲强调。她常跑去看那条河，河边的麦地也是她喜欢的地方，她仰躺在麦穗上，将周围扎人的麦芒折掉，视野很好，可以看到河水，可以毫无遮拦地观察天空。有人在对面斜坡上放风筝时，天空更热闹一点。风从那里吹进她的身体。她第一次带小男孩去那里，他们在麦芒的遮掩下互相展示身体。大约五岁，她对异性的身体感到强烈的好奇。一米的距离，两个人屏住呼吸观察这奇异的差别，河水哗哗地倒流，风吹过，两个人一动不动。麦地涌起连绵翻涌的麦浪，像钢琴上挪移的手指。整片麦地都很安全，像这音乐，让人陷入又被温柔一点点碾碎。童年这种柔软潮湿的感觉一直没有从她身体离开，一直到她正式承认自己。她眼中，麦浪还在往远处延展。

　　她盯着眼前蓝紫色满天星出神。她幻想弹琴的人停下来坐在她对面，让他来裁判自己——她要把全部经历讲出来，包括那些最卑微的细节。但他没有停下来。他沉醉在自己手指释放出的宁静中。他是完全的寂静。在尾灯照射下，他的面庞平滑，像盛接了满月的光。何溪体内潜藏的海在无尽地退潮，真诚地冷却。她一直坐到酒馆打烊。弹琴的人合上琴盖，站起来活动小臂和手指。他接过店家递过来的酬劳，背上包准备离开。

"你弹的《月光奏鸣曲》特别动人。"弹琴的人没有明显的表情，用手指比画着，动作很快。修长的手指，划过时会留下掠影。聋哑人。她意识到这一点时努力控制自己脸上的表情不瞬息发生变化，她的微笑没有中断。她打开手机记事簿，打上去一行字：你弹奏的《月光》真好听。他看后抿嘴一笑，轻俯身表示感谢。他朝门旁边的木桌走去，那里坐着一个女孩，穿着运动短袖和牛仔裤，见他过来，用手语和他交谈。何溪的目光跟他们走了一段路，直到二人完全淡出视线。她裹紧大衣走到街边拦了辆车。车窗飘进新鲜泥土味，她才发现外面下起了雨。

一阵紧促的敲门声。她放下手里的半截烟，房东贝姨穿着她那件黑吊带睡裙站在门外，心情大好，她找何溪要回她的吸尘器。从贝姨出出进进隔壁的声响可以预料到将有新房客住进来。三室两厅，贝姨住主卧，何溪住次卧，还有一间书房空着。吸尘器的嗡嗡声从隔壁传出，她关上门继续读陀思妥耶夫斯基。推拉重物摩擦出刺耳的声音。何溪对新房客感到担忧。她和贝姨适应了两年才能像现在这样舒服地共处。第三个人会打破她们建立起的默契。何溪去关窗降低噪音。她看到楼下的车位，一辆黑色的正在驶出，一辆银灰色的在等待驶入。

贝姨离异独居，靠租金生活。贝姨收何溪的房租仅是同档次学区房的三分之一，她还有另外两套房产，不靠自己住的这套房赚钱。何溪看房子时贝姨就说了，想找个顺眼的人做伴，大房子显得不那么空荡。何溪有一份与设计相关的工作。她喜欢简约风格，白衬衫、牛仔裤还有四季都穿的风衣，颈上细银链和她纤瘦小巧的身材很搭配。她搬来这里时，期望焕然一新，换个环境总能有些新变化。房间采光很好，鹅黄色墙面。她用亚麻色的布做窗帘，将床罩、书桌、小沙发都罩上同样的亚麻布，房间看上去格外素净。新添两盆绿植，整个空间看上去很健康。

她坚持阅读，用几个难挨的午夜通读陀思妥耶夫斯基。她想用环境的浅白和思想的阵痛来压制身体——她从五岁就开始接收某种愉悦之感的身体。她喜欢坐凳子一角，喜欢骑自行车俯冲，喜欢夹着被子，那种由身体某个地方传递给大脑的愉悦感让她止不住地幻想：麦田，河流，撒下的槐花，最后是一整片一整片的空白，只剩身体还陶醉在那种不明情绪中。何溪常回忆十七岁的一个傍晚，一个擅长田径的男生，她看着他在斜阳中奔跑，绿茵被光照得色调饱满，他专注地跑在第三道线和第四道之间，一圈接一圈。她慢慢将头抬起，远处山坡上两处房屋，有炊烟，然后是连绵的群山。她倒下，眼前是全部的蓝，风吹进她白棉布裙，有些发凉，整个身体一阵战栗。她听到他的脚步声，笃定地敲击，她闭上眼，感受风的途经。她好像重新置身那片麦田，风声变成了流水声，那条倒淌河正哗哗地漫过自己。她觉得自己在旋转。从那个男生开始，太多人穿过她，一想到那些被自己接引进来的人，她已不再非难自己不再冲动躁郁，那些错位片段带来的欢愉和痛感让她止不住幻想，她习以为常。她从麻木中坦然接纳了自己。她喜欢便利店里常见的一种黑巧克力，锡纸包装，白底金字，商标是三条波浪线。几年了，但凡有人觉得需要用钱弥补一点什么时，她都会带他们去买这种巧克力，以一口甜作结短暂的关系。她有许多个手捧巧克力的深夜和黎明。甜腻过后是隐约的苦，这对她而言是很适度的抚慰。她不需要长久的关系，幸福太形而上了，她从不追寻。

　　何溪对贝姨有着复杂的感激。搬进来不到一月，她开始带"朋友"回家。贝姨对脚垫上短暂停靠的高级皮鞋、凉鞋、板鞋、运动鞋视而不见，等鞋子消失后，她便用抹布将脚垫擦拭一新。贝姨的话少了，何溪也很少和贝姨共处一室，她早晨出门入夜归来，很少照面。有几次，她伏在地上擦脚垫时，贝姨侧身靠在她卧室的门框上，沉默地看着她。屋子很静，抹布滑过脚垫时有水铺展开的轻响。第一次和贝姨开诚布公谈论自己是在一个后半夜。雨很大。她从外面回来时，嘴角还沾着黑巧克力的浆。一排法筒灯亮着，贝姨穿戴整齐坐在沙发一侧，正对着进门合伞的何溪。她们互相盯着。伞上的水一滴一滴落向地板。茶几上放着一壶红枣枸杞茶和两个倒置的玻璃杯。何溪挂好大衣，坐在沙发另一侧。

　　"我最近常做一个梦。"液体沿杯壁缓缓流入，颜色越积越深。"一个看不见光的情欲场，许多赤身裸体的人在狂风中飘荡。长相狰狞的判官用他的尾巴绕过每个人，那些人在招供过错，还有一些旁听者被要求做出激烈的回应。四周的灵魂飘荡着，颠倒着，拨弄着，撞在断崖绝壁上面，呼号着，痛哭着，发出那种呜呜呜的声音。我也在其中没有希望地飘着，像是坐船过海，不知道有没有岸。我看不到自己的身体，也触摸不到任何东西，就这样一直飘着撞着。"何溪将玻璃杯递给贝姨。"这个场景反复反复出现在我的梦里，只要睡过去就都能回到那个地方。"

　　"一直都是这样吗？什么时候开始？"贝姨问她。贝姨显得颇压抑。贝姨以前对"这种女人"有着自己的归类——从外貌、职业甚至走路的样子就可以一眼看穿的女人。她们高跟鞋打地的声音，屁股的摆幅还有那种眼角缝隙中传出的哑信号，贝姨是见过的。眼前简约清爽的何溪，她无从判断。她只是观察、观察、观察，偶尔一个瞬间让她想起自己年轻时候，和前夫相识时暧昧不清的场景。何溪的安静和泰然让她太疑惑了，她不能从任何方向辨识何溪。

"我早都不胡思乱想了。"她每次醒来的时候觉得头晕脑涨，除了眼睛外的器官像被堵住了一样，闷声，好像自己还飘在船上，那种感觉令人生厌。

"你为什么要这样？你不像是那种女人。"贝姨不明白何溪在说什么。

"那种女人。"何溪柔和地看了一眼贝姨，贝姨对接下来的一切都没把握，她想自己话是不是说重了。"你说道德上？不是你想的那样。人们身体里爱的强度被均衡地分配在不同地方，我猜到轮到我时上帝打盹了，属于我的爱的知觉全部被放进一个部位——只有阴道是供爱栖居的。其他的全部是徒劳，我努力过，让人精疲力竭。这是很难启齿的，但不是你想的那样，我不图他们的任何东西。这种需求不是固定伴侣可以满足的。我若长久地和他们交往，产生感情，最后一定会很深地伤害对方。性爱，几乎疯狂地是我唯一可以从这世界上获得的开心事。"何溪缓慢地将杯中的红色液体饮尽，"我的生活糟糕透了，我也糟糕透了，除了死，还没有办法可以停止这一切。"贝姨听懂了这些书面话，她想问的太多了，但修养压制着这一切，她极力避免展现出好奇、审视和同情。贝姨有自己的隐私，她了解那种想倾诉又不想被评价的感觉，所以她尽量展示出平静。那晚贝姨没有再问下去，两人喝完那壶红枣茶，中间添了两次水。

何溪不再带人回家，即使贝姨的态度让她有种松弛感。她会和贝姨聊自己的事，聊自己搬来这个城市之前的事，大学时谈过的男朋友和分手时两个人的歇斯底里。崩溃，她见得太多了。何溪谈到她的童年，但她绕过了那条河和麦田，对她而言那里是一种寄托般的存在，需要小心翼翼地收好。何溪讲了许多因与他人不同而隐藏起来的喜好，贝姨私下也了解过，她和何溪聊天时也能添进生理学之类的理论去解释这一切是正常的，只不过不常见而已。贝姨也会感慨自己的婚姻，她说落得独身是前夫作孽太深。何溪和贝姨一开始就有一种默契，只听不问，谁都不会主动去探问对方。两年时间，两个人生出一层说不出原因的互相怜惜，谁都不明示，也没有精力暗示出更好的出路——有些事情只有反复思考直到接纳，这个痛苦的过程就是最好的方法，别无他法。

听见隔壁吸尘器的声音停止了，何溪去问贝姨新房客的情况。附近学校的女学生，交了定金，没说什么时候搬来。我看人很准，是个飒爽的女孩，爱笑，贝姨补充。书房采光很好，两只绒布向日葵插在醒酒器模样的玻璃瓶中，整个空间显得生机勃勃。新房客搬进来那天，何溪下班早，一进门就看见坐在沙发上的徐魏。

徐魏是王灿灿的男朋友。三十岁上下，穿着牛仔短外衣和卡其色裤子，下巴上的一簇胡须增加了几分颓态。何溪和徐魏同时看到了对方。徐魏站起来："嗨。"何溪刚想回他时，一个瘦挑的女生走了出来，她特别热情地走到何溪面前："我是王灿灿，以后就是室友了，多关照。"紧随她出来的贝姨用一种少有的慈爱眼神看着王灿灿。她对自己新招的房客是满意的。"这是灿灿的男朋友，徐魏。"何溪和徐魏互相问候之后，王灿灿拉着她去看新布置的房子。和自己房间的素净不同，王灿灿用非常朋克的墙纸，色彩饱和度极高，靠床的墙面是一幅闭着眼睛嘴巴微张的黑白女人剪画，像是在呻吟。"我非常喜欢这两条机械鱼，很酷吧，我男朋友贴的，拼成一个 X。"王灿灿的性格和这间房子的采光一样明媚，才刚见面，她那好似与生俱来的热情足以让人快速从不自然到卸下尴尬。

王灿灿读大四，房租是徐魏在付。徐魏是民航的空乘，国内航线，大部分时间飞在天上，一落地就会来看王灿灿。王灿灿搬来后，整个房子的气氛变得不同。贝姨也开朗了许多，王灿灿常腻在贝姨的厨房让贝姨教自己做桂花蜜藕、木瓜牛奶冻之类的甜食。王灿灿每次做好食物，一定要让何溪尝，她有许多形状奇怪的彩色盒子，有时一次做四五种甜食，分盛在不同色彩的盒里。三个人吃不完，她就会去敲邻居的门，很快就和邻居熟悉了。贝姨常感慨，年轻人就是不一样，她在这里住了这么久，和邻居也就是点头之交，灿灿才来几天，就已经打成一片了。

王灿灿将腿倒在沙发靠背上，她的腿很直很修长。"不管你们信不信反正我是信了，要拿下一个男人首先要拿下他的胃。这道理虽然很土，但我却越来越觉得有道理。比如说，徐魏，他喜欢甜食，我就给他做甜食，做各种各样的，结果呢，他来得越来越勤，越来越爱我了，我能感觉到。"她和贝姨说话声音很大，何溪在自己卧室可以听得一清二楚。徐魏确实是有魅力的，何溪回想他们第一次照面，圆寸发型，高大的身材，那簇胡须让人很难忽视，平稳的面部表情，深邃的眼神……"贝姨，你应该抓紧再找一个，你条件这么好，有三套房子，天哪，还担心什么！"何溪被王灿灿高而细的声音拽回。何溪对刚才自己无意识的回味报以冷笑。

像风过湖面泛起的波澜，王灿灿的加入表面上给贝姨和何溪带来一点活力，但各自真实的生活依旧如常。何溪在试图控制自己身体欲望时，隐隐多出一个参照系。她拒绝这样去想，但那个影子就在她不直视的角落潜伏着。像杀菌一样，总会有一种方法去遏制或消除身体的痒。何溪的分裂是任何时候都在进行的。她穿梭在街头那些沉睡的人群之中，一天一天，他们的模样越来越模糊声音越来越小，她就在这城市表面来回，毫无情绪地和许多人照面。一旦松弛，感觉到安全，她自己身体发出的召唤就会无限放大，她早已将它按照病态接受了，但当她努力去克制，那种挥之不去的琐屑和委屈便会紧紧追逐她。从控制欲望开始，她才真正开始觉得自己是个怪胎。王灿灿那种旺盛的青春活力，还有那种从不设防的坦荡和任性，让她以往高高垒起的自我许可的高墙一层层剥落。很久前的一种期待好像又逐渐地回来了。徐魏来这里的频率越来越高，贝姨也乐意见到他，常会为他下厨做菜，有时四个人一起，有时何溪下班后会去商场逗留，回避了几次"家庭聚餐"。

  何溪和徐魏见面次数越来越多，一直没有说话，眼神触碰，嘴角微抿，再将眼神挪开，就算是打了招呼。有几次，她出卧室时撞在徐魏身上或在冰箱旁遇上，她都没有直视他的眼角。何溪甚至在卫生间和浴室里看到徐魏的短发，那些晾挂的内衣、男式衬衫和梳妆架上的男士洗面奶似乎占据了极大空间，让何溪有种拥挤感。属于自己的空间被什么占据了一大块，一种说不清楚的感觉。徐魏的沉默和看似不动声色却向外扩张的肢体动作，让何溪迷惑。他出现在何溪身边时，不说话也不走，就是那样站着，好像在感受，或者说被感受。

  何溪和贝姨单独相处的时间很少了，贝姨偶尔会向她暗示，王灿灿这女孩年龄小却十分机灵，抓住徐魏这样的男人，一个女人所期望的幸福就都有了。何溪知道贝姨话里的期待。她只是微笑，从不开口，或许她将永不开口谈论这个问题，她无法想象一个井井有条的未来。将精力集中在采购与安排，将新鲜的食材按顺序摆放，按克衡量调味品，他则拖着挑负重担的疲惫身体欣喜流转于餐桌上的瓷盘子，而她的身体成了墙上经年的挂饰。而她要么用一种超乎此时想象的巨大能量压抑体内的欲望，要么完全丧失了欲望，才可以在这种场景里和谐，甚至从中感受出一些乐趣。她可以理解贝姨。即使贝姨知道何溪这种不受控的欲望是病态，但贝姨还是隐约觉得万事不要太较真，忍忍就好，人生就是这样完成的，这似乎也没那么重要。贝姨的暗示是好意，何溪以前极度反感这种"好意"，她现在可以缓慢接受了，不再那么凌厉，学着木讷些。她在贝姨那里收获到的宽容已经是她从前难以想象的，贝姨在她内心深处填上了一处空缺，像是母亲应有的那种柔软。

  徐魏带来了不一样的东西：经济峰会，曼联，天然气短缺，领海问题。他常坐在客厅看新闻，解说员的声音被放很大，但没有人觉得嘈杂。尤其是周末，他在的周末这房子里的人总是显得忙碌，似乎每个人都在做事情，或者正找点什么事情做。何溪的阅读越来越难以坚持，那种躁动好像流动在血管中，蒸发不掉。她换了一本薄的，更薄的，她打算用一个周六下午读完《没有人给他写信的上校》。事情就是在那个周六下午变得有些不同，贝姨和何溪都知道要出事，但都不确定会出什么事。王灿灿和她名字里的灿一样，变成了一座活火山，她乍来的平静成了一种示威。

那天下午，何溪去厨房找麦片，她穿着那件明晃晃的淡紫色吊带睡裙，蕾丝镶边的地方刚好遮蔽她那浑圆的胸部。她很瘦但胸部和臀部都很丰满，她的身体是均匀的小麦色，只有脖子和脸显得白皙。她的头发随意地拢在后面，低头翻橱柜时皮筋绷开了。她直身拨头发的一瞬间，她看到徐魏朝自己走来了，离厨房门框仅剩下一步。何溪盛了麦片出去时，徐魏就站在门口，健硕的身体像一堵墙。她已经离他很近了，他却没有让开路的意思。何溪闻到他身上的香味，和某个她以前约过的男人是同样的香，内敛而陈旧，像是陈木独有的香。两个人都没有说话，何溪低着头，她感受到徐魏的目光在她头发和身体游曳，她却不急于打破这种气氛，依旧没有说话。良久，何溪抬头看了一眼徐魏，徐魏脸上舒展而宠溺的表情竟让她感到害羞，她歪过脸笑了笑。徐魏正要开口说话时，大门响了，王灿灿风风火火的开门声和她钥匙上丁零零的配饰撞击声让何溪有些局促。"打扰"，何溪侧着肩膀想从门框和徐魏身体的缝隙中滑出去。徐魏很淡定，他转身走出去时，王灿灿正站在客厅中间看着他们。何溪从厨房出来时，朝王灿灿打招呼，"回来了"，楼下割草机的巨大噪声突然响起，是那种可以穿透任何墙壁的轰轰声。王灿灿看着她的眼神，像猫头鹰发出的敏锐的冷光。贝姨午觉醒了，出来倒水，立刻察觉到客厅有一种异样的气氛。她看了一眼正进自己屋的何溪，何溪抿抿嘴，贝姨又看了一眼立在客厅的两个人。

何溪继续翻书。水逐渐将麦片浸湿，何溪用勺子将结块搅开。玻璃杯中的浓白色液体旋成一个漩涡，中心在无限地向下，盯着看久了，自己好像也旋入其中。她不想去想徐魏刚才举止的动机，她真实地感觉到两人那一刻产生出一种微妙的维系，像一种莫名其妙的声波在两人之间传递。没有言语，也确实没有什么可以彼此言说。的确是什么也没发生，甚至两人唯一说的话是"打扰"。何溪想到王灿灿的表情有些无奈，但到底又有种只身穿越风景般的畅快。一种控制者的胸有成竹让她变得安静，她没有过这种感觉。她和异性从来只是身体器官的交流，极少情感往来，身体上的交流是没有具体语境的，她就是只要最纯粹最简单的欢愉。她很流畅地读完了这本书。窗外是一成不变的风景，割草器巨大的噪声丝毫没有影响到她，这声音像盛夏的调味品，是麦田里的风，都是应有的。美感，她想到这个词语。

王灿灿和徐魏很安静。王灿灿和徐魏晚上回来时，贝姨不在，何溪在自己的房间看电影。王灿灿敲何溪的门。她的动静很小，连脚步声都像是精心控制过的。"我和我男朋友点多了，这份抹茶饼没有动，带了回来，你留着当夜宵。"昏暗的光下，王灿灿很夺目。她的笑容中有一种牙齿触碰间的力道。何溪松散地站着，越发松散，似乎整个身体立着是毫无力气支撑的。她想拒绝，最后还是拿走了一块。"谢谢灿灿，留给贝姨吧。"

她站在窗边吃完那块抹茶饼，看着远处零星的车灯，突然想起来小时候母亲带她去山上祈求，可能母亲那时候就发现她身上的一些不对劲吧。她记得绕了很远的山路，身体上缀着些红带子，到了地方，她伏在那里完全不知道要向神祈求什么。她观察母亲，母亲也极度不知所措，她并不是一个热衷神秘主义的女人。由于分神，抹茶饼吃到最后一口，何溪才尝出一种淡淡的茶香。她想到全书终结时的那个画面，绝望的妻子抓住上校的汗衫领子，那这些天我们吃什么？你说，吃什么？那只毛色明亮的公鸡正昂着头颅从他们旁边经过。上校从心底生出一种那个年纪难得一见的血气方刚，吃屎。他自觉心灵清透，坦坦荡荡，什么事也难不住他。妻子的泪眼望了过来，她朝空气兀自微笑，走出去然后又进来，去搞自己另外的事情。

何溪躺在床上，那种宁静没有持续很久。她觉得身体的某个部位开始轻微抽搐，她无可救药地想到徐魏。一丝不挂的徐魏。他们在逼仄拥簇的厨房里做爱，她感受到他抚摸中的绵力，她在由衷地配合取悦他。这种迷离保持了许久，但当她回头看时，她身后是一张完全陌生的脸，定睛一看，又是另一个人，那些脸变幻得好快，没有一张脸是熟悉的。一种烦厌感袭来，好像突然间失去了欲望，下体留余一种机械的酸涩，迫切地想要暂停，然而却停不下来。整个空间在融化，她看到那条倒淌河，奔涌的河水逐渐变成黑色，越来越乌黑，整个麦田、山坡、天色都被染黑，她好像也随着水流而下，颠簸。风越来越大，两岸的绝壁似有海浪拍打，哗——哗——父亲说过即使是倒淌河最终也会汇入大海，这就是大海的声音了吧。沿山一转，狂风大作中又是那些飘荡的灵魂，她这次清楚地感觉到自己和那枯朽气息保持着距离，她观察。这荒诞阴森的场面，她看在眼里，那些猩红的怒火般的气焰缭绕在上空，里面的黑影颠倒着，拨弄着，撞在断崖绝壁上，呼号着，痛哭着，发出呜呜呜的声音。她在极力寻找，她隐约觉得自己也置身其中。什么东西打在身上，像是麦粒，父亲双手轻搓，那些青嫩的麦皮就从指尖的缝隙飞出，洋洋洒洒地横着飘过她双眼，越来越密集。在泛青的图景中，她又看到一个人影，高强度的背光只留出一个轮廓，徐魏，他正撩起那溪水，拨出水花，那水花好像带着悦耳的笑，就在他要回头的时候，她分辨出那是王灿灿的笑声。一切都在粉碎，一转是父亲一转是徐魏，两个人在她瞳孔交替，越来越远，变成小点儿融进飞过的碎片中。

何溪觉得饿。睁开眼，天已经大亮。她听到书房里的争吵声，王灿灿一连串撒娇式的诘问。她的声音好听而锐利，足以穿透任何一堵墙。何溪不紧不慢地洗脸、刷牙、梳头，她一边整理自己一边听王灿灿的声音。那些话似乎说来就是为了给她听的，微小的抱怨和指责，不知疲倦地重复。何溪洗漱完进屋，周日的时光格外悠然，她看着手机软件上陌生人发来的信息，今天却没有赴约的兴趣。何溪始终觉得王灿灿太鲜活了，她可以轻易想象出他们关系耗损殆尽的样子——在王灿灿对爱情的自我陶醉中，持着自己绝对正确的架势，随机一次争吵，已经有的一切就会像船触到坚硬的暗礁——有什么事情是不会自我破坏的呢？她也可以想象出徐魏在王灿灿面前沉默的样子。贝姨又消失了一整天，贝姨最近总是不在家，她悄无声息地出门，又神秘地出现。贝姨眼神里写着内容，却缄口不谈。

吃屎。这个词突然蹦出，全书以上校的这句话作结。这是一种什么感觉呢？上校妻子的眼泪干在眼眶里，生活还得过下去，做什么事不是在"吃屎"？何溪出了会神。王灿灿的声音越来越大，开始夹杂着哭声，很软的撒娇声已经蒸发掉了，取而代之的是呵责与怨怼。何溪也没想到王灿灿竟有如此的爆发力。"我都解释过了，不会再说第二遍。你到底要怎样？分手？你自己想好啊。"何溪听到徐魏的声音，突然有些无所适从。她想起小时候的邻居，一个酗酒后常常殴打妻子的男人，平时看上去绅士文雅，很难想象他会在夜间变身成兽，对自己妻子劈头盖脸地辱骂和殴打，而他却说这样对妻子是怕她离开自己。现在，看上去盛气凌人的是王灿灿，心虚害怕的也是王灿灿。何溪不知道他们发生了什么，难道就是因为王灿灿撞见厨房门口的一幕？她不知道。但她和徐魏确实什么也没发生，甚至没有说过话。何溪不想继续尴尬下去，她出门时制造出不小的动静，自己一时也解释不了自己这种举动。眼前的阳光、人群、喷泉和空地，像组合融洽的拼图。不用看别人和自己表演，放松下来时，她才觉出一种怅然的疲惫。

何溪还不知道，那天早晨只是一种启动仪式，以后但凡徐魏来，王灿灿的状态就变得很极端，不是和他大吵大闹就是不分场合地黏腻。王灿灿刚搬来时的气氛早已不在，贝姨对徐魏也变得平静，四个人几乎没有再坐一起吃过饭。逐渐地，何溪明白了，贝姨知道她是什么人，于是就把她想成了"什么人"，贝姨一定以为自己和徐魏发生了什么王灿灿才会变成现在这样。她和王灿灿比，王灿灿看上去更可信吧。贝姨不问，何溪也不主动解释，这件事主动去说总有欲盖弥彰之嫌。笼罩几人之间的迷雾让何溪窒息。王灿灿交了一年的租金，也就是说在这一年，她们三个人必须相处下去，而徐魏在天上飞累了，落地还可以选择来这里还是回单位的宿舍。有那么几个刹那，何溪后悔自己将许多事情告诉贝姨，何溪知道"交浅言深"是大误区。为何那晚会朝贝姨吐露心事，她也没得出一个准确的缘由，但她确定那晚的倾诉使她心中的负担轻了不少。王灿灿在家也不那么随便了，穿戴整齐，妆容精致，即使徐魏不来，她也在尽力展示着自己的容貌与年轻。

何溪和徐魏多次碰面，依旧只打招呼，没有交谈。王灿灿那边依旧大波大浪，贝姨静得像一泊人工湖。何溪又认识了三四个新朋友，她去他们选定的宾馆，依旧是画着三条波浪线的黑巧克力。何溪逐渐发现自己的心不在焉。她本以为很难再获得从前那种快感是因为自己生理期的原因，但在一次"约会"结束后，她才知道根本不是这么简单。她看着那个男人离开，竟然产生一种巨大的独孤，一种落魄的无所归属的空缺感。她多希望那个人能留下来，或者任何一个人留下来，在她身边坐一会儿。她的脑海中浮现出徐魏的脸，这种感觉难以退去。她开始疯狂地"赴约"。她约的最后一个男人，一个工科博士，他跟她提出在一起。"两个人一起改变，回归那种无聊却正常的恋爱生活吧"。她说她只想要黑巧克力。他买了满满一食品袋巧克力，在便利店招牌上的灯箱照不到的黑暗处，递送，他迟疑的手伸过来，让她再考虑考虑。

他支在空中的胳膊，那晃晃巍巍的便利袋，让何溪二十六年来第一次感受到强烈的混乱，悬在空中的袋子像一只摆钟，不停歇地在她心中晃。何溪接过袋子后转身就走，回去的路上她想等吃完这些巧克力，一切自然就都忘了。她回去打开袋子，发现那个人把便利店里所有种类的巧克力都买了一个，牛奶的，榛果的，葡萄干的，酒心的，焦糖的，唯独没有买她说的那种黑巧克力。巧克力中混着一张纸，纸上是一串电话号码。在他们这个潜藏海底一般的圈子里，从来不会有人留线下的联系方式，那等于将自己的全部浮出水面。那些天，有种东西不停地在何溪脑海中晃，即使在她工作时也不会停止，几天过去，整个人都有些恍惚。体内的那个自己总在极力顺着袋子向上看，提袋子的人嵌在刺目的白光中，身形模糊。

贝姨发现了何溪的变化。何溪用她有的一切在自己身上修了座房子，里面供着她的神明，那种与众不同的自我确认是贝姨从未见过的。她不在乎更不害怕任何外在的指摘，而要她垮掉，只有她自己拆掉自己的墙面。贝姨发现，何溪的体态和眼神都散发出一种不知所措的慢倦和犹疑。贝姨的第一反应是这和徐魏有关。徐魏已经很少来这里，来了也不会待很久。王灿灿除了偶有的几节课，总是宅在屋里。那次可能的"误会"已经过去很久，何溪依旧能感觉到王灿灿在或明或暗地和她较劲。王灿灿不停歇地展示她拥有的一切，尤其是和徐魏的感情。何溪丧失了热情，她冷眼看着一室之内所有真情假意的表演，有时觉得厌烦，她就一个人去街上散步。她尤喜欢雨夜上街，每个人栖身一柄伞下，那一方空间让她感到安全，宁静，她也为别人感到宁静。一场雨的冲刷就是一次自新。何溪梦到徐魏的次数越来越多了，每次醒来，体内似有无数只蠹虫在啃噬，痛而痒。她覆去翻来之时，那种由内而外的烘热又有一丝甜。何溪没有再约任何一个人,她想到曾经与许多人的接触,忽地生出嫌弃。黏腻的汗水和粗重的喘息声包裹着她,她开始一遍遍地冲洗自己。她裸身站在淋浴间,越用力地搓洗身体越容易想到徐魏。碰触片段一次次重复,时间断成碎片。她和他各种安静无语的照面交织出现,唯一相同的是徐魏那道眼神,她盯着花洒,水中似乎也有一双眼睛在盯着她。

就在何溪打算逃离此处时,贝姨将她和王灿灿叫在一起宣布,她要和前夫复婚了。王灿灿盘腿坐在沙发垫上磨指甲,停了几秒,像个察言观色的孩子,低眉看了贝姨一眼,见没人说话,又开始磨指甲。何溪和贝姨对视着,许多有关贝姨前夫的画面在她眼前放映:抓住贝姨早年的把柄不放,争吵,家暴,外遇,带外面的人回家,争财产,打官司……那么多婚姻的暗疮似乎刚在时间流中得到平复,贝姨看上去已和自己的各种面目和解,如今,要复婚。这是何溪从没想到的桥段。何溪和贝姨互视着,直到贝姨的目光开始躲闪,一抹不易察觉的难为情在眼尾闪过。何溪不知是喜是悲,话都卡在胸腔。贝姨没有进一步解释。她要收回这套房子,愿意退回租金并支付赔偿金。为不伤和气,她给出的金额很可观。

"祝贺姨,这是大好事。就是刚和你们住熟,就又要搬走。没事,我先搬回宿舍住几天,再找其他地方。"王灿灿说完后,贝姨笑了。贝姨往三个空杯斟红枣茶,手有些晃,水倒出了杯口。何溪觉得贝姨笑得勉强,但她也说不出其他话来。那些交心长谈的晚上,一经说到之前的婚姻,贝姨的眼泪大颗大颗地从眼眶抖出来。贝姨那种愤愤而凄凉的样貌还十分生动,如今改换上这浅薄的笑容就打算把那些事情抹去了。何溪感到胸闷,她将眼睛挪去窗外。王灿灿进了屋,客厅剩下贝姨和何溪。两个人沉默了许久。何溪想主动说点什么,她知道在贝姨的事情上自己并不具有审视的资格。所能做的无非是提醒她确认此时感觉的有效性。

贝姨没讲前因,也没有要解释的意思。"见了几面,挺好的。嗯,真挺好的。"她见何溪盯着窗口没反应,又补充一句,"现在不同了。"何溪看着贝姨。山火将发之际遇上瓢泼大雨,何溪心中只余一点低朽的青烟,炙得她眼眶温润。王灿灿在屋内大声讲着电话,电话那头应该是徐魏,他们在商量找房子的事。王灿灿很大声地说,找独套房子,小点没事。在和贝姨的对视中,她晃神了一下。贝姨往王灿灿屋子的方向看了一眼,她起身,进了厨房。

傍晚飘雨了。雨落在窗沿,有序的滴答声使餐厅里吊灯的白光暖了些。贝姨专门下厨,做了海鲜和冬瓜牛骨汤,摆了四人的碗筷。王灿灿说,徐魏今晚飞成都,不够时间来吃晚餐。三个人安静地吃着食物。餐具发出声响,混合着雨声,清淡的光中,一切显得客气而得体。吃完饭,贝姨和何溪洗餐盘,王灿灿抹桌子。"贝姨,我们什么时候搬?"

"唉,有些伤感。"

"没事,贝姨你尽管说,我们都方便。"何溪补充。

"可以的话你们就这几天搬吧,他现在没……我打算让他住进来。"

王灿灿进来挂好抹布,抱着贝姨的腰:"好,我的好贝姨,我会来看你的,不要忘了我啊。"

何溪洗手进了房间。她盯着运行中的智能吸尘器,灰色圆形边,黑色实心,她盯着它挪动、转圈,从床角进去,从另一边出来。她想象它吸走头发丝、皮屑、灰尘的过程,宁静地更新,似有一种如释重负的清洁感。一种彻底的疲惫。她不知道离开这里能去哪里过渡,暂住旅馆,去找新住处,新室友,新关系,新站牌,新路线……一切都又重新开始。她开始打包自己的衣物、护肤品、书籍,留下植物、窗帘和一些简单的装饰品。既然要离开,越早越好,她在附近订好一家旅店,打算第二天一早就搬。很巧合,王灿灿也选在隔天早晨搬走。徐魏刚好休假,过来帮她整理箱子。徐魏走哪王灿灿跟哪,不让他出自己的视线一步。何溪拖着两个很大的行李箱,徐魏想去帮忙拎箱子,王灿灿紧锁徐魏的眼神,指拨他进屋取东西,直到何溪走出房门。何溪和贝姨拥抱。"走了""姐姐再见",王灿灿朝她喊。

刚走出小区大门,何溪想起了那袋巧克力。她只吃了一块,其余的放在书桌柜子里。不要了。走了几步又停下,不知道是什么东西牵引着她,让她有种慌张和空落,好像遗落了极其重要的东西。她已经记不起给她巧克力的男人,只是那种晃悠的感觉和那种眼神,好像在拉扯她必须反身回去。她将行李存在门房,上了楼。电梯很慢,她盯着数字,一个个攀升,又一个个下降……"今天这么早?"邻居大姐买早餐和青菜回来了。"刘姐,我要搬走了。"邻居一愣,毕竟何溪在这里住了很久。"跟姐说,是不是要嫁啦?"见何溪没说话,"换工作了?"何溪沉默。"姑娘,无论在哪,祝你节节高!"何溪踏出电梯,邻居在电梯门闭合的一刻冲她喊。

楼道里传来王灿灿的声音:"你管人家住哪,她和那么多人睡过,随便去其中一个人那里。"何溪止住脚步,等不及电梯,她钻进隔壁的楼梯间,毫无意识地下了两层楼。她用手捂住鼻子和嘴巴,这个动作似乎是一种应激行为。她茫然地站着,没有任何特别的反应。她从包里拿出烟,点着一支,蹲在拐角处。烟灰一截截折断。烟燃尽后,她起身上了楼。贝姨见何溪进来,又笑着迎过来,何溪绕过她,"忘东西了"。她进了自己卧室。扯下柜子上画报的一角,写上自己的电话号码。她找到了那袋巧克力,出门时,徐魏背对她站在王灿灿的门口。她走到徐魏身后,把写着电话号码的纸塞进他裤子的兜里。徐魏感受到一双冰凉的手，他没有回头也没有动。何溪下楼后，顺手将巧克力扔进垃圾箱。

要什么不重要，不要什么很重要，这城市过分拥挤，在电梯下降的时候何溪在心中将它革掉了。她拉着箱子直接去了高铁站，途中打电话给上司辞职。在去车站的路上，她一点点将自己和这个世界粘连的蛛丝扯去。多么轻松，自己本就飘浮在这城市上空，作别也没什么刻意的悲壮。她看着车窗外刷过的熟悉布景，感觉有什么东西向自己敞开了，过隧道时，她闭上眼，好像是自己生出天足，在大步大步地朝前走。落在身后的东西太重了，她注定是不能久居之人。此时，她确信她从这里带走了点什么，即将属于她的迟早都会显形。一段时间以来的抑制和闷哑都在飞逝，她热爱这种"离弃"。到高铁站，她左右手各拎一只大箱子，穿了高跟鞋的脚走得轻盈迅速。她小跑起来。车票的目的地，她输入了离家乡最近的滨海城市。

徐魏找来那一天，比何溪预料早到两小时。他站在楼下，接过她拎着的西瓜，两个人没有说话，走进了楼梯口。何溪将手伸进他的臂弯，挽着他上了十七楼。她打开门锁后，徐魏从背后抱住她。徐魏格外沉静，他像一个疲倦的软体生物，趴在她背上没有任何动静。何溪让徐魏坐在沙发上，她站在客厅中央。光恰好照在沙发上和地板，一切都雷同，但这房子是何溪自己的。她不用小心翼翼更不用仓皇地掩饰。她身上的衣服在一件件褪去，徐魏看着她，她的身体在光之中显得透彻，她不算白，却有一种干瘪的妩媚。三个日日夜夜，没有出家门一步。这是何溪这么久来，第一次和一个男人"相处"：他给她做饭，坚持要她靠在厨房门框上，她对他说自己爱吃辣，不喜欢甜；他躺在她大腿上看电视剧；他给她讲小时候的梦想——在阴森森的古树和岩石中间建一座小屋，屋顶要有倒垂的藤蔓，做一个足不出户的"世外高人"；他唱歌跑音，一边笑一边唱完整首情歌……他关着手机，两个人心照不宣，没有说一句那个城市的人和事。

徐魏离开二十几天后，打电话告诉何溪，他不再飞国内，通过考核改飞国际，休息时间紧凑一点，可以常陪她。徐魏每月都来这里，待的时间不长。这样的关系平静地持续了八个月：不问不答，精致和平的身体关系。

何溪对徐魏产生了从未有过的依赖，他的情感和身体给了她莫大的满足。他的存在可以驱散那些萦绕不去的噩梦——她再也没有梦到那些漆黑的断壁、狂风中的颠簸，那些呼号飘荡的灵魂隐匿在一片柔光里——在她的梦里，麦田中的男孩子长大变成在操场上跑步的男孩，男孩再长大变成了徐魏的模样。时空的横截面按顺序统一了。只要伏在徐魏的胸口，那种"晃"也在逐渐消失。她几次努力顺着装巧克力的袋子往上看，毫无偏差地，是徐魏的脸。他有着孩子一般的笑容，宠溺地看着自己，在这种注视下，她身体里的痒也在退潮。何溪不知道什么时候心里起了反应，一种窥探欲和不足感日渐浓郁起来。贝姨和王灿灿常闪现在脑海，如果贝姨将自己的事情告诉了王灿灿，那徐魏一定也是知道的。他为什么不问？她开始揣测徐魏。她开始小心翼翼提及那个城市的事，她在他怀抱中感慨"过去像一场梦"，声音极其温柔却掩藏着试探。她第一次试着讲出"王灿灿"这三个字时，感到徐魏微小的颤动。他只要沉默，她就不再问下去，她知道只要他不再来这里，一切就算自动结束。这是她现在唯一害怕的事情。何溪感受到自己的深陷是从她开始幻想未来开始。婚礼仪式、装修风格、夫妻关系的保鲜，他不在的时候，她总是幻想着和他的一切。她想生个孩子——想到自己可能会做母亲，她难以再继续想下去。她第一次萌生抹杀自己过去的念头。何溪努力合群，她开始和小区里同龄的女人一起去练瑜伽。人们都知道她男朋友是空乘，飞在空中，落地了才会回来。

　　徐魏以各种形式出现，少则一天多则三天。他不在的日子里何溪开始胡思乱想：他会不会休假了？他在王灿灿那里？他们按计划又找到一间房子，一间面积小但不需要合租的房子。他们正在缠绵？他会想起我吗？他受够了她的吵吵嚷嚷吧……无数失眠的夜晚，她一遍遍想象徐魏此时正和王灿灿在一起，她抓住床单，痛苦地扭动身肢。挨不过的后半夜，她就坐在阳台上抽烟等天亮。从小她就熟知的自己变得面目模糊，她将所有对性的好奇和索求都堆砌在这一份情感上。一涉及感情，她手足无措，她想让徐魏真的爱上她。初见徐魏时，她体内的神庙就撼动了，到现在，土崩瓦解。何溪接到过贝姨打来的一个电话，听不出情绪，只是说，大家都好她就放心了。何溪接电话的时候，徐魏正在厨房里切芹菜，何溪听着贝姨的声音看着眼前徐魏的背影，恍兮惚兮，像一场未做过的梦。她挂电话前对贝姨说，祝福你贝姨，复了就好好过。

　　她试着跟徐魏谈了一次未来，徐魏非常吃惊："你怎么也变得和她们一样？"何溪不知道她们是怎么样，自己又是怎么样，但她告诉自己徐魏能这么远跑来找她，一定是有感情的。她开始读不进去任何书了，除了上班，其他的时间她都待在家中，她回忆和徐魏的一切。幻想，无尽的幻想，她甚至幻想在一次高潮后和他双双死去。死在一片深红的光里。当人们发现赤身裸体的他们，或者永远不被发现……那时候，这段感情才算真正有始有终。

　　徐魏出现的次数越来越少，何溪忍不住给他打了电话，回应永远是"正在通话中"。她用一切已知信息搜索徐魏，在他工作的航空公司官微下她看到一个昵称叫作"午餐后航行"的人。在此之前，她已经翻看过几百人的微博相册。"午餐后航行"正是徐魏，屏幕上的九宫格照片是他和王灿灿的婚纱照，上传于两月前。徐魏穿着蓝色礼服，王灿灿笑得还是那么放肆，海边的巨石和海岸线上的日落融为一体。王灿灿的头纱被风吹起，飘在空中。何溪顺着徐魏的微博找到了王灿灿，她的微博中全是和徐魏恩爱的照片，每周都有，从未间断……啪！何溪合上了电脑。她环视着空荡荡的屋子，似乎是自己疯魔了，从来都是他们俩的事情……难道之前和徐魏的一切都只是自己的幻想？她发魔怔一样给徐魏打电话，听到提示音她就按掉，然后继续拨那一串数字。

周末的午后，小区绿化区聚集了很多人，随着太阳偏西，人越聚越多。何溪站在大楼的顶层，天色和十七岁时看到的一样澄澈蔚蓝。她踏上外沿的水泥台，楼下的人倒吸一口气，她来去走，楼下的人也来去走。她想离天空近一点。她要化成这抹蓝镶进去。她想那个飞在空中的人。她朝天空挥手。头顶的蓝色将她从幼儿园到现在串联了起来，何溪的记忆在翻腾，所有的感觉伴随着大量的画面一一袭来，她觉得她原创的生命就此要结束了，以后——如果有以后，那就只剩下重复和回忆。累了，创造力和身体一样，要枯竭了。

"危险！顶层的人注意，请走下水泥台边缘，放心，一切都会过去，一切都会好起来……"传来扩音器里的男声。何溪看着点点人群，熙攘地聚在一起，有手掌大小。再往远处看，那些小人在缓慢挪移，树，山，街道和车辆，像小时候玩的积木。"好像是她男朋友外面有人了，空乘——"一个女人的声音出现在扩音器中，瞬间就被截断了。"危险！顶层的人注意，请走下水泥台边缘，放心，一切都会过去，一切都会好起来……"何溪突然放声大笑，笑得身子有些发软。楼底下的人看着这个年轻女人在半空中像风筝一样晃。有人捂住了眼睛。

"我才是！我才是外面的人！我才……是……我是谁……"她用最大的声音朝人群喊着。楼下的人正在协助警察铺救生气垫，根本听不到她的声音。她大哭起来，泪水像奔涌的河，视线完全模糊了，泪花中出现点点微光。她看到父亲攀上一块巨大的丑石。"倒流的一段虽然特殊，但最终还是要融进正确的流向，和千千万万的支流一起汇入大海。最终的方向是一致的。"父亲的声音从天上传来，铿锵的声音指引着她，一遍一遍重复。在昏睡过去前她抬眼看了一眼天空，一架飞机正从当空驶过。

（原载《作品》2018 年第 6 期）

作者简介：

宋阿曼，1991 年生，西北大学文学硕士，已出版小说集《内陆岛屿》，译有英美儿童诗选。小说见《西部》《芙蓉》《小说选刊》《长江文艺·好小说》等，诗歌见《诗刊》《星星》《中国诗歌》等刊。

冰淇淋皇帝

_李宏伟

　　走廊两侧，卫兵每隔十来步，成对站立。他们铠甲明亮，兵器森森，但表情都有点呆滞，见大臣和读书人走过，也大都只是注目以礼。偶尔有那么两三个，目光从搜寻到倾注再到跟随，始终落在二人身上，似乎保持着应有的警惕与恭敬，可每当读书人意识到这一点，以目光相迎时，对方毫无躲闪避让地直勾勾盯视，又让他分明体会到那目光中的机械与浑浊。

　　读书人没有心思深究卫兵们何以如此，他强迫自己把目光落在前面三步开外的大臣那肥硕的脖子上。那脖子肥得快要消失在脑袋与背部之间了，此刻上面正有一层汗水向下蠕动——只要再蠕动一错眼的距离，就会落在大臣那分辨不出本来颜色的衣领上。大臣身着一件宽大的袍服，没有风从任何方向吹来，但他仅凭自己颤颤巍巍的步子，就让袍服吴带当风地摆动着。读书人必须让自己的全部精力只耗费在目光上，只耗费在拔起、落下、拔起、落下、拔起的双脚上。见到皇帝之前，读书人不能停下来。他更不能让自己在即将见到皇帝的时候，随随便便在什么地方，不管是走廊的一角还是门前两步远，一停下来就再也无法动弹。

大臣笨拙的身躯终于拐了第三个弯，透过那汗水总算蠕动得没了踪影的脖子，读书人看见了那传说中金碧辉煌的宫殿大门。大门比传说中还要高大、宽厚，只要稍稍抬头，它就占据了正面视野的绝大部分，任何人只要远远地看上一眼，就必然对大门后面的宫殿心生敬畏乃至恐惧。不，任何人盯着大门看上一会儿之后，都将忘掉大门只是门，只是过渡，忘掉它终究会像任何门一样打开，他的目光、心思都将只落在门上，以它为目的。而门前那一排身着银甲的卫兵，如同闪烁的星群，越发衬托出门的当仁不让。

大臣没有这么多的心思，他步履老迈却毫无停顿，一步一步稳妥地领着读书人走上前去。大臣挥了挥手，门前的卫兵微微鞠躬，转身伸出双手，抵住大门使劲往里推。只见大门上不断掉落微尘一样的东西，不发出任何声响地从中间向里分作两扇缓缓开出一道缝来。那道缝开到可以容一个人侧身而过时，卫兵们停了下来，读书人从他们望向大臣的目光中读出了乞求。大臣没有作声，他先是回身冲读书人招了招手，指了指门中的那条缝，然后上前微蹲，伸出双手抵住右扇的大门。卫兵们自然明白大臣的意思，他们继续往前推，从他们的粗重的呼吸，从他们即使被铠甲遮掩也完全能感受到紧绷的躯体，读书人体会到了他们的以命相搏。正面走进大门时，读书人一瞬间体会到了大臣那番举动包含的意味——同时照顾皇帝与读书人尊严的意味。

进了门，读书人在原地站了站。门在他身后缓慢而不可阻挡地关上了，他仿佛听到有东西被压碎、掉落的声音。读书人已经顾不了这么多，他抬头打量面前这空旷、幽暗的空间，在他的左前方，那里还有一星如豆的灯光。而随着门关上，他明显感到所在的空间，也就是通常传说中的宫殿比外面冷了不少，因而整个人也精神起来，头脑与举止都恢复了平常的灵活。

"读书人，过来。到我这里来。"皇帝的声音并无刻意为之的威严，反而在冷淡中夹着一点疲倦。

读书人向着那团光走去。空旷与幽暗拉远了他和皇帝的距离，那微弱的灯光似乎也随着他的迈进而护持着皇帝向后退去，因此走起来有点没完没了，但整个空间的凉爽还是支撑着他切实有效地不断缩短和皇帝的距离。终于，他走到可以将那灯光从含糊的一团看清层次的地步，然后他看清了皇帝的轮廓，然后他到了距离皇帝几步远的地方。皇帝比他想的要胖得多，估计也比他想的要矮得多，但首先，尽管胡须、头发都已花白，皇帝看起来却仍旧比读书人想象过的、见识过的任何人都要干净、健康。

皇帝坐在桌子后面的扶手椅里，双手搁在桌面上，安稳如山，他先是把目光投到读书人身上，然后又越过去，落在读书人身后的空间里。皇帝没有说话，他收回目光又稍稍偏移，读书人明白了他的意思，走上前，端过桌面上距离自己较近的那个玻璃杯，一饮而尽。一股凉意伴着这杯冰水从咽喉直抵胃与腹部，再迅速扩散到四肢，并由四肢聚回头顶，让他头皮一阵发麻，不由自主地嘎嘣嘎嘣将嘴里那块冰嚼得粉碎。

读书人长吁了一口气，犹如新生一般。他说："陛下，家师派我前来……"

"哦——"皇帝打断了读书人，他伸手握住面前那杯玻璃水，却没有喝，"尊师孙先生他好吗？"

"蒙您的庇佑，家师一切安好。家师派我前来……"

"读书人，"皇帝再次打断他，"读书人，你这一趟想必很辛苦。孙先生的话不妨稍后转达，给我讲讲一路前来的见闻吧。我已经很多年没有走出皇宫，甚至没有走出这座宫殿了。我知道我的国家、我的臣民，发生了什么事情，但我并不知道太多的细节。你给我讲讲——嗯，就从你出发那天讲起。"

"好的，陛下。遵照家师的吩咐，我下山的时候，先去后厨找师娘领了十来天路程需要的干粮，然后去马厩牵出了家师最爱的那匹枣红马——我原来打算就骑我平常那匹黑鬃马的，家师不同意，他说黑鬃马已经太老了，经不起这一路的颠簸，就让枣红马跟着我吧。家师他老人家还说，从此以后，枣红马就归我了——我没有去讲经堂和师兄们道别，这也是家师的吩咐，他老人家说，不是生离死别，不必搞得那么伤感。牵着枣红马，出了书院大门，我才翻身上马，就着月色下了南山。是的，这一路上昼伏夜行也是家师的嘱咐。他说觐见陛下，原本应该星夜兼程，但现在是非常时期，小心为上。他还说，陛下一定能够体谅他的苦心。"

"是啊，非常时期。现在整个京城，整个皇宫，除了生活起居、安全护卫，其余的事情也都一律安排在夜间进行了。孙先生的安排，自然有他的道理。你接着说。"

"是。下了山，我原来打算不走官道，而是穿过黑松林，走荒原上那条近道，路途虽然坎坷一些，但如果顺利，毕竟能够节省两三天的时间。于是我就一带马缰，走了左边那条道，没多久就进了黑松林。但也许是因为夜晚的缘故，我觉得黑松林就像愤怒的大海，随时准备撕碎出现在里面的一切。松树用它们的躯干、树冠遮挡了月光，不露出一点道路的痕迹，夜风也一层一层连番在树间枝间卷过，松针一阵阵扑簌簌地往下掉落，似乎随时都能把我和枣红马埋掉。这还不算，更可怕的是，黑松林里不断拧紧、放松、再拧紧再放松的声音。那声音没法完全分清究竟包括什么，但肯定有风和风掀动树的声音，有鸟被惊醒的声音，有松鼠上下爬动的声音，这些是能理解的。不能理解的是，似乎还有一头巨大的怪兽，受了伤，鲜血淋漓、双眼通红，把黑松林当成一个笼子，使出浑身的力气，往里拱往里挤，它每进一步，都喘着沉闷的粗气，想要歇一歇。它每歇一次，这个笼子就把它挤进来的身体往外推。如此往复。枣红马很快就被吓傻了，走了一会儿，它就停在那里，支棱着双耳，疑惧不已，再也不肯前进半步。我只好掉转马头，回到官道上。"

"你是孙先生的关门弟子吧？也是第一次下山？"皇帝问。他停了停又问，"孙先生的弟子里面，是不是只有你从来没有下过山？"

"陛下，您怎么知道的？"读书人惊诧地看了皇帝一眼，他忽然觉得宫殿里比之前热了些，因而有点头晕，连忙几次深呼吸，强摄心神，稍稍冷静下来。

"应该是这样。嗯，你继续说，回到官道上。"

"是。我掉转马头，回到官道上。时辰已经不早，东方微微发白。好在官道平坦、畅通，跑起来就有风从两边往后卷，我们一人一马都很兴奋，偶尔我还勒住缰绳，枣红马一个急停，全身半立，前蹄奋扬，一阵长长的嘶鸣，传得老远。因此，天光大亮之前，我们就过了第一个驿站，赶到了一个市集。市集上有一家客栈，我们正好住下，我胡乱吃些了些东西，吩咐伙计照管好马，多给它备些清冽的泉水和草料，便进了房间歇息。"

"等等。你说市集，现在还有市集吗？什么样子？还热闹吗？"

"有。我们到的时候，市集大体已经散去，只见到零星的卖蔬菜水果、生鲜冷食的摊贩还在收拾，地上散落着菜叶瓜皮、鱼鳞鸡毛等杂碎，固定的店铺已经上了木板，准备歇息了。"读书人看皇帝脸上有失望浮现，连忙安慰道，"自然，市集散去时都是这个样子。等到晚上我们出门时，又是另一番模样。人头攒动，喧闹无比。各色买卖挤满了两条街道，牵儿带女、呼朋引伴前来游逛的人不少，还有人从老远的地方背来新摘的果子，赶来肥壮的猪羊。那些店铺也拆下门板，继续绸缎、鞋帽、铁匠等生意。虽然只是一个小小的市集，但那番热闹，市集上那些人脸上的欢笑，却过节一般。需要不断吆喝，不断推挡面前的人流，才能穿过市集重新回到官道上。"

"官道上冷清吗？"

"不算。总能听到马蹄声，也不时有马或马车迎面而来，或者从身后赶上。印象特别深的是，在市集的客栈里，我去马厩牵枣红马时，看到那里还拴着七八匹马，那些马个个精神抖擞，马厩里还有新鲜的散发出热气的马粪。到了官道上，也能在月光下看见道边的马粪，有的同样散发着热气，可见马刚刚跑过。虽然是在晚上，但还是感觉到了勃勃的生机。"

读书人停了下来，他看着两行泪水顺着皇帝的脸颊流到桌面上。皇帝似乎没有察觉，因而也没有拭去泪水，他反而耸动鼻翼，深深地吸了两口气，不知道是不是在想象中闻到了马粪的气味。

"哦——"皇帝回过神来，他并没有因为失态而窘迫，他只是拿起面前的杯子，喝了一口，"请继续讲下去。通常而言，从南山到京城，走官道十二天就能到，但听说你走了十五天，因为什么耽误了？"

"是的，陛下。虽然开始一直走官道，虽然时间并不算久，路途并不算长，但是一路的景致、风土、人情却不断更迭变化。说出来您可能都不相信，我经过了普通的市集，也经过渔场、盐场，经过麦子堆积如山的磨坊、舟楫穿梭的码头，还经过只有一家客栈、朔风劲吹的荒漠。当我在那座仅次于京城的城市醒来时，几乎被它通天彻地的灯火欺骗，以为自己稀里糊涂地从一个白日睡到了另一个白日，亏得伙计把我拽出店门，让我看地上凌乱的影子，我才知道确实是夜里。当然，最让我难忘的还是在黑虎村。那夜的风特别清凉，我和枣红马都毫不疲惫，将家师的话忘得一干二净，借着晨光继续赶路。等到太阳出来，显现它的杀伤力时，我们已经没有市集、客栈可去，只好去了离官道最近的一个村子，就是黑虎村。据说村里常有黑色老虎出没，危害人畜的性命，村里其他人都搬走了，只剩下兄弟三个的一大家子，看起来像是猎户。那家人见到我，说如果不嫌弃马厩旁的草堆脏乱，尽管住下。奇怪的是，当我拴好马，讨了口饭吃，要去马厩旁的草堆上睡觉时，发现那家人并无歇息的打算。那兄弟三个，加上他们的媳妇、儿女，十来口人，全部围坐在一张圆桌旁，人人一口碗，碗里倒满酒，无拘无束、无所畏惧地往嘴里灌酒。"

"他们这么喝酒，没事吗？"皇帝大吃一惊。

"怎么会没事？！我亲眼看到那个大哥喝到第二碗的时候，胸前忽然敞开了一个碗底大小的洞来，酒水汩汩流淌。一个小姑娘，喝着喝着，站起来，一下垮在地上，慢慢地连形状都模糊了。但是没有人在意这些，大哥继续喝，小姑娘的妈妈端起酒来从她已经模糊的头上浇下去。他们唱着歌、喝着酒，没有人再理我，也没有人招呼我过去喝上一碗。刚开始我感到惊骇，然后热血涌起，要不是想到还要来见陛下，呈上家师的问话，我也想上前就那样喝起来，喝到没了形状，没了形状还请人记得给我浇上两碗。但我还惦记着自己的使命，便强行转身离去，躺在草堆上翻来覆去，耳畔响着歌声、酒声，迷迷糊糊又无比清醒。等我终于意识到天暗下来，夜晚再次来临，从草堆上起身，准备和他们道别时，那家人早已经全部醉倒在地，醉成了彼此无法分开无从分辨的一团，那些被他们喝掉的、洒落的、浇下的酒也已经和他们融为了一体。我在旁边站了一会儿，然后牵出枣红马，翻身上马离去。"

读书人说完，停了下来。厚重的沉默从宫殿里四面八方涌来，堆在他和皇帝之间。沉默中，读书人感到越来越热，仿佛沉默的翅膀扇起了一阵阵热风。

皇帝这座一直安居在那里的山，也有所松动，向下垮了一垮。

"你还记得他们唱的是什么吗？"

"听得断断续续的，不完整，其中有几句，是这样的——"读书人酝酿了一下，并没有找到那家人唱歌的调子，就以吟代唱，"从水而生，得我躯体。从水而去，不悲不喜。"

"从水而生，得我躯体。从水而去，不悲不喜。从水而生，得我躯体。从水而去，不悲不喜。"皇帝喃喃了两遍，"好。好。好好好。接着说吧，你离开他们之后——"

"我离开他们之后，继续上路。一路上，我眼前都是那家人的样子，耳边都是那两句歌声。这样也好，接下来的行程有点恍惚，反而过得迅捷，而且离京城越近，沿途越发迟钝、萎靡，人们不等日出东方，就早早地躲进了屋内。见到的树木房屋，在晨光中也有些糊散，没有什么吸引人的。"

"果然是这样。"皇帝叹了一声。

"不只是这样，快到京城时，从那条官道通往城郊的长桥已经摇摇欲坠。是枣红马先感到危险的，它止住四蹄，在桥头徘徊不前。我看着星空下暗蓝的桥，觉得它随时可能垮掉，又觉得还能侥幸通过——毕竟，我已经离京城这么近了，绕到别的桥少说也得耽误几天，更何况，长桥如此，又怎么能保证其他桥完好呢？就是这么一犹豫，救了我。从我后面赶上的一个马队，有十来匹的样子，可能是骑马的人赶得急，也可能是马成了群胆子更壮，反正他们毫不迟疑地上了桥。然后，几乎没有耽误地，就听见一阵木折石断的声音，长桥坍塌，所有的石头、木板、桥墩毫无保留地滚入了江中。马队也是人仰马翻，迅速被江水冲走，来不及留下额外的声响。

"桥塌了就没什么可犹豫的了。我往回退了一些，上了一条差不多和江的走势平行的小道。走了两夜，终于望见前面一片通明的灯火，映照在一片墨黑的大水旁。天快亮的时候，我也走进了那片灯火中。陛下，您知道那是哪里吗？"

"白湖。"

"没错，白湖。不到季节，看不到连绵无穷如同海浪翻滚的芦花，但白湖还是那样端方，长水如练。夜色里，在湖边嬉戏、在湖里出没的孩子，他们发出的尖叫、笑声还是那样清脆，也许自从有了白湖就没有变过。"感到皇帝的整个人也沉静下来，不久前身体上垮下来的那部分在一点点聚拢，读书人停止了讲述，他恨不得时间就停在这一刻。

"往下说吧。"皇帝静了片刻，说道。

"是。白湖和那些孩子似乎没有受到任何影响，但也仅限于此。当我走进白湖书院时，发现一切都和我之前看到的不一样，也和南山书院不一样。不，当我还没有走进书院，有人前来迎接我，当他问我，'早茶好喝吗？''借住处那些人痊愈没有？'这些话的时候，我就明白了，这个地方同样受到了您最近那道诏书的影响。我没有回答他，因为我不知道他们的规则，当然，这也没有那么重要，他问出的那些话尽管意思不明，可大体能够猜测。所以我想，不说话也没有问题。果然，又出来了一个人，将我的马牵走，开始那个人则将我带到了白湖书院。书院的讲经堂里聚集着至少二十个人，那一张张憔悴的面孔告诉我，他们已经好长时间没有好好休息了。他们焦躁易激动的神情也让我猜测，他们还深陷在某个话题里面，没有争论出任何结果。"

读书人正在斟酌词句，想怎么样尽快引入话题，身后却传来一声钝响，一回头，是他不久前进入的那道大门，分不清是右扇还是左扇，反正那里出现了一个窟窿。一阵敲打，门上的窟窿越来越大，大到足够让一个人钻进来。那个钻进来的人姿势怪异地一步一步挪了过来，大臣那张比起皇帝来说称得上瘦小的脸在灯光里慢慢浮现，他的右手拄着一支外面卫兵使用的长枪，让人很容易就顺着看清楚他的右腿已经齐膝断掉。

"陛下——"大臣不等气息喘匀，也顾不上君臣之礼，甫一走近，就颤声喊道，显然有一堆话都挤到了嘴边，但另一阵声音阻止了他。在读书人右侧，遥远的宫殿一侧，一阵没有来由的从轻到重由急到缓的声音啪地拍到了地上。宫墙上出现了另一个窟窿，随着窟窿进来的，是一团刀刃般刺眼的阳光，热气随之像蝙蝠群一样扑进来。读书人顿时觉得自己四肢百骸都在往外冒汗，连脑袋里的水分都在向外渗，以至于瞬间就昏昏沉沉，思绪乱成一团。

"陛下，孙先生有没有……"大臣更加惶急，如果有用，他一定早号啕大哭起来。

皇帝伸手阻止了大臣，他的目光在门与墙上的两个洞间逡巡，随后他把手边的那杯水往大臣那儿推了推，脸上浮现出由衷的放松的笑容："读书人，不要着急，没有什么可着急的。接着往下讲，讲白湖书院的那些人，他们在争论什么。"

"是——唉——"就像是受到了皇帝那笑容的鼓舞，读书人也不在意自己的叹息是否会被另外两人听到，"其实也可想而知，讲经堂的案桌上放着一份手抄的诏书，正是您最近发布的那道——'即日起，国中语言一律按反向偏移使用。偏移度视具体情境，由当事人自行决定，以因应局势变化。'诏书旁边的另一张纸上，写着：热—冷—温（凉）；东—西—西北（西南）；生—死—忍（受）……一大堆，全是这样的形式，写着一些字，偶尔还有一些词。显然，这是他们按照诏书要求，在为现有的字与词寻找反向偏移的对应。实话说，我理解他们的困扰，那同样是我们的困扰，但我不认为那样的解决方案有意义。如果只是在原来词语的反义词附近打转，这首先证明仍受限于原有规则，更何况，这种方式的作用极其有限，部分形容性的、动作性的字与词还好，剩下的那些怎么办？更要命的是，诏书中说'自行决定''因应局势变化'，谁来自行决定？是不是南山和白湖各有一套？甚至家师和我都可以各有一套？如果这样的话，还有什么交集，还有什么交集的可能？这些疑问在接到诏书的时候就有了。白湖书院的操作更是直接证明其中的，其中的荒谬。"

读书人看了皇帝一眼，皇帝的表情、神态没有任何变化，再看看大臣，大臣正冲他狠狠地瞪着眼，那口型都快把"快点""别废话"之类的话语吐到他脸上了。

"这么想着，我还是快速地将桌上的那份词语表翻了个遍。可惜，我没有在其中看到'早茶''喝''借住''痊愈'这些字眼，因而不知道刚才接我的那个人，他是遵循了一份并不在桌案上的词语表，还是完全即兴地进行了偏移。如果是后者，倒是为我这趟出门，为我背负的家师使命增添了一份难以索解的诗意。"

读书人最后那几句话已经伴随着此起彼伏的剥落声了，墙上、屋顶、地板，甚至他们面前的这张桌子，都不断有小块的东西掉下、弹出、鼓起。那些脱离原处的东西就地棱角消融，形状模糊起来。越来越多的孔洞在这座宫殿出现，阳光像利剑一样捅进来，剑身还在里面拼命转动，使劲搅扰。

"陛下——"大臣再也顾不上那么多了，他几乎绝望地喊道，"陛下，读书人说他背负着孙先生的使命……"

"你刚才说'我们'？"皇帝没有接大臣的茬，他还是向着读书人说的，"你说'那同样是我们的困扰'，你说的'我们'是指南山上所有跟从孙先生的读书人，连孙先生本人都包括在内吗？"

听到皇帝前两句话，大臣再也支撑不住了，他一屁股坐在了地上，那下坠的力度和浑身的委顿表明，他不打算也不能够再站起来了。听到皇帝嘴里接连吐出"孙先生"，他尚能转动的眼珠又死死盯在皇帝身上，如同涸辙之鱼盯着天上的一朵雨云。

"是的——要不然家师也不会派我前来向陛下请教。"绕了半天，终于到了正题，读书人清了清嗓子，以便即将说出的话更加庄重，"家师让我请教陛下，偏移词语是否真的就能偏移事实。"

"词语。事实。词语。事实。词语。事实。"皇帝像是遇到了咀嚼不碎无法吞咽的碎骨那样，不断重复着这两个词，但大臣和读书人都听得出来，他的语气、神态并没有受困的窘迫，反而有点乐在其中的沉迷，似乎孙先生的问话可以供他咂摸，但并不成为问题。"你说，孙先生所言的'事实'是什么？"

大臣费了些力气才弄明白，皇帝是让自己说，他勉强整理了一下涣散的思绪，省略了谦恭，以干巴巴的甚至有所怨恨的语气答道："事实明摆着：天下遭遇了前所未有的灾祸，日头强劲不可阻遏，再没有良策，全天下将被炙烤成水，东流归海。全天下，不分朝廷山野，不分贤愚贵贱。"

"对，你说得没错，这也是诏书里面提到的'局势'。"皇帝说着，忽然站了起来，猛地一挥右手，大喊"闪开"。他的手并没有碰到读书人，但读书人却受力一般往右踉跄了几步，与此同时，咚的一声，一块巨大的殿顶砸在了读书人方才站立的地方。读书人看了看堆在那里的殿顶，汗水和小块小块的皮肤、肌肉顺着脸和脖子不断往下掉。

"你们看到了，局势如此紧张。"皇帝没有再坐下，稍稍缓过神来的读书人发现，皇帝远比他想象的高大许多，只不过皇帝身上也像滑坡前兆一般，不断有东西石块、泥巴一样滚落。"早在我发出那道诏书的时候，大臣们都劝我，劝我不要扰乱天下，尤其不要扰乱读书人的心智，他们甚至预言，孙先生一定会阻止。是啊，最近这半年，我发出了一道一道的诏书，有的他们看得懂，或者自认为看得懂，以为我还在为局势想办法，还在拯救天下。他们看不懂的，也愿意照着这个思路来想，这没有问题，只要他们愿意相信。其实，我的每道诏书，又何尝不是为了让人相信？根据你一路的见闻，除了读书人，还有其他人受到最近这道诏书的影响吗？"

读书人摇摇头，他想说唱歌那家人的举止可能与这道诏书有关，可是琢磨再三，还是只能摇摇头。

"殚精竭虑、夙兴夜寐、宵衣旰食、朝乾夕惕、战战兢兢，这些词都可以用来形容我这半年的状态——当然是在原有的、不偏移的前提下使用。"皇帝绕着那块巨大的殿顶走了半圈，观察它的瓦解速度，他还伸出右手，食指在上面捅了捅，又再伸进嘴里，咂摸了几下。

"天下如此辽阔，人员如此众多，所有的安危哀乐，我都得一力肩负，无可推卸，也无可怨尤。局势压迫每个人，需要我来缓解，但每个人的感受不同，焦虑的重点也就不同。所以，我不断发出诏书，看起来搅扰了全天下，实际上每一道诏书都只与特定的人群有关，只有他们会执行那道诏书，或者为那道诏书焦虑。无论如何，都是围绕诏书忙起来。《春耕精细诏》《匠人八法诏》《三餐准时诏》《适龄入学启蒙诏》……看似琐碎，无所不包，只是为了能把所有人都容纳进来，解除他们的恐惧，至少将恐惧延迟，直到恐惧背后的东西来临。当然，这首先是我的责任。但实际上，我也借此让自己忙起来，以缓解、推迟我的恐惧。"

皇帝的语气仍旧平缓，他的语速却在加快，仿佛这些话也必须赶在某个时间点之前说完。也确实如此。伴随皇帝话语的，是宫殿的瓦解加速。太阳的那把光之剑加快了速度、加大了力度，不断在宫殿上刺入、转动、拔出，刺入、转动、拔出。连地板上，都赫然出现了两个大洞，洞口倒是没有投过来阳光，但也明晃晃的。宫殿四处的窟窿越来越多，越来越大，到处都有大块小块的石块、沙砾一样的东西掉下来，绵软得让人发腻的声音此起彼伏。声音并不大，并不需要皇帝提高音量，但是却格外分散注意力，读书人需要一再晃动脑袋，才能捕获皇帝说的每一句话。大臣早已身体撑不住脖子，脖子撑不住脑袋，完全软在了地上，靠着斜视的目光追随皇帝的移动，以残余的半只耳朵听从皇帝的吩咐。

"陛下，您是说，您是说所有的这些诏书都没什么实际意义，只是为了让大家有事可做，以免闲下来胡思乱想，折磨自己？"大臣的嘴巴和舌头还在，说话已很含糊，不过还能分辨。

"难道孙先生没有看出来陛下的意思吗？他还派读书人赶来请教？陛下对孙先生那个问题的答案是什么？"大臣这几句问得非常挣扎，到最后他都开始吐血了。

"如实地说，是这样。孙先生知道无论我们做什么，都无法偏移来势汹汹的事实。不过，孙先生也不是惺惺作态，他是为了他——"皇帝指了指读书人，一抬一放间，也能看出他的手臂全然无力，"他是孙先生座下最年轻的读书人，从未下过山。孙先生派他来，是为了让他沿途见见这个世界最后的面貌，也是为了让他有事可干。当然，孙先生还有另一层意思，是对我的体恤与支持。他知道，最后时刻，京城一定人心惶惶，咒骂、哭喊、斯打不绝，这些纷乱掀不起大的波浪，也毫无意义，但毕竟不是等待结局的最好方式。读书人的到来，可以当作替孙先生献上良策，凝聚众人的心，也迁延所剩无几的时间。"

说到这里，皇帝整了整衣冠，向着南山的方向微微鞠躬。读书人没有如常替孙先生回礼，他觉得皇帝说的是对的，可是又觉得事情太过简单。毕竟，一路上他琢磨的都是皇帝听到孙先生的疑问，究竟会如何回答。

"别想了。孙先生真有良策，何必派你昼伏夜行、骑马前来？又为什么不直接告知，而仅仅让你提出疑问？那个问题纵然有答案，现在也毫无必要了。"皇帝看穿了读书人的心思。

这时候，阳光积攒的威力终于到达顶峰。宫殿残余的部分歪斜着向一侧倒去，所有的附属构件，殿里不多的几件物品，也都倾斜着被宫殿的顶、墙、地挤压成了一团。这一团的空隙迅速被填满，里面的大部分空气被挤出，并在穿透宫殿时，发出噗噗的声响。

宫殿上的一个大洞刚好对着读书人和皇帝压下来，两人的身子虽然也被压住，迅速失去知觉，但他们的肩膀、脖子和脑袋好歹露了出来。读书人拼尽全力转动脖子，找不到大臣的身体，看不到任何一个卫兵的踪迹，他的脸上、头上越来越空，感到了空气填充过来的凉爽。再看看皇帝，也已经掉了半个脑袋、两只耳朵，脸上也快成了一团，将要无法分辨。

读书人终于敢抬起头，直视致命的太阳，光之剑毫不留情地夺走了他的绝大部分视力，世界在他眼中分层为黑、暗与微暗。这时他感到整个世界在震动，不断被抛起又被接住的震动，那震动完全超乎了他的想象。然后他听见皇帝嘘了一声，皇帝说："你听！"

最浓的黑暗出现在读书人的头顶，遮住了他的整个世界，遮没了世界的层次。

黑暗中，读书人听到了世界给予他的最后话语，他此前从未听闻，此后也不必听到的话语，那是本源性的话语。那个声音说——

"爸爸，吸管。"

作者简介：

李宏伟，男，1978年生于四川江油，现居北京。毕业于中国人民大学，哲学硕士。主要作品有长篇小说《国王与抒情诗》《平行蚀》、小说集《假时间》《暗经验》等，作品曾被评为《亚洲周刊》2017年十大小说榜首。

女儿

_双雪涛

从书店走出来时，我没有注意到那个男孩儿，直到我过了两个路口，正穿过熙熙攘攘的人行道，他突然一跳跳到我面前，我才发觉自己不是一个人走过来的。我刚才把陀思妥耶夫斯基的死亡时间说错了。在他和托尔斯泰之间，我从来没觉得长陀更好，短托才是我一直会偷偷反复阅读的作家，不过每次讲座，我都会大讲长陀，短托绝口不提。一是可以扯的东西多。临刑前特赦，屡败屡起的超人，晚年有个死心塌地的女人陪伴左右，永远要跟上帝交谈，永远负债。二是这样不累。因为不用真正地思考，随便采摘一点别人的观点即可，纪德有七讲，后来人演绎得更多。托尔斯泰就需要多少准备，因为其几乎没有风格，老鼠吃象，无处下嘴，而陀氏如同小岛，四周之海水多矣，延展他，保护他，稀释他，囚禁他，放一叶舟在海上走，时间一会就过去了。北京的人行道经常有丛林之象，灯闪过后，转弯的汽车先甩过车头，然后一辆挨着一辆通过，紧接着摩托车电动车残疾人代步车蜂拥而至，行人掩映其中，先要自保，才是走路。男孩跳出之前，我正一边想着长陀的确切死亡日期，11月？不，是2月，一个雪下个不停的冬天（啊对，是一个笔筒，笔筒掉在地上，他去挪胡桃木的柜子，导致血管破裂，到底是一只什么样的笔筒？），一边躲过一辆几乎从我腋下钻出的小摩托。我有个疑问，他开口说。我说，你一直跟着我？他说，我没有一直跟着你，我是从你做完活动开始跟着你的。你抽中南海，随地吐痰，而且你走路姿势不太自然，一肩高一肩低，这样久了鞋坏得快。眼看着指示灯又要变了，我快步向前走，他一看我动，就倒退着走，好像我的一架手推车。我说，你有什么问题？刚才在书店可以问，我认人一向准，没见你举手。他说，我没进书店，我一直在书店外面等你。你在书店里说的都是假话。我停在路边端详他，二十岁出头，一米七五左右，极瘦，头发挺长，黝黑黝黑，散在额头上。背着一只白色的布包，上面画着一架手风琴，仔细一看不是，是两扇肋骨。脚上一双白色的帆布鞋，虽然已是深秋十月，还挽着裤腿，两只脚踝瘦得像两只鼓槌。

我说，说吧，你有什么疑问？他说，为什么这么多次活动你都没有提到我？我说，我为什么要提到你？他说，因为我是比你更好的作家。我说，你尊姓大名？他说，说了你也不知道。一阵大风从我们中间吹过。我说，恕我直言，像你这样的人我不是第一次遇到，当然也许你是特殊的那一个，不是另一个病人，即便如此，你想证明你是比我更好的作家也不需要通过我。陀思妥耶夫斯基的伟大不是某个人说了算的。他说，你学的是托尔斯泰，虽然只是皮毛。我再说一遍，我不是那些想要你签名的人，我也不是无聊透顶的读书会的会员，为了泡到某个读书把脑子读傻了的女人而到书店点一杯咖啡消磨一个晚上。我是比你更好的作家，希望你能承认这一点。我说，你发表过什么作品没有？他说，没有，因为我还没写。我说，帅呆了，我现在要回家吃饭，如你所见，我是个作家，吃完饭我需要工作，如果你也同意这一点，那就请你也回家把你比我更好的作品写出来，我们分头行动如何？他从包里掏出一个本子说，一言为定，你给我留一个邮箱，我写完发给你看，切记，如果服气，要告诉我。本子上密密麻麻都是字，还有图画，我在空白处照例写了自己的一个不常用的邮箱。我留心看了一眼，文字应该是康拉德的《黑暗的心》，用很小的楷书抄写，不知是哪里的译本，"这家伙负责的业务为制砖——我是这么听说，不过整个贸易站连一块砖都没有，而他在那已经整整一年多了——光在等。他好像缺什么，所以才无法造砖——可能是缺干稻草吧。不管怎样，缺的东西这里没有，也不可能从欧洲运来，真搞不懂他到底在等什么……"图画有点画不对题，好像画的是希腊神话或者是哪一个我不知道的远古史诗，有双头女人和温柔看着婴儿的巨龙。我把本子还给他说，你为什么找到我？比我牛×的作家多的是，你用一下百度就行。他说，舍伍德安德森和福克纳谁更伟大？我说，应该是福克纳。他说，但是安德森启发了福克纳。同理，你的有些东西启发了我，虽然你写得不如我，这就是我找你的原因。另外，你有一个分析作品的专栏，所以你也写点批评，算个批评家，我希望你能在专栏上分析我的小说。我说，想得周到，回见了。他说，明早之前，注意查收。我没有回头看他，因为他提醒了我，我还有一个专栏要写，明天就要交稿，专栏不同于活动上的瞎吹，我爱写专栏也在于此，有人逼着，能静下来想点事情，不以陈词滥调敷衍，虽然也是某种程度的说假话。不远处有一个乞丐躺在路边睡觉，盖着厚厚的被子，过大的黑脑壳上生着红瘤，黄色的叶子落在他身边，好像有人给他献花。我走过去放下一块钱硬币。乞丐无动于衷睡得很实，不知道是不是点着电褥子。我的腿确实有点跛，是因为我小时候有一次踢球被铲伤，脚踝坏了，为了掩饰，我努力让另一条腿也如此走路，以至于经常两个鞋帮着地。另外每当我想写出点东西的时候，我都想办法做一点善事，这是不为人知的秘诀。

我家楼下有家时髦的超市，专卖外国人吃的食品，主要是中国人买。我买了两瓶韩国牛奶、一盒美国饼干、一打德国啤酒。在房门口我就闻到了猫屎味，我养了一只公猫，叫作武松。说是养的，不如说是接待的，因为是朋友出国之前强送给我的。我过去养过一只狗，养了一个月，因为我不爱出门，所以狗憋得乱转，得了窝咳，治了一个月之后送给了一位户外运动教练。后来小区的一只野猫老跟着我，毛又黑又亮，胖墩墩，我就请它来家里住了一阵，没想到竟有跳蚤，咬得我生不如死，只好把它扫地出门。这只武松原来不叫武松，叫作亨利二世，朋友心血来潮从宠物店买的，品种是加菲，四个月，一身黄毛，眼大脸扁，酷爱打喷嚏，一天要打几十个。能吃能拉，且总是拉在沙发上，殴打恐吓喷药都无效果，我上网查了一下到底是怎么回事。一个靠谱的答案是此猫是白痴，也就是智商有问题，我才想起来自从这只猫来了我的寓所，就从没叫过。打也不叫，打得狠了，龇牙咧嘴，浑身一抖拉出一坨屎来。原来是个哑巴啊，我心想，不过也好，倒是不闹，与我相宜。

进屋之后我收拾了猫屎，填了猫粮，沏了茶水，撕开饼干，开始弄专栏。弄了三个钟头，茶水喝了五六杯，饼干吃得一干二净。一个字也没写出来。

实话说我常感到孤独，也因此觉得愉快。多年以来我都想钻入人堆里，与人发生紧密的联系，可是就像我养过的宠物一样，我无法改变自己，它们也无法改变它们，我不爱动弹，它们就会咳嗽，它们有跳蚤，我就会烦恼，所以终于还是分散。写小说这件事情就是另一码事，我的人物也许讨厌我，觉得我难相处，但是毕竟他们由我创造，所以只能认命。我造世界，铺设血管，种上毛发，把这个世界奉上，别人因此而知道我，觉得了解我一点，其实也可能离我更远，具体分寸的拿捏都在我这里，我愿意以囚徒的境地交换，什么事情都是有代价的，怎么弄都是耗尽这一生。叔本华说，活着为了避免死亡，走路为了避免跌倒，大概是这个意思。

我又抽了几支烟，想起傍晚的男孩。世上多有自命不凡者，有的可爱，有的招人烦，那个男孩不算招人烦的，而且字写得不错，品位也不很烂。他生在这个时代，活在北京，养出了自恋的毛病，也没什么奇怪。我在他那个年纪还在浑浑噩噩地想要过正常人的生活，还在带着我的狗到处看病，急切地想要证明自己有同情心，是个善良的人，骗自己无论如何不会抛弃它，告诉它第二天我可以遛它，其实第二天还是早起不来。我打开那个邮箱，费了半天劲找回了密码，原来是多年以前我妈妈的座机号。上一封邮件还是一个大学女生发给我的，说她要来S市出差，让我请她吃饭，时间是三年前。我当然没有看到，她也没有饿死，谁也没有错过什么。最新的邮件是五分钟之前发过来的，没有寒暄，只是一个小说的开头。

"亲爱的旅人啊，这是我唱给你的一支歌谣，歌词早已零落，曲调却是来自上古，那我就把它随便填个词唱给你，权当解闷。
我是一个木匠啊我有三把斧子
除了三把斧子我还有一个孩子
孩子的妈妈死在早年
每年我都把鲜花放在坟前
孩子现在已经是少女
头发弯曲个子到了我的膀子
谁有心思与她相爱不用经过我的允许
只需要歌子唱得跟我一样动听
斧子耍得比我更熟悉
或者你给我倒一碗上好的烧酒
我就把女孩的心思全部告诉与你。

杀手听了把刀子放回怀里说，那我可以见见你的女儿。男人说，我的女儿因为着了风寒，落后于我，大概今天午夜才能赶到驿站。杀手说，我怎么知道赶来的是不是帮手？男人说，我已逃了十几年，身边早没有朋友。朋友需要待在一块，而不是一直走在路上。杀手说，我为什么不现在杀了你，然后等你女儿来了我把她带走？男人说，等她来了，我写一纸文书把她托付给你，名正言顺，这样你一辈子都会舒服。杀手说，那我什么时候杀你？当着你的女儿？这样她岂不是会永远恨我？男人说，我会自杀，毒药已经备好，就在面前的这碗烧酒里。到时你把我葬在路边，不要写我的名字，回到驿站来用清水洗干净双手，把她领走。杀手双手交叉，放在膝头说，你女儿长什么样？是胖是瘦？大眼睛还是小眼睛？男人说，蓝眼睛。杀手说，怎么会是蓝眼睛？她妈妈眼睛是什么颜色？男人说，她妈妈和我一样是黑眼睛。你没见过她吗？杀手说，没有见过。男人说，她有一双黑眼睛，像煤一样黑，像星星一样亮，每当想事情的时候黑眼仁就在眼白里转呀转，像骰子。杀手说，那你女儿的眼睛为什么是蓝色的？男人说，我也不知道，她生下来就是蓝眼睛，而且她的皮肤像牛奶一样白，头发满是细卷，随着她一岁一岁长大，眼睛越来越蓝，皮肤越来越白，头发也越来越卷。寒风摇动着驿站的破木门，驿站长早已逃走，门口拴着一肥一瘦两匹雄马。男人填了几块木柴在火盆，杀手站起身来推了块石头把房门顶住。从门缝里他看到外面下起雪来，他的马哒哒地跺着脚。"

只有这么一小段，字打得很整齐，手写的一样整齐，没有错别字，也没有题目。我站起来在书房走了一圈，然后打开书房的门出去倒水，武松趁机钻进来，两跳跳上书桌，趴在电脑前面看我的屏幕。这是它的习惯，只要我不防备，逮到机会就上书桌来看电脑，有时还伸爪子捣乱，按出一个突兀的标点符号。我略微盘算了一下，回了一封邮件。

"你好，小说看了，写得很有意思，虽然情节上多有不通之处，但是如果硬想，也可以说通。语言简明，不像没写过小说的人，今天见面有点失礼，准确地说是有点势利眼了，没想到你确实是个高手。如果你确实是刚才写的，那更让人佩服，只是不知道你是否已经全盘想好，因为写一篇小说就像放风筝，起手也许不错，到底能飞多高还有看后面的技术。杀手为什么要杀男人当然不那么重要，但是女儿还是关键，来还是不来，若是来了，怎么收场，是我好奇的。你说受过我的影响，我不敢妄自揣测，但是也许是和我早期写过的一篇关于杀手追杀木匠的小说有关，只不过那篇小说我把逻辑裹得太紧，木匠是造了一个狠毒的刑具才遭人追杀，不如你这个灵逸。实话说，你这个开头让我爱不释手。热望后续，祝好。"

武松安静地趴在旁边，没有捣乱。马上我就收到了回信，只有三个字。

"正在写。"

我又给自己泡了一杯茶，泡完之后发现自己已经喝不下去了。房间虽然每天收拾的，但是不知为什么看上去还是乱七八糟。这就是一个人生活的弊端，收拾的过程中不知道又把什么搞乱了。我曾经有一段亲密关系，她是一名出色的意大利语翻译，意大利语极为出色，而且能写出更加出色的中文。她翻译了几本很难的文论，我都很喜欢。在一次活动中我见到了她，很普通，没有化妆，短短的卷发，胸口搂着书，穿着质地一般的长裙，压得都是褶子。脚趾露在凉鞋外面，红色的指甲油掉落了大半。我走过去向她表达了我的敬意，她冲我点点头说，我知道你，你能写很长的句子。我说，可能是我看了太多外国小说。她说，但是你长得像短句子。我说，什么意思？她说，你的下巴像一个很短的句子，里头只有一个动词。我说，什么动词？她说，削减的削。我说，也许我可以试试。她说，有个意大利作家叫作维尔加，你知道吗？我说，我并不知道。她说，他说过一句话叫作，东西长了都像蛇。我说，有意思。但是你的译文里都是蛇。她说，原文是蛇，我只能舞蛇。你应该创造你的文体，你比我大，我说这个挺傻的，你是不是不想再跟我说话了？我说，相反。我稍微酝酿了一下，相反的应该是什么呢？最后我说，我想跟你说很多话。其实还有十五分钟我就要上台了，但是我那天没有上台，我的编辑代我领了奖，授予我写的长句子。她照顾我，给我买了尺码刚好的衬衣，她订正我思维上的误区，指出我文体中的马脚，我学会了做沙拉、使用动词和用吹风筒吹干她的头发。分手时我说，我只能走到这儿了，因为我只能过一种生活，只能成为一种人。她说，你为什么不能更幸福，成为更好的人呢？我说，我的悲剧是我的能量，我的差劲是我精神上的鸦片，你知道和你在一起，我什么也不想做，就像酗酒的人一样。她说，那你觉得你临死前会不会想到我？我说，有可能，也可能我会想起我没有写完的一个句子。她说，明天早晨八点，我在我家的那个路口等你，等你到晚上八点，如果你不来，我就把你忘记了。我说，明天可能有雨，我们就在今天了结吧。她说，晚上八点。然后把我家的钥匙放在了我的书桌上。第二天从早到晚艳阳高照，没有下雨，傍晚刮起了风，那也是一个秋天，我窗前的一棵银杏树叶子掉光了，树枝战栗。我穿戴整齐坐在家里，坐了一天，终于没有走出门去。七点多有人敲门，我跑过去打开门，是住在隔壁的六岁男孩过生日，捧着一块三角形的蛋糕。他的父亲离他们而去，留给他们一套大房子。男孩脚蹬拖鞋，头上戴着王冠说，你记得吗？有一次上电梯，我绊在了脚踏车上，你扶住了我。我说，没什么，顺手的事儿。他说，现在我们扯平了。他妈妈扒着门缝看他，他把蛋糕递到我手上，独自一人走回了属于他的房子里。

我吃了蛋糕，喝了一点酒，坐下抄了一会书，睡了。

一个小时之后，第二封邮件来了。

"男人把靴子脱下来，把脚举在火盆边上，烤他的脚心。火把袜子烤得又皱又紧绷，好像红薯。男人说，自从我感觉到你在追我，我就没脱过靴子。杀手说，外面的雪越下越大了，你女儿怎么来？男人说，放心吧，我约她在这里，今晚她一定会来。你喝一点酒暖一暖，你的酒没问题，我可以先尝一口。杀手说，好，你尝一口。男人举起酒碗喝了一大口，递给杀手。杀手喝了一小口。男人说，我未来的女婿啊，你太紧张了，你的眼睛看一个地方不会超过三秒钟。杀手说，你杀过人吗？男人说，我没杀过，我看过很多人死，但是我没杀过人。杀手说，我杀过十七个人，十二个男人，三个女人，两个孩子。每个人死前的样子都不一样，我都记得，记得时间，他们的穿着、表情、最后的话，我就是记性太好了，我不适合做杀手。但是我使一把好刀，无亲无故，想买地盖房子，我只能干这个。男人说，他们死前都说什么？杀手说，一个五岁的孩子说他有一个糖人，我进屋时他藏在枕头底下了，我杀完他就把它吃了吧，要不然就化了。男人说，你吃了吗？杀手说，吃了。是个孙悟空，脑袋化了，粘在枕头上。男人说，甜吗？杀手说，很甜，我吃过最甜的东西，吃完之后心情好了许多，出去找了口井喝了不少水。你女儿骑马来？男人说，对，骑马，我的所有积蓄都买了这匹马给她骑。对了，我忘了告诉你，她有病。杀手紧张起来，什么病？男人说，她蜕皮。杀手说，怎么蜕皮？男人说，从二十岁开始，她每到十二月就蜕一次皮，然后又变成年初的样子。杀手说，那不是不会老？男人说，不老，喜欢还是不喜欢？杀手说，喜欢。这烧酒好喝，你再喝一点，你看，我干了这么多年的杀手，终于迎来了好运气。男人说，贵在坚持，一个事情做久了，总会迎来好运气。"

就这么多。读完之后我马上开始写回信。

"朋友你好，你会写细节，这很好，你敢于停滞，这也很好。我写了很久，才悟到这个道理，小说不是现实的峻急的简笔画，小说是精神的蛋，你得慢慢孵它。人的精神是混乱的，漫无目的的，充满细节的，在一个不起眼的地方盘旋的。狄金森怎么说的来着，一封信总给我不死之感，因为它像是没有肉体的纯心灵。你写的是我要写的小说，或者说，我认定的小说，这让我感到欣悦。我在写作之初四处碰壁，无门无派，无所依仗，只能硬写，一次次投稿。后来有个编辑赏识我，给我回了信，提了修改意见，我一夜没睡，按她的意见修改，第二天一早，我绞尽脑汁想写一封漂亮的邮件给她，甚至比我修改小说花费的精力还要多。就在邮件发出之前，她告诉我，她的上司看了我的初稿，说没有修改的必要，所以这次算了。临了她说，我可以写别的，到时再给她看。我哭了一场，然后另外开始了一个小说。我给你讲这个故事并不是要说明自己的坚韧，相反我是一个经常要放弃的人，但是我除此之外找不到合适自己做的事情，或者说有热情去花费时间度过生命的事情。这是一种消极的选择，就是别人先挑了自己的行当去做，我只能挑这唯一一个剩下的。我现在忆起了你的脸，你的脸狭小，闪烁着自命不凡和不择手段的神情，虽然我厌恶你的脸，但是不得不说这是一个小说家应有的脸型。你比我的运气好，你遇到了我，因为你的粗鲁和胆大妄为，恰巧我今晚无所事事，读了你的东西。目前事情令人满意，如果你的结尾精彩，我会把你推荐给我所有认识的编辑，竭尽所能地帮助你，不过如果你是和我一样的可怜虫，对你的帮助也许是残酷的捕鼠器。我提醒你要慎重地思考自己的人生，到底要为这个事情献出多少东西，到底可以耐受何种程度的自私和孤独。当然这不是你现在应该费心琢磨的事情，希望你小说的余下部分不要让我失望，我倒不是多么关心你的前途，只是不想白白浪费一晚上的时间。祝好。"

我等了一会，没有得到回信。我用这个空儿处理了一点琐事，回了几个微信，敲定了几个需要见面的事情。回头我又查看邮箱，还是没有回信。我把地板拖了一遍，用吸尘器吸了猫毛。我忽然想起我妈的老房子应该要开始供暖了，北方的这个时节已经相当寒冷，夜晚在路上走路的人开始稀寥。我给我妈打了个电话，想问问采暖费她准备了没，如果没有我就把钱给她打过去。她并没有接电话，这个时间她应该在看电视剧，每次看电视剧她都把手机静音，坐在离电视机两步远的床脚，认真地看。我有时候会梦见她，她曾经非常强壮，自行车前面装满了菜，后面驮着我，在寒风中骑行一个小时，到了家面色红润，神采奕奕，马上脱下外套开始做饭。现在则眼角下垂，整天裹着厚厚的衣服坐在家里不动。我的梦里老是出现熟人，都是我十几岁就认识的人，我们因为一场先赢后输的球赛而号啕大哭，三十岁之后的朋友几乎不会梦见。那几个熟人全都已经断了联系，但是他们就像我心爱的古董一样，总是在我梦中出现，被我擦拭，端详。有一次我罕见地梦见了那个意大利翻译，她在译一本薄薄的册子，可是怎么译都译不完，以至于头发都白了，我在她身边高叫，停下来吧，停下来吧。她没有听见我的话，手中的钢笔像是装了电池一样不停地动来动去，我伸手去推她，她拿起册子贴到我脸上，说，你看好了，这可是你的书。你的狗屁玩意，你的想被理解，想逃遁其中的狗屁玩意，我累得脖子都细了，可是你一点不领情。我一下醒了，摸了摸枕头，床上只有我一个人。

武松睡着了，尾巴落在我的键盘上。我给它挪了一挪，它并没有像其他猫一样，别人一碰它的尾巴就跳起来。它还在沉沉睡着，三角形的嘴微张，脖子蜷在身体里，好像已经昏迷。我又查了一遍邮件，发现有了新的信。

"寒气从门板的底下渗进来，火是旺的，杀手说，我想跟你换个位置，这样门开了我能看见，而不是有人突然走到我的背后来。男人的烧酒喝得有点多，有些醉了，双眼变长，面带微笑。好啊，他说，还是你想得周到。两人相对无言，杀手不喝了，等着午夜到来。男人兀自喝着酒，时不时笑着摇摇头。男人忽然说，我刚才骗了你。杀手再一次紧张起来，说，什么事骗了我？男人说，我杀过一个人。杀手说，什么人？男人说，第一个来杀我的人，她追了我两年。终于有一天夜里，在一个驿站，跟这个差不多，追上了我。杀手说，然后呢？男人说，我稳住了她。那是一个女杀手，擅使两把长锥，那时我比现在年轻，风霜还没有把我磨成老人，我哀求她，她知道我没有跟她对抗的本事，就放下心来陪我聊了一会。杀手说，然后呢？你毒死了她？男人说，没有。我想办法让她爱上了我，或者可以说，她追了我这么久，对我了如指掌，已经具备了爱我的基础。我轻轻一推，她就爱上了我。杀手说，她犯了杀手最大的忌讳。男人说，也可以说，她犯了每个杀手都会犯的错误。对一个目标追了太久，已经没法下手把他清除。杀手说，然后呢？男人说，我请求她和我一起走，她答应了，我们就一起逃跑。跑了两年。我一直想趁机杀她，可是她能耐太大，睡觉又太轻，不生病，我没有机会。杀手说，你为什么要杀她？她已经跟了你了，付出巨大的代价。男人说，可是她还是来杀我的人啊。终于她怀孕了，她生下孩子之后，我听见孩子的哭声，从她的身边接过孩子，就把她杀了。杀手不说话，手摩挲着刀柄。男人说，我杀她时，她还笑着，真是个傻女人啊。我女儿快到了，你用不用洗个头发？杀手说，不用。男人晃着脑袋轻声哼着小曲，

　　我是一个木匠啊我有三把斧子
　　除了三把斧子我还有一个孩子
　　孩子的妈妈死在早年
　　每年我都把鲜花放在坟前
　　孩子现在已经是少女
　　头发弯曲个子到了我的膀子

……

又过了一会,柴火要尽了,火苗微小下去。男人几乎睡着了,手拽着衣角,嘴偶尔动动,声音含糊。门外传来马蹄声,马蹄踩在雪上,发出笃笃的闷响。马停住了,打了个响鼻,隔了半晌,有人推了一下木门,然后敲了三下。杀手把刀拿在手里,火光照在他的脸上,照见了他脸上的皱纹,照见了皱纹缝隙里的尘土,照见了他油腻腻的领子,照见了他无人浆洗的衣裳。刀刃明亮,那是他从头到脚唯一干净的地方。"

我没有第一时间回信,点了一支烟抽。我担心他结尾写得太好,我预料他写得不会太差,不要太好就行。已经凌晨,毫无睡意,小区里有老人开始遛狗,边遛边高踢腿。我坐了一个小时,盯着邮箱,没有来信。

"请尽快把结尾发来,故事到了这里,结尾不需要太长。编辑快要上班了。"

没有回信。

"目前情况发展,有几种可能。A,男人和女儿合力杀死杀手,逃走。B,杀手杀死男人,带走女儿。C,杀手杀死男人,女儿宁死不从,也被杀死,杀手失落而走。D,来的不是女儿。这几种情况都说得通,都不差,请速速写完发我。"

没有回信。

"两天已经过去,我不相信你没有写完,我不知道你如此行事到底是何用意。我花了许多时间与你探讨,给你鼓励,也和编辑打了招呼,我们都在等待你的结尾。我不奢望你尊重我的劳动,我只希望你尊重自己的劳动,一篇小说无论好坏,最重要是完成。我已两天没睡,这不是你的责任,我本来睡觉就轻,我很想知道故事的结局,即使它是一坨狗屎。没有结局之前我无法入睡。如果你是太累了,我相信你现在已经睡好吃好,请务必写完发我。我坐在这里等。"

"我吃了点东西,但是我已经四天没有打扫屋子了,我也睡了一会,睡十几分钟就会醒,好像身边躺着一个充满性欲的陌生女人。近十年我都在写作,都在等待写完,世界上的其他人也都在做着自己的事情,等待把它做完。如果你心脏病突发死掉了，请你给我一个暗示，比如台灯闪动一下，或者下一秒窗外就开始下雪。如果你还活着，请你跟我说话，即使你不发给我结尾，请你跟我说话，随便说点什么都行。我想念你，我的朋友，就像想念一个早已把我忘记的人。你还活着吗？还像一个正常人一样，怀着无数无法满足的欲望活着吗？那样最好，不要太认真。如果有人来杀你，请你告诉我，我有一匹马存在保险柜，我可以现在骑着它去救你。"

我又一次醒了，窗外挂着大风，枯枝战栗，天已经黑了，远方闪烁着磷火一样的车灯。我看了看电子表，睡眠持续了半个小时，武松睡在我旁边，还是一副昏迷的样子，好像比过去瘦了一圈。看我醒了，它也睁开眼睛，喉咙里咕噜了一声。我感到饥饿，也感觉极度的疲惫，好像拉着一块磨盘走了好几年，身上还有绳印。我忽然坐起来，又把电子表看了看，距离晚上八点还有十五分钟。我滚下床穿上外套跑出门去，我的脚还是有点跛，也没有来得及系鞋带，但是我跑得飞快。幸福，像洗澡水一样把我浸没，有一个人在等我，她等了我很久，现在已经绝望，炉火要灭了，但是以我对她的了解，时间没有走完之前，她不会放弃，而我，马上就要到了。

（原载《作家》2018年第4期）

作者简介：

　　双雪涛，小说家，1983年生于沈阳。出版小说集《平原上的摩西》《飞行家》，长篇小说《聋哑时代》《天吾手记》《翅鬼》。

偶发艺术

_盛可以

没人知道会发生什么。走进塑料空间，脚步有上刑场的迟缓，表情蒙的。塑料墙像玻璃反光。几位观众，不如说更像演员，贼一般四下环顾，轻手轻脚，连屁股落在椅子上的动作也充满表演意味。

通过道具摆设，可以看出这是一家酒店式小公寓，屋里尽是杂物，锅碗瓢盆，果汁机，药罐子，电炖锅，电源亮着，像定时炸弹。小窗口晾着衣服，红裤衩十分扎眼。窗外印着房屋出租标语和电话号码——不妨设想，这一布景是为了表示租客通过这种方式找到此房源，省下了中介费。但显然观众不关心这个。他们要看到人物，想知道故事。当他们熟悉了屋里景况，并厌倦这种持续的单调时，第一个人物上场了。这是一个骨骼粗大的短发妇女，拎着沉重的购物袋，肩膀垮着。她将东西放在地上，做出掏钥匙开门的动作，进屋就挽起袖子忙碌，弄得乒乓作响。她面色憔悴，带着苦楚，不时用衣袖擦拭眼睛，摇摇头。果汁机绞动苹果，声音爽脆，果汁如泉水叮咚流响。一时间只听见绞动和流淌的旋律。那声音听得人口舌生津，忍不住直咽唾液。第二个人物红衣女人正是踏着这节奏走出来，仿佛是她脚下踩得汁液四溅。她停在那扇虚拟的门口，朝屋里瞄一眼，曲指敲打空气，门咚咚响了多次，里面的女人才有反应。

"是志兰姐姐吧？"红衣女人径直抓住对方的手，她精心打扮过，脸小五官小，"我是戴丽蓉，志清的大学同学……我……啊呀……"女人声音哽咽，五官变得更小，仿佛是笔在脸上点了几点，"我才知道消息，心里好难受。"

果汁机绞动虚空，声音变调。

"我是志梅。"女人关掉电源。两人在床铺上坐下。戴丽蓉重新捉住志梅的手，似乎借此才能呼吸。

叫志梅的女人像堵墙那样朴实，一堵墙通常不会在乎青藤怎么攀上来，野草怎么在墙缝里生长，青苔怎么覆盖，狗怎么朝它撒尿，它始终是牢固的，脸上凝结风雨。但此时的她仿佛一枚潮湿的哭弹，因戴丽蓉的到来烘干了，并点燃了引线，在一阵嘶嘶的火星迸溅之后，终于炸裂。她哭了一阵响的，丽蓉也陪着放开过几秒钟嗓门，滚出来的眼泪比眼睛还大。但她受过教育，她懂得克制，知道怎么哭得好看。谁都能看出她的穿戴不穷，脸上也是花过钱的，这种年纪还敢涂红唇，在普通妇女中算得上勇敢。

志梅边哭边完成了对戴丽蓉的仔细打量，声响慢慢衰歇下来，像唱京剧般，呜呜咽咽。

这场景虽略嫌聒噪乏味，但观众通过这一幕明白了事情缘由。志梅唯一的弟弟志清，得了癌症，医生说只剩一两个月时间，扛不过本命年，窗前的红裤衩也没法驱凶化吉。志梅在医院边上租了这间酒店公寓，给住院的志清做后勤，煮粥炖汤榨果汁，一趟一趟往医院送。起先志清还能吃流食，昨天下午忽然连水也下不去了。她说弟弟上过大学，他的命比她这个没文化的姐姐值钱，她宁愿拿二十年寿命出来匀给弟弟，可是谁来做这样的分割呢？

戴丽蓉仿佛因为眼睛太小，大颗眼泪滚不出来，只能在眼眶里转。就这样，她噙着自己的眼泪安慰别人，拍背、递纸巾，薄薄的红嘴唇里跳出温柔、得体的话语，最后竟丢出一个惊人的秘密，让志梅忘了悲伤。

"姐姐，我和志清……我等了他二十年，却等来这样的结果，我怎么受得了。"眼泪仿佛突然因被囚禁而产生愤怒的力量，一下子破眶而出。戴丽蓉的脸很快湿漉漉的，闪闪发亮。

两个观众咬耳朵，一个悄声说："是真哭吗？"

一个回答："是哩，眼泪像是自来水龙头控制的，厉害。"

音乐幽幽地响起，像夜风拂过杨树林。

"志清说过有人一直在等他，原来是你。"志梅反过来捉住丽蓉的手，不觉面露喜爱,"我见过你们的毕业合影,那时你是长头发。"

"是的,志清帮我剪过开叉的发尖。"

为同一个人哀哭,两个女人早已迅速增加了彼此的感情与熟识度,此时仿佛老朋友。"你和我们做一家人多好。志清他没这个福分。他就是这样的命。当年要是不和劳静结婚,随他娶哪一个,都不至于这个结果,根本不可能得这种病。退一万步讲,即便是得了这个病,她要是贴心,知道自己的男人不舒服,怎会任凭他在家喝几个月稀粥不闻不问,也不催促他去医院检查呢。否则志清是能多活些年头的。瞧瞧吧,入院半个月就封喉了。志兰很生气,她说志清毁在这个女人手里。"

"他命不好。"戴丽蓉站起来,原地转了一个圈,又坐下。

志梅倒了一杯果汁给戴丽蓉:"喝吧,反正他也喝不了。"

"我很想为他做点什么,可我这身份不合适……"

"是,志清毕竟是别人的丈夫。"

"我后来也成家了,有一个儿子。但没法过下去。我仍然等着。志清今年四十八,我四十九。头发都白了,你别笑话我,来之前我去发廊染了发。我们也两年没见了。这些年也起起落落,分分合合……出门前,我想了好久,该穿哪件衣服,穿成什么样子。我记得他以前喜欢我穿红的,喜欢我披着头发。现在头发掉了一半了,披着不成样子。老就老了吧,拼命往少女样子打扮反倒可笑……他知不知道自己活不了多久了?他那么聪明,怎么会不明白呢?对了,半年前我过生日,他给我发了一个微信红包,要我去买糖吃。他还说要和我见一面。他应该是老早就知道自己得了什么病。我后悔没见他,肠子都悔青了啊。昨天从同学那儿知道消息,我一宿没睡着。脑子里放电影一样,把这二十多年都过了一遍,怎么也不敢相信这种事情会发生在他身上。"

女人的哭泣声如雨停前稀疏地落下几滴,最终彻底告一段落,理智和沉着回到现场。

"你还没看到志清吧?"志梅是两个孩子的母亲,戴丽蓉知道,她熟悉章志清家里所有的情况,就像她一直生活在章家一样。"你要有思想准备,他在化疗,病样子看不得,而且变得脾气暴躁,动不动就骂人。想想也是,身体到处好好的,偏偏喉咙里长了一坨东西,让你不能吃不能喝,换了谁都会烦的。来吧,我们一起送些东西过去,也许他能吃上一口,食物总是能让人振作的。人世间也会有奇迹。"

灯光熄灭,黑暗抹掉了两个女人。

观众忘了鼓掌。

背景音乐混乱，夹杂愤怒的叫喊，哭笑，还有燃烧的哔剥声。画外音在探讨偶发事件于个人命运的意义。说到章志清在乡下出生时，父亲正在城里忙着揪出坏分子，获了不少表彰。母亲生完孩子就起来照顾生活，父亲回来后揍了母亲一顿，据说是饭里有沙，硌疼了牙。他说不打不长记性，逼母亲写检讨悔过。志兰志梅吓得不敢出声。文化大革命结束后，父亲吃不开了，受冷落了，没有朋友，也没有明显的仇人，没有提拔，也没有明显的打压。父亲揍母亲变得更加频繁，几乎每次回家必有打骂，走时不忘留下家用，父亲的权威就是这么树起来的。志清与父亲并不亲近，在他看来，父亲就是一个名词、一种称谓，没有别的内容，然而必须如对祖宗牌位一样恭敬。

此时的观众似乎进入故事，凝固在黑暗中，耳朵渐渐相信事情的真实性。

灯光打亮，落在观众席。三男两女，有个老的，剩下的比较年轻。聚光灯在那个头发花白的男人身上停顿片刻，投向表演空间。道具已经摆好，两张木椅配八仙桌，上面摆着瓷壶和杯子。墙壁上贴着大头像，两边是对联，还有贴得歪歪扭扭的财神图、毛主席像。屋梁上挂着几串腊鱼腊肉。这是八十年代的普通农家，带着贫乏、安宁却暗地挣扎的气氛。

年轻人双手揪着自己的头发在屋里转来转去。

灯光明暗交替间，他换着不同的姿势悲伤：坐在椅子上，脑袋埋在两腿间；肩膀耸动；捂着脸，额头搭在桌沿上。

最后，他直起腰，眼睛亮闪闪的。

"全完了……怎么办？"年轻人痴痴地看着观众，"我现在该怎么办？他怎么能这样做？就这样把我的档案从学校拿出来，递到酒厂……我不想去酒厂，我不想和他在一个单位，他在那里得罪了所有的人，退休后也没有人来看他……再说，我要去别的城市，有几个单位想要我，我在斟酌，丽蓉要分到长沙，我必须和她分到一个城市，我答应她我们要在一起的。可现在……他怎么能这样做？他怎么能擅自决定我的未来？我是一个人，我有我的想法，他不尊重我，他不尊重任何人。他完全不管别人怎么想。他真是个冷血的大独裁。"

年轻人激动得面红耳赤，紧握拳头，似乎要立即送出一拳解恨。他清瘦文弱，戴着眼镜，像根豆芽，想要动武的样子显得可笑，因为那条细胳膊，就算是打在豆腐上也有折断的危险。

"嗨，你上来，你来演我那独裁父亲。"他忽然指着观众席上那个灰白头发的男人。

后者一愣，但也爽利，略作犹豫，便离开座位，刻意挺了挺胸。他径直坐在八仙桌边，膝盖撇成八字，胳膊搭在桌沿，仿佛穿着戏袍，马上要捋一把长须唱起来。观众忍不住笑了。

年轻人固执地背对着父亲,似乎只有背影才能表达他的反抗情绪。

"志清,工作的事情落实了,你怎么反倒不太高兴?你想想,酒厂一个大学生都没有,你在那儿扬眉吐气,谁都要高看你一眼。往后你只管在厂里大声说,你是章显贵的儿子。""父亲"的声音洪亮。

"台词不是这样的。"年轻人低声说道,"父亲也不是这样的腔调。"

"我认为这就是章显贵的真实心理。""父亲"回答,"他就是要你给他复仇。他这种人一辈子都不会反省,临死都不放弃战斗。"

"剧情是这样的,我等他先说话,他抽着烟,沉默中咳嗽几声。我们像在暗自较量。最后是我先开口。我说,'爸,我不想去酒厂。'"年轻人看着"父亲",说道,"您接着演。"

"我没有办法按你们的剧本演,相信我,我比你们更了解人性。""父亲"做出罢演的样子,"而且,你父亲根本不会觉得自己做错了什么,他认为那只是他的一份工作,他那么做了,拿点薪水养家糊口,如果对别人造成了伤害,那也是'公伤',和个人无关。"

"那是另一回事,跟本剧没有关系。"年轻人说道。

"怎么会没有关系呢?不是在探讨偶发事件对人生的影响吗?既然要厘清偶发在志清悲剧命运中的作用,同样要厘清偶发在他父亲身上的影响,他父亲为什么会变成那样的人,他为什么要那么做。尤其是当你们认定,父亲这一擅自投档,是志清悲剧最初的起因,厘清父亲的性格形成就更有必要,那是不能剪断的。"

"这样厘下去,就跑题了,没止境了。"年轻人双手绞缠片刻,"不过,您的想法非常深远。您现在的行为是偶发的,是我们没有预料到的,自然成了演出的一部分。我们相信您使剧情变得更加丰富了。"

"我不懂艺术,人生经验也很有限,我就是来了解偶发的。""父亲"这时倒有些羞涩不安,"看问题不能单一,不能陷入一个误区,要注意到章志清自身的问题。当他说不想去酒厂,父亲会大怒,'投档还剩最后一天,我要是不投到酒厂,你恐怕哪里也去不了,在家里种地干活?行啊,问问你挑得起几斤?扛得了多重?'"

"'今天收到了长沙那边的好消息',但我决定把这句台词咽下去,"年轻人说道,"让观众注意力集中到志清那张凝聚了伤心、愤怒以及无助的脸。"

酒厂,一栋两层楼的老建筑,巨大的烟囱,白烟涌出来,在空中消散。隆隆的机器轰鸣声,显出一派生产生机。鸟儿飞来飞去。前景是一个简陋的小房间,窄床、长条桌、高背椅、暖水瓶、塑料桶、拖鞋,墙上贴着中国地图和世界地图。志清进门，脱下白色工作服挂在墙上，喝了口水，从抽屉里翻出衣服放进盆里，拎着桶准备出去。一个扎着长马尾巴、穿超短裙的姑娘蹦蹦跳跳，到门口故意放慢了脚步，扭腰细步走进来。

"我刚到车间找你，你不在。今天这么早下班了？"女孩说道。她苗条，像根电线杆。

"这批白酒酿造发酵出了点问题，暂时停工。"志清烦恼，没正眼看她。

"酒出问题，你就不理人了？"少女堵在门口，"你为什么总是这样一副高高在上的态度？"

"你先自己待着。我去洗个澡。"

"不行，咱们现在必须谈清楚。"少女夺过志清手里的东西，哐当放到一边，"那女的是谁，你为什么一直留着她的相片？"

"碍什么事了？又不占地方。"志清一副厌战的语气，"劳静，请你最好别不经我同意就翻我的东西，尊重我的私人空间。"

"你要那么多私人空间干什么？"少女很惊讶，"我妈说，两个人在一起就不应该有什么秘密。"

"你妈说你妈说，你就不能自己多读几本书，自己想问题？"志清打开抽屉胡乱翻一通，"照片呢？"

"你不是老放在胸前的口袋里吗？也许在你钱包的夹层里，或者在枕头底下？"劳静停顿一下，说道，"你还不如裱起来挂在墙上呢。"

志清摸摸口袋，望了一眼挂在墙上的工作服，明显松了口气。

"我不想去医院堕胎，"劳静一屁股坐在床上，押了押床单，"太丢人了，我全家人都会抬不起头来。"

志清肩膀软垮下去。

"我得去洗个澡，一身汗臭。"他重新拎起水桶。

"慢着慢着，等一下……"从观众席跑出一个女人，几步上前拦住志清，她穿着宽松的布裙，神色极为不满，"我觉得这儿有点问题，像劳静这个角色，她不会在这种时候提照片的事情，她不可能给自己节外生枝，制造没必要的麻烦。对她来说，和志清结婚才是目的。我认为她这时候会表现得温柔甜美，'你去吧，衣服留着我来洗。工作上的事情，不要太担心。想想你来之后，酒的质量好了，产量也高了，年年评先进，你贡献大着呢'。对吧，应该这样。这是我理解的'劳静'。"

"编剧说了，'劳静'才十八岁，是那种受家里娇宠，不读书，只打扮，没什么头脑的女孩，她妈是垂帘听政的慈禧太后，她就是个布偶娃娃，被她妈用五个指头操纵着。没吃过苦头的女孩子通常都听妈妈的话。关键是，那时没有现在开放,劳静大家族都在这个小县城,她根本用不着耍什么心计,你在人家眼皮子底下把人家姑娘弄怀孕了,敢不娶她?在当时的情形下,这可不是件小事。"志清说道,"而且当时城乡差别很大,'志清'乡下出身,对县城人来说,他们骨子里觉得这是能扯平的,也就是说,初中生'劳静'完全配得上大学生'志清',再加上怀孕的筹码,结婚就是天经地义了。但'志清'心里爱着那照片上的姑娘,不愿和'劳静'结婚。'劳静'仰慕'志清',在她那儿,爱情就是爱情,她没想过以怀孕来要挟他。但这已经不是她个人的事,你看那边,她的大家族全来了。麻烦您先下去吧。"

一群人拥了过来。劳静的父母,叔叔婶婶,舅舅舅妈,哥哥姐姐,堂兄妹,表兄妹……他们像神奇的植物,瞬间从空地里长出来,衣服摩擦如叶子沙沙作响。他们是来和志清"商量"婚事的。

"国庆节是个好日子,就定这一天吧。"劳静的妈妈墩硕结实,面色红润,她桌子一拍下了结论。

植物们风吹一边倒,一片沙沙附和声。

"……现在结婚还没这个条件,没存款,没房子,父亲身体不好,我有医药费压力……再说,劳静还小,过两年等条件成熟了,都从容些……"志清谁也不看,就看着墙上的地图,好像在设计一条进攻路线,准备夜袭敌人阵营,然后转过头来征求参谋长的意见,"劳静,你说呢?"

他扑了个空,劳静已经不在屋里。他发现自己断了后援,身陷困境,唯有孤军奋战了。

亲戚们有些骚动,劳静妈挥挥手抚住了他们的情绪。

"志清,没钱,没房,没关系,白手起家更光荣。我们这个大家庭别的不说,就是心齐,团结互助。这些年都是这么过来的。日子说难也难,说易也易,只要两个人一条心,什么都不怕。"

志清面对地图一动不动。观众只能看见他的后脑勺。他脖子正在流汗。他的确该洗澡了。他仿佛也意识到这一点,拎起水桶冲开人墙。

"还没谈完呢!酒席在哪里办?"劳静妈追问。

"你们说怎么办就怎么办。"志清头也不回。

那女观众再次截住了他,不知道是因为热,还是过于激动,她的脸通红。

"哎呀,不靠谱。我觉得逼婚这一幕完全可以删掉,毫无意义。这能证明志清是无辜的吗?这谈不上偶发事件,没有说服力。是他自身性格的原因。他是成年人,应该为自己的行为负责。我虽然不知道他和那个戴丽蓉是怎么分手的,或者说之后保持一种什么样的关系,但是可以肯定的是,志清依然爱着戴丽蓉,同时也喜欢劳静。劳静比戴丽蓉漂亮,可在精神上无法交流,她的无知和无理让志清伤脑筋。他通过劳静证实自己只爱戴丽蓉，并且加深这爱。不管他和劳静是情不自禁，还是出于寂寞，都是他自己主动做的，因此，逼婚不构成偶发。从这儿开始，基本上可以断定，你们这个剧本关于偶发与悲剧关系的探讨都没法成立。"

"谁也不是当事人，甚至恐怕当事人自己也不说清呢。"志清换了一只手拎桶，"这一大家族的压力排山倒海，谁也挡不住。我倒是觉得这一群人不该出现，让志清和劳静两个人周旋，会更有意思。"

女观众耸了耸肩："结婚、离婚，从来不是一个或两个人的事情。如果现实就是这样的呢？艺术要逃避生活，避免过于真实吗？那怎么通过艺术表达生活真实呢？"

"为了突出主题，可以不惜扭曲生活。"

"这么说我就糊涂了。那生活是什么呢？"

"志清，酒席摆多少桌？你们乡里有多少亲戚？"劳静妈的大嗓门穿透剧场。

剧有十八部分，剧场用塑料隔了六个空间，每个空间上演三部分。没有时间顺序。可以从任何一部分开始欣赏，获得不同的体验。观众自由流动。有免费茶、咖啡、水果、点心。这种演出和别的不一样，观众也不是一般的观众，都是文化艺术界有身份的人，他们在中场休息时讨论剧情，分析人物，甚至小声争论。灯光微妙，影子落在塑料墙上，像另一幕舞台剧。

"劳静根本不懂基督教，她突然信仰上帝，其实就是怕死。据我了解，咱国那些信教的人，大多数在生活中、精神上受过巨大挫击，之后寻求上帝庇护，尤其是一些经过鬼门关的，惊魂未定，急忙扑向上帝的怀抱，劳静就属于这一种。但这些人的精神世界并不会改变，贪食、好色、愤怒、懒惰、自负、嫉妒、骄傲，七宗罪一样不少。像劳静，爱财如命，自私，冷漠，如果她真懂基督教义，她就懂得如何爱他人，不会任由怨恨填满了她内心。"那个灰白头发的男人端着一杯茶，一直说到茶冷热气消，一口喝下半杯，"对不起，请允许我剧透一下。劳静将自己的病怪罪于章志清，这是荒唐的逻辑。妻子意外怀孕，怎么单怪丈夫？流产后得绒毛癌，这是万分之一的概率。此时劳静四十出头，国家已经号召二胎生育了，如果她生下来，结果肯定不一样。"

"林老师，你认为，劳静的意外怀孕，也是影响章志清人生悲剧的偶发事件？"短发观众问道。

"当然。如果你不介意我剧透更多，我可以谈谈我对整个事件的看法。用宿命论的观点来说，几乎所有的偶发事件都具有绝对杀伤力，都是奔索取章志清性命去的。回放整出戏，有太多值得咀嚼的地方。章志清入院前几年，也就是劳静得绒毛癌的时候，他已经感觉嗓子不舒服，像有菜叶贴在喉咙里。老话说得好，贫贱夫妻百事哀。1997年大规模下岗潮中，酒厂倒闭，章志清也下了岗，沦为无业游民。那张大学文凭不值钱了，身上的光环也退了，劳静以及劳静家族就不那么看得起他了。下岗后章志清挣扎过，开过早餐店，亏了，试着借钱做饲料生意，被坑了，欠债了，最终像木桩子半截被直接钉进土里，动弹不得。劳静妈的杂货铺生意很好，每天钞票数得唰唰响。章志清便留在家里给劳家煮饭，研习菜谱，辅导儿子功课。但一个男人只会煮饭，饭菜做得最好，也没有价值，更不能赢得尊重。章志清刻薄话听多了，心里积郁，对父亲的怨恨也更加清晰。这期间劳静还发生过一段不了了之的爱情，章志清无力追问，也自觉不配追问，因为他有戴丽蓉。可能劳静知道这回事，出轨找平衡。婚姻这么无聊，不在内心兴点风暴，就没有存在感。风暴过后，婚姻会有和风细雨的阶段，于是有了劳静的意外怀孕。事情好像一个麻线团，有时很难抽出线头来。当然这正是这个剧要做的，探讨，分析，追根究底。

"再说回劳静得了那要命的病，吓得日哭夜哭。化疗期间，一个信基督的朋友到医院看她，祷告，布道，轻而易举将劳静拉入她们那支爱跳广场舞的基督教队伍。三个月后劳静病情稳定，八个月后基本康复，劳静出院第一件事就是给教堂捐了五千元。那教堂是一个商人新建的，经常以上帝的名义，发起各种五花八门的捐款，上帝考验教徒的方式，就是看你掏腰包利不利索。劳静对上帝比对任何人都要慷慨。

"劳静和上帝生活。她唱圣歌。和教友相处。每周日去教堂，对上帝说心里话。她把上帝挂在墙上，把教友带到家里搞宗教活动时，章志清必须呆在房间里不出来。章志清百依百顺。他打几份零工挣钱，下班买菜做饭，洗碗拖地，老老实实将工资摆在抽屉里。章志清原本是喝酒的，但不酗酒，大约是这时候开始，章志清每天至少喝三顿白酒，烧喉咙的高度烈酒。也是这个时候，他明显感觉喉咙里有东西。观众，甚至剧作家也不知道章志清心里怎么想的。他是否意识到某种不祥？或者他忽略了自己的身体，或者他知道有病无钱治，索性不去看病？这个谜永远没有机会解开。我们只能依赖后面的剧情来解读和判断。"

"林老师，我觉得章志清已经对生活失去信心，对死亡看得很淡。生命的火焰可能就在那时熄灭。我太了解那种不能离婚不能挣脱的感受了，那是地狱，真正的地狱。我要是一只淋湿了翅膀的鸟，凭两条细腿也要走出去，这样才有机会重新飞起来。更何况还有戴丽蓉。否则，那样窝窝囊囊地活着，岂不是两边负罪？"

"设身处地来看，没那么容易。他提出离婚，遇到各种阻力，母亲以死相逼，连上初中的儿子也以跳楼要挟。人在一张网中，蛛丝四面八方黏缠着你，是由不得自己的。"

"可怜戴丽蓉，二十年等来一噩耗。"

肿瘤医院胸内科。病房。穿条纹服的章志清躺在床上输液。床头柜上摆着水果、茶杯、药品。他长时间看着液体一点一点滴下来，好像在计数。

戴丽蓉走到病房外，忽然停步不前。

"等一等，我的心跳太快……我千万不能哭。"戴丽蓉扶着墙，做深呼吸，前胸起伏，"……这样的见面，我是想都没想过的。我真怕我受不了。梅姐，我还是不进去了。"

"到了这儿都不进去，你会后悔的。"志梅说着就进了病房，"志清，你同学来看你了。"

戴丽蓉正面对墙壁犹豫，脸上赶紧堆起愉悦。

志清看见她，眼睛一亮，瞬即黯下去："都惊动你老人家了，我猜是夏胖子嘴巴多。"

"你怎么不早点告诉我，医院我有熟人，兴许能帮上一点忙。"眼泪已经在戴丽蓉眼眶里转，"脾气还是这么犟。"

"医生都头痛得要死，你帮得了什么。"志清说。

大泪珠默默地滚出小眼睛，戴丽蓉憋着不出声。

"劳静呢？"志梅问。

"医生叫她去办公室了，估计又要宰我一笔狠的。可能要给我装支架，看我要进口的还是国产的，要铝合金的还是纯黄金的，他们会说纯黄金的没副作用……嘿嘿，不是说化疗效果很好吗？这一下又说穿孔了，要立即禁食……你做的什么好吃的，我闻一闻。"志梅打开饭盒，"嗯，真香，幸好我也没什么胃口。"

戴丽蓉冲出病房，趴伏走廊墙壁，整个人好像在努力嵌到墙里去。

"我们刚知道结果时，通宵通宵地哭，无法接受这样的现实。"志梅站在她身边，拍拍她以示安慰，"你先陪一陪志清，我去医生那里问问情况。"

"他装作没事一样。他心里该有多么难过。"戴丽蓉说话时，志梅已经走了。她像个梦游者一般站在走廊里。

短发女观众早就坐不住了，她几步上前，拽了拽戴丽蓉衣摆："我一直想知道，你和章志清是怎么分手的？"

戴丽蓉吃了一惊，低声说："加戏了？剧本里没这段呀！"

短发女观众点点头："你真等了他二十年？"

戴丽蓉面色尴尬，东张西望，想看导演是否有什么暗示。

"看样子你完全不知道。你根本没有吃透你演的人物，没吃透角色性格，就不可能演好，也打动不了观众。"

"我只是认为，他们怎么分手，这个细节在整个剧中根本不重要。八十年代没有手机，联络靠写信，难免产生各种各样的误差、误会。那时候因工作分配而分手的恋人很多。还有不少两地分居的夫妻，一年也见不着几面，睡不着几回觉。丽蓉和志清的事情，不过是沧海一粟。我从没把丽蓉当虚构的人物来看，我觉得她是一代人悲剧的缩影。要放在今天，这花花绿绿的世界，那么多交友平台每天在发生数不清的爱情，等你二十天就算不错了，离婚也算不了什么……我为什么等了志清二十年？他是个孝子，他一直说分配问题出了意外。当我知道是他父亲一手操纵之后，我们分开已经两年。我去酒厂找他。那时劳静已经怀孕，他们准备结婚。我们一起吃了餐饭，像普通同学。劳静把我的那张照片还给了我，但志清瞒着她又要回去了。他什么也没解释。没错，事情总会水落石出，可是人啊，谁耗得过时间……要是我当年不赌气，就算他失信，分回老家小破厂，我们可以耐心等待以后的工作调动……天啊，难道这个偶发事件，难道我，是他悲剧命运中最初、最致命的一击？"

"这就说不清了。你先去陪志清，好好说会儿话。"短发女观众回到座位。

"是我对不起他！"戴丽蓉揪住胸口的衣服，"他一直在苦苦挣扎，可他的双脚陷在泥沼里。可怜的人，我以为他结婚后会幸福，我以为我嫁人以后，对我俩都好。我们在不断地犯错。然而错误并不能挽救错误……我真不忍再看，他脸上已有死人的样子。"

戴丽蓉低头走进病房，坐在病床前的凳子上。她想给他削个水果，拿起来放下去。

戴丽蓉和志清聊天的画面转入背景。

灯光打在病房过道里。

志梅和劳静拖着疲惫的脚步，缓缓地走过来。满脸绝望。

"姐，我们是装不起进口支架了……本来就没有什么积蓄。"

"志清都这样了，别让他死前再受支架质量问题的折磨。"

"装了副作用也很大，而且肿瘤很快会压迫支架……"

"不装活不了几天。你们是二十年的夫妻，你不要舍不得钱。"

"上帝保佑。你说哪儿去了，我砸锅卖铁也要给志清治病。"

这时，观众席有个年轻人站起来大声说道："看不下去了，太不合逻辑了嘛！"他走到舞台中间，盯着劳静，"整个剧我已经看了两遍，我还是没看明白，为什么你信教之后，上帝并没有软化你，反而使你的心更加冷硬？这说不过去。还有一点就是，为什么两年前发现不适不就医？那时候花钱是能救命的。志清自己一直在吃抗癌药，你从来不看他吃的什么药？或者你知道是抗癌药，装作不知道？不至于呀，虽说你粗心、无知、自我，但也不至于歹毒吧。"他搓搓手，"唔，这种疏忽漏洞在剧本或小说中可是硬伤。观众不是那么好哄的。"

"你不了解志清的这个人物性格，他不爱说话，什么都闷在心里。"

"那是因为你们无法沟通。后来你心里又有了上帝，搞得比外遇还可怕。说实话，劳静，你从上帝那儿学到了什么？"

"这我不知道，剧本里没写出来……莫非，连上帝也成了志清悲剧命运中的一个偶发因素？"

"你以为上帝就不坑人？"年轻人说道，"我不信上帝，却坚信魔鬼。你自己知道，上帝只是你营造的个人避难所。尽管你日跪夜跪，恳求上帝垂顾志清，可是当志清需要你，当你比上帝能做出更实际有效的事情的时候，你去哪里了呢？你们这些伪基督徒，当真以为在胸口画画十字，就能消除自己的罪责。"

志梅笑道："虽然编剧一再强调避免给人物做任何的道德审判，但你这几句话还是挺意味深长的，并且闪闪发光。"

一年半以前。春天。农家小院。几个人坐在瓜棚下闲聊。小孩子追逐一只蝴蝶。狗吐着舌头。瓜藤爬满围墙。树上开着石榴花。炊烟在屋顶上升起。屋里传出菜刀剁砧板的快乐声响。声音渐渐变得缓慢无力。章志清从背景里走出来，身穿蓝衣服，系着红围兜，袖子卷到肘部，脸上有汗。

"大姐你来接着剁吧，我实在是很不舒服了，"他解开围兜，搭在椅子上，"喉咙痛得厉害，我想躺一会儿。"

"没问题，大家不要嫌我做的没志清做的好吃，红烧肉还是志梅负责，我搞不好。"章志兰系上围兜，"都十一点了，怎么还不见劳静过来？"

"我打个电话给她。"父亲说道。

"爸，别给她打。"志兰音量增大，"平时也就算了，今天是您的八十大寿，她一个做晚辈的不早早回来祝寿，还要一请再请？太不像话了！"

"她妈店里忙，走不开喽。"章显贵戴上老花眼镜翻手机号码。

志兰抢走父亲的手机："爸，这一次我真不同意你打电话，她爱来就来，不来拉倒。当了二十年的儿媳妇，她给公婆买过一双袜子没？帮你们洗过一只碗没？她家里的事情志清里里外外全包了，她当公主就在她家里当好了，我们家不需要什么公主。"

"是啊，志清太辛苦，这次看他瘦了好多。"志梅也不同意打电话给劳静，"他们两口子怎么安排生活，咱们不管，牵涉到对老人的态度，她要做得不对，我们肯定有意见。我们这些女儿女婿外孙外孙女们都是客人，劳静作为章家唯一的儿媳妇，昨天就应该回家来待客的。不是所有的事情志清都可以替代。"

父母亲沉默，神色忐忑不安。于是父亲扛起锄头，在后园挖来挖去。

观众林老师已经悄然上台，靠在瓜棚柱子上观看这场争论。他摇了摇头，一声叹息：

"你们在这儿批评劳静，似乎是为志清鸣不平。为什么你们没有一个人想到去问一问志清怎么不舒服？为什么喉咙痛？他是否发烧？严不严重？需不需要去医院？按照剧本中描述的姐弟情深，前后矛盾，不应该出现这种显得淡漠的表现。"

"志清从来没生过病，连咳都没咳过一声。"志兰说道，"大家可能以为他喉咙痛是吃辣椒太多上火。"

"应该不是淡漠，我们了解了章显贵那种性格，在他的笼罩下，家庭成员之间表达情感的方式没那么细腻。不过……"志梅有点伤感，"编剧这么编排，也许是为了制造遗憾吧。这会使观众对志清这个人物更多遗憾与悲悯。而且，恰恰在这个时候，父亲的高血压突发……"

菜地里的章显贵呼吸困难，慢慢倒在地上，手脚开始痉挛。

"快拿救心丸来，先给爸吃一颗。"志兰边说边打急救电话，"水，倒杯水。"

大家手忙脚乱。

志清拖着脚从房间出来，混乱的场面并没有使他清醒振作。他似乎正忍受着巨大的痛苦。

"又到地里挖土了是吧？总会有一回会救不及的。"志清靠着墙，等父亲恢复意识，转身想回房间。

"看得出你正在发高烧，而且烧迷糊了。但现在没人顾得上你。"林老师拦住了他，"坦白说，你这时知道你得了病吗？知道发烧和喉咙痛的原因了吗？你和劳静感情到底怎么样？做儿媳妇得她自己来做，你替代不了的。你这到底是对婚姻无可奈何地妥协呢，还是对劳静真的宠爱？按道理，宠爱是会有回报的，为什么劳静对你漠不关心？剧本后面，在你的葬礼上，夏胖子说了个秘密，说劳静对你有怨恨，她报复你，有这回事吗？"

"您的问题真复杂。"志清说道，"要说他们的夫妻感情，千丝万缕，不可能像黄豆和黑豆那样，很容易识别分类。但闭上眼睛摸上去，是一回事。要我说，这个时候志清对自己的病情可能有所察觉，网上一搜就知道怎么回事，但他并没去医院确诊。也许是讳疾忌医，有某种恐惧。每个人想法不一样，我们不可能找到一个绝对正确的答案。"

"虽然我提了很多意见，但我从不觉得这个剧不好。也许是因为它留下许多悬念的缘故。也许这也正是它迷人的地方。"

"我回来啦！带了爸爸最爱吃的白干子。"远远地传来劳静甜美的画外音。黑狗也汪汪叫起来。

"是我打了电话给她。我说，'大家都念叨你，你不回来三缺一'。"
"你用心良苦。"
"这么说来，父亲的心脏病也成为偶发因素之一了。"

私语者嘴里轻轻喷出气体，嘶嘶声像蛇吐着信子，激动时失控，有些音节变重，根据听到的"捆绑""道德""囚笼""价值"等关键词语。可以判断他们在争论志清该不该离婚，什么是婚姻的道德，道德捆绑下的人生有没有价值。人就是善于自我囚禁的动物，他们在这笼子里一边伤感无奈，一边自豪于自己身上的牺牲精神与道德光彩——瞧，我是一个负责任的人，我是一个伟大的父亲（母亲）——志清就是这样的，儿子填补了人生的缺陷，儿子是良药，治他百病。但那些如针尖一样刺扎的寂寞蠢动，只有戴丽蓉才能平复。观众是洞悉人性的，他们一直在用自己的思想丰富这出戏。

酒店公寓。阴雨天。不时有闪电划过窗前。果汁机、电饭煲、豆浆机，所有电器指示灯都灭了，没有搅拌机的声响，锅冷灶凉，房间显得格外冷清。

志梅背对观众，看着窗外飘雨。

戴丽蓉出现。她甩掉红伞上的雨水，理了理头发。门是敞开的。志梅的背影像一件家具。

戴丽蓉手里的伞掉在地上，她第一反应是志清走了。"梅姐……"她的声音像猫爪般往前探了探。

志梅转过身："是你来了……这种天气……啊，鞋袜都湿了，我拿双拖鞋给你。"

志梅从床底下拿出一双塑料拖鞋："别再带什么东西了，人参燕窝都没用。这几天装了支架，不能吃，水都不能沾。先前做吃的给他，还觉得自己有点用，现在感觉自己就是一截废物。"

"这是最后一次，我以后不来了。"戴丽蓉说道，"他不欢迎我。"
"你应该了解志清。"

"我以为我了解，但现在我糊涂了。你不知道，他说我一直是自作多情。"戴丽蓉眼睛又水汪汪的，"我病了好几天。好不甘心，这二十年难道是我的幻觉？我昨天专门去了一趟母校。我们第一次接吻的地方，那棵榕树更老更多须。图书馆、教室、操场、公园里的长椅、夜灯下的小路，凡是我们过去走过的地方，我都去了。我想证实过去是真实的。我证实了，又恍惚了。现在我明白，除了我们可以用手触碰感知的物质，没有谁能证实那种缥缈的事情。由两个半圆组成的圆，如果丢失了其中一个半圆，那半虚空是不能自我证实的。我的悲剧是，那个半圆还在呢，就已经无法证实了。更残忍的是，那个半圆说，他是假的，连证实都没必要了。我去母校，就算是与他，与过去告别。"

"你不应该生气。想想一个将死的人，他的苦衷。"志梅说，"无论如何，现在日夜守在他旁边的是劳静。"

一位女观众走进房间，打断两人："我觉得这里情节推进太慢，戴丽蓉的戏太多，离主题远了。她总是哭哭啼啼的，显得很没主见。她难道不明白，频繁来医院会引起劳静反感？她一直是劳静心里的刺。你们忘了劳静因为照片和志清吵架？她容不下一张照片，容不下一段往事，自然也容不下情敌时常在身边出没。依我看，劳静这种吃醋吃到死的人，看到戴丽蓉和志清在一起很不高兴，不顾志清病重，私底下吵过，志清只好故意嘲笑戴丽蓉自作多情，慧剑斩情丝，然后专心表演患难夫妻。苦啊。"

"志清可以婉转一点，何必临死还要撕碎别人的心。"戴丽蓉说道。

"我认为，他说那无情的话，是为他死时减少你的悲伤，不必过于怀念。他是爱你的，这把剑刺得越深，对你越好。"女观众说道，"如果你对人物的行为理解不够，你的表演会影响整个剧本的感染力。你这时候应该知道，刺中你心窝的，是一把幸福之剑。"

"让我品味一下幸福之剑刺中心窝是什么感觉……"戴丽蓉闭眼仰面，回过神来，便说，"能不能换一种方式来形容？把幸福和利器绑在一起，总觉得危险。"

"幸福就是利刃，谁握着都得小心。"

"回到剧本吧。"志梅说道，"丽蓉，你不来医院了也好。活着的，都好好活着。"

"我再说一句就走，"女观众对戴丽蓉说，"劳静其实也是可怜，没有志清，也许她能嫁一个真正爱她的呢，也不至于现在四十出头，就要变成寡妇了。"

"这么说未免太刻薄了。"戴丽蓉回答，"怎么能将过错引到病人身上。他活着难道是为了让自己吃尽苦头么？"

"志清应该向两个女人谢罪。"女观众的话更加无情。

集市背景。凌乱，嘈杂，自行车，三轮车，摩托车横七竖八。不时响起一阵烦躁的汽车喇叭声。满头白发的章显贵挑着担子，颤巍巍走到菜市口。他放下扁担，腰背还是弯的。

"买土菜吧，自家种的，没有农药化肥的。"他对着前方喊道，"五块钱一把，十二块钱三把。"他在台上走了一圈，朝不同方向吆喝。

一阵忙碌后，章显贵站在空筐边数钱："……46，47，48……"

"章大爷，你一个退休干部，不在家享清福，怎么做起小买卖来了？"林老师像领导干部那样背着双手，做出威严的样子，"志清有医保么？"

"搞不清。"章显贵说，"我挣一分是一分。"

"你大概也不知道社会形势，你儿子住院一天几千块，你挣这点小菜钱，还不够一天的床位费。"

"一天几千？哪个病得起噢？"

"砸锅卖铁、家破人亡的多了。"

"志清再住段时间就可以出院了。"章显贵说道。

"噢。"林老师踱了几步，"这个剧本我倒背如流。志清最终是死了的。上一次演出中，有人建议修改结尾，志清得到康复，让他在劳静和戴丽蓉之间，面临新的选择难题。当然，意见没有被采纳，剧本照旧。我一直觉得章显贵这个人物值得深度挖掘，但剧本没给这个空间。不如咱们现在聊一聊这个人物？你觉得你理解他吗，他当真相信志清能治好？"

"志清住院这年，章显贵八十一岁，这个年纪的老人，脑子多少有些糊涂，加上农村封闭生活，受外界变化的影响不大，他的生活或者观念还停留在几十年前。家人怕章显贵受刺激，对他隐瞒了志清的真实病情，他一直相信志清能治好的。章显贵幼年丧母，父亲是个赌鬼加酒鬼，童年称得上凄惨。当然旧社会的人大多生活凄惨。"

"章显贵并非对子女冷漠，事实上，儿子的死亡，直接导致他后来的崩溃，简直像一场来自死者的报复……观众朋友们，对不起，我剧透了。"林老师挥挥手，"也无妨，本来就是探讨，想到哪就说到哪吧。章显贵疯傻那一幕，本是下一场在隔壁空间演，咱们索性挪到这一幕算了，还有了点诗歌的跳跃效果。是不是？"

"这样跳会不会显得突兀？"章显贵说道，"还是再铺垫铺垫崩溃的先兆。章显贵是头犟驴，温情软话他是不会说的，也不会说'对不起'，即便他觉得自己错了。这种人的情感，实则是非常浓烈，尖锐易折的。"

"剧本本来是副漂亮清晰的骨骼,硬是补些肉上去,也不相洽,该省略的省略,免得拖沓。你,章显贵,每天风雨无阻,去集市卖菜筹钱,其实已经有了老年痴呆症的前兆,要充当拯救儿子的英雄。章大爷,你最大的不幸,就是你从不了解自己。"

"我很想再演一演章显贵面对儿子尸体的那一幕……前几场我都没有演到位,要么过于夸张,要么过于拘束。有的观众不赞同当场昏厥,说那是中世纪欧洲女人的表现,所以她们总是带着扇子和嗅盐。当然,这是不能相提并论的。欧洲女人喜欢晕倒,多半是胸衣太紧的缘故。或者是传统中贵妇的苍白娇弱才能显示身份,身体健康的女人多被看作身份下流的象征。"

"甭管那些贵族妇女是真晕还是装晕,就章显贵的昏厥来说,我认为合乎实际。我在生活中见过这种场面,与滑稽剧中昏厥者自掐人中醒过来的大为不同。章显贵重男轻女,更何况儿子还是大学生,他的世界是靠志清撑起来的。志清的死出乎预料,他难以接受。某种程度上,他认为是自己的失败……依我看,你只需要稍稍处理一下晕厥,倒地时尽量自然一点。"

"可不好掌握呢,不如现在练一练,你帮忙看着。"章显贵酝酿情绪。

一个怯生生的观众参与进来:"算了吧,彻骨的悲痛是没法表演的。最好是别安排章显贵见到儿子的尸体。"

章志清出院,一身皮包骨。肿瘤挤坏了支架,压迫气管,咳嗽,多痰,呕吐,发烧。食道空隙剩牙签般大小。医生打发他回家休养,就是等死的意思。

黑暗中传来剧烈的咳嗽声。聚光灯亮起。室内。章志清像一只大虾躺在床上,喘粗气。志梅坐在床边,用棉签蘸了水,涂在他发白的嘴皮子上。劳静平静地东擦擦,西抹抹,最后洗干净痰盂,放在床底。

没有人说话。屋里有股哀伤和肃穆的气氛。

劳静妈风风火火进了屋,径直抓住志清的手:"崽呀,这样子怎么能出院?不要担心钱的问题,娘骨头缝里剔出肉来都要给你治病。你自己也要乐观,听到没有?一定整得好的。"

章志清的嗓子已经烂得说不出话。

"劳静跟你说没,她有个教友的老公,也是得了这个病,前年信了上帝,现在活弹弹的,上天揽得月,下海捉得鳖,一个月还能挣四五千呢。崽啊,上帝会保佑你的。"

章志清一阵猛嗽,一口气上不来,脸都憋青了。

志梅替他捶背,眼泪落下来:"看看他的手,都扎烂了,针扎十几下都扎不进去……志清自己要回家,就让他待在家里吧,不要再受那份罪了……至于上帝，要是上帝管用，医院早就关门了。我读书少，不明白为什么以前这儿没有上帝，大家生活都还好，有了上帝之后，病痛倒越来越多了，村里的那些新坟，都是得癌死的，有的比志清还年轻……"

"病还是要治，无论如何都要治，哪个忍心看着他这样子，而不去医院治呢？志清当了我二十年女婿，我一直把他看作亲生儿子，跟自己的儿子没两样的。"劳静妈并不控制嗓门，"劳静，快打120叫救护车来。"

劳静像士兵听到指令，立刻执行。

"不行。"志梅咆哮了一声，"搬进搬出，病人受不了这么折腾。谁也别做主，听志清的意思，他说去医院就去，他要是想待在家里，就待在家里。"

劳静妈俯身倾向志清："崽啊，我的好崽，听话，咱们去医院，好吗？你要有信心，一定会好的。娘绝不会丢下你不管。"

志清点了点头。

"我们章家人全都说不出这样漂亮肉麻的话，"志梅鼻孔里哼了一声，摸摸病人的额头，说，"志清，告诉姐，你真的想去医院吗？"

志清抓紧志梅的手，连连摇头。

"崽呀，你要听话呀，咱们去医院，好好整病，啊？"劳静妈语气中有点逼迫。

"还整，整个鬼！"志梅霍地站直，"我知道，你们就是不想他死在家里。"

"章志梅，你讲话要凭良心。"劳静妈被烫了似的，"我是骨头缝里剔出肉来……"

"别说这些，我不爱听。志清像个上门女婿一样服侍你们一大家子，最后连在自己的床上落气的权利都没有？邪了门了！我看看谁敢动他。"志梅面红耳赤，短发几乎竖起。

劳静一直没吭声，这时呜呜地哭诉起来："这么讲要不得呢，误解太深了啊。这几个月我日里夜里，寸步不离照顾他，天天祷告，我的教友也帮我祷告，就是希望他好起来……他要是走了，我也不想活了的啊……"

志清摆摆手制止他们，咳嗽，吐出一口血痰——事先含在嘴里的番茄汁。

这一幕似乎特别有吸引力，临近结束，才有一位女观众皱着眉头打断演出：

"这里不合常情，家属怎么会在病人面前发生这种赤裸裸的争论？我记得我大伯母住院时，一直不知道自己得的是绝症，更不知道自己会死。让病人知道他活不了几天，这是很残忍的。"

"章志清知道自己病情严重，他还反过来瞒家属，宽慰别人。"志梅说道，"志梅是故意当他的面和他岳母吵，就是想让志清看穿这个慈禧太后的虚假和伪善。"

"我还是不太理解。她们为什么会不让他死在家里呢？"

"死在家里会晦气的，知道不？她们连自己的亲人都会嫌弃，还有比这自私无情的吗？不知道你看完全剧没有，章志清下葬时，劳静都没跟去坟地。"

"她为什么不跟去坟地下葬？"

"这是当地乡俗，女人如果还想再嫁人，是不能送死者去坟地的。"

"噢。可怜的章志清。"

"活着的更可怜。"

"剧中提到劳静报复志清，我不太理解。难道她存心要让自己成为寡妇，让儿子失去父亲？"

"这是一个报复的度，她没有掌握好。"志梅回答。

"我没有小地方亲戚，"女观众问劳静妈，"小地方的人都是这么市侩、斤斤计较的吗？……噢，真没想到，一个剽悍的岳母，也能成为悲剧人生中的偶发因素。"

病房。医生进出。章家大小围着病床。章显贵躺着，瘦得像骷髅，但精力旺盛，说话时唾液飞溅，枯枝般的手指在空中划动：

"哈哈，老子天下第一富豪，你们都莫上班了，都回来，我发钱……全家都登仙……天九，地八……拿八百万去，救活志清……中国银行还有一个亿的定期，快点给我去取了，摆一百桌……"

"知道了，爸，你这样喊了三天三夜了，快歇一阵，听话，吃完这点粥，我们就去银行取钱。"志梅端着碗勺。

"不吃！你们也不要吃。要登仙。"

"吃了才有劲飞起来，爸。"

"走开！莫碍我的事……你们都想害我。"

"喝口仙水吧。"

"妖精！你，哪里来的妖精。"

章家人在床边忍不住笑出了声。

画外音：二十天后，章显贵死在医院。

散场时观众默默走出场地，有人打哈欠，也有人就剧本好坏大声争执。剧场的灯都灭了，里面一片漆黑。

"站住——"忽然有人大叫一声。聚光灯重新亮起，劳静在那束黄光中，像一条被飞蛾包围的大虫挣扎："你们就这样心安理得地走了？这不公平，整个剧对我这个人物都是不公平的。说真心话,我觉得它就是一坨狗屎。太主观了,刻意的导向,偏激的情绪……你们,从编剧、导演到观众,居然从头至尾剥夺了劳静的发言权,你们甚至蔑视她的眼泪。你们把章显贵的死算在她的头上。你们把她塑造成一个狠毒的女人。你们让大家误解她,仇恨她,把她丢进一个比坟墓还冰冷的世界……倘若你们对她多一点了解,你们会认为,她才是这场戏中最悲剧的人物。"

观众站在门口朝舞台张望。

"为什么这么说?"一个中年男子发问。

"最痛苦的不是死亡,而是活着。如果只有死能唤醒你们,我已经准备好了绳索。"

她站上凳子。

"不行,这样处理也太用力了。"导演的声音。

"我期待明天的观众。"

灯再次熄灭了。

(原载《花城》2018年第3期)

作者简介:

盛可以,20世纪70年代生于湖南益阳,90年代移居深圳。著有长篇小说《北妹》《水乳》《道德颂》《死亡赋格》《野蛮生长》以及短篇小说集《留一个房间给你用》等。

变 脸

_范小青

我和我老婆,老夫老妻。

有好多夫妻,有了第三代,互相间就不再以名字相称,而是按着孙辈的叫法来称呼对方,我可以喊她奶奶,或者外婆,她则喊我爷爷、外公。好多人家都这样。

可惜我们还没有那么老,虽然老夫老妻,但是第三代还没有到来,总不能抢先就喊对方爷爷奶奶吧。

既老又不太老,是个尴尬的年代,还像年轻时那样喊名字,甚至是爱称、昵称之类,感觉有点异怪了。回想那时候,总会让人起一身鸡皮疙瘩,明明人家名字有三个字,却只舍得喊出其中的一个,更有甚者连名字中的一个字也舍不得喊,只喊一个"心",或者"小心",或者"肝",呵呵,这个真的有。

现在年轻人好像有个什么"么么哒",也不知道啥意思,反正上了年纪的,都不这么喊,别说心呀肝的,连原先好好的名字,喊起来都觉得怪不自然了,干脆就扯着嗓子连名带姓一起喊。但是如果真这么喊,人家又会觉得你们家生分了,像外人了,也不够文明礼貌呀。

所以我们的婚姻生活中有那么一段时间，互相间的称呼有些奇怪，经常没来由地就变了，一会儿喊小名，一会儿是大名，又或者是连名带姓，一会儿又是"喂""哎"，总之怎么喊都觉得不顺、拗口。

还好，这样的尴尬时间并不长。

我老婆姓曾，在小区门口的超市做收银员，大家都认得她，喊她曾阿姨，我听到了，觉得曾阿姨这个称呼还不错，就跟着喊，时间一长，她就是曾阿姨，再也不是我当初穷追到手的曾优美了。

自从喊上曾阿姨以后，真是顺口多了，一点也不觉得别扭了。

差不多与此同时，曾阿姨也找到了我的新称呼，她喊我艾老师。

我不是做老师的，但是我比较好为人师，喜欢指点江山，什么事情我都能说上一二，还能掰扯得头头是道。

大家都觉得我比较老油条，就喊我艾老师。

曾阿姨立刻跟上大家的口径，喊我艾老师，和我喊她曾阿姨一样，她觉得艾老师这个称呼非常顺口。

于是，在往后的日子里，我们一口一个曾阿姨，一口一个艾老师，和周围所有亲戚朋友同事邻居喊的一样，连我们的子女，也觉得这样好，不再喊爸爸妈妈，改口喊曾阿姨艾老师。

艾老师，水开了。

曾阿姨，青菜咸了。

真是一个潇洒自在的时代。

后来我们也要与时俱进了，我们要旧房换新房、旧貌变新颜了。

问题是买新房卖旧房的这段时间，我正好要闭门造车，不能到买卖现场去验明正身，可是买卖房子必须夫妻双方都到场，如果一方到不了，就得委托另一方，要有公证处公证过的委托书。

所以我和曾阿姨就到公证处去了。

现在办事都很规范，首先是核对本人和本人身份证。曾阿姨把身份证交过去，由那个核对的机器对着她的身份证照片和她现在的脸一对照，咦，不对呀，只有百分之四十八的匹配度。

工作人员问曾阿姨，是你吗？

曾阿姨说，当然是我。

工作人员用肉眼看看照片，再看看曾阿姨的脸，感觉还是蛮像的，把曾阿姨的头稍作调整，再试一次，好了，曾阿姨可以了，她的匹配度达到了百分之五十三，涉险过关。

我嘲笑曾阿姨，我说，你是不是瞒着我们整过容了，把自己整剩下百分之五十三了。

曾阿姨不服,说,你别笑话我,你先看看你自己吧——

真是乌鸦嘴。

我的匹配度是多少,你们猜得着吗?说出来你别笑哦。

百分之十三。

曾阿姨笑了,笑得肚子疼,说,喔哟哟,喔哟哟,你没有整容,你是毁容了,毁得只剩下十三了,十三点啊。

我一向自认长得还可以,而且并不见老,我对工作人员说,你们这东西,是山寨货。

工作人员说,不可能,我们是正规渠道进的货,不可能山寨。

我反驳说,那你们的意思,你不山寨,我山寨啰。

工作人员并不和我多嘴,他们见多识广,每天要面对许许多多匹配度不够的人,他们已经懒得解释,只是说,你确定身份证上的照片是你本人?

我油嘴滑舌,说,不是我,难道是曾阿姨的前夫?可惜她没有前夫,我们是原配。

工作人员说,再试。

于是再试,这回提高了一点,达到了百分之二十一。只是离百分之五十那个数,还差得很远呢。

再试。

还是不行。

工作人员好像也对机器失去信心,开始用肉眼观察了,他看看我,又看我的身份证照片,说,确实不像。你看看你的头发,照片上是小包头,现在倒有了刘海,你也是奇怪的,人家都是年轻时留刘海,老了才梳得精光。

当然,我知道他不是对我的刘海感兴趣,他是为了工作,所以最后他说,你这样,你把头发按照这照片上的搞一下,再试试。

我憋住笑,把挂在眼前的头发推上去,用手按住,我说,现在包头了,可以了吗?

还是不行。

曾阿姨在一边笑得花枝乱颤。虽已是明日黄花,笑功却是大增。

工作人员又看我的脸,再拿身份证照片比对,研究了半天,又出招了,说,身份证照片你的姿势是这样的,你现在做个这样的姿势再试试。

我做了个骄傲的小公鸡的姿势,挺胸,昂头,下巴往上抬,把曾阿姨笑得眼泪鼻涕都挂下来了。

我一边做姿势,一边问,匹了吧,匹了吧。

还是不匹。

工作人员拿我没办法了，他又不能赶我出去，他们的工作态度，真是好到没话说，我老是不匹配，我都觉得对不住他们。

这个工作人员本来以为他自己能搞定，现在搞不定，他又去叫来另一个工作人员，他们互相使了个眼色，就对曾阿姨说，阿姨，能不能请你先回避一下。

曾阿姨早已经笑得没有了原则，好的好的哦哈哈哈哈。她一边笑一边走到工作人员指定的另一间屋子里去回避了。

这边两个工作人员围着我，态度依然很和蔼，但是我分明感觉出他们要搞我了，我似乎有点心虚。

我心虚什么呢？

难道我真的不是我？

难说哦。

工作人员问我的第一个问题，你夫人叫什么名字？

我"啊哈"一声笑喷出来了。我想不到自己居然也像曾阿姨一样，笑点变得这么低这么浅，好贱哦。

我笑，工作人员并不笑，他们很认真，他们又语气严正地说了一遍，请你说出你夫人的名字。

他们很认真。何况他们是为我的事情在认真，我怎么好意思再跟他们搞笑，可是，他们问出这样的问题，当我二五还是三八呢，我老婆的名字不就在我的嘴边吗，所以我当然脱口而出：我老婆曾阿姨。

工作人员疑惑地皱着眉，又重新看了一眼曾阿姨的身份证，立刻指出，你再想想，你确定你夫人叫这个名字吗？

我顿时反应过来了，一反应过来，我又忍俊不住了，我又笑了，啊哈哈，啊哈哈，笑煞人了，曾阿姨。

工作人员也反应过来"曾阿姨"是什么，肯定不是我老婆的名字叫"阿姨"，他们认真地对我说，别开玩笑了，你夫人的正式名字到底叫什么？他扬了扬我老婆的身份证，并不给我看，只是说，你夫人，身份证上的名字？

我一张嘴，我肯定应该脱口而出的，可是曾阿姨的名字到了我嘴边，却消失了，我怎么也想不起来了，满脑子里只有"曾阿姨"。

工作人员的态度开始起变化了，我心想，坏了坏了，我连自己老婆的名字都说不出来，我还会是我吗？

我感觉这样下去肯定会出问题的，所以我也认了真，我认真地赶紧地想呀想呀，哈，终于让我给想起来了，曾优美。

工作人员也不说对还是错。他们换了一个问题，那你岳父呢，你岳父叫什么名字？

我被难住了。

老家伙的脸一直在我眼前晃动，可我怎么就想不起他的名字了呢，想了半天，灵感突然而至，我激动地说，我想起来了，他姓曾！

曾什么？

曾什么我实在想不起来了。

因为当年我们的孩子一出生，他的名字就是"外公"，这"外公"都叫了二十多年，哪里还记得他的原名、真名。

现在，工作人员觉得他们已经基本判断出来了，从他们的眼神中，我看出了他们对我的鄙视和怀疑。

我很心虚，我感觉自己是个第三者。

甚至，是个骗子。

为了排除我的这种不祥的感觉，我和工作人员据理力争，我说，你们用脚指头想想就知道，我如果不是曾阿姨的男人，我敢如此明目张胆地过来冒充吗？

我自己都想好了该怎么反驳我。

冒充一个男人算什么，有人冒充乾隆还得逞了呢。

呵呵。

现在这社会，真是五彩缤纷。

工作人员才不和我一般见识，他们都懒得和我辩论，他们已经无话可说了，因为，这事情进行不下去了。

我不是我，我怎么能委托别人替不是我的我办事呢。

曾阿姨已经被从回避处放了出来，她知道我无论如何也无法匹配成功，她又想笑，工作人员阻止了她，严肃地对她说，阿姨，你别笑了，你难道不需要反省一下吗？

曾阿姨文化知识不够，听不太懂，说，反省？什么反省？

我是老师，我懂，我说，他们的意思，你生活作风有问题。

曾阿姨又要笑了，看起来她是要把几十年憋着的笑，统统干掉，她笑着说，你们的意思，艾老师不是艾老师，而是、而是我的、是我的，呵呵，是我的——

她还不好意思说出口呢，到底是老派人物，脸皮要紧，我替她说吧，我是你的第三者。

工作人员也笑了笑，说，我们没这么说啊。

我跟他们计较道，你们嘴上虽然没有这么说，但是你们明摆着不相信我是艾老师。

他们仍然态度和蔼，说，不是我们不相信你，是机器不相信你。

我赶紧说，既然你们是相信我的，那委托书是你们办的，又不是机器办的，你们就办了吧。

他们立刻重新严肃起来，斩钉截铁地说，那不行，匹配不上，是绝对不可以办的。

我说，你们怎么这么死板，一点也不人性化，你们明明看出来我们是原配，就不能灵活一点？

工作人员耐心地告诉我，不是我们死板，是机器死板，我们是很人性化的，但是就算我们愿意帮你办，机器也不同意，你匹配度不达百分之五十，下面所有的程序操作，我们是搞不定的，全是机器搞定的。

我喷他们说，那要你们干什么呢？

工作人员说，因为现在机器还不会和你对话，所以还需要我们和你对话，告诉你为什么你不是你，告诉你为什么不能为你办理手续，以后等机器升级了，它会和你对话了，我们就不存在了。

就这样七扯八扯，磨了半天，还不行，我真有点毛躁了，我说，事情都是你们搞出来的，拍身份证照片也是你们搞的，现在说我不是我也是你们搞的。

工作人员并不因为我的态度不好而改变他们的态度，他们仍然和和气气地说，身份证照片不是我们搞的。

我简直无路可走了，我说，你的意思，我要想恢复我就是我，得从身份证的源头上去纠正，那就是要重新拍身份证照片，重办身份证？

工作人员说，这个我们不好说，也不好胡乱建议，这个事情不归我们管，我们只管匹配的事情，只要匹配上了，我们就给你办委托公证。

尽管他们语气平和，我的火气却终于冒起来了，我说，他娘的，老子不匹了，老子不干了。

曾阿姨又不明白了，她着急说，你什么意思，老子不干了，是什么意思，不买房了？

工作人员大概怕我和曾阿姨吵起来，赶紧劝说，别急别急，你们过几天再来试试。

我倒奇怪了，我说，难道过几天我就是我了？

工作人员说，以前倒是有过这样的先例，不过我们也不知道什么原因，反正那个人当天没有匹配上，过两天再来，咦，行了。

我说，那我说你们山寨，你们还不承认。

工作人员一点也不生气，还说，如果你觉得我们山寨，你可以去投诉。

我听出点意思来，他们好像在怂恿我投诉呢。

我才不上他们的当，我和曾阿姨回家了，换房子的事，我们等得起，反正也没到人生最关键的时候，说不定迟一点换反而比早一点换更合适呢？

谁知道呢？

反正我不想再去公证处证明我不是我了。

我毅然放弃换房子，也就不用证明我到底是不是我。可是过了不久，我又碰到事情了，躲也躲不过，换房子的事，可以暂时等一等、忍一忍，可是现在碰到的事情，是不能等、不能忍的。

我的手机被偷了。

手机可是比房子要紧多了，房子你可以今天不买明天买，今年不买明年买，手机你能吗？

当然不能。

手机已经是我们身上的一个最重要的组成部分，一个器官，不可以片刻分离的。所以我的手机刚刚被偷，我就发现了，因为它在我身上，是有温度、有脉动的，一失踪我立刻就能发现。我一发现手机没了，顿时浑身瘫软，感觉心脏要停跳了。那还了得。

我以最快的速度到了我家附近的手机营业厅，先挂失，以减少损失，仍然再用老号码办新手机。

你们懂的，问题又来了。

还是需要我的脸和身份证照片匹配。

只有匹配了，才能办理手机业务。

我坐到机器面前，让机器检查我是谁。

你们猜得到。

我仍然不是我。

我没有想到办手机和办公证一样严格，我气得不厚道了，我嘲笑营业员说，喔哟哟，就是办个手机而已，又不是买豪宅，又不是取巨款，你这么顶真有意思吗？

营业员说，不是我要顶真，是程序规定的，你不匹配，就办不了你的手机，现在都是实名制，你不是你身份证上的这个人，就不能办。

我说，你们这种程序，存心是捉弄人啊，你不知道人手机丢了有多着急吗？

她说，我怎么不知道，我比你还着急呢。

我一着急，打电话让我弟弟来帮我解决困难，我弟弟比我横，说不定他有他的办法。

我弟弟迅速赶来，因为我电话里口气比较着急也比较愤慨，他以为谁欺负我了，见了我就问，人呢，狗日的人呢？一边还抻拳撸臂。

我指了指自己的鼻子说，人在这儿呢，可惜此人已经不是此人了。

等我说明了事由，我弟弟一身的劲没处去了，十分无趣地说，喔哟，就这事啊，无聊，拿我的身份证办就是了。

真是小事一桩。

可惜我弟弟没带身份证。

我们两兄弟面面相觑。

眼看一桩生意要泡汤，营业员也着急呀，她嘀咕说，匹什么配呀，是就是，不是就不是，有什么大不了的，办个手机而已。

原来她是我们一边的。

她的眼光渐渐暗淡下去了，她对我彻底失望了，她的眼睛从我的脸上挪开，挪到我弟弟那儿，就在那一瞬间，她忽然眼神闪亮，精神倍增，大声说，咦，咦，你，是你。

她把我弟弟的脸拉去和我的照片匹配，额的个神，匹配度百分之六十五。

够了够了，超过五十了，可以办了，营业员高兴地喊了起来，来来来，你挑一下手机，你看中哪一款？她喊我弟弟过去，一边显摆各式手机，一边又朝我弟弟看了几眼，说，你自己早一点来就不会这么麻烦了，非要找个人冒充，你看，搞到最后，还是得你自己来，你唬得了人眼，你唬不过鬼眼。

我不在乎她在把我弟弟当成我，反正我可以用我的名字办手机了，现在已经进入数据化时代，不用实名制办手机还真不方便。我只是没想到，我弟弟的脸一出来，竟然就万事大吉了。

其实这事情想想也是奇怪，居然是用了我的名字和我弟弟的脸确认了我的存在。我对这件事表示怀疑，怎么我不是我，我弟弟倒成了我，荒唐。我问我弟弟，为什么你的脸能管我的用？我弟弟诡异一笑，指了指自己的耳朵，又指了指我的耳朵。

我看了看我的身份证照片，两个耳朵确实不太对称，右耳朵大，左耳朵小，小到只能看到一条边，难道刚才匹配拍照的时候，身体摆得有偏差，耳朵和耳朵对不起来了。

我不服的。难道一个人的相貌，是由耳朵决定的？难道只是因为耳朵没有摆对，我就不是我了？我想拿我的耳朵重试，营业员急了，说，不是你，不是你，你别捣乱了好不好，好不容易匹配上了，你再一捣乱，我今天唯一的一单生意也要被你搞掉了。

我弟弟也很配合她，责问我说，你什么意思，你不是要办手机吗？不是要用你的名字办手机吗？现在不是可以办了吗？你还出什么幺蛾子？你还想怎样？

我被他们教育了，想想也对，就不再计较了。我弟弟说得对，只要能办手机，谁的脸和谁的脸，都没所谓啦。

不过我也想到了一些连带的问题，我对我弟弟说，你虽然变成了我，不过你可不要睡到你嫂子的床上去哦。

我弟弟说，切，你以为曾阿姨很有样子呢。

他这是什么话，是不是说，如果曾阿姨有样子，他还真干？

呸。

我和我弟弟离开手机营业厅的时候，营业员在背后欢送我们，她说，慢走啊，艾老师。

我一听她喊我"艾老师"，顿时头皮一麻，我回头说，咦，你认得我？

营业员说，我当然认得你，你是艾老师，大名鼎鼎的，这条街上谁不认得你。

我气得说，那你假装不认得我，还为难我？

营业员说，艾老师，我可不敢为难你，但是我认得你是没有用的，系统不认得你，机器不认得你，我就办不了。

她说得真有理。

我办了新手机，号码还是老的，不算太麻烦，至少经济损失不算大，但是原先手机通讯录里存的号码都没有了，这有点费事，好在微信还是在的，我就在朋友圈里发了微信，我说，我的手机被偷了，请朋友们打我电话，或把手机号码发给我，好让我重新拥有手机通讯录。

于是朋友们纷纷来电来信，送号码还顺带安慰，有的还随手发个红包，真是谢谢了，我的手机通讯录重新又满起来了。当然，也有的朋友不认同我的要求，他们认为我在和他们开玩笑，而且是很无聊、很没有创意的玩笑，更有甚者，他们认为发朋友圈的那个人不是我，是一个骗子，盗了我的微信号。他们骂道，该死的骗子，又来这一套。

我还手贱，有事无事就把新手机拿来搞一搞，手一滑，同样的内容就发出去几遍。有一个奇葩，收到我三次求号码的信息，起念想了。我年轻时曾经追求过她，不过没有和她结婚的想法，只是玩玩的，结果她看到我的微信，跟我说，怎么，好马要吃回头草啦，你现在对我有想法啦。

总之，丢失手机的事情就这么过去了，有惊无险，有麻烦但不算大。

经过了这两件事情，我觉得挺有意思，因为我常常可以对别人说，喂，你们注意了啊，我不是我。人家说，那你是谁呢？我说，我分别可以是"我只是不知道我是谁，反正肯定不是我"，我也可以是"我弟弟"，所以大家都可以表示出对我的怀疑，别说我的那些一肚子坏水的同事，我的弟弟，我的子女，最后，甚至连曾阿姨，都话里话外、有意无意地表示出她的猜想。

我记得有一年你出去了好多天，大概有一两个月吧，你回来以后跟换了个人似的。

她这话什么意思，难道我出去后把我杀了，然后另一个我回来了？

我还记得有一次你乡下的表弟到我家来，喊你表叔，我们说他喊错了，他坚持说没有错，你不是他表哥，而是他表叔。

她这话又是什么意思，难道是我隐瞒了辈分和年纪，扮嫩，想干吗？

她又说，还有那天，你连我的名字都忘记了。

我还能说什么。

我只能说，如果我不是我，你岂不已经是二婚了，你太合算了，嘿嘿。

曾阿姨"呸"了我一口。

还好，反正我们早就分床而卧，不存在晚上可以验明正身的可能。

其实我们去委托公证时，曾阿姨还只是觉得好笑，但是随着时间推移，曾阿姨似乎对我越来越不信任，有事无事，她都离我远远的，有时候我偷偷观察她，发现她也一直偷偷地观察我，眼神又凌利又警觉，看得我浑身一哆嗦，吓出了一身冷汗。

我赶紧去照镜子，还好，我并没有发现自己有多大的变化，我才安逸了一些。

不过你们别以为我安逸下来又要去买卖房子，才不，不是我不想换新房子，因为我又碰到事情了。

我要去银行取钱。

可你们会觉得奇怪，现在不都已经无纸化了吗，支付宝、微信都行，最老土的就是刷银行卡了，难道还有比这更逊的吗？

有呀。我家儿子相亲了，得带上彩礼呀，什么东西你都可以拿手机支付，彩礼你能吗？不能吧。你看到亲家就把手机朝他面前一竖说，你扫我还是我扫你？喊。

还是带上现钱比较靠谱一点。

我带上银行卡和身份证，到了银行，才发现银行变样了，从玻璃门往里看，里边一个人也没有，我以为银行今天休息呢，那门却自动打开了。我走进去一看，确实是没有人，连个保安也没有，我东张西望，感觉十分心虚，好像我是进来干坏事的，忽然看不见保安了，心里还真不踏实。

就在我左顾右盼的时候，我面前的一台机器突然说话了，把我吓了一跳，赶紧听它说，欢迎光临。取款请按1，存款请按2，办理挂失请按3，还有什么什么请按45678910。

我心想，我就是取个款，听它那么多干吗，我按了个1，按照机器的指示，我把银行卡塞进去，输入了要取的数额，又输入密码，但等那红色的大票哗啦啦地吐出来，结果机器并没有吐钱出来，它又说话了，信息核对有误，请重新核对信息。

我说，难道我的脸又不行了，可是不对呀，我明明是刷了脸进来的，怎么到了取款机这边，脸又不对了呢？

机器说，请重新核对信息。

我气得说，你个蠢货，什么也不懂。

机器说，请重新核对信息。

我正没有办法对付这蠢货，旁边突然冒出一个人来，他必定也是刷了脸进来的，他站到我的取款机前，脸一伸，钱就哗啦啦地吐出来了，他收起厚厚的一沓钱，也不数，回头朝我笑笑。

我蒙了一会，才发现他取走了我的钱，我赶紧对着取款机大喊，不对不对，是我，是我，你看清楚了，我是我，他取走的是我的钱！

机器说，欢迎下次光临。

我想找人帮忙，可是没有人呀，连个鬼也没有，我急得大喊起来：打劫啦，打劫啦，快来人哪，打劫啦！

曾阿姨推醒了我，一脸瞧不起的样子，说，你也不嫌累得慌，睡个午觉，还做梦，你要打劫谁呢？

我一下子清醒过来，吓出了一身冷汗，我拍着胸脯说，还好，还好，是个梦。我把可怕的梦境告诉了曾阿姨，曾阿姨冷笑一声说，恭喜你，你的梦已经实现了。

曾阿姨把手机竖到我眼前，我看到一条惊人的标题：巨变！巨变！银行巨变——无人银行正式开业！

(原载《人民文学》2018 年 7 期)

作者简介：

范小青，江苏省作家协会主席。以小说创作为主，代表作有长篇小说《女同志》《赤脚医生万泉和》《香火》《我的名字叫王村》等，短篇小说《城乡简史》获第四届鲁迅文学奖，长篇小说《城市表情》获第十届全国五个一工程奖。获得第三届中国小说学会短篇小说成就奖、第二届林斤澜杰出短篇小说奖、《小说选刊》奖、《小说月报》奖、《人民文学》奖、《中国作家》奖、《北京文学》奖、《中篇小说选刊》奖、《中华文学选刊》奖等多种奖项。有多种作品被翻译到国外。

平板玻璃

_ 王手

【1】去年底的时候,具体说是 11 月上旬,我应邀去上海参加一个会议。去上海的心情我有点复杂,我是既想去又不想去,我怕去上海,但又非常渴望去上海,我已经有将近四十年没有去上海了。当年我非常熟悉的那些地方,比如大柏树、五角场,现在肯定是面目全非了,我要是再置身在那里,肯定是两眼一抹黑,像傻瓜一样。还有一个我不想去的原因,是因为我生命中一件揪心的往事,就是从那里缘起的,我不知道会不会又碰触到了它。所以,尽管,我这些年跑了很多地方,但上海我一直就拒绝踏入。这不怪上海,完全是我个人的原因。

我要去开的会叫"玻璃,一种新材料的重新命名"。会议由 ZD 大学建筑与设计学院召集,邀请的都是全国玻璃方面的专家,有研发和生产的专家,也有设计和使用的专家。这样说来大家也就知道了,我也是一个和玻璃打交道的人。其实,我和上海的关系最初也就是和玻璃的关系,说得更具体一点,那个揪心就是和玻璃有关。这说法有点歧义,这里先按下不表。

我以前和上海的关系是比较特殊的，如果用一些符号去表示，就更特殊：南京路第一百货、浙江路第十百货、大光明电影院边上的友谊商店、亦游亦购的豫园商场、提篮桥监狱附近的浦东码头、购买温州船票的十六铺、登船下船的公平路码头，如果再选一个，那就是上海的大世界。这些地方，我走过，甚至还经常在那里活动，留下了抹不去的印象。现在如果向人介绍上海，我不知道他们会说些什么，东方明珠塔？野生动物园？迪士尼乐园？世博会主题公园？倾向性一下子就看出了时代印记。但我的那个年代跟生计有关。

我是坐 G1357 的高铁去的上海，我从广州出发，估计六个小时能到。途中我带了许多吃的东西，我的包包里也有足够的钱，我说这些的意思是，我曾经有过非常拮据的尴尬，所以一直以来，只要我出差，我都有穷家富路的习惯。1979 年的上海已经是非常繁华了，是全国人民心目中的花花世界，但从温州到上海，交通极为不便。只能坐海船，而且要一天一夜，要三四天才开一趟。船票是 8 块钱一张，三等的，也有统舱和散席，也要 5 块钱。有一次我曾经被困在上海走不了，只能等我母亲将钱汇到我住的旅馆。那些天，我身边只有几块钱，我把这些钱都分配在伙食上，一天就吃一碗面。其余的时间，我都躺在旅馆的床上保存体力，我睡觉，我不能让任何饿的念头冒出来。当十多天以后，我听到旅馆的门卫喊"某某某，汇款"，我激动得瑟瑟发抖，连裤子也穿不起来了。

ZD 大学在五角场附近。印象里的五角场是个很冷清的地方，大柏树，怎么听都像是个农村，邯郸路又宽又长，连一辆车都没有，有一个部队医院，我没有走近过，但感觉它就是壁垒森严的。现在肯定不是这样了。我从地铁里出来，进入出口的通道，一路上被人撞来撞去，被弥漫的香气熏得头昏脑涨，都是各种各样的食物，咖啡、快餐、茶叶蛋、火腿肠。我匆忙走着，看到不同的出口标志，通往 A 路的、B 路的、C 路的、D 路的，像一个蜘蛛网，我马上被弄混了，我不知道 ZD 大学应该往哪里去。现在，我走在昔日熟悉的邯郸路上，满眼的人流，满眼的车流，满眼的商铺和广告，远远望去，路上有坡度的趋势，我知道，那不是真的坡度，而是无限延伸的错觉。听路人讲，去 ZD 大学还要这样这样那样那样，听口气，没有三十分钟走不下来，上海更大了。

宾馆是 ZD 大学自己办的，就在大学的对面。上海人很会动脑筋，知道大学里都是会，鉴定会、研讨会、评审会，一年到头，自己接待自己的会议，也可以吃一个大饱。我到宾馆的时候在门口碰到几个熟人，都是搞玻璃的，有山东青岛的，也有四川自贡的，他们都在门口等人，说有朋友过来带他们出去吃饭。这会儿正值晚高峰，想必接客的人也都堵在路上。其实我也约了人，是我以前认识的一个老上海。上海熟人不少，但真正在记忆里存下的仅一些人。我们偶有联系，以前是写信，后来是电话，现在是短信，都是在非常的日子里，比如大的节日，或人生的转折点，虽然相隔的时间很长，但我们总能够联系上。我来上海之前给她发了一个短信，说我对上海一点也没有概念了。她说那你会住在哪里呢，我去找你，我们一起吃个饭。我说吃饭不重要，就在附近坐一坐，认一认。她说真是，我们也有几十年没有见面了，古人说"见字如面"，我们听听声音看，能不能辨出来。是啊，沧海桑田，她这样说我就很期待。

房间还不错，虽然是个标间，但设计得还算合理，或者说人性化，有一个宽敞的客厅，有一个很大的沙发，有一内一外两个卫生间，这样，即便房间里住进了两个人，也不会为一些陋习和紧急而苦恼。我转了转房间，阳台上还有个吸烟室，还放了咖啡和零食，时间还早，我就洗了个脸，泡了杯绿茶喝起来。

手机也是在这个时候响起来的，是约我的朋友，说已经在楼下大厅了。我说那我马上下来。她又说，你确信能一眼认出我来？我迟疑了一下，说，应该可以吧。她说，我穿小西装，里面翻白领，我干脆站小卖部门口吧。我一边应着一边心里面浮现出她的样子了。

我这朋友叫陈优犁，如果说年龄，应该和我也差不多。我在电梯口老远就看见了她，我们相互笑了笑，走近了没有拥抱，也没有握手，虽然都觉得熟，但还是有一种距离感。这种距离感不仅仅因为我们是一对男女，不仅仅因为我们有几十年没有碰到了，而是因为彼此心中有那么点不可言说的微妙。她说，还是可以认出来的啊。我说，是啊，好像变化都不大。她说，那我们就走吧。就顾自在前面走起来，我也配合着在后面跟。我在后面悄悄地看着她，她还和从前一样，有相对正式的化妆，她以前是喜欢浓妆的，眉毛画得弯弯的，鼻侧刷了浅影，脸颊扑有腮红，嘴巴本来就小，但却嘟得很，她大概也觉得这就是所谓的樱桃嘴吧，属于好看的，所以也精致地描了口红。加上她一头的卷发，加上她整洁的衣服，我老是会想起旧上海那些月份牌上的女人。我们就在宾馆对面一个叫"遥握"的咖啡馆里落座，这也是她事先订下的。这里显然是大学生们光顾的地方，简单的装潢，昏暗的光线，旁边有零星的几对男女，是那种散淡的、无所谓的、旁若无人的样子。我们都感觉到了自己的异样，暗想，我们一定是来过这个店里最老的一对男女。

1979年，我父亲死于非命。这话说起来有点耸人听闻，其实就是他自己把自己摔死了，不过是死得比较离奇罢了。他是个所谓的供销员，在当年，这个职业还是比较吃香的，很多人不知道它的具体工作内容和性质，只知道他们的样子很风光，骑一辆自行车，车前挂一个黑公文包，一路打铃，于是人们就觉得他们很精明、很能干。也是，他们无事不干、无所不能，总会有各种各样的钱财流进来。我父亲也有一辆自行车，他喜欢在回家的时候炫耀一下。我们家正好在院子的门口，进院子的地方有几级台阶，他进来的时候总是不好好拿车，都任由车在台阶上咣当咣当，于是，散在院子里的那些人，择菜的、洗衣的或是干其他杂务的，都会抬起头来看他，他就很得意。我父亲在外面的时候很少骑车，稍微远一点他就坐三轮车，再远一点他就坐手扶拖拉机。那个时候，我们温州的公交还不完善，那些手扶拖拉机就载着我父亲出入于近郊乡下，那些乡下人就把他当作大佬，都叫他什么老，其实他那年才46岁。他那时候一定是很自我感觉良好的，有钱，有事情做，又身强力壮，所以他才会从飞驰的拖拉机上飞身跳下。那个司机后来说，我知道他要去的地方到了，我说到前面靠边停了再给他下。他不肯，根本不听话，脾气还暴得很，就直接跳下去了。他以为以他的身手一定也像铁道游击队一样，会像鸟儿那样落在地上。他根本不知道那个"惯性"的厉害，他的脚一着地，那个惯性就带飞了他，把他重重地摔在地上，摔了个嘴啃泥。据后来去收尸的我母亲说，他的头磕出了一个大洞，血蜿蜒地流在地上，比他身体的长度还要长，他的鞋也摔掉了，也许是被谁拿走了，不知了去向，他的黑公文包还在，足足摔出了一丈远，也许是这个包需要和身份匹配，没人要。这样，我们才在这包里发现了他的秘密，他原来是在外面接合同的，凭他的口才和能力，再卖给一些作坊，他在这里面再抽取一点回扣。

我母亲对我父亲的死开始还是有些难过的，毕竟是太突然了，也太难看了。后来，有一个女人吵上门来，说有一辆自行车平时都放在她家，说我父亲答应送给她的；说我父亲就是小气，她陪了他四年，他就给过她一个戒指，她要求起码还要给一对"丁镶"。这件事立刻就把我母亲打倒了。父亲的抠，母亲是知道的，他本来就是个铁蛆虫、石板刨、浙江省（浙江就是他最省）吃蛇的人还会将鳗忘在锅里的，以为赚钱不易，但他在外面金屋藏娇，母亲没想到，她马上去信基督了。人们都说，人生有了重大的变故，只有在基督那里才会得到安宁。也许吧。不过，有心的人发现，我们家原来搁在屋外的东西都不见了，一个蓄水的小水缸、一只放垃圾的破畚箕、一鐏长年没变化的仙人掌。还有更细心的人说，我们家原来生炉子都是在外面的，点了柴、放了煤，等烟散尽、等火头烧充分了再拎到屋里来，现在一切都挪在屋里头了。我母亲是胆小了，怕别人找事。

我母亲信基督很认真，三祈五祷，礼拜天一定去福音堂。最最神奇的是，她原来不怎么识字的，现在居然能看懂繁体的《圣经》。每天下午四点，她必定是站在自己的桌前，桌上是摊开的《圣经》，她撑着手，语速平稳，一点点朗读，有时候读不下来，她会反复几次，就这样一页页读下去，从"旧约"读向"新约"。西窗边是越来越弱的光线，我每次看到她这个样子，都会觉得母亲很虔诚，她身形的轮廓非常漂亮，尤其是头发上，像镶了银边。后来我才知道，那不是银边，是她有一缕头发突然白了。对于她的朗读，主内的兄弟姐妹们说，是受了神的指引，她有生命了，就像马利亚的未婚先孕是神的意思一样。对于她的白发，有人说，是她某一条神经给伤着了，在这缕白发上逆袭了，就像有人受了刺激睡不着了、聋了耳了、生了癌了，母亲是白了发了。

母亲有基督，那我怎么办？我肯定在家里待不住了。我害怕和任何人接触，最难过的是看到别人在公判布告前议论，如果这一批中有强奸的、鸡奸的、流氓的或乱搞男女关系的，我都会觉得他们一定在议论我的父亲。于是，我也只好离家，远走高飞。对于我的离家，我母亲并没有反对，她只是问我，你觉得在家里很难吗？我点点头。她说，其实我也觉得很难，我要是有个地洞可以钻，我早就钻进去了。我那年二十岁，没有书读，也没有像样的工作，有一份工作是在街道的合作社里削筷子，所以也没有什么好留恋的，就跑去上海了。我们温州的人有个传统，喜欢做一点小生意，其实我父亲也属于这种形式，心想，跑着总比待在家里好，做着总比没有事情好，总会碰到几个钱的。

很多人都以为我跑上海有那么点子承父业的味道，其实不是，我父亲所做的和我在上海所做的有着天壤之别，他那个属于空手套白狼，我这个属于投机倒把。从难度上讲，他那个只需厚颜无耻，我这个则需要千辛万苦。在这之前，我父亲也没有给我半点启蒙，就连去上海要带介绍信都没有告诉我。倒是我母亲，也许是听过我父亲在牙缝里漏过，说上海人喜欢菜油，说你不嫌麻烦就带上两斤，也许还有用。事实证明我母亲说的千真万确。

我是坐工农兵18号的轮船去的，这艘船在我的成长记忆里就是豪华和奢侈的象征。那时候能坐一趟船到外面去，无异于后来的出国和现在的登南极北极。这艘船原来叫民主18号，后来改叫工农兵，再后来改叫瑞新和繁华，但我们一直都叫它民主轮船，这是一块牌子，也是一种情结。我坐的是5块钱一张的统铺，其实也叫散席，我不敢坐8块钱的三等舱，后来我知道了还有一等二等，那是我无法想象的，因为8块钱已经相当于我削筷子的三分之一工资了，我这样去一趟上海，等于把我一星期的生活费都用掉了。统铺在船底的大舱，身边是许多运载的货物，也有牲口，有难闻的气味萦绕在周围，让人难以入睡。我的身上带了母亲给我的三十块钱和两斤菜油，这也许是我母亲所能给我的全部。说真的，那时候的母亲不会担心，我也不知道危险，我们都不会去想这样出去有什么不妥，都觉得这就是当时的唯一选择，并且是正确的选择。我就是这样待在这个闷舱里，守着身上的钱和那两斤菜油。我都不去想象外面是什么样的，其实，那个时候，我们的船正处在汪洋大海之中，我犹如一粒灰尘，如果我想到了沉没，那我一定会觉得奄奄一息了。我只能醒着，看身边他人的一举一动。我身边正好是一位苍南人，他挑了一担瓜子到上海去卖，同样，我也想象不出，这一担瓜子挑到上海能卖多少钱？在上海怎么卖？是摆路摊还是沿街吆喝？卖了以后他又会做啥？抑或他来上海本来就是有其他事的，这一担瓜子等于是他的盘缠，就像我要带上菜油。我们在一起瞎聊，我们都为临铺挨着而高兴。他老是叫我吃瓜子吃瓜子，我当时听他的口音很有趣，我第一次听到不是温州口音以外的"外语"，他是说"西瓜子"，而不是"吃瓜子"，我觉得非常好听，它像音乐一样让我没有睡意。我在这船舱里待了一天一夜。

可以想象，第一次走出公平路码头，我就像一只家禽被逐放到了荒野上，心里慌乱无比。我不知道自己要到哪里去，要干什么。我唯一的本能就是随着那个卖瓜子的苍南人，他快我也快，他慢我也慢，有一下，我还下意识地拉住他的箩筐，生怕自己走丢了。后来，那个苍南人对我说，你不要老跟着我，你既然到了上海，就要撒开来跑。先找个地方住下来，去福州路那里登记，他们会排给你一个旅馆，要不你就会站路上了。我将信将疑，这是我第一次听说有这么回事，住宿、登记、派单、分配。苍南人显然是有经验的。

福州路那个住宿介绍所像一个大集市，每天，上海旅馆的床铺都会汇总到这里来，再由这里派单出去，把那些来上海出差的、像无头苍蝇一样的人们派送到下面去。那个像厅一样的房里挤满了各式各样的人，但仔细看看还是有队伍的，再看，才知道那些窗口是有要求的，写着"军人证""记者证""省介绍信""市介绍信""机关介绍信""企业介绍信"，看着这些"信"，我感觉到自己尿急了，肚子也一下子饿了，心也慌得不行。怎么办？我没有介绍信，我也不知道介绍信为何物，我身上只有一本居委会的票证簿，我本来是要带户口簿的，是母亲怕我丢了，说丢了就没命了，才给我这本票证簿的，里面有油票、肉票、豆腐票、肥皂票的存根，至少可以证明我是个有"身份"的人，不是"黑人"，但票证簿显然在这里是行不通的。我大脑空白，茫然四顾。后来，一个热心人告诉我，在上海，露宿街头是不会的，你可以去睡澡堂，不过不是现在，现在人家还在营业，你要等到晚上，等他们澡堂打烊，你再进去睡。这无异于在我兜兜里塞了一块钱。于是，我从福州路走出来，走入了一条宽阔而又冷清的大马路，后来我知道了它叫北京路。我无所事事地往前走，心里是空落落的，我无心观摩路旁的一切，也不知道要走往哪里去，我似乎有一个心愿，就是巴望着夜幕赶快落下来。后来，我无意中发现路边有一个平安澡堂，我的腿像突然失去了力气，像失散的士兵终于找到了部队，我停下来就再也不想走了。那个时候大概是下午五点钟。

那天晚上,我就住宿在平安澡堂,这是个人味、尿味、肥皂味混杂的地方,但我觉得它很温暖。我还在那里美美地洗了一个澡,我从来没有洗过这么奢侈和肆意的澡,泡在油腻的汤里,立刻就昏昏欲睡了。我在家的时候,洗澡是很简陋的,夏天在院子里冲一冲,冬天在屋里像磨墨一样,一盆水从头洗到脚。现在,一池的汤水让我的身心都放松开来,我把上辈子的油污都泡出来了,把元气和血液都泡出来了,我差点泡虚脱了,最后还是一位澡堂老司把我捞了上来,把我放在洗澡人休息的躺椅上,我就在躺椅上睡到了天亮。

醒来的时候,我身边坐着一位笑眯眯的老司,他说,你昨晚差点晕倒了。我说,啊,是吗,我一点也不记得了,只记得泡得很惬意,泡得灵魂出窍。老司说,这位朋友,你要记住,以后在外面一定要警觉,不可忘乎所以,更不可肆意妄为,泡澡也一样,尤其是累了虚了,不宜泡烫,不宜泡久,那样容易被疲惫撂倒。这话可以举一反三,在后来我浪迹天涯的经历中起了很大的作用。老司后来又说,我们做个交易怎么样?我警觉起来,什么交易?老司说,我昨天就闻到你身上的菜油味,真香啊,你带了菜油了?我说,那又怎么样?他说,你要是经常来上海,你带菜油给我,我帮你介绍旅馆,我一个侄女就在遵义旅社,你可以住她那里。这的确是个好消息,老司说的也不像在蒙我,我就分了一斤菜油给他,剩下的一斤,我说带给他侄女作见面礼,我想马上搬到遵义旅社去。

老司的侄女,就是我前面说到的陈优犁,她那时是遵义旅社的一个服务员。我带了老司的口信给她,再把剩下的菜油给她,她就很高兴,就马上让我住下了。上海人对于菜油的感情,就像温州人对于海鲜,不知是上海人特别喜欢吃菜油呢,还是温州的菜油特别香。当然后来,上海人不仅喜欢温州的菜油,还爱上了温州的瓯柑、温州的虾干、温州的走私表。陈优犁是那种会精致打扮的女孩子,贴身的小西装,笔挺的四条柱裤子,方口皮鞋,走起来碎步,的笃的笃的,小胸脯也一抖一抖,笑声仿佛从腰肢间发出来,铿锵有力。我从来没见过这样的女孩子,挺拔、蓬勃,和温州羸弱的女孩子不一样,立刻就把我吸引了。我还喜欢听旅社的工友在过道里喊她,陈优犁,陈优犁,上海话把这三个字叫起来很好听,特别悠扬,特别有音乐感,我如果在房间里,都会忍不住探出头张望一下。我因此也迷恋上了上海话,很快就学会了"赤那""杠头""小赤佬""侬哪能",还成了口头禅。后来,我到上海的时候都是直接去找陈优犁,每一次都会带上上海人喜欢的东西,而她,无论我去得早还是晚,无论她在不在班上,她都会把我安排下来,使我从码头出来就不再那么慌乱,可以径直奔向栖身的地方,这个感觉非常好。

陈优犁最早是在遵义旅社，后来调到了九江路，后来又调到了浙江路，最后落实在江西中路，也就是黄浦旅馆，那是我待得最久的地方，像家一样。那个时候，我和陈优犁已经非常熟了，没事的时候，我都会靠在服务台前和她聊天，外面回来，我也会记着给她带一点零食，上海的女孩子都喜欢零食，上海女孩子吃零食也是一道风景。而她也利用她的资源在给我提供便利，比如我入住的时候要是没有床铺，她就会在洗衣房里给我搭个铺，第二天再把我转出来。后来，待得久了，对房间的要求也高了，觉得那些统间杂乱，不便，不仅睡觉不便，放东西换衣服都不便，她过来说话也不便，她就把我换到了屋顶阳台的一个小阁楼。那个阁楼很小，勉强住一个人，门和窗都开在阳台上，实际上也并不隐蔽。旅馆里喜欢把洗好的床单被套晾在屋顶上，风吹得它们啦啦作响，也经常会有人在那里走来走去，但对于我来说，那无疑就是豪华的单间了。我在的时候，陈优犁也会过来看一看，我不在的时候，她也会避开领导躲到这里来午休，我的枕头上总会留下她好闻的雪花膏香味。她也会借我这里来换衣服，我怎么知道呢，有一次，她那条白色的"的确良"假领就落在了我的床铺上，不知是她故意的还是疏忽的，但我觉得那特别的不一样，老想破译出这假领上承载了怎样的"密码"。我很快乐，在枯燥的外地，在疲惫之余，能有这样一份温暖的内容，实属难得。当然，我也知道，我们不是在谈恋爱，两地的差异和两人的角色，都使得我们没办法往这上面想。

后来有一天，陈优犁来阁楼里找我，叫我以后不要住在黄浦了。我不解，问为什么。她说没有为什么，说你在上海时间也不短了，其他旅馆也熟，你可以寻求别人去。我觉得这个理由站不住脚，找别人找你不是一样吗？陈优犁就换了一个话题，说，你认识小李吧？我说，知道啊，怎么啦？小李是黄浦旅馆的班长，他喜欢管人，有时候我入住迟了，还要经他批准才行。陈优犁说，他让你下次到福州路排队去。我无奈，我呜呜。

再次来上海，我就不住在黄浦了。但我一直在想着陈优犁的意思，什么意思嘛，没头没脑的！突然有一天就想明白了，是陈优犁在和小李谈恋爱！上海人是很讲究清爽的，不希望事情纠结和缠绕。小李一定在猜揣陈优犁，一定对陈优犁提要求了。这样想着，这件事也就解释通了。

但是后来，陈优犁又让我去住黄浦了，也就是说，陈优犁和小李不处朋友了，或者说，陈优犁不理会小李的意见了。

现在，三四十年过去，我和陈优犁又坐在一个叫作"遥握"的咖啡馆里，我们有一下没一下地回忆着过去。陈优犁说着说着漏出一句话，我现在还没有结婚呢，呵呵。我诧异，问为什么。她说，原因很简单，感觉不好，感觉不好就觉得很没劲，后来又说了几个，都这样，就不再说了。我说，这么脆弱啊。

陈优犁说，我这是脆弱吗，我这是坚持哪。我说，是啊，生活里不测的东西太多了，坚持也是一种考验。

【2】昨晚睡得很好。我睡眠本来就好，长期在外面跑，基本上没有那些娇生惯养的毛病，吃住行，只要是心理上有所准备的，再苦再差的环境，我都能自如地对付。曾经有一次和同事出差，同事悄悄跟我说，我发现一个秘密，你的睡姿一夜都不会变，睡下时什么样子，醒来还是这个样子。我告诉他，这都是苦难留下的毛病。他说，怎么是毛病呢，这话怎么讲？我说我小时候和母亲一起睡，一条薄被，像帐篷一样，我们像是缩在帐篷下躲雨，轻易不敢乱动，这就养成了睡觉一动不动的毛病。所以，当昨晚会务组又安排了一个人进来，我睡着了，一点也不知道。好在来人也特别善解人意，好在房间的设计还特别人性化，见我睡了，那客人就抱了被子宿客厅了。

上午是见面会兼论坛，下午还有。会议就安排在ZD大学的主楼20层，我们走出宾馆，横过马路，对面就是。会议室其实就是建筑与设计学院的，所以只能开一些小规模的会议，位子摆了两圈，席签重重叠叠，因此也就显得拥挤紧张，这样的效果反而很好，给人一种务实、纯粹的感觉。因为是学院邀请，来人倒都是一些大牌，但我不是，我只是一个做玻璃物件的，要不是在上海，我来都不会来。主持人是学院的教授，没有客套，语速非常快，搞学术的人都这样。他先是报了一个名单，要大家按照顺序发言，倒也干脆，不用推三阻四的。先是轻工部的一个副部长，再是行业协会的秘书长，再接下来都是国内做玻璃的龙头企业，台玻、福耀、耀皮、南玻、信义、金晶、洛阳浮法、沙玻、威海蓝星、株洲旗滨，还有德国和英国公司的代表。我的企业不算大，所以，轮到我发言是下午了。大家的话题主要围绕着玻璃产品的研制和开发，涉及飞机玻璃、汽车玻璃、低辐射镀膜玻璃、太阳能电池面板、平板玻璃、颜色玻璃、超白玻璃、玻璃家具、幕墙、灯具、仿水晶、精密电子、光学仪器、特种镜板，如果不是相关行业的，肯定要听得一头雾水。在这个过程里，大家都提到了一个关键词——"浮法玻璃"。顺便也普及一下，其实玻璃的一切关键都取决于这个浮法工艺。玻璃工艺的形成应该也有近两百年的历史了，但玻璃真正的运用，在过去的一百多年间是非常有限的，仅仅是一般的器皿和一般的装饰，而且利用的价值就像它的质地一样非常脆弱。确实也是，当玻璃像岩浆一样流出来的时候，它的随意性和不稳定性是可想而知的。20世纪早期，英国人首先想到了要在玻璃的"改性"上做文章，这个工业革命的意义，无异于我们现在的火箭和卫星的利用，皮尔金顿公司就是通过保护气体在锡槽里的作用，解决了玻璃的成型问题和稳定问题。我们现在谈到的玻璃，确实，它的作用已经和其他新型材料、复合材料差不多了,比如没有波筋、厚度均匀、上下平整,更加光滑、更加牢固、更加透明,且能耗低、成品率高,那它不是比其他材料更漂亮、更有优势吗?这话说得远了。

下午还是这个会议室。门口摆着茶点和水果,我泡了一杯咖啡进来,而且是加浓的,目的也是为了自己不出现突兀的哈欠。经过一个上午的认真,下午的发言相对松弛下来,没有排名,我就主动和主持人申请,让我第一个讲,说自己还有个要紧的商谈,说得冠冕堂皇的,主持人就同意了。

我这人说话向来没谱,没有轻重,也不分场合,这和我的出身、教养有关。我说我说点题外话吧,我是感慨于两点才来这里开这个会的,一是在将近四十年之前,我差不多就在上海浪迹,我从来也没有想过自己哪一天会和知识沾点边儿,所以现在,在这个著名的 ZD 学府里开会,我是很惶恐的,同时也是很欣慰的。二是那个时候我在上海买过玻璃,那个时候的玻璃不像现在的玻璃那么贱,那个时候的玻璃是奢侈品,在我们那个地方,玻璃茶盆、玻璃杯子、玻璃鱼缸,那都是可以直接俘获姑娘芳心的,而平板玻璃,则可以决定一个婚姻的品质。我的生命里与平板玻璃有过一些交集,而这个交集又改变我的命运,鉴于此,我才乐意过来开这个会。从感恩的角度讲,我是感谢玻璃的;从抱怨的角度说,它又陷我于要命的困境。我不知道我到底讲清楚了没有,或你们听懂了没有。不懂也没有关系,这不能怪你们。我一个死去的朋友说过这样一句话,如果你在两分钟之内还讲不清楚你的意思,那你就永远不要讲了,再讲也肯定都是废话。

我说完这段话就走了。主持人在解释我的离席原因,我相信其他那些老师也一定是诧异的,甚至是鄙夷的,他们面面相觑,心里一定会觉得怎么会让这样一个人过来开会,一点也不靠谱。都无所谓。倒是一个年轻的老师主动出来送我,边走边说,说你讲的还是挺有意思的,有许多别样的信号,你说的是什么年代的事情呢,我相信这里面一定有故事。我谢谢他的热情,我告诉他,那都是 20 世纪 70 年代的事情。老师说,噢,怪不得我们听起来会有些距离,那你今年有这么大了吗?我说我六十多了。老师兴奋地说,你说的那时候我才刚出生呢。我看看他的样子,说有可能。

我下午其实没什么商谈,是又约了陈优犁,这时候她已经在宾馆里面等了。我们说好一起去看看一些老地方,没有她这个老上海,我可能都无从找起。现在,我坐在陈优犁的车里。她是个有享受倾向的人,很早以前就是这样,所以,她尽管现在独身,但还是开了一辆宝马 Z4,很精致,配置也不错,我坐在里面有点恍惚和幻觉。这种感觉非常微妙,我想,也许是因为身处上海的缘故,也许还有在陈优犁身边的缘故。陈优犁的车载着我朝浦东的方向驶去，这是我们下午的目的地，按照她的说法，我们不走延安路隧道的捷径，我们先重温一下多年前我在上海的岁月。我们从北京路上过来，一路走一路说，说九江路、浙江路、福建中路、黄浦旅馆；有一些在南城，像遵义旅社、十六铺码头；我那时候也看新闻，南京路、江西路的拐角处就有一面报墙，那个时候，中国正在打对越反击战，我关心着它的每个进程；还有福州路的旅馆介绍所，每个人到上海的第一个落脚点，再由这里被一点点分派下去，现在想起来还是有点不可思议，这是多大的一个工程啊。我们沿着外滩往左走，上了外白渡桥，这座著名的铁桥以及边上的石头房实际上就是上海当年的地标。陈优犁问我，去浦东那时候有两条路，你一般会走哪一条？我说，我只知道一条，就是提篮桥监狱边上的那条。在都市里面能看到一座国际监狱，那是很罕见的，高房子、小窗户、铁丝网、什么人关在这里，这些都是我当时的兴奋点。陈优犁说，走陆家嘴也行，近一点。我说，这个我不知道，外地人在上海不敢乱窜。

上海那时候的生活已经是很方便了，公交很发达，那些老电影里看到的电车都还有，无轨的有，有轨的也有，走在路上，身旁有咣当咣当的声音，让人恍如隔世。我买了月票，可以从这个车里下，也可以从那个车里上，像自己的车一样方便。上海的吃饭以前是一大奇观，到处排队，你坐在那里吃，后面是等着的人，虎视眈眈的，像拿着枪一样顶着你，再好的胃口也索然无味了。旅馆里也没有食堂，但社区里有，我们这些长期驻扎在上海的人，一般会在社区办一张饭卡，社区食堂的狮子头很好吃，是正宗的无锡一带的烧法，但蚕豆和豌豆叫不清楚，这两种豆的叫法，上海和温州的正相反。

我前面说过，我是在温州待不住了，在家里芒刺在背，如坐针毡，我母亲都去信基督了，把门口的家什都搬进屋了，我这样"稻草都捡了走"的生活还有什么意思呢，就跑到上海去了。我一直以为过去说的跑码头就是这样，这不是我发明的，过去生活艰难的人都这样。

经过几天的熟悉和摸索，我基本知道自己可以干什么了，投机倒把，那时候没有这一说，后来割资本主义尾巴了，才把这个词也带了出来。那时候的黄浦区，就像是我的根据地，南京西路下来的静安区偶尔我也会去一下，徐家汇也是，主要看有什么东西。南京路这边的东西很多，一百、十百、友谊商店，都是我经常要去的地方，去排队买搪瓷脸盆，买高脚痰盂，买绣花被面，买铁壳热水瓶，买大白兔奶糖和印花玻璃杯。上海是全中国物资最丰沛的地方，只要去排队，只要摸准了行情，都可以买得到。这些紧俏的东西被我源源不断地带回到温州，加上市场的紧俏度，加上我的心理价位，很快就出手了。等东西走得差不多了，我又准备来到上海了。

我后来才知道这不叫跑码头，跑码头还是有点江湖意味的，还是有点危险的，要有侠肝义胆，要有势力和地位，要受人尊重，被人看得起。我这算什么呢？后来在样板戏《沙家浜》里体会出一句话，胡传魁问阿庆嫂，阿庆呢？阿庆嫂鄙夷地说，他呀，还是在上海跑单帮哪。言下之意是没有什么名堂，都不在阿庆嫂眼里。跑单帮就是我这样的营生，靠辛苦赚一点不怎么干净的钱。

那时候在上海带香烟最多。温州香烟凭票，而温州人又喜欢上海烟，尤其是婚宴上，那是一定要有"大前门"和"牡丹"的。牡丹分蓝牡丹和红牡丹，一个四毛六，一个四毛九，都属于罕见的奢侈品。碰到有人结婚急用，红牡丹都可以翻上一倍。每天早上，我饭也不吃就去一百排队，一人限购两包，如果队不长，我可以回头再排一次。我们现在有一句话说，在北京四天办一件事情，在温州一天办四件。说的是北京地大，程序多，不好走。上海稍稍好一点，我又有公交卡，我可以一天办两件事情。

有一年，温州流行针织尼龙，而且就兴那种蟑螂色的，有人找到我说，有多少吃多少。这样的诱惑就像鼓风机一样推搡着我。后来我在豫园商场里找到一匹。剪布师傅说，八块钱一尺，两尺八一条裤子。我说，这一匹还可以剪几条？剪布师傅说，大概有十条。我说，那都给我吧。剪布师傅愣了愣，说，哪里有这样买东西的。

还有一次，凌晨三点，我到上海钟表厂排石英表，那是那个时期的新货，二十块钱一只。那一趟回温州，我兜里只剩下四毛钱，但我心里高兴，破例在轮船上喝了一瓶天鹅牌啤酒，吃了一碗盖浇饭。后来在调剂市场，石英表换了一辆凤凰28英寸的锰钢自行车。

回忆间，陈优犁的车已经进入了浦东，这已经是一个完全陌生的地方了。我们盲目地开着，都是通衢大道，但我们不知道往哪里开，不知道我要找的地方在哪里。那个时候的浦东，是一个冷清的代名词，只有一些高能耗高污染的企业在这里，卷烟厂、玻璃厂、水处理厂，不是哗哗响，就是滚滚冒烟，还有一个传染病医院，据说，上海人口密度大，肝炎的发病率高，转氨酶指标控制在38，所以，那些人都关在这里。现在，这些厂、这些医院，连个影子也没有了，抬头望去，只有世贸大厦、东方明珠塔、金融中心大厦和一个类似于啤酒起瓶器一样的大厦。

噢，我不是来浦东看热闹的，不是来测量它的变迁的，我是来寻找一个我心底的符号，一个难以弥合的错节，它改变了我的生活以及生命的走向，上海玻璃厂，我曾经在这里进进出出，在这里买过平板玻璃。

平板玻璃是我在上海跑单帮的"重器"。温州人结婚，你可以有搪瓷脸盆，可以有高脚痰盂，可以有印花玻璃杯，可以有铁壳热水瓶，但平板玻璃就不一定有。平板玻璃是铺在洞房里面的书桌上的，有和没有，档次就差很多。没有，它就是一张普通的书桌，有了，它就平添了许多色彩、许多话题，它可以压一些照片，可以压全国粮票，可以压崭新的人民币，既增加了情趣，又体现了富有。所以，搞一块 60 厘米 × 120 厘米的平板玻璃，成了新婚家庭迫切的追求。

温州那时候也有玻璃厂，还是国营的，看起来规模也不小，但只能做那种咳嗽糖浆用的黄瓶。他们也曾想克服困难做那种透明的盐水瓶，我记得当年的《温州日报》还登过他们会战一百天的消息，但还是以失败而告终。我说这话的意思是，玻璃虽然是以石英材质为主，但它的活性能量很大，高温熔化后，谁也不确定它的最终走向，以及冷却后发生的质的变化。

平板玻璃那时候只有上海才有，因为难得，因为难运，相比于其他东西，我更愿意带平板玻璃；因为婚礼必需，因为意义重大，我开价也相对更高一点。每一次，我会用几斤菜油换供销科长的一张计划票。那时候没有快递，没有出租车，没有小四轮，没有高速公路，我接受了平板玻璃的业务，也就接受了辛苦，但是我不怕，我血气方刚，我有的是力气，我把这个过程的复杂和难度都想到了，一步步去完成。我把玻璃用厚纸板包扎好，用带子把它捆结实，做成双肩包形式的模样。我就这样将平板玻璃背上了浦东渡轮，渡轮突突突地横过黄浦江，这是一段黄浦江最宽的江面，好多的船都要从这里出去，走到汪洋大海里去，所以从这里把平板玻璃背出来，也是有象征意义的。我背着平板玻璃缓缓地从渡轮上下来，因为我背的是重器，所以我把自己落在了最后，我怕人推搡，怕人碰撞，这个时候，我就是一个搬运工，我要负责货物的安全。

我背着平板玻璃踏上了 76 路公交，那是在市区边上开的，还开不到市区里面去，进市区还得换一个 6 路有轨，那也不能到达我住的旅馆，要到达我的目的地，还需要倒一个无轨。那时候，公交是普通人唯一的交通工具，挤得很，每一辆车都是满满登登的。为了把平板玻璃安全地运到，我一般都要捱到中午，就算时间上没那么凑巧，我也要在公园里捱到我要的那个时间。在车上，我一般都会挪到最后面，把平板玻璃搁置好，用身体护卫住。因此，我在车厢的最后就可以居高临下地看到许多"风景"。我看见礼貌的上海姑娘给老人让座，看到文质彬彬的上海后生为姑娘争座，看到紧张又脸色煞白的行窃者，看到站在姑娘身后装模作样而实则想猥亵的病态者。我就这样把平板玻璃弄到了我住的旅馆。

在旅馆，因为有了平板玻璃，我几乎是寸步难行了，一刻也不敢松懈，像狗狗守着肉骨头，顽强而专注。上海回温州的轮船要三四天才开一趟，这样，我就要提心吊胆地守护好几天。到了那天，我怎样把玻璃从厂里弄到旅馆的，就怎样把玻璃从旅馆弄到船上，船还是那艘工农兵 18 号，为了安全起见，也为了犒劳自己，我给自己买了张三等舱票，毕竟船舱里人会少一点。船外的风景，我无心去欣赏，我知道，船头和船尾的浪花是很好看的，没有坐过大船的人，没有亲历过海洋的人，是很难想象乘风破浪的壮观的，那么勇往直前，那么激情澎湃，那么顽强，那么有生命力。但我只能忍着，安分地坐在船舱里，守着平板玻璃，听汽笛一声声巨响，就权当它在为我的成功而欢呼而庆祝。

回到温州，我直接把平板玻璃背到新郎家，这是一块结婚用的玻璃，是要压在洞房的书桌上的，相信主人在盼望婚期到来的同时也在盼望这块玻璃的到来，也许他们准备了欢呼雀跃的心情，也许他们还准备了钱，因为是喜事，他们也许还会多加几块钱，以讨个头彩，我当然也乐意多说几句好话，漂亮的话。我记得新郎家是一座两层楼房，楼下是厨房和饭堂，楼上是前后两间，一间给长辈居住，一间做新婚的洞房。为了安全起见，我坚持要一个人把玻璃背到楼上去，我有的是力气，我都从上海背到这里了，还怕这几步吗？我背着玻璃，一步步地往楼上走，楼梯的拐弯抹角我要当心，上下高矮我要注意，千万不要磕碰，要像演杂技一样稳住脚跟，把身体和玻璃都侧进去，这难不倒我。新郎新娘，一屋的人都在等这块玻璃，他们的眼睛闪闪发亮，他们寄予这块玻璃很多的期望，婚姻的档次、洞房的热闹、众人的羡慕，等等等等，他们见我进来都不由自主地让开地方，都退了一步，生怕碰到我。也有人想伸手帮我一把，要抚一抚，但马上就被人阻止了，说当心当心，由他自己的意思是最舒服的。我真的是如释重负地把玻璃放了下来。现在，书桌上已摆好了许多照片，是新郎新娘杭州游玩时拍的，有六和塔、钱塘桥、三潭印月、白堤苏堤，还都是那些照相点拍的，也就是说，他们家的条件还是比较殷实的，是配得上这块平板玻璃的。

玻璃的包扎被一点点打开了。这个物件太重要了，所以我包扎得也特别好。我一点点解开绳子，一点点剥开纸板，那段时间，他们家帮忙的人也都在现场，除了新郎新娘、阿爸阿妈、舅舅舅妈、几个姐妹，有些本来在楼下帮忙的，这时候也都跑到楼上来了，楼下还有一些人，帮忙洗菜的邻居，搭台做菜的厨师，做菜的过程要准备三天，这个气氛也把平板玻璃的呈现推向了高潮。

但是，但是，我解开玻璃后自己也傻掉了。这块好好的玻璃、感觉又厚又重的玻璃、包扎得结结实实的玻璃，什么时候在里面不声不响地裂掉了，看起来不觉得，其实里面已经像蜘蛛网一样了，就差唰的一声碎开来。是新郎第一个叫出声来，说怎么是块裂的！这无疑像一声炸雷，大家拼命地钻了头看，这个说，就是玻璃裂了没有用。那个说，这个时候，玻璃裂了，彩头就不好了。是啊，婚姻是最讲究彩头的，裂，即是破碎，即是分离，这些话放在婚姻里，无论如何是通不过的。新娘马上就瘫坐在地上,呜呜地哭起来。本来喜气洋洋的气氛,一下子变得凝重起来,像黑了天一样。要是人少,这件事兴许还能够隐瞒一下,这么多人,人群马上也像炸开了锅,等于这个不幸立刻就藏不住了。大家都知道了,就会推着这些情绪往反方向走,七嘴八舌的。我一看情况不妙,就脚底抹油,还没等他们家人反应过来,我已经溜到楼梯下了,屁滚尿流地跑回家里。

我气喘吁吁地对母亲说,闯祸了闯祸了。我母亲信基督以后人完全变傻了,还说,他们要是信基督就好了,就没有那么多讲究了,信基督,人在世间就是一个过客,这又有什么要紧的。我也不和她废话,拼命地整理衣物,我现在还不知道他们会拿这事做什么文章,但我得先躲出去。母亲莫名其妙地看着我,她一定觉得我在小题大做,还真不是,我知道的。我当天就没敢在家露面,过了三天,我托人买到了上海票,又匆忙跑到上海去了。

我和陈优犁说着这些的时候,我们还在浦东的路上转悠,我们找不到一丁点上海玻璃厂的影子,连个裁玻璃的店铺都没有。有些地方搞得好的,会在原来的遗址上弄个什么碑,记录一下当年的历史。但浦东改造得太彻底了,规划上根本就没有这么想,这就没办法了。这时候,天上下起了中大雨,且还没有想停的意思,一下子,路面就积水了,看上去像铺了玻璃一样。路上撑雨伞的人多了起来,一会儿穿花绿雨衣的骑车人也多了起来,在十字路口,在商店门口,在人多的地方,这种颜色的交错非常有美感,看上去层层叠叠的,加上雨中的仓促,加上地上的倒影,远远望去,像一块厚厚的油画板。这种景象也告诉我们,这里已不是过去的浦东,也不是上海的浦东,这里聚集着众多的外来务工者,已经成了他们的宜居之地,今非昔比,旧貌变新颜了。高峰说到就到,车子也难走起来,我们被堵在路上了。

【3】陈优犁告诉我,这个故事,一听就觉得还没完。我说,是的,没有完,现在还没有完。

第二天没会,但有一个座谈,说大家议一议,搞一个论文集。主办方的理由非常牵强,说本来是要给各位发放出场费的,可"八项规定"以后,财务的手续几近苛刻,支出更难了。想借论文集这一招,给大家发点稿费,弥补一下。当然也未尝不可,但这样简单的会,能出什么成果,我是持怀疑态度的。反正我是谈不出什么观点的,也不愿意再耗,一大早就买了票回广州了。我现在有经验了,从 ZD 大学到虹桥车站,地铁就要一小时。昨晚和同屋的说好,我睡客厅,目的就是为了今天的早走,于是,悄悄地收拾好,蹑手蹑脚地出门,连关门的声音我自己都没有听到。

上面陈优犁的话，是我上动车之后她发给我的短信，看来，我们的交谈还得在动车里继续。动车在上海平原开得还算畅快，到了浙江境内，尤其是过了宁波绍兴，山洞隧道就渐渐地多了起来，于是，我们的发信也变得断断续续起来。

那天之后的事，我都是听别人说的。我其实至今都没有回到温州去，自从那天从新郎的洞房里逃出来，我就躲出去了，我怕回家会带来更大的麻烦，我不在，也许这件事就没有结果了，至少我觉得会很快结束的。但听说，这件事还远远没有结束。玻璃被拆开后，发现了裂痕，新郎家就拿这个说事了，说倒了彩头，冲了喜气，甚至带来了晦气，一拨人围着我家闹了三天，要我赔偿损失。我不在家，吵也罢，赔也罢，终究会过去的。我母亲倒是不怕这些的，自从她信奉了基督，她的心变得格外坚硬，任凭对方如何谩骂，她都不争不回，按照《圣经》的说法，"你打了她的右脸她连左脸也一起让你打了"，她顾自沉浸在自己的世界里，在那里寻找自己的安宁。只是那新娘让她难过。那其实是我的邻居，我们家的楼下和她家挨着，她家的楼上有一半也嵌镶在我们家。据说平板玻璃裂后，这个婚就没有结成，她回到了自己家里。1979年，这样的事是可以毁人一辈子的，她要再嫁，可以说比登天还难，任何舆论都不会去支持她。更糟糕的是，她那时已怀有身孕，这个后果更加不堪。越是这样，我就越没有办法回去了。

那时候，我在外面每月都寄钱给我母亲，我寄13块钱，是我母亲工资的一半，用这样的方式保持着与家里的联系、与我母亲的关系。现在想来，过去的一些事真叫好，事简单，时间慢，就像那首歌里唱的，车马都走得慢，一生只够爱一个人。汇款要半个月才到，写信也要一星期，电话没办法打，因为大家都没有，每一件事操作起来都很花工夫，也就愈发觉得这些事情的巨大，回家也就成了非常奢侈和隆重的行为，正因为这样，才有惦记，才有纠结，才有了一种叫作"乡愁"的东西。如果没有这些，没有这么难，我们的一切关系也许都不会发生，一切都变得容易和微不足道，这些"愁"也就都没有了。

我和我朋友说好，我每个月1号汇钱，半个月后你到我家去看看，看看我母亲怎么样，问问她钱收到没有。我朋友告诉我，我母亲都不在家，早中晚都候不着。这使得我联想很多，她是不是也像我这样在躲避麻烦？我问朋友，有没有发现我们家门口有什么异常？朋友问，什么异常？我说，比如门口摆了花圈，屋角被人扒了？朋友说，那倒没有。温州有很多下三烂的报复伎俩，比如大粪泼门、玻璃涂漆、胶水冻锁眼、下水道堵塞等等。这些都没有，那我母亲去哪里了，不会也被我的平板玻璃给气疯了，背乡离井了？

后来知道，我母亲是去信基督了，她比起原先更上瘾了。她原来的功课只是三祈五祷和通读《圣经》，现在，她的业绩大有进步，已经能在一些弄堂的聚会点里布道了。母亲由挫败而信基督或寄托于基督，我是理解的，但进步那么快，我是没有想到的。那时候，社会动荡，心无安宁，没有目标的人很多，愿意麻醉自己的人也很多，这些人都是那些聚会点的常客。晚饭后，他们在路上闲逛，走着走着，被那些隐约传出的歌声吸引了，他们或自觉、或被动、或好奇、或疑惑，都想探个究竟，这就来到了这些聚会点。那时候，我母亲会和他们讲新约约翰福音十二章的故事——"那时，上来过礼拜的人中有几个希利尼人，他们来见加利利伯赛大的腓力，求他说，先生，我们愿意见耶稣。"母亲把主题落在了"愿意"上，就像她那样真心真意的愿意，这个愿意没有条件，是人心底自觉地生发，是今后虔诚的开始。而不是经过劝导后被动产生的，有条件甚至有功利的。

当人们心存疑惑左右摇摆时，母亲又会和他们讲讲另外的故事，《圣经》的好处就是通俗易懂、深入浅出、寓意丰富、老少皆宜。"耶稣和门徒渡海，遇风浪。那时，主已经睡了。门徒惊惧，催主醒。主斥了风浪，海便静了。加利利海自主斥了那番风浪后，至今都没有起过风浪吗？不是的。当主斥风浪时，海面正待要平复下来。以后海面照样是常有风浪，所谓一波未平一波又起。信徒的心啊，也犹如这海面一般，当其不宁时，一经主的管教，就觉得有了安宁。然而，到了时过境迁，在另一光景下，或正好在病痛中，他的心里却又要起风浪了。故，被主斥责而得来的安宁是短暂的，心里没有主，风浪照样要出没无常。而这些已有的安宁又从哪里来呢？自然是从耶稣的生命中来的，而生命中有了耶稣，也就有了能量，自然再大的风浪也不惧怕了。"我真不知道母亲有这样的水平、这样的口才，看来艰难困苦的确是磨炼了她。

那个新娘，我们都叫她阿芬的，她也真是命苦。年少的时候，母亲就莫名其妙地爬到河里去了，什么病也没有，也没有什么想不开的，大家都说她是被鬼跟住了，鬼叫她到河里来，她就乖乖地去了。她父亲受了刺激就开始酗酒，晚上喝，早上也喝，有一天喝了两斤白酒，身体烫得躺在水泥地上降温，我们还帮她用水浇她父亲，那些水浇在他身上都没有一点反应，就像死猪一样。还没完，那天晚上，趁我们不注意，她父亲自己把自己颈上抓了个洞，大家都以为他睡着了，早上才发现，他流血过多，已经死了。阿芬的媒还是我母亲做的，母亲可怜她，还和我私下里说，那块平板玻璃就算白白给她带吧，不要收她的钱，就当送给她，让她高兴。没想到，是这块平板玻璃把她的婚姻搅了，我真是该死。这种事，又没有其他办法弥补，我只得躲出去，不让他们看见。

阿芬后来生了一个小孩，这个小孩没有留住她的婚姻，新郎家宁愿看重彩头而不要这个小孩，这就不是决绝的问题了。这小孩也怪，是个"鱼人"。鱼人是我们温州的说法,别的地方不知道怎么叫。这种人有个很大的优势,就是长得都不像父母,就是像自己,甚至全世界鱼人都长得一样,无论中国的或是外国的。按理说,小孩不管出身怎样、有没有病,应该都会像父母的,但鱼人就不是这样。他们都长着圆圆的脑袋,眼睛都靠在两边,一副很憨厚的样子,生气的时候也是笑眯眯的。开始的时候大家都说阿芬的小孩漂亮,白白净净的,还丹凤眼。后来才搞明白,这是"唐氏综合征",也不知道是染色体里面什么多了什么少了。这就更苦了阿芬,这又让我产生了联想,我就更回不去了,我要是回去了,大家一定会怪罪于我,就是大家不这么想,我自己也会这么想,我看见那个鱼人也会愧疚。还据说,那段时间,都是我母亲帮她一起带小孩,这也多少减轻了一些我的罪过。

我也是自那以后就不再跑单帮了,基本上就断了温州的路子,以及回家的路子。心里有愧,赚钱也没有什么意思。我后来就不光是待在上海了,我全国各地到处跑。当然,从上述事情上可以得出结论,我也是一个一根筋的人。我还做玻璃,从玻璃上跌倒,也从玻璃上爬起来。我开始就是开玻璃店,代理上海玻璃厂的平板玻璃,或替人裁玻璃配玻璃,我有玻璃的资源,也有玻璃的情结,更有做生意的头脑和经验。我们的玻璃店开遍了上海郊区,市区一时还进不去,吴淞、崇明、闵行、嘉定都有。我从单纯的卖玻璃到定制玻璃,从客户有需求到我自己推出玻璃产品,这是1992年,玻璃的使用已经相当普遍了,而最早一轮的房地产热也带动了玻璃的大发展大繁荣。但是,也有一些玻璃企业,因为机制的局限,因为设备的落后,因为产品的滞后,开始面临困境,我就是在这时候接管并买下了广州玻璃器具厂的。这个厂原来是吹玻璃花瓶的,另外还做玻璃工艺品,如果和当年的温州玻璃厂相比,那他们的技术还是可以的,外行人一看就觉得他们的技术了不起。但这种花瓶之类的东西又有什么用呢,又不高端,又不赚钱,淘汰是自然而然的。

我说过我是一根筋,我就想在家居玻璃上有所建树,有所突破,那个平板玻璃的裂,是我的心头之痛,甚至是永恒的痛。我开始解决玻璃的钢化问题,这个时候,钢化不是什么难题,只是看你运用在什么地方。就像一百年前人类就发明了烧不坏的灯泡,但为了不致工厂倒闭,不致工人失业,这项发明还是被人为地搁置了起来。我的产品涉及家居的一切可能,这个里面的技术一般人想不到,甚至容易"误入歧途"。有一次在机场,在等起飞的时候,边上一位听说我是搞玻璃的,就拿出一个日本的保温杯问我,杯体是双层的,但吹拉出来后怎么会没有看见封口?我说,你的思路还停留在过去的热水瓶时代,为什么过去的热水瓶都有一只脚?但是我告诉你,这个问题二十世纪七八十年代就解决了。现在的难度不是封口,像我们厂,难度不在于防止变形而在于造型够大，比如200厘米、长100厘米、高50厘米宽的鱼缸，你怎么样把它拉出来，就是换了铁的，都是一个难度，更何况玻璃。再比如玻璃圆桌、玻璃椅子，它要成型得规整、成型得平衡，在活性程度很大的玻璃上，掌控是非常非常难的。这也是我们企业现在的名声，是独一无二做玻璃家居的。一切都缘于过去那块裂掉的平板玻璃。

我对母亲是放心的，信基督的人，"星辰"是很大的，不怕病，不畏难，什么地方都进得去，什么地方都出得来。帮着把隔壁的鱼人带大之后，她后来都在外面做善事，她觉得做善事不仅在建设自己，更重要的是在造福后人，具体到造福于我。她去医院给人做祷告，去殡仪馆给人做祷告，后来索性去伺候病人了。一个患肠癌的老太太，说起来也是教会派遣的，说有个姐妹被"撒旦"跟住了，要去帮她。这也是教会的微妙之处，把同道说成是兄弟姐妹，这肯定都是义无反顾的。母亲就带了神圣的使命去了，吃住在姐妹家，陪说话、端屎端尿，负责她的起居。到最后姐妹的弥留之际，她还陪着她睡。毋庸置疑，母亲自己一定是充实的、美好的，自然也是忘记了我了，或者说我反正也像地上的草，卑贱得很，不看它，它自己也会茁壮成长的。

这些都是我和陈优犁在动车上短信互动的内容。在短信上，我只涉及了母亲和阿芬，涉及了我的玻璃事业。却没有涉及我的个人生活。其实，我是没有成家的，至今独身一人。陈优犁说，你不是挺能干的吗，你干吗？我笑笑，我的比你的复杂，你看我父母的婚姻，你看阿芬的婚姻，我对这个东西不相信了，我是复杂和矛盾的结合体。

在和陈优犁的短信中，我们也谈到了回家。我前面也说过，物质条件的局限，使我们的乡愁变得很浓郁，变得心安理得，同时又使我们的不回家变得合情合理。我后来在央视那档"找人"的节目里看那些不回家的人，有些就是一个很小的原因，一个疏忽、一句重话、一点小小的怨恨、一次信息的丢失，就再也回不去了，也找不到了。我也是这样。

我后来回家也是一件很突然的事情。我以为我和家里的关系就这样了，和母亲的关系就这样了。母亲是主的人，她心系大众，她早已习惯了没有我的生活和日子，信基督的人好像都有这样的情怀。有一天，我们温州的电视台找到我，说想邀请我参加一档认亲节目，节目名叫"咫尺天涯"，顾名思义就是近起来很近远起来很远。我说我没有这个意愿啊。节目导演说，你没有家？我说我的家只停留在我20岁之前，我今年都已经60多了，我一直就客居外地。导演说，那你没有家人？我说家人本来是有的，我母亲，但我也已经三四十年没见过她了，要说起来她今年也有86岁了，以她生活的坎坷，我觉得她活不到现在。导演说，那你也没有姐姐妹妹？我说没有，有的话我还会这么轻松地待在外面？导演说，那你更应该参加我们的节目了，有一个女人，通过各种渠道各种手段，一直在找你。我说不可能，还渠道手段。导演说，你看，我们不是这样找到你了吗？这个渠道和手段就很特别。于是，导演就讲了这样一段类似于侦破案件一样的故事。说一个叫阿芬的女人，要找40年前曾帮她捎过一块平板玻璃的后生。她是受邻居大妈的委托，大妈生前不知道儿子在哪里，手头也没有儿子的半点线索，大妈的DNA倒是好弄，但儿子不上数据库也白搭，现在唯一有希望作为凭证的就是大妈的一缕白头发，因为在许多年以前，白头发是大妈一瞬间留下的一个标志，还有就是一个平板玻璃的故事，因为就是这块玻璃，导致了后生的离家出走，直到现在。节目组还真有心，分析来分析去，根据人的创伤心理以及偏执个性的行为走向，在玻璃行业寻求帮助，找许多年以前背乡离井的、专注于一个行业的、有有关玻璃特殊经历的，以及性格有奇异缺陷的，又对白头发有意外敏感的人，还真的找到了我。当然，这个途径也是非常典型的，稍稍有一点点偏差，也许就找不到了。

这个节目我当然不会上，我不喜欢这类秀场，我会不自然的。再说了，不回家，无论什么理由，都是说不响的，很容易现场被人吐槽。况且，面对阿芬，我一辈子都是有愧疚的，可以想象，那个场合，阿芬一想起身世，一定会情绪失控，而我也一定会无地自容。但节目组的努力，我还是要感谢的，我给了他们一年的广告植入。阿芬我也碰到了，她应该和我差不多的年龄，但明显老多了，这是命运落下的，也是辛苦落下的。我随她一起回了一趟温州，按照她的话讲，你自己去，东南西北也不知道了。我们老家那片地方，2000年就拆迁了，拉了马路，建了商场，政府有规定，原房40平方米以上的，可在附近安置，但房子也是很差的，其他的小面积住户，都动迁到很远的地方去了。我心想，我就算早几年过来，也一定是路也找不着了。我和阿芬家本来就很小，还像个凹凸一样嵌着，合起来才50多平方米，就只能搬到很远的地方去了。阿芬说，早年鱼人还小，都是我母亲帮忙一起带的，那时候真是太难了。后来，我的母亲，大概是在外面跑辛苦了，脑梗中风了，都是阿芬来照顾她，直至她死。为了感谢阿芬，同时也洗刷自己内心的歉疚，那些天，我陪着她跑指挥部、房开公司、公证处，我把我母亲名下的房子写给了阿芬，也了了一件大事。

阿芬后来也一直没嫁，她带着个鱼人怎么嫁，就没有这个念头了，这是其一；我觉得，更多的原因还是她不相信婚姻了，更不相信感情了，说变就变，什么也没用。鱼人倒是活得无忧无虑的，他肯定无忧无虑。据说，年少时对乐谱有感觉，还在少年宫乐团里当过指挥，鱼人开发得好，好像是有特异功能的。后来画画，现在热爱广场舞，广场里有他，他就是焦点，据说还跳得不错,尤其是转身微微翘首45度,比那些大妈做得好,大家看了都会笑。这也是一个有福的人,把他母亲的福也都享掉了。不再赘述。

【4】我后来又去了一趟上海,不是去参加什么会议,而纯粹是为了去会陈优犁。我要对她说,生活就是生活,强调那么多意气干什么。很多的时候,都是因为意气,我们把生活给耽搁了,把自己的年龄给耽搁了。

我们还是坐在ZD大学附近那个名为"遥握"的咖啡馆里,她感觉到了我的心思,人真有趣,心思不对了,语言和动作也就僵硬起来,不像前面那样松弛了。她斜眼看着我,板着面孔说,我们其实也是可以的,不要说过去那点感觉,就是现在说起来,也是挺轻松的,也有情趣和愉悦。但我不能,我要是答应了你,好像我对婚姻就没有原则了,好像是为了婚姻而婚姻,我向来厌恶凑合。我要是现在答应你,那我以前的坚持就白费了,我的坚持就变成了作秀,还会被以前那谁谁笑话,说你看,我的感觉是很准确的,我以前就感觉他们有名堂,是不是掉到我嘴里了。我讨厌被流言击中,那样多俗套啊。我看还是算了。

我看着陈优犁,突然觉得没话说了,心想,这个可怜的人,我以前还以为她挺勇敢的,其实是被那个自我害掉了,变得可悲起来。我忍着时间,把眼前的咖啡喝完。我们往外走的时候都客气地说,常联系啊,现在电话方便,交通也方便,如果有空,抬抬脚就可以过来。其实,那之后,我们就再也没有联系了,觉得被一种莫名其妙的东西困顿着,有时候在微信里看到了,也懒得吱一声。

(原载《花城》2018年第1期)

作者简介:

王手,浙江温州市人。文学创作一级。1981年开始发表小说,作品散见于《收获》《人民文学》《当代》《十月》等刊,有中短篇小说集《火药枪》《狮身人面》《柯依娜一个人》、长篇小说《谁也不想朝三暮四》《在迷乱中生长》《一段心灵史》等。小说多次进入中国小说学会"中国小说排行榜"。

红尘慈悲

_次仁罗布

今生与你相遇的人,肯定是前世跟你有过关系的。

这句话是谁说的,我已经不记得了,苦苦回想也是枉然,但这句话在我的脑子里雕刻了一般,直到现在都不曾忘掉。

如果您要问我,关于我的经历,我会很乐意地告诉您的。

我的名字叫云丹,按现在藏地时髦的称呼法,应该叫觉如·云丹。听到这个名字,请您千万不要害怕,我没有任何的高贵血统,只是出生在那个叫觉如的地方而已。现如今,人人都喜欢在自己的名字前加个地名或家族的称号,以便显示自己的与众不同,作为一个凡人我也难免被这种虚荣所作祟。

对了,我的父亲叫朗加诺布,母亲叫德西,他们在觉如那个狭长的谷地里生活。他俩在那间灰色的土坯房里,在日月的轮转中男欢女爱,接连生下了我们六个孩子。我是其中的老四,云丹这名字也是山外县城寺院里的活佛赐予的。您不要惊讶我父母对传宗接代的事,有如此高涨的热情和蛮劲，只要您知道觉如地处偏僻，土地贫瘠，医疗条件很差，您也就不会责怪他们了，在觉如人多就预示着力量大。

可是，在岁月的四季交替中，我的二哥和姐姐相继被霜冻掉被干旱掉，两条生命在毫无征兆中夭折了。每每德西都会哭成个泪人，神志恍惚地哀伤个几十天，仿佛她挨了一记老天的重拳一般，疼痛得缓不过气来。朗加诺布倒好，每次把家里仅有的那点酥油融化掉，灌进陶制的供灯里，等它冷却凝固后往灯芯头送上火苗，于是灯柱上一朵蓝幽幽的火舌蹦跳起来。他双手合掌祈祷一阵，然后一声不吭地背着尸体出门。等他孑然回到家，会一声不吭地坐在门口的树桩上，凝望面前重重叠叠的那些个山峰。

他忧伤吗他悲痛吗他绝望？从那张赭色而干燥的脸上，您可别指望窥探到他的内心世界。唯有他在祈祷时，您才能从声音的抑扬顿挫中感受到他的痛苦。

处理完二哥和姐姐的遗体，朗加诺布失踪了好多天。最初，我不知道他跑到哪儿去了，直到德西生出老六，一个多月后他便死去，我才弄清朗加诺布次次都是徒步到县里的顶果寺去祈祷和超度亡魂的。

德西，三十多岁时俨然变成了一个暮年的老妇，张嘴便看到暗红的牙床上那几颗孤零零的黄牙和脸上游荡的那些个皱纹，塌陷的眼眶里偶尔会闪现一丝亮光来。

听了这些，您肯定会说，我的童年和少年时光是在艰难中度过的。我不知道应该称是呢还是说不。回想起来，我还是有很多温馨的记忆：夜晚满天的星星在头顶的天际窃窃私语，风从隔窗的木板上叫唤我的名字；雪水融化的溪流从山脚滑过，溅出朵朵美丽的浪花；四月的桃花粉嘟嘟地缀满枝头，笨笨鸟麻雀布谷鸟的叫声震碎村子的寂静；一场大雪飘落下来，山上的猴子、獐子、盘羊等跑到村里来觅食，我们隔着几十步相互对望；年迈的西噶老僧跏趺在一块遮阳布下，给我们讲述地球的形成、人类的诞生、神仙的传说等。还有，朗加诺布驱赶骡子，把贫瘠的梯田次第开耕，德西把满载希望的种子撒进土壤里，风把湿土的香味吹进我的鼻孔，再沁入到心脾里。夜晚，村子里的男人们挨家轮转，在油灯微弱的光亮下盘腿就座，诵读祈祷的经文。黑暗中那悠扬的音律荡漾在村子上空，抚慰着全村人的内心。

有一次，我跟在朗加诺布的屁股后，他背着一堆干草，走路有些气喘。我们的脚下是布满砾石的小路，路边一些绿草嫩芽破土而出，我的脚指头也从那双破鞋的洞里探出头来。

我能看到神吗？那时我很想得到答案。

能呀！每当念经祈祷时神就会住进你的心里。朗加诺布扭头郑重地说。

我就想：原来是我不会念经，所以才看不到神呢！

你在世上做什么事，神都在盯着看！坏事做多了，哪天就会遭受神的惩罚。朗加诺布停在路边，背上的干草把他的腰给压弯了，腿有些罗圈地跟我说。

原来神时刻都在我们的身边呀，我之前去欺负那些麻雀、蝴蝶、爬虫，这些都被神给看见了，当时我的心里有些隐隐地害怕。

几年以后的某个夏季，朗加诺布和我赶着家里的骡子，它的背上驮着被子和粮食，我俩行进在山坳中的羊肠小道上。那天德西给我穿上了一身干净的衣服，脚上的一双球鞋是从邻居那里借来的。这一路上我都欣喜不已，我们经过寸草不生的谷底，一步步爬升到松树遍布的半山腰，再经过雪水融化而泥泞的小道；一块块被收割过的土地里牛群在悠闲地转悠，一间、两间、三间民房从山后露出来，屋顶的木桩上挂满了金黄色的秸秆，空气中吹来那秸秆的香气。几条狗汪汪地吠叫，有人从矮小的房门里走出来，一只手搭在前额上望着我们。朗加诺布高声跟他们打招呼，那余音在山谷里回荡。屋顶上的人挥动着手也喊声，走好！朗加诺布驱赶骡子继续向前。骡脖子上的铃铛叮当声中，我们已经走过了许多低矮的房舍。我问朗加诺布，我们去乡里要做什么？他咧开嘴，把那排列整齐的牙齿露出来，说，看你这傻子，是送你到学校去读书。我又问，读书是什么？朗加诺布只是笑了一下，这样的笑容在他脸上是很难出现的。读书？朗加诺布玩味了一下，接着把目光投向了幽深的谷底，接着说，读书就是读书，是要你变成西噶一样。听完我没有惊喜，只是想到以后我会讲很多的故事。我看到正走着的这条路从前方的山嘴边消隐了，等走过去又有一条细窄的山路盘桓在前方的山腰上。

走了三天，朗加诺布才把我送到了乡小学里。

乡比我们的村子大好多倍，我在这里第一次看到了四五层的高楼，还有硬实的黑色公路。可是，我的心遗落在了觉如，很多个夜里梦见到的都是觉如灰色的房舍和德西、朗加诺布的脸。

在读小学的五年时间里，每到寒暑假朗加诺布都会赶着那头骡子来接我。有次暑假回去的路上，这头骡子走得越来越慢了，眼睛里含着忧愁，眼眶下的毛都被泪水浸透。望着前方弯弯曲曲的盘山窄道，我埋怨了一句：它走得越来越慢了！

是啊，它老了，这样来回折腾也够它受的。朗加诺布的手剪在背后回应道。

它会死去吗？我突然想到了这个问题。

总有一天，我们都会死去的，世间就是这样轮轮回回。朗加诺布板着个脸说。

我没有再说什么，几个兄弟姐妹的相继去世，使我懂得了死亡就是让活着的亲人悲痛欲绝，而且长久地沉湎其中。老僧西噶曾对我们说，投胎转世的概率很低，就像汪洋大海上漂浮一块有孔的木板，不知道几世你的魂才能触碰到那个孔。所以啊，投胎成人很不易，你们不应该虚度人生。西噶盘腿端坐在桃树下，阳光浸染在他那身褪色的旧僧服上，枝丫上的粉色花瓣从他的头顶纷纷坠落下来，那张皱纹遍布的脸和花白的头发，有了生命的质感和沧桑的韵味。

哦，您无法想象到的是，我们家的那头骡子，直到我升入中学，跑到县城里去读书，它都顽强地活着。

在我的眼里，县城可是个大城市啊！正当我在县城里感受世间的繁华时，我的父母从邻村给贡贡大哥和我，同娶了一个叫阿姆的媳妇。

这个消息传到我读书的县中学里，同学们戏谑地喊我叫老公。班里那些县干部的子弟听到这件事后，用一种异样的目光打量着我。其中的一个还取笑道，掉着鼻涕的老婆在山里等着你，你还读什么书，不如快点离开这里。我对他这种侮辱性的玩笑没有勇气去反抗，那种自卑就一直深藏在我的心里。这句话更加证实了我之前认为的，城里人对我们乡下人存有的那种傲慢与轻视。

寒假回去时我见到了阿姆。

她的岁数跟我差不多，瘦弱的身板直挺挺的，一张瓜子脸上有对水汪汪的丹凤眼，薄薄的嘴唇微微上翘。她穿了件黑布做的藏裙，娴熟地在灶旁做晚饭。灶口露出的那截柴火端冒出乳白色的烟子来，不时有火星蹦跶出来。德西吆喝牲畜的声音从院子里传了进来，我想到德西嫁给朗加诺布时也跟阿姆差不多吧，那时她肯定有一双灵动而清澈的眼睛、富有弹性的肌肤，以及饱满的双唇，后来在生活的重压之下，她过快地凋敝，显出暮年的衰老相来。

我们一起吃晚饭时，阿姆眼睛的余光不住地瞟向我，这让我很慌张，脸一阵阵发烫。好在屋子里光线暗淡，不易被察觉。贡贡吃完饭，撂下饭碗就跟朗加诺布讨要鼻烟，他嘶嘶地把鼻烟粉吸进鼻孔里。

天色就这样暗淡了下来，一盏油灯的光亮下，阿姆把碗和勺子装进一个盆里去洗。朗加诺布盘腿念诵经文，德西往土灶里添加柴火。我起身出了房门，看到满天的星星在熠熠闪耀，山谷里填满了寂静，一声粗重的呼吸都会搅碎这种宁静。

畜圈里的牛和骡子偶尔发出一点声响，我推开院门走了出去。

很多村民的房舍黑漆漆的，想必他们都已入睡了。从村子后面流淌的那条溪水，发出哗哗的声响，平添了更加深刻的寂寥。我走到朗加诺布和德西辛勤耕耘的那片土地旁，夜幕下庄稼收割后的一些麦茬儿孤零零地翘立。一堆堆黑色的积肥堆在农田里，年后这土地就会被翻耕，播下种子后等待收获时节的到来。

阿姆是个勤快的女人，天不亮就已经在灶膛里升起了火，一股滚沸后的茶香飘荡在屋子里。她调制好喂牲畜的汤水，拎起木桶往院子里的畜圈走去。那些牛和骡子听到她的脚步声，支棱起耳朵，眼睛盯着她手上的木桶。阿姆用勺子舀出糌粑和汤水调制的食物，往它们的盆里倒。放下木桶，阿姆又背着水桶，跑到溪流边去背水。等阳光从山头跃上来时，她已经走在村后的山道上，家里的牛和骡子晃悠悠地往山坡上攀爬……阿姆嫁过来后，德西的很多活被她给揽了过去。

最初的几天里，阿姆对我一真保持着羞色，我见到她时也有一种异样的感觉。只是那个晚上，一切都破碎了。半夜里我被一阵声响给弄醒了，黑暗里一阵急促而欲哭的声音，从阿姆睡的墙边传过来，那黏性的声音持续了很长时间。这声音是阿姆发出来的，还有亲嘴的声音。我明白了正发生的事情，它让我透不过气来，全身汗津津的，心像是打鼓了一般咚咚地敲响。那一刻，我先前对阿姆给予的美好想象，瞬间被碾碎掉，泪水无缘由地沾湿了我的枕头。

后来的日子里，我尽可能地躲避着阿姆。我时常借口到西噶那里去，直到很晚才回家。

西噶对我经常去看他感到了奇怪，但他从不问我缘由。每次从邻村有人来卦算，或讨个好日子时，他就让我在一张废旧的作业簿上把结果写上。有时为一个名词的拼写，他当众把我嘲讽一番。人们把钱交给西噶后，怀揣我写的那些歪歪扭扭的字，一脸喜悦地离开西噶家。西噶给我讲他曾经在拉萨色拉寺学习过，谈到那时他的眼睛里闪着光，嘴角边的口水都起白色的泡泡了。

一次，我离开西噶家返回去的路上，看到阿姆和妹妹背着一堆干柴从一旁的山坡上下来。我急忙加快脚步向前走去。妹妹和阿姆也看到了我，她们不知道是否看到了我的狼狈相，那咯咯的笑声在我身后炸裂开了。

我的妹妹已经读小学了，但我从阿姆的身上，已经预见到了妹妹的后半生，她也会像德西、阿姆一样在这个与世隔绝的谷地里，像一株草默默地生长然后枯萎掉。想到这里，我就悲伤起来，甚至看不到我的未来在哪里。或许我也会像朗加诺布和贡贡一样，在觉如这个地方重复着祖辈曾经过过的日子，虽然我们每天迎来的是新的太阳，但过的却是那种亘古不变的旧日子。

这次回来，对我的触动很大，想着县城里的人生活这么清闲、自在，觉如的人辛勤劳作却过得这般贫困。

假期即将结束，我和妹妹这两天就要离开家，朗加诺布背对着我们收拾东西。他的头发多日不洗已黏成结，细长的脖子愈发地瘦长，那身棉袄褪色后已发白，一些发黑的棉花从破裂处露出来。看到这些我心头有股化不开的忧伤，它驻留在那里让我心痛。

离开的那天早晨，阿姆含着泪躲进了房子里，朗加诺布和德西一直把我们送到村口，妹妹频频回头只为了看到阿姆。最后，她噘着嘴闷闷不乐了一阵子。

山村的路，还是先人们曾经走过的那条狭窄的盘山路，它回旋缠绕到另一座山峰上，紧接着又弯弯扭扭地延伸到另外一座更高的山上去。峰顶的皑皑白雪，好像永远都化不开似的。贡贡背着我和妹妹的换洗衣服和口粮走在前面，我和妹妹紧紧跟在后面。

羊肠小道上的贡贡就像昔日的那头骡子，身上驮着我们的东西，用脚步丈量这条道路的长度。二十多岁的贡贡变得跟朗加诺布一样，一路都沉默无语，眼神也是黯淡的。我们行至洼村时，遇到了一个赶毛驴的壮年人。他一脸的黑胡须，头上缠着个红头穗，一看就知道是个爽朗的人。他让贡贡把东西驮到驴背上，然后唠唠叨叨地瞎扯开了。他一路上所说的话里，我印象最深刻的就是这句，上学有什么用，毕业后还得回到山沟沟里，那时候骨头都硬了，农活样样都做不来，还不如不出去呢！我听妹妹说，阿姆也是上到四年级，便辍学回到她的村子里务农。

这里我得向您插上一句，这次寒假我们家的那头骡子好像灵魂已经出窍了，它也不跟牛群到村后的山坡上去找草吃，整天站在村口的那棵杨树下，泪汪汪地待到下午日落时分。等山头的云变成朵朵彩霞时，它才蹒跚地踱回到房门口，趴在地上一动不动。

有次，朗加诺布说：它快要走了，心里悲伤着呢。

德西听完这句话，一颗颗泪珠从眼窝里滚落了下来，声音颤颤地低诵：唵嘛呢叭咪吽！

这时一种悲伤的气息弥漫在我们的心头，它的离去会让我们每个人伤心落泪。

不知怎么地，回到县里我的心情一直忧郁着，之前不曾想过的一些事在脑子里挥之不去，上课时经常走神，不时遭到老师的训骂。

那次下课要去做课间操时，曾经侮辱过我的那个县城男孩在教室门口又取笑我，说，假期里媳妇把你伺候得不错吧？整天魂不守舍的。接着他放声笑了起来。我的脑袋里又想起了那夜阿姆发出的黏性的声音，它让我极度愤怒，转身一拳打在那个男孩的脸上。他倒退几步仰面倒在教室里，鼻孔里流出红色的液体来。我又对着他的腹部，狠狠踢了几脚。其他同学抱住我，拖到了教室外面。

讲到这儿,您可以想象接下来我会受到怎样的处罚。

暴怒的班主任揪着我的耳朵,在教室里对我拳脚相加,他甚至威胁我说,被打人的药费要我来承担。男孩的家长也跑到学校来,要求严肃处理我。

下午我瘸着腿坐在教室里,想到了可怜的朗加诺布和德西,他们得卖掉牛才能替我付这笔钱,那些牛可是我们家最值钱的东西,为了我可不能失去它们。逃回家去,学校会追到觉如的。西噶不是说拉萨是神居住的地方嘛,我就逃跑到那里去,让他们谁都找不到。

那天晚自习一结束,我就背着装了换洗衣服的书包躲到了厕所里。等外面消停下来时,我翻墙迅速沿着公路逃去。那年我才十五岁。

您肯定会大吃一惊,想着我身无分文,能走到拉萨吗?确实,刚从县城出来我的处境就已经很不妙了,这从半夜走着走着饥肠咕咕叫时得到了印证。整个出逃的过程我就不跟您详细讲述了,这世间并不缺少怀有慈悲心的人,这一路他们给了我吃的、穿的,甚至留宿几天的都有。一个多月后,我已经身处拉萨了。

这是一个好大的城市,我沿街乞讨,人们施舍给我的食物和零钱,让我无需对未来有太多的担忧。我要干的事情就是太阳出来后穿梭于茶馆、餐馆,待到下午五点多钟时,坐在阳光明媚的墙根下,把那张张纸币按照面值大小排列,装进脏乎乎的衣兜里。

我这样乞讨一年多后,拉萨城里的很多人都认识了我,他们在施与我零钱的同时,眼神里对我的这种生活方式表示了怀疑,有人甚至劝我去工地上干活。

我知道他们都是些好人,但我没有想过去找个活干。您肯定不会相信的,我这样坚持乞讨,好像就是在等待一个缘分的到来,是冥冥中前世种下的一个因,在今世的此时等待它开花结果。

记得那是个初秋时节,在桑烟的缭绕中,我推开龚吉茶馆的门帘,向茶客们竖起拇指讨要零钱。这时听到有人对我这样哀叹,唉,年纪轻轻的,这样哪里会有个好的将来啊!我侧过头去看,一位白发苍髯的老者端坐在凳子上叹息。他的目光很有神,手腕上缠着一串紫红的念珠,胸脯挺挺的。之前,我怎么没有见过这个人呢?他的形象让我莫名地对他有了好感。

他示意我坐下来喝茶,我顺从地坐在了他的旁边。他向我打听我的情况,我笼统地告诉了个大致。

他说,你跟着我,我会教你一门手艺的,将来你就能自食其力了。

我没有任何的异议,从茶馆里出来时顺从地跟在了他的身后。

这个白发苍髯的老者是个唐卡画师,名字叫桑珠亚培。他让我在他的唐卡画室里工作,教我辨别矿物质、调制颜料、买画布等。桑珠亚培还拿来《贤愚论》《佛本生传》《萨迦格言》等让我读。我那时就想到这是一个全新的开始，我对一切充满了好奇。

桑珠亚培有时带我到拉萨周围的寺庙里去，让我仔细观察壁画上各种佛的形态和姿势，还给我讲解每尊佛的故事。我在众多的佛里，爱上了观世音菩萨，因为他有救度众生的宏愿，更有锲而不舍的精神，那眼光里含满了慈悲、怜悯、睿智。

夜晚我在独守画室时，在一张白纸上第一次尝试着画观世音菩萨。可是，我画出来的像比例失调，严重走形，使我对自己能不能学会这门技艺开始有些担心。

拉萨城里又起风了，是春季回暖的风，屋顶上过年新挂的色彩艳丽的经幡在猎猎飘荡，发出咔嗒咔嗒的声响。有一名画师告诉我说，桑珠亚培让我明早到他家里去。

第二天早晨，我赶到桑珠亚培家时，看到他穿了一件崭新的藏装，一脸的白胡须精心梳理过；他的夫人正往桑炉里煨桑，最初飘出几缕蛋白的烟子，之后变成如柱的烟子袅袅向上升腾。

桑珠亚培告诉我说，今天是个吉日，我要收你为徒。

我连条哈达都没有准备，一下弄得我惶恐不安。

桑珠亚培的夫人给我拿来一条哈达，让我献给桑珠亚培。

仪式极其简单，之后师父让我吃了一碗人参果饭以示吉祥。

从这天开始，我每天下午都要到师父那里去学习唐卡绘画技艺。他在教我唐卡画的技艺的同时，给我讲些佛经里的故事，开示我愚钝的内心。

经过四年多的严格学习，我已经能独立完成佛像的绘画了。

这期间我得知妹妹小学毕业后回了觉如，两年后她被父母嫁到了尺宫村里，贡贡已经是四个孩子的爸爸了。这些消息令我欣喜的同时，也对他们的命运感到悲哀和惋惜。我想要是没有那次的逃离，我也肯定回到了觉如，像祖辈们一样耕种着那片贫瘠的土地，过着寡淡而平静的生活。我托人给家里寄了封信和几张照片。

又过了一年后，我很想念父母和亲人，请求师父准许我回家一趟。师父捋着伸到胸前的白胡须，用赞许的目光看着我，准许了一个月的假期。

觉如之前蜿蜒的羊肠小道，被宽阔的道路给取代了，上面有汽车和摩托车掀起满天的灰尘在飞奔。以往三天的路程，坐车只需两个多小时就到了。

多年后再次见到朗加诺布和德西时，他们并排坐在房门前的树桩上，吸着鼻烟晃动灰白的脑袋。六年多的时间里发生了很多的变化。贡贡俨然变成了曾经的朗加诺布，腿微微罗圈着，脸上看不出任何的表情；阿姆敞着前胸，用硕大的奶子喂褓中的小孩，同时漫骂面前土堆玩耍的那几个小孩。

望着这一切，我又重新拾回了童年和少年时期的记忆。

我们坐在太阳能照明灯底下，讲述着这几年来发生的生活变化。贡贡的几个小孩不时发生冲突，哭喊声时时打断我们的谈话。阿姆不时起来，抄起一根木棍去处理小孩们的争执。岁月已经从阿姆的脸上带走了曾经迷人的那种羞怯，微微上翘的嘴唇也显苍白来。

朗加诺布最关心的事，就是绕着弯子要打探我有没有女人。当我含糊地告诉他我还孑然一身时，他从座位上起身去睡觉了。德西也停止拨弄念珠，叫大伙早点休息。我起身进入到家里新盖的那间偏房里。

老僧人西噶四年前就已经去世了，他屋门前的那棵桃树上结满了桃子。后面的院门却被一个黑锁紧锁着，仿佛它要把一个故事给收尾掉。褪了色的木板门被太阳给晒裂，从那缝隙里我看到长着杂草的小院一角。我走在沙砾石的路面上，耳朵里仿佛又听到了西噶叫唤我的声音。我回头望去，那面矮墙的豁口处，凄然地长有一株狗尾巴草。

妹妹从邻村赶回家来看我，她已经变成了三个小孩的妈妈，生活的负重使她显现出憔悴来，那双手又粗又硬，眼神都是茫然的。

我问她，生活很艰苦吗？她瞪着眼看我，觉得这个问题我问得极其可笑一般。在她的意识里生活本来就该如此，既然如此，那还有什么艰难与不艰难呢。妹妹的这种麻木，使我的心头像是被刀给扎了一般，欲哭无泪。

妹妹跟父母的交流也不多，但她愿意跟着他们虔诚地祈祷。那一时刻，妹妹的脸上才会又荡漾起久违的恬静的笑容来。

妹妹背着她两岁多的男孩，提着我给她买的东西离开了觉如。

朗加诺布和我坐在那个大门前的树桩上，被阳光给晒得懒洋洋的。妹妹，那一家子待她好吧？朗加诺布吸口鼻烟，从嘴里吐出一圈淡淡的烟雾说，就跟所有人家的媳妇一样。这个回答让我想到了阿姆，我就再没有问妹妹的事了。

那夜我躺在被窝里，偏房的门吱吱地被推开了，一个黑影走了进来。我赶忙打开手电筒照射，亮光里阿姆身上裹着藏裙，光着脚站在那里。两条白花花的胳膊抱在胸口，在手电光里很刺眼。我问，这是做什么？阿姆怔了一下，才轻声地说，陪你睡觉！我用手电继续照着她，说，不用了，你还是回到孩子身边吧。为了避免看到她的尴尬，我把手电的光给掐灭了。那黑影向门口走去，打开房门让月亮的清辉洒了进来。我躺在被窝里，再次想起阿姆曾经发出的那种黏性的声音。阿姆肯定会记恨我的！

后面的几十天里，阿姆一切如旧，看不出一点嗔怪的样子，只是再也不踏进那间偏房里了。

临近离开的时候，我告诉朗加诺布和德西，要带他俩去拉萨。德西听到这句话呜呜地哭了起来,那瘦弱的肩膀在氆氇藏装下剧烈地抖动,朗加诺布抿紧嘴摇了摇那颗灰白的脑袋。

我们离不开这里,地里的庄稼已经成熟,该进行收割了。朗加诺布用清淡的口气跟我说。

我坚持说,贡贡和阿姆会收割的。

从我能干农活起,就没有落过一次收割,这块土地真慈悲,它给了我们粮食,才使我们能一代一代地繁衍下去。朗加诺布张开瘪下去的嘴唇说。

听了这句话,我没有再坚持,只能寄希望于下次。

我按师傅的要求如期回到了拉萨。

那阵子来拉萨旅游的人特别多,商家预订唐卡的量极其庞大,我们的绘制任务越来越重了。

我从觉如回来的第二年,接到朗加诺布从县里打来的电话,他告诉我说阿姆从山上砍柴回来时摔下来,流产后失血过多去世了。我得到这一噩耗的时候,泪珠从眼眶里断了线般地滴落。那张瓜子脸和微微上翘的嘴唇,在我脑海里萦绕。我跟师傅请了几天假,到各寺庙去捐钱点供灯,以便她的魂能够早点投胎转世。

我回到画室见到了师傅,他让我坐到他的跟前,问,该给她塑什么像呢?我被他问得不知怎么回答。师傅皱起眉不解地又问,为你去世的老婆该塑什么像?从师傅的嘴里听到老婆这个词时,我的脸一下红到了耳根。我们那边不兴这个。我许久才这样回答。她是你最亲的人,就塑个观世音菩萨吧!师傅替我做了这样的决定。

我在完成每天绘制唐卡的任务后,利用晚上的闲暇给阿姆塑观世音菩萨的像。这幅唐卡塑像进展得很慢,也是我最用心绘制的。当画到观世音菩萨的眼睛时,我为画不出那种浩瀚的爱和慈悲的柔光而烦恼,几十天都没法下笔。我就坐在墙角,一遍遍地回想觉如回想初次见到阿姆的情景,但这些都对我帮不上一点的忙。

我把苦恼一股脑地诉说给了师傅,师傅抚摸那长长的白胡须,一会儿闭上眼睛,一会儿又睁开眼睛默默地倾听。末了,师傅对我说,你带着未完成的作品回趟家吧,在那里你会找到你要的那种感觉。这红尘世界里不缺乏慈悲,只是我们的眼睛被愚痴给蒙住而已。

我遵照师傅的指示,在阿姆的七七四十九天来临前再次踏上了去觉如的路。这一路我都在想着德西、阿姆和妹妹,想着她们的人生轨迹,一路的心情都是忧郁和悲伤的。

跟您说,这次下去,觉如村的变化还是缓慢的,依旧是一副幽闭、闲散的样子。

见到贡贡时看不出他有多少悲伤，只是围着那几个小孩团团转，嘴里不时喷出几句脏话来骂他们。朗加诺布手剪在背后，喜欢穿行在村舍之间，偶尔停下来跟人们闲聊一阵，那阳光让他的眼睛始终都处在眯缝中，不时有眼泪掉落下来。德西又开始操持起了家务，看她的样子已经有些力不从心了。

已经回来几天了，那幅唐卡我一次都没有展开过，一直都找不到那种感觉，那种把所有人的悲伤都注入自己内心的眼神。

阿姆的七七那天妹妹从邻村赶了回来，朗加诺布点上一盏供灯祈祷了许久。他的声音已经发生了很多的改变，再也捕捉不到情绪的微妙变化。晚上村里的男男女女全跑到家里来，他们诵经诵到很晚。我坐在墙角的一隅，被这些祈祷声给淹没。

第二天妹妹要回尺宫去，她要我送她一程。

我们走在幽深的谷地里，旁边的灌木丛上，开着朵朵碎花。道路的一边，溪流溅起白色的浪花飞奔而去，鸟的啼声回旋在山谷里。

阿姆临死的时候怀兜里都装着你的照片。妹妹侧过脸来跟我说。

什么意思？我警觉地问。

她答应嫁到我们家都是因为你。妹妹的眼窝里蓄满了泪水。

之前我可不认识她啊。我急忙争辩。

阿姆曾经见过你，所以一提这门亲事她就答应了。这些年里她也一直在等你。妹妹眼眶里的泪水流了出来。

我的脑袋一下空白了，站在那里感觉天旋地转。

那夜我睡在偏房里，听着贡贡和阿姆的小孩在另外那间房里折腾，心里沉重得无法言说。

半夜里睡意才慢慢袭扰上来。

偏房的门吱吱地被推开了，阿姆光着脚，身上套着藏裙，两只胳膊向我伸了过来。我从床铺上坐起来，望着她流下了忏悔的眼泪。

她抹去我眼里流下的泪，将我的头抱进她的胸口。仰头，看到了我一直寻找的那种眼神，她柔缓、雌性、淡定、深远……

（原载《长江文艺》2018年第5期）

作者简介：

次仁罗布，西藏大学藏文系毕业，供职于西藏自治区文联，西藏民族大学驻校作家。